仏教文学概説

黒田　彰・黒田彰子

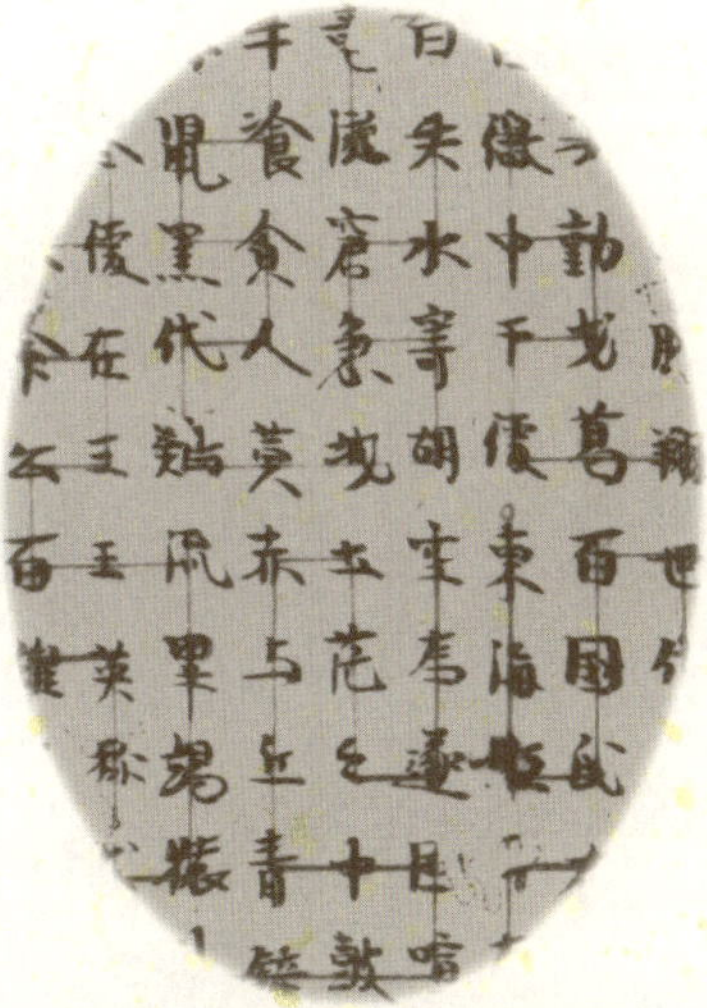

和泉書院

仏教文学概説――目次

第三章 中世の仏教文学 一

第四章 中世の仏教文学 二

第五章 唱導文学

例文一覧

序説　仏教文学概説

1　仏教文学の定義

仏教文学とは何かについて、明治以降、仏教学、文学双方の研究者から様々な定義がなされてきた。仏教学の側からは、当初「文学」の語を広義に解し、経典全てを対象とする立場が表明された。しかし、今日では、こういった広義の解釈は取られていない。

仏教的要素と文学的要素が、どのような関係で一つの作品に具体化しているかは様々である。これについて、的確な見通しを示したのは筑土鈴寛氏である。筑土氏は「宗教と芸術との関連、及び宗教芸術そのものを研究するにあたつて、基本的原理的な問題が多数横たはつてゐることをまづ始めに注意しておかねばならぬ」とし、「宗教と芸術の関係は」「厳密に区別すべき精神現象」であるとした（「宗教文学研究序説一、序説」、『筑土鈴寛著作集第五巻　日本仏教文化の研究』、せりか書房、昭和52年）。さらにこれを「仏教文芸」「仏教的文芸」の言葉を用いて、日本文学の様々な作品を体系化しようとした（同五、仏教と文芸）。なおこの稿未完）。筑土氏の立場は、主として文学創作の精神の有様に立脚した立論である点、基本的考察に留まるものであるが、本論が未完の草稿であったことを考慮すれば、その重要性はなお忘れてはならないものである。

筑土鈴寛氏が指摘した仏教文芸の立場に近いのが、仏教文学の対象を法語、和讃などに限定した榎克郎氏の立場であろう（「文学・仏教・中世をめぐる問題」、『仏教文学研究』第一集、法蔵館、昭和38年1月）。これに対して永井義憲氏は榎

説を批判し、

私は前者のような観点からは、法語史、和讃史という様なものは成立したとしても全般としての仏教文学史の成立は困難となろうと見ているのである

と個別のジャンルの仏教文学史成立のみに終わる対象の切り取り方を批判し、

広くその対象を拡大して採り上げれば日本文学史と重複して一見その成立は否定せられるようにも見えるのであるが、しかし仏教という外来の思潮がいかにこの国の文学に働きかけ影響を与えたか、信仰運動の具体的活動として社会に働きかけると共に、また自らも変質して文学にいかに反映して行ったかという立場から、すなわち比較文学史としての仏教文学史は成立すると考えたい。仏教と文学はもとより異質のものであつて、それを荷担する人間を通して相互に交渉するのであつて、仏教文学、仏教的文学との区別は一応便宜の為のものであり、一線を引く規定はむしろ真の把握を誤らしむることともなろうかと思う

との見方を示した（『日本仏教文学研究第二集』第一編、豊島書房、昭和42年）。即ち、仏教文学の対象を選択する基準を、その創作動機に求めるならば、法語、和讃等に対象が限定されることになろう。しかし、この意識は必ずしも明瞭に捕捉し難いものである。また、創作主体の意識も、必ずしも当人に完全に統御されるとは限らない。文学創作の動機を確定することには相当の困難が伴うのであり、仏教文学を、例えば布教のために創作された作品に限定する、ということは、必ずしも実際的ではない。従って、仏教文学の対象は、永井氏の指摘した如く、仏教と文学が交渉する一定の幅に存在すると見なければならないし、「比較文学史」として見るのが妥当であろうと考えられる。その際、創作動機において、仏教的要素が強く、享受する側もこれを仏教的なものと理解する場合もあろう。或いは、動機は仏教的であっても、これを享受する側が、そこに文学性を感得する場合もあろう。一定の幅が必要なのはそのためである。経典そのものに関して言えば、その創作動機に文学性は希薄であり、享受者の側が文学性を発見していったと言

えよう。また、繰り返しの引用の歴史が、そこに文学性を賦与していったとも考えられる。何を以て仏教文学と言うかの規定は、簡単ではないし、創作、享受の繰り返しのどの時点を以て仏教文学と認定するかは容易に判断出来ない問題を含んでいる。

例えば、『日本文学大辞典』（藤村作編、新潮社、昭和25年）は、仏教と文学の関係について、以下のように分類している。

一　文学的価値如何を問題とせず、宗教的価値を目的として製作されたものであるが、それに文学的価値が付随的に伴はれてゐるもの。

二　宗教的現象を素材として、文学的要求から創作されたもの、即ち製作動機が芸術的であるもの、而してこの種の作品のうちには、宗教的要素が豊富なるがため、宗教的価値要求から創作されたもののやうに見受けられるものがある。「平家物語」の如きがそれである。

三　宗教的価値と文学的価値とが同一の強さで主張され要求されてゐるもの。

この分類もしかし、主として「製作動機」に主眼が置かれており、また、宗教的、文学的の判断が、研究者によって必ずしも一致しないのである。仏教自体の日本的とでも言うべき受け容れ方の問題も無視出来ない。例えば「無常観」の日本における実態が「無常感」に近いものであるという指摘もあるように、漢訳仏典を通じて仏教を取り入れた日本人が中国仏教の影響下にあることは間違いないとしても、仏典の捉え方に、宗教学の側から見たとき、問題がない訳ではない。こうした事柄を可能な限り考慮しながら、仏教文学は読まれなければならないが、こういった問題に、簡明な視点を設定した一例として、出雲路修氏による以下のような捉え方がある。仏教と文学は

・創作意図
・実現された仏教思想

・叙述表現

の三点で関わるとし、それぞれは相互の関係性において深浅の違いがあるとするのである（「物語と仏教」、『仏教文学』15、平成3年3月）。出雲路氏の立場は、文学創作の場面における宗教意識の有無を以て作品を仏教文学、或いは、非仏教文学と認定するという単眼的な立場を越えるものであり、上述の問題を多少なりとも解決に近付けていると考えられる。

上述の分類の内、仏教と文学が最も表層的な関係に留まるとされたのは叙述表現であり、これによって或る作品を非仏教文学と見る立場も当然あり得よう。筑土鈴寛氏の示した見通しは、その実態が完全に整理され、検討し尽くされた訳ではなく、研究者により様々の立場が提示されている状況である。出雲路説によるにしても、創作動機の確定、実現された仏教思想の認定、或いは、叙述表現が何処まで仏教意識と乖離した文飾に留まっているかの究明は、個々の作品自体と、それを取り巻く環境を何処まで読み取り得るかに掛かっていると言えよう。

仏教文学については、その定義を廻って既に困難な問題が横たわっており、統一的見解がある訳ではない。日本人の精神に深く根付いた仏教が、文学と複雑に絡み合い、或る場合は文学が仏教の方便として使われ、或る場合はその逆の様相を呈している。これら全てを含めて仏教文学と言うならば、その範囲は極めて広く深いものになるであろう。

2　仏教文学の視野と視点

本書で取り上げる作品は、所謂仏教文学と仏教的文学の両方に渡っている。例えば、一見宗教的な目的で創られたと思われる作品、講経の場における譬喩譚のための説話のようなものを、その創作目的のみによって文学から除外することは出来ない。それらは講経という説明のための具体論であり、具体論である以上は、自ずと物語性を持ち、説得性を得るための表現的工夫があるからである。さらに仏教はこうした具体論を以て人々に浸透したのであり、一部の学僧を除けば、決して理論のみが受け容れられたのではなかった。のみならず、仏教は単に言葉としてのみ伝播したのではなかった。法会の場における、音、動き、色彩、匂いなど、人間の五感全てに訴えるものであったのである。それらはその場にいた人間に浸透し、さらに仏教的なものが再生産された。その繰り返しの中に仏教文学は在るのであり、これらを可能な限り立体的に把握することが必要であろう。

経典については、諸先学により、文学的性格の認められるものが上げられている。選択されたものは完全に一致する訳ではないが、一定の共通性は認められる。例えば『岩波講座　日本文学と仏教』（岩波書店、平成5—7年）は、経典として『華厳経』『涅槃経』『般若経』『浄土三部経』の項を立てる。早く深浦正文氏は「仏教と文学との両面の価値を併せ持つてゐるもの」という基準で、以下の諸経を上げた（『仏教文学物語』、東海書房、昭和4年）。

阿含経　仏説道徳経　譬喩経　本生経　因縁経　般若経　維摩経　勝鬘経　金光明経　梵網経　首楞厳経　華厳経　法華経　涅槃経　浄土三部経

これらの経典は、日本で行われた一切経の中でもそれ自体特に文学性が濃厚に看取出来る。そのため純粋理論を越える具体性を持って享受され、それが更に文学創作と関連するという繰り返しを生んだ。こういった諸経は、仏教文学研究のためには欠くことの出来ないものであり、その理解無くしては文学自体の理解が困難である。また、譬喩譚を類集したもの、例えば『法苑珠林』『経律異相』などがかなり広範に利用されたことも注意しなければならない。いずれも中国撰述の経典であるが、漢籍が類集された『芸文類聚』『太平御覧』などの類書と、これらは対応していると言って良い。

次に、仏教思想の中で、特に日本人に強い影響を与えたものがある。これをおおまかに言えば、

・因果応報思想

・無常思想
・輪廻及び、他界思想

などとなろう。これらの思想は、仏教が日本に伝来する以前の日本人には明確に意識化されていなかったものと見て良いだろう。この点に関しては個々の作品を廻り、研究者の間で見方の異なる場合もあるが、それについては個別に言及することとする。

なお本書では狭義の仏教文学、即ち言語芸術を扱うが、先に述べた如く、仏教は言語でのみ日本人に受け容れられたのではない。法会の場における様々な形式の仏教文化、或いは、送葬のあり方のように生活の中に浸透した仏教の様式、こういったものの理解も当然必要である。

3　仏教文学の意義

何故仏教文学を学ぶ必要があるのか。仏教は印度に起こり、アジア各地に拡がり、やがて日本にも伝来した。伝来の過程で、サンスクリットで書かれた経典は中国で漢訳された。さらに中国でも経典が作られた。仏教はそれぞれの地域で固有の文化と、或る時には対立し、或る時には融合し、さらに発展を遂げて今に至る。その中には、宗教としての仏教の教理と乖離してゆくものさえあるが、それをも含めて地域に深く浸透し、文化の基盤となった。日本においても同様であり、日本文化、日本文学を考える際に、仏教を度外視することは出来ない。あるがままの日本文学を見ようとするならば、仏教ないし、仏教的要素がそこに大きく影響していることは無視出来ないだろう。こうした観点から見れば、文学作品を読む際に、仏教的知見は不可欠のものである。文学作品の中には、極めて仏教的要素が濃厚であるものから、これを文飾として利用するに留まるものまで多種多様なものがある。仏教的思考法が文学を規制する場合もあれば、文学が仏教を越えて作者の構想を結実させる場合もある。仏教に偏して、或いは、一宗派に偏して文学を読み解くことは時に危険であり、一面仏教文学研究は長くその弊を蒙っている。しかし、先学の研鑽によって、これらの弊は除かれようとしているし、一方で、研究の遅れていた、言語以外の面における仏教の影響即ち、法会、唱導、寺院芸能といった分野にも、研究は及びつつある。仏教を立体的に捉え、それが日本人にどのように浸透し、具体化したか、それが文学にどのように反映しているかを学ぶことは、畢竟日本人論、或いは、日本文化論にも及ぶことになるだろう。

4　本書の構成と狙い

本書では、仏教思想の影響の大きいと考えられる、上代から中世に至る文学作品について、時代順、ジャンル別に解説した。勿論、時代とジャンルのみで一節を成すことには叙述上の無理もある。その場合には参照すべき章、節を示した。本書を通読することにより、仏教文学が如何なるものであるか、また、仏教を受け容れた日本がどのような文化を築き上げたかを理解されたい。

本書の本文中に引用した書物や論文については、括弧内に出典を記した。様々な学説に関しては、出来る限り、出典を明示すべく心懸けたが、煩雑さを避け、断らない場合もある。原則的に各節で述べた作品の例文を節末に置き、簡単な注を施したが、さらに深くは、各自の読解を試みて頂きたい。例文等の出典は、それぞれ定評あるものを用いた。可能な限り、所拠テキストに従ったが、字体や表記など、本書用に改めた場合がある。

第一章　上代の仏教文学

1　上代仏教文学概説

i　仏教伝来

日本の仏教公伝は、『日本書紀』によれば、五五二年となる。即ち、欽明天皇十三年十月条には、

冬十月に、百済の聖明王、更《また》の名は聖王。西部姫氏達率怒唎斯致契《せいほうきしだちそちぬりしちけいら》等を遣して、釈迦仏の金銅像一軀、幡蓋若干、経論若干巻を献る。別《こと》に表《ふみ》して、流通し礼拝む功徳を讃《ほ》めて云《まう》さく、「是の法は諸の法の中に、最も殊勝《すぐ》れています。解《さと》り難く入り難し。周公、孔子も、尚し知りたまふこと能はず。此の法は能く量《はかり》も無く辺も無き、福徳果報を生し、乃至《すなはち》無上《すぐ》れたる菩提を成弁《な》す。譬へば人の、随意宝《こころのままなるたから》を懐きて、用べき所に逐《したが》ひて、尽に情の依《まま》なるが如く、此の妙法の宝も然なり。祈り願ふこと情の依にして、乏しき所無し。且夫れ遠くは天竺より、爰に三韓に洎《いた》るまでに、教に依《したが》ひ奉《う》け持《たも》ちて、尊び敬はずといふこと無し。是に由りて、百済の王臣明、謹みて陪臣怒唎斯致契を遣して、帝国に伝へ奉りて、畿内に流通《あまねは》さむ。仏の、我が法は東に流らむ、と記《のたま》へるを果《はた》すなり」とまうす

冬十月、百済聖明王、更名聖王。遣二西部姫氏達率怒唎斯致契等一、献二釈迦仏金銅像一軀、幡蓋若干、経論若干巻一。別表、讃二流通礼拝功徳一云、是法於二諸法中一、最為二殊勝一。難レ解難レ入。周公、孔子、尚不レ能レ知。此法能生二無レ量無レ辺福徳果報一、乃至成二弁無上菩提一。譬如下人懐二随意宝一、逐レ所レ須レ用、尽依上レ情、此妙法宝亦復然。

祈願依レ情、無レ所レ乏。且夫遠自二天竺一、爰洎二三韓一、依レ教奉持、無レ不二尊敬一。由レ是、百済王臣明、謹遣二陪臣怒唎斯致契一、奉レ伝二帝国一、流二通畿内一。果二仏所レ記二我法東流一

とあって、百済の聖明王が、使者を遣わして、天皇に、釈迦仏金銅像一軀、幡蓋若干、経論若干を献上したこと、また、仏法の東伝と礼拝の功徳を讃えた文を上表したことが記されている。この記述は、嗣聖二〇（七〇三）年に義浄が訳出した『金光明最勝王経』及び、玄奘によって龍朔三（六六三）年に漢訳が完成した『大般若経』に拠って書かれていることから、天平時代の文章が紛れたものと言われているが、仏教が、三韓（高句麗、新羅、百済）即ち、朝鮮半島を経て将来されていたことを記すのは史実である。

仏教公伝の年については、五五二年（壬申説）ではなく、五三八年（戊午説）とする古い伝承もある。独自の古資料に基づくとみられる聖徳太子の伝記『上宮聖徳法王帝説』や、大和の古寺である元興寺の縁起『元興寺伽藍縁起幷流記資材帳』がそれであるが、これもまた、史実であるかは不明である。他に、朝鮮の『三国史記』の記録より推定する説もあって、公伝の年は確定していないが、いずれも欽明朝前後の年に集中しているため、この頃朝鮮半島より将来されたことは史実であると見られる。なお、民間では既に、仏教が伝わっていた（後期古墳出土の四仏四獣鏡など）。

『日本書紀』では、先の記述に続けて、欽明天皇が、使者の上表を聞き、仏教を「礼《ゐや》ふべきや否や」を群臣に尋ねている。他の国々が皆礼拝している仏教を日本だけが礼拝しない訳にはゆかない、と蘇我氏が崇仏を主張するのに対し、日本では天地の「百八十神《ももあまりやそかみ》」を祭っているのだから、外国の神（「蕃神《あたしくにのかみ》」）である仏教を礼拝するならば、国神の怒りを受けることになるだろう、と物部氏、中臣氏が排仏を主張したため、試みに稲目宿禰に仏像を礼拝させることになる。稲目宿禰は、「小墾田《をはりだ》」の家に仏像を安置して仏道修行をし、「向原《むくはら》」の家を清めて寺としたが、疫病が流行し一向に治まらなかったので、排仏派の主張を受け容れ、仏像を難波の堀江に棄てて寺を焼き払う。一見すると排仏派の勝利に見えるが、しかし、この時突然大殿に火災が発生したことも記述されていて、崇仏派にも理があったよ

うに描かれている。

ここで考えておきたいことは、日本が、どのように仏教を受容したかということである。『日本書紀』では、仏教は、国神に対する蕃神即ち、外国の神とされている。この表現から、仏教が、「客神《まれびとのかみ》」として受け取られたと推測される。日本には、古来より天上、海彼より来たって恩恵をもたらす「客神」を信仰する流れがあるが、仏教は、海彼より渡来した「客神」として受け取られたのであり、実際『日本霊異記』上には、仏像のことを「客神」と呼んだ例がある。『日本書紀』には、公伝に際して生じた二つの災が記されているが、この災を、速水侑氏は、次のように釈している（『日本仏教史 古代一』、吉川弘文館、昭和61年）。

仏像を拝した結果、国神の怒りにより疫病がおこったので、西の海彼より大和に来た仏像をふたたびその祖《おや》の国に帰すべく、堺の外なる難波の海へ棄て流すと、歓待にあずかれなかった客神としての仏の怒りは、国神のそれにまさる災として大和を襲うのである

つまり、仏教は、日本古来の神と等しく捉えられていたのであり、日本の神が恩恵と災禍の両方を齎す畏敬すべき存在であるのと同様に、仏教もまた、その呪力が、期待もされ恐れもされたのである。このことを踏まえた上で、崇仏派と排仏派の態度を考える必要がある。速水氏はまた、次のように述べている（同氏前掲書）。

崇仏派と排仏派の対立は、なんら宗教思想上の対立ではない。崇仏とは、海彼の高い文物と結んだ新来の客神の奇びなる力への畏敬の念に発し、排仏とは、外神をうけ入れた場合の国神の祟りへの恐れに尽きる。崇仏も排仏も、日本古代社会における外神への二つの対応の立場を代弁しているにすぎない。その意味では、崇仏派も排仏派も、ともに日本的カミ信仰の次元に立脚していたのである

物部氏と蘇我氏の対立が史実であるかは定かでないが、蘇我氏が、崇仏派であったことは、推古朝における蘇我氏の事跡から明らかである。蘇我氏は、物部氏を破って権力を握り、縁戚関係にあった聖徳太子と共に、仏教の興隆に努

める。『日本書紀』の記述は、そのことを反映しているのであろう。日本の仏教文学では、仏教公伝を、聖徳太子の伝説と共に、日本での仏教の濫觴として位置付け重要視してゆくが、その記述の中に、日本の仏教受容の特質が端的に表れていることは、注目しておく必要がある。

ii　氏族仏教

推古天皇が即位した翌年、三宝興隆の詔が発令される。その詔は、『日本書紀』推古天皇二（五九四）年二月条に拠れば、

皇太子と大臣とに詔して、三宝を興隆せしむ。是の時に、諸臣連等、各君親の恩の為に、競ひて仏舎を造る。即ち是を寺と謂ふ

というもので（原漢文）、皇太子であった聖徳太子や、蘇我氏を始めとする大臣達に向けられたものであった。三宝とは、ここでは仏教を意味する。仏教は、その現世的な呪力を重用、期待されたが、「諸臣連等、各君親の恩の為に、競ひて仏舎を造る」という記述からは、それが、氏族の祖先崇拝と結び付いていたことが推測出来る。

仏教は、「㈠祈禱教的な要素や、㈡祖先崇拝などと結合し、いわば民族宗教的に受容され」（井上光貞氏『日本古代の国家と仏教』前編第一章、岩波書店、昭和46年）ており、飛鳥時代では、各氏族が氏寺を建立し、それぞれの祖霊を追善する、所謂氏族仏教が主体であった。推古天皇はまた、即位直後に仏舎利を、法興寺の仏塔の心礎に納めている（『日本書紀』推古天皇元年正月条）。舎利信仰は、印度を起源とするが、これも「外来の舎利霊験信仰をそのままもちこんだわけではなく、古墳時代以来の伝統的な祖先祭祀の転化」（薗田香融氏「国家仏教と社会生活」、『岩波講座日本歴史四』、岩波書店、昭和51年）としてであったと考えられる。

三宝興隆の詔や仏舎利の信仰は、氏族仏教の在り方を濃厚に留めているが、それが国家の長たる天皇と関わる所に、

国家が仏教を統制、保護する国家仏教の萌芽を見ることが出来る。推古朝では、冠位十二階の制定や、『十七条憲法』の発布など、徐々に律令国家としての体制が整えられ始めるが、それらに合わせて、民族宗教或いは、氏族宗教であった仏教が、国家仏教としての様相を帯びてくる。その中心的役割を果たしたのが聖徳太子であった。

聖徳太子（五七四—六二二。『日本書紀』では、「廏戸豊聡耳皇子」と称される）には、冠位十二階の制定や遣隋使の派遣など、広く知られた事跡が多くあるが、仏教に関するものを上げるならば、まず推古十二（六〇四）年に制定された『十七条憲法』がある。仏教思想が顕著である第二条、第十条を上げる。

二曰、篤敬二三宝一、々々者仏法僧也。則四生①之終帰、万国之極宗、何世何人、非レ貴二是法一、人鮮二尤悪一、能教従之、其不レ帰二三宝一、何以直レ枉。

十日、絶②レ忿、棄レ瞋、不レ怒二人違一。人皆有レ心。々各有レ執。彼是則我非、我是則彼非。我必非レ聖、彼必非レ愚。共是、凡夫耳。是非之理、詎《たれ》能可レ定。相共賢愚如③二鐶无一レ端。是以彼人雖レ瞋、還恐二我失一。我独雖レ得従レ衆同挙

①仏教で、出生の違いにより、胎生、卵生、湿生、化生の四つに分類したもの。②忿、瞋、共に怒り。③区別がないことの喩え。

『十七条憲法』は、儒教や法家の思想に基づく部分も多いが、第二条の「三宝」を「万国の極宗なり」とすることから、仏教を最高の思想として位置付けたことが分かる。また、第十条は、忿怒と瞋恚を煩悩として誡める条文であるが、この中の「共是、凡夫耳。是非之理、詎能可レ定」は、天寿国繡帳銘、『上宮聖徳法王帝説』にある聖徳太子の言葉「世間虚仮、唯仏是真」に通じるものがあり、注目される。

聖徳太子はまた、『勝鬘経』『法華経』『維摩経』の注釈書である『三経義疏』を著したとされる。これらの書が聖徳太子の撰述かどうかは、聖徳太子の真撰、偽撰、一部偽撰など諸説あって確定していないが、注目される説を上げるならば、井上氏は、著者として「三経の講経を根本行事としていた、唐の仏教教学の輸入される以前の学風をもつ、

法隆寺の古学団」を想定しているし（前掲書）、藤枝晃氏は、敦煌出土の六世紀頃の文献に、勝鬘経疏と深い繋がりを有する『勝鬘経』の注釈書があることを発見し、『三経義疏』は中国より齎されたものではないかと推定している（日本思想大系『聖徳太子』、解説）。

これらの事跡に加えて、難波に四天王寺を建立するなど、仏教興隆のために、聖徳太子が果たしたとされる役割は少なからざるものがあるが、『三経義疏』のように聖徳太子に仮託されたものも多く、何処までが史実であるかは判然としない。このことは、太子を聖人として仰ぐ太子信仰に拠る所が大きく、後世、聖徳太子は、救世菩薩の化身とも、慧思禅師（南岳大師とも称される。中国天台宗の大成者）の生まれ変わりともされて、様々な伝説が付加されてゆくのである。そのことは数多くの聖徳太子伝が生み出されていった事実共々、注意を要することである（第二章3参照）。

飛鳥時代は、三宝興隆の詔、聖徳太子の活躍があったものの、仏教の受容は、未だ一部支配者階級に留まっていたと見られる。真に仏教が興隆を迎えるのは、大化の改新を経た聖武天皇の治世である。

iii　国家仏教

国家仏教とは何か。井上氏は、「日本の仏教の歴史は、はじめから、国家仏教として発足したのである」とし、国家仏教の特質について、次のように述べている（前掲書前編第二章）。

第一は、国家の寺院・僧尼に対する統制である。第二は、その統制の範囲内における国家の仏教に対する保護育成である。そして第三に、国家は仏教に対して、その哲理・思想そのものの普及よりも、むしろその呪力が国家の繁栄をもたらすことを期待した。そこで、本来は普遍的宗教として呪術的宗教と真向から対立すべき仏教も、ここでは、呪術宗教的な民族宗教と融合し、それによって包摂される如き観を呈した

井上氏の見解は、仏教の統制、保護に重点を置く、緩やかなものであるが、田村円澄氏のさらに厳密な規定に拠れば、

国家仏教とは「律令国家の仏教の謂」で、「律令国家の頂点に位置する天皇の「公的」な仏教受容に対応する」ものであって、時代的には、律令国家が確立する天武朝以降の仏教となる（『飛鳥仏教史研究』第Ⅰ部第二章、塙書房、昭和44年）。

大化の改新（六四五年）の少し前、大陸では、隋が滅び唐が興った（六一八年）。唐は、優れた文化を次々と生み出し、日本は、天皇を中心とする中央集権国家を確立するために、大陸の先進的な文化を積極的に採用する。即ち、遣唐使が派遣され、それに同行した留学生、留学僧等は、唐に滞在して文化の吸収に努め、夥しい文物を伴って帰国している。国家仏教も、その中の一つであり、唐の制度が導入され、国家を鎮護するための教理として重視されてゆくのである。

律令体制の出発点となった大化の改新では、仏教を律令体制の中に組み込み、統制しようとする意図が明確に見て取れる。即ち、『日本書紀』孝徳天皇大化元年八月条には、僧尼達を召集して、欽明天皇下の仏教公伝、推古天皇下の蘇我馬子による仏教信奉が、天皇の意に協ったことであることを述べ、今後もその意を継いで仏教の興隆に努めることを宣言すると共に、衆僧を教導する十師を任命している。十師は、唐の十大徳に倣ったもので、僧尼を統括する制度である。僧尼の統制は、推古朝に先蹤があって、僧正、僧都が任命されているから（『日本書紀』推古天皇三十二〈六二四〉年四月条）、十師は、その流れを受け継いだものであるとも言える。この制度は、改新の混乱が治まる間の一時的な制度であったようだが、僧尼の統制は、僧尼令へと継続強化された。

僧尼令は、天智天皇七（六六八）年に完成したとされる『近江令』や、持統天皇三（六八九）年に班賜されたとされる『浄御原令』に存在したかどうかは定かではないが、大宝元（七〇一）年に施行された『大宝令』には存在したことが確認されている。僧尼に対する刑罰規定が大部分を占めるが、僧尼の官人的身分を保障したという点でも意義深い。

ところで、日本の令は、唐令に倣って制定されたが、僧尼令は、唐令には無く、「道僧格」（女冠と呼ばれる道教の女性道師と仏教の僧尼を統制する法）を基礎に作られている。僧尼令の制定について、速水侑氏は、古代日本の天皇権が、地方祭祀権の中央集大成の上に成立しており、本質的に宗教的権威と不可分の関係にあったこと、また、大化改新後の律令天皇は、こうした神祇祭祀に加えて、仏教儀礼も、その宗教的権威の重要な構成要素としていたことを指摘した上で、「祠令」の形に倣って「神祇令」を制定した以上、仏教もまた、令の編目として位置付ける必要があったのだろうと推定した。そして、僧尼令の根幹が、戒律厳守に裏付けられた清浄な官僧集団の形成と保全にあるとして、宗教的権威である天皇と官僧集団との関係について、次のように述べている（『論集日本仏教史2奈良時代』第一章、雄山閣、昭和61年）。

神道と仏教は、ともに律令天皇の宗教的権威を構成するが、神祇祭祀においては現人神としての天皇が最高司祭者であるのに対し、仏教の祈禱は、専門聖職者集団である僧尼たちにゆだねられる。僧尼が戒律厳守とたえざる修行によって俗人と異なる清浄性を保つことが、仏教の呪術的効験を増し、ひいては天皇の宗教的権威につらなると考えられたのは当然である

右の指摘は、律令体制における国家仏教の位置付けと捉えられよう。我が国古代においては、仏教の呪力は、神道のそれと並び、国家から重要視された。このことは、除災招福、鎮護国家を祈願して、『仁王般若経』を読誦する仁王会が、宮中や国分寺などで、春秋の恒例行事とされたことなどから判断出来る。外来の宗教であった仏教は、神道と並ぶ国教的地位を得たのである。

ⅳ　仏法興隆

律令制による中央集権化は、平城京に遷都（和銅三〈七一〇〉年）の後、聖武天皇（七〇一—七五六。在位七二四—七四

九）の代になって頂点を迎える。この時代には、大規模な仏教事業、即ち、国分寺、国分尼寺の設置、大仏の建立が推進されたが、一方で、天武朝以来の厳しい仏教統制が緩和され、僧侶の質の低下を招いた。そのため、僧侶の質的向上を図ることを目的として、受戒の整備、学業の振興が企てられた。

天平十三（七四一）年二月に出された国分寺建立の詔は、国毎に、国分寺、国分尼寺を、そして、大和に総国分寺（東大寺）、総国分尼寺（法華寺）を設置し、僧尼をして『金光明最勝王経』などを読誦させ、現来世に渡る国家鎮護や支配者層の祖霊追善を祈願したものである。これは、中国の官寺制に倣った国家的寺院体制の整備の一環であり、天武朝の政策を継承するものである。なお官寺とは、国から寺院の造営や維持の費用を受ける寺のことで、奈良時代の官寺には、正規の官寺として官大寺、国分寺、準官寺として有食封寺、定額寺などがあった。

国分寺建立の詔に次いで、天平十五年十月に大仏建立の詔が出された。この詔は、全国の知識（知識は、善知識の略だが、詔では、寄進者の意）に向かって、大仏建立のために結集することを呼び掛けたものである。

発二菩薩大願一、奉レ造二盧舎那仏金銅像一軀一。尽二国銅一而鎔レ象、削二大山一以構レ堂。広及二法界一、為二朕知識一。遂使下同蒙二利益一共致中菩提上。夫有二天下之富一者朕也。有二天下之勢一者朕也。以二此富勢一造二此尊像一。事也易レ成心也難レ至。但恐徒有レ労レ人無下能感レ聖、或生二誹謗一反堕中罪辜上。是故預二知識一者、懇発二至誠一、各招二介福一。宜三毎日三二拝盧舎那仏一、自当下存レ念各造中盧舎那仏上也。如更有四人情三願持下一枝草一把土上助二造像一者、恣聴レ之。国郡等司莫下因二此事一侵二擾百姓一強令中収斂上。布二告遐邇一知二朕意一矣

（『続日本紀』天平十五年十月条）

井上氏は、詔が出された天平十五年は、朝廷の政策基調に質的転換があり、「国家が、人民を支配の対象としてのみみるのではなくて、人民の自発性をおもんじるという考え方」が、経済政策や宗教政策に見られるとする（前掲書前編第三章）。即ち、大仏建立の詔は、民間のエネルギーを活用しようとするものであり、仏教統制を緩和する発端となった。

この詔に応えたのが行基である。行基は、百済系渡来氏族の出身で、天智天皇七（六六八）年、河内国大鳥郡に生まれた。道昭を師として法相教学を学び、道昭が行っていた民間布教や社会慈善事業を引き継いで、道や橋、灌漑施設などの土木工事を行って民衆の便宜を図ったり、院や布施屋を設置して都の造営などで困窮した民衆の救済に努めた。行基の活動は、当初「方今、小僧行基、并弟子等……詐㆓称聖道㆒、妖㆓惑百姓㆒」（養老元〈七一七〉年四月条）として弾圧されたが、大仏建立の詔以後は転換し、「大僧正」に任命（天平十七〈七四五〉年正月）されている。

行基の集団と共に、大仏建立に少なからぬ影響を与えたと思われるのが、神仏習合の一つで、日本の神を仏教の護法善神とみなす宇佐八幡神の託宣である。『続日本紀』天平勝宝元（七四九）年十二月条には、八幡神に感謝の意を述べる宣命の中に、「神我、天神地祇を率ゐざなひて必ず成し奉らむ。事立つに有らず。銅の湯を水と成し、我が身を草木土に交へて障る事無くなさむ。」（原漢文）が引用されているが、これ以外にも次々と託宣が出されて、建立を支援した。これらの託宣は、宇佐八幡宮の神官達の自作自演であり、特に、天平勝宝元年二月に、大仏塗金のための金不足に苦慮していた朝廷へ、陸奥国から始めて黄金が貢納されたことは、恰も託宣が的中したかの如く、益々信仰を集めることとなった。黄金発見に驚喜した聖武天皇は、四月に、東大寺に行幸し大仏に北面して、「三宝の奴と仕へ奉る天皇が命」で始まる、黄金産出を感謝する詔を宣読させる。この詔は、現人神であり、最高司祭者でもある天皇が、仏教に臣従する形式である。このことは、時として仏教の権威が、天皇の権威、言い換えるならば、朝廷や神祇の権威を上回るものであったことを示す注意すべきものである。

大仏は、天平勝宝四（七五二）年に完成し、印度僧菩提僊那（婆羅門僧正）を導師として、大仏開眼供養が執り行われた。その時の様を詠んだとされる行基と婆羅門僧正の贈答は多くの歌集に収められる。今、『拾遺和歌集』（巻二十、1348、1349）を上げておく。

南天竺より東大寺供養にあひに、菩提がなぎさにきつきたりける時、よめる

霊山の釈迦のみまへにちぎりてし真如くちせずあひ見つるかな（行基）

返し

かびらゑにともにちぎりしかひありて文殊のみかほあひ見つるかな　婆羅門僧正

聖武天皇に戒を授けた鑑真は、受戒整備のために唐より招請された僧である。その苦難に満ちた、日本への渡航の記録は、次節で紹介する『唐大和上東征伝』として伝えられている。鑑真が招請された背景には、僧尼の増加による質の低下がある。当時、臨時得度の頻発や、民間に仏教が浸透するに従って増加した私度僧によって、僧尼の風紀が乱れて社会問題化していた。そのため、本格的受戒制度の導入による質の向上が求められたのである。来朝した鑑真は、東大寺に戒壇を築いて、受戒を開始した。天平勝宝六年には、大仏前において鑑真を戒師として、聖武天皇、光明皇后、孝謙天皇が、戒を受けている。

2　上代文学に表れた仏教

i　『万葉集』

『万葉集』二十巻は、奈良時代に、数次に渡る編纂の末成立した和歌集で、最終的な形態である二十巻の成立には、大伴家持が深く関わったとされる。この現存最古の和歌集には、四千五百余首もの和歌が収録されているが、仏教思想を反映している作品は僅かである。『万葉集』は便宜上、四期に分けて捉えられるが、仏教思想の影響下にあると考えられる作品は、後期万葉と呼ばれる第三期（平城京遷都の元明天皇和銅三〈七一〇〉年から聖武天皇天平五〈七三三〉

年。一説に天平十〈七三八〉年）、第四期（天平五年頃から最終歌が詠作された淳仁天皇天平宝字三〈七五九〉年）に見ることが出来、歌人としては、第三期の大伴旅人（六六五―七三一）、山上憶良（六六〇―七三三頃）、第四期の大伴家持（七一八頃―七八五）などが上げられる。

まずは、大伴旅人の作を見る（万葉仮名表記を改める。以下同）。

太宰帥大伴卿、凶問に報ふる歌一首

禍故重畳し、凶問累集す。永に崩心の悲しびを懐き、独断腸の涙を流す。ただし、両君の大助に依りて、傾ける命をわづかに継げらくのみ。筆の言を尽くさぬは、古に今にも嘆くところなり。

世の中は空しきものと知る時しいよよますます悲しかりけり（巻五　793）

雑歌に部類されているが、挽歌に相当する作である。凶問、即ち、訃報を受けた大伴旅人が、哀悼の意を込めて認めた返信である。旅人は、禍故、即ち、不幸が重なり、訃報が相次いで届く状況で、心も崩れるばかりの悲しみが続いている、そのような中で又、訃報を受け取ったのである。返信に添えられた短歌には、「世の中は　空しきもの」とある。これは、仏教の「世間虚仮」の思想を述べたものであり、無常観を詠んだものと解することが出来る。但し、この無常観も、その内実は単なる詠嘆即ち、無常感に留まるという指摘もある。

膳部王《かしはでのおほきみ》を悲傷する歌一首

世の中は空しきものとあらむとそこの照る月は満ち欠けしける（巻三　442）

右は、作者未詳の挽歌である。膳部王は、長屋王の子で、神亀元（七二四）年に、長屋王が謀反の疑いを掛けられ自決した際に、母や弟と共に跡を追った。その死を悼んで作られたもので、「世間虚仮」の思想を、月の満ち欠けに譬え、世の常無き様を詠じている。

沙弥《さみ》満誓《まんぜい》の歌一首

世の中を何に喩へむ朝開き漕ぎ去にし船の跡なきごとし（巻三　351）

沙弥満誓は、俗名を笠朝臣麻呂《かさのあそんまろ》と言い、国守として優れた功績を上げた人物で、出家は、養老五（七二一）年、元明上皇の病気平癒を祈願してなされた。筑紫観世音寺の別当職にも就いており、大伴旅人や、次に取り上げる山上憶良とも交際している。

山上憶良は、仏教に関してかなりの知識を有していたらしく、仏教語を駆使した歌や詩文を作っている。広く知られた「子等を思ふ歌一首」もその一つで、『金光明最勝王経』や『雑阿含経』を引用して、子供に対する愛着、執着といった煩悩を詠んでいる。

子等を思ふ歌一首　併せて序

釈迦如来、金口に正しく説きたまはく、「衆生を等しく思ふこと、羅睺羅のごとし」と。また説きたまはく、「愛するは子に過ぎたりといふことなし」と。至極の大聖すらに、なほし子を愛したまふ心あり。況や、世間の蒼生、誰か子を愛せざらめや。

瓜食めば　子ども思ほゆ　栗食めば　まして　偲はゆ　いづくより　来たりしものそ　まなかひに　もとなかかりて　安眠しなさぬ（巻五　802）

銀も金も玉もなにせむに優れる宝子に及《し》かめやも（同　803）

題詞前半部分に引用された「衆生を平等に思うことは、釈迦如来が、我が子である羅睺羅を思うことと同じである」は、『金光明最勝王経』如来寿量品「普く衆生を観、愛の偏党なきこと、羅睺羅の如し（普観㆓衆生㆒、愛無㆓偏党㆒、如㆓羅睺羅㆒）」などを踏まえている。経文の中にしばしば見える表現で、親が子を愛する時のような心を以て等しく一切衆生に対せよ、という教えである。また、後半部分に引用された「愛することは、子に及ぶものはない」は、例えば『雑阿含経』巻三十六に、「愛する所子に過ぎたりといふこと無し（所㆑愛無㆑過㆑子）」とあり、これも類似の句は多い。

仏教で言うところの「愛」は、執着や煩悩である。憶良は、仏典の子に関する例示から、釈迦ですら子への執着に悩まされたのだと推察し、凡夫の我らが、子故の煩悩に苦しむのは当然のことである、としている。

『万葉集』には、一部ではあるが、確かに仏教思想を反映した歌がある。しかし、『万葉集』の時代において、和歌が仏教思想を受け容れることの困難はまだ克服されていない。この困難は二つの大きな理由によっている。まず和歌は本来、神と交流する手段であった。このことは平安時代の初め、紀貫之が序した本邦初の和歌文学論とでも言うべき『古今和歌集』仮名序に明白である。和歌は「力をも入れずして、天地を動かし、目に見えぬ鬼神をもあはれとおもはせ」るものであり、その淵源は、「天地の開け始まりける時」、即ち、記紀に描かれた、イザナギ、イザナミ両神の唱和にあると考えられていたのである。もう一つは、文体の問題である。仏教思想は経典を通じて日本に入ったが、これは漢訳仏典の形を取っていた。漢語を和語に和らげるという問題は、それ程簡単ではない。例えば、最澄の著名な一首、「阿耨多羅三藐三菩提の仏たち我が立つ杣に冥加あらせ給へ」は、『新古今和歌集』に至り、釈教歌の部に入れられる（詞書「比叡山中堂建立時」）。それ以前に『和漢朗詠集』下雑、仏事に入るが、和歌としては音数律が揃わず、『新古今和歌集』入集は多分に叡山開闢の記念としての価値が認められたのであろう。仏教が和歌に違和感無く取り入れられるには、殊に和語の問題を無視することは出来ない。この問題の解決には、なお時間を要したのである。

以下に引用するのは、『万葉集』の中で、仏教思想の反映を認め得る作品の一部である。『万葉集』は歌集であるが、中に相当数の漢詩文を含んでいる。引用した例文にも漢詩文があるが、仏教の影響は、漢詩文により具体的に、仏典、仏説引用の形で現れている。

◆例文1　『万葉集』巻五「日本挽歌」794—799

蓋し聞く、四生[1]の起滅するは、夢の皆空しきが方く、三界[2]の漂流するは、環[3]の息まぬが喩し。所以に維摩大士[4]も方丈に在りて、[5]染疾の患へを懐くことあり、[6]釈迦能仁も[7]双林にいまして、[8]泥洹の苦しびを免れたまふことなし、と。故に知りぬ、二聖の至極すらに、[9]力負の尋ね至ることを払ふこと能はず、[10]三千世界に、誰か能く[11]黒闇の捜り来ることを逃れむ、といふことを。[12]二つの鼠競ひ走りて、[13]目を渡る鳥は旦に飛び、[14]四つの蛇争ひ侵して、[15]隙を過ぐる駒も夕に走ぐ。嗟乎痛きかも。[16]紅顔は[17]三従と長く逝き、[18]素質は[19]四徳と永く滅びぬ。なにか図りけむ、偕老[20]要期に違ひ、独飛[21]半路に生かむとは。[22]蘭室に屛風徒らに張りて、断腸の哀しびいよいよ痛く、枕頭に明鏡空しく懸かりて、[23]染筠の涙いよいよ落つ。泉門一たび掩ぢて、再び見む由もなし。嗚呼哀しきかも。

[24]愛河の波浪已に先づ滅え、[25]苦海の煩悩も亦結ぼほるといふことなし。従来この穢土を厭離せり、[26]本願生をその[27]浄刹に託せむ

蓋聞、四生起滅、方夢皆空、三界漂流、喩環不息。所以維摩大士在于方丈、有懐染疾之患、釈迦能仁坐於双林、無免泥洹之苦。故知、二聖至極、不能払力負之尋至、三千世界、誰能逃黒闇之捜来。二鼠競走、而度目之鳥旦飛、四蛇争侵、而過隙之駒夕走。嗟乎痛哉。紅顔共三従長逝、素質与四徳永滅。何図、偕老違於要期、独飛生於半路。蘭室屛風徒張、断腸之哀弥痛、枕頭明鏡空懸、染筠之涙逾落。泉門一掩、無由再見。嗚呼哀哉。

愛河波浪已先滅　苦海煩悩亦無結　従来厭離此穢土、本願託生彼浄刹

日本挽歌一首

大君の　遠の朝廷と　[28]しらぬひ　筑紫の国に　泣く子なす　[29]慕ひ来まして　息だにも　いまだ休めず　年月も
いまだあらねば　心ゆも　思はぬ間に　うちなびき　臥やしぬれ　言はむすべ　せむすべ知らに　石木をも　問
ひ放け知らず　家ならば　[30]かたちはあらむを　恨めしき　妹の命の　我をばも　いかにせよとか　にほ鳥の　二

人並び居　語らひし　心そむきて　家離りいます（794）

反歌

家に行きていかにか我がせむ枕[31]づく　つま屋さぶしく思ほゆべしも（795）

[32]はしきよしかくのみからに慕ひ来し　妹が心の[33]すべもすべなさ（796）

悔しかもかく知らませばあをによし　[34]国内《くぬち》ことごと見せましものを（797）

妹が見し[35]楝の花は散りぬべし　我が泣く涙いまだ干なくに（798）

[36]大野山霧立ち渡る我が嘆く　[37]おきその風に霧立ち渡る（799）

[38]神亀五年七月二十一日に、筑前国守山上憶良上る

日本挽歌一首

大王能　等保乃朝庭等　斯良農比　筑紫国爾　泣子那須　斯多比枳摩斯提　伊企陁爾母　伊摩陁夜周米受　年月母　伊摩他阿良祢婆　許々呂由母　於母波奴阿比陁爾　宇知那毗枳　許夜斯努礼　伊波牟須弊　世武須弊斯良爾　石木乎母　刀比佐気斯良受　伊弊那良婆　迦多知波阿良牟乎　宇良売斯企　伊毛乃美許等能　阿礼乎婆母　伊可爾世与等可　爾保鳥能　布多利那良毗為　加多良比斯　許々呂曾牟企弖　伊弊社可利伊摩須

反歌

伊弊爾由伎弖　伊可爾可阿我世武　摩久良豆久　都摩夜佐夫斯久　於母保由倍斯母

伴之伎与之　加久乃未可良爾　之多比己之　伊毛我己許呂乃　須別毛須別那左

久夜斯可母　可久斯良摩世婆　阿乎你与斯　久奴知許等其等　美世摩斯母乃乎

伊毛何美斯　阿布知乃波那波　知利奴倍斯　和何那久那美多　伊摩陁飛那久爾

大野山　紀利多知和多流　和何那宜久　於伎蘇乃可是爾　紀利多知和多流

神亀五年七月廿一日、筑前国守山上憶良上

【語注】

1全ての生物。2欲界、色界、無色界。3腕輪。4維摩詰。5病気になること。6釈迦の唐名。7沙羅双樹の林。8涅槃と同。9力ある者が大切に隠していたものを負って持って行く。『荘子』に載る寓話。10仏教における全世界。11暗闇。死の魔手の喩え。12白黒二種の鼠を日月に喩える。13目の前を通り過ぎる。14四蛇は地水火風を蛇に喩えた語。『涅槃経』に「地水火風は四大蛇の如く、五蘊は旋陀羅の如し」とある（原漢文）。15時の過ぎるのが迅速であることの喩え。『荘子』に「人生天地の間、白駒の隙を過ぐるが如し」とある。16女性の美しい容顔。17女性の従わねばならない掟。18白い肌。19婦人の四つの徳。辞令、貞順、糸麻、婉娩。20大切な道筋。21人生の半ばの道。22婦人の部屋。23竹を染める涙。舜が死んだ時、その后の涙が竹を染めた故事による。24愛欲が人を溺れさせることを、河に喩えた。25現世。26衆生を済度しようという仏の願い。27極楽浄土。28筑紫の枕詞。29（妻が私を）慕って、ここ筑紫までやって来て。30（死ぬようなこともなく）姿はそのままあったろうに。31つま屋の枕詞。32感動詞的な用法。何と可哀そうなことよ。33どうしようもなく哀れなことよ。34筑紫の国を全て。35梅檀。五月末に開花、六月には落花。36太宰府政庁の北側にある山。37「おき」は息、「そ」は嘯ではないかとの説がある。息を吐くこと。38西暦七二八年。

◆例文2　『万葉集』巻五「悲歎俗道仮合即離、易去難留詩一首」

[1]俗道の[2]仮合即離し、去り易く留み難きことを悲歎する詩一首　幷せて序

窃に以みれば、[3]釈、[4]慈の示教は、（釈氏、慈氏を謂ふ）先に三帰（仏、法、僧に帰依することを謂ふ）五戒を開きて、法界を化け、（一に不殺生、二に不偸盗、三に不邪婬、四に不妄語、五に不飲酒を謂ふ）[5]周、[6]孔の垂訓は、前に三綱（君臣、父子、夫婦を謂ふ）五教を張りて、邦国を済ふ。（父は義、母は慈、兄は友、弟は順、子は孝なることを謂ふ）故に知りぬ、[7]引導は二つなれども、得悟は惟一つのみなることを。ただし、世に恒の質なし、所以に[8]陵谷も更変り、人に定まれる期なし、所以に寿夭も同じからず。[9]撃目の間に、百齢も已に尽き、[10]申臂の頃に、千代も亦空し。旦には席上の主と作り、夕には[11]泉下の客と為る。[12]白馬走り来るとも、黄泉にいかにか及かむ。

隴[13]上の青松は、空しく信剣を懸け、野中の白楊は、但に悲風に吹かるるのみ。是に知りぬ、世俗には本より隠遁の室なく、原野には唯長[14]夜の台のみあることを。先聖已に去に、後賢も留まらず。もし贖ひて免るべきことあらば、古人誰か価の金なけむ。未だ独り存へて、遂に世の終を見る者を聞かず。所以に維摩大士も玉体を方丈に疾ましめ、釈迦能仁も金容を双樹に掩《かく》したまへり。内[15]教に曰く、「黒闇の後より来むことを欲はずは、徳天の先に至らむとするを入るること莫かれ」といふ。（徳天といふは生なり、黒闇といふは死なり）故に知りぬ、生るれば必ず死ありといふことを。死ぬることを若し欲はずは、生れぬに如かず。況や、縦《よし》ゑ始[16]終の恒数を覚るとも、何にそ存亡の大期を慮らむ。

俗道の変化は撃目のごとく、人事の経紀は申臂のごとし。空しきこと浮雲と大[17]虚を行き、心力共に尽きて寄る所もなし

悲歎俗道仮合即離、易去難留詩一首　并序

竊以、釈慈之示教、（謂釈氏慈氏）先開三帰（謂帰依仏法僧）五戒、而化法界、（謂一不殺生、二不偸盗、三不邪婬、四不妄語、五不飲酒也）周孔之垂訓、前張三綱（謂君臣父子夫婦）五教、以済邦国。（謂父義母慈兄友弟順子孝）故知、引導雖二、得悟惟一也。但以世無恒質、所以陵谷更変、人無定期、所以寿夭不同。撃目之間、百齢已尽、申臂之頃、千代亦空。旦作席上之主、夕為泉下之客。白馬走来、黄泉何及。隴上青松、空懸信剣、野中白楊、但吹悲風。是知、世俗本無隠遁之室、原野唯有長夜之台。先聖已去、後賢不留。如有贖而可免者、古人誰無価金乎。未聞独存遂見世終者。所以維摩大士疾玉体于方丈、釈迦能仁掩金容于双樹。内教曰、不欲黒闇之後来、莫入徳天之先至。（徳天者生也、黒闇者死也）故知、生必有死。死若不欲、不如不生。況乎縦覚始終之恒数、何慮存亡之大期者也。

俗道変化猶撃目、人事経紀如申臂、空与浮雲行大虚、心力共尽無所寄

【語注】

1俗人の生きる道。2仮に合い、すぐに離れる。3釈迦。4弥勒。弥勒菩薩の意訳が慈尊、慈氏。5周公旦。6孔子。7導くこと。迷える衆生を悟りの世界に導くこと。8丘と谷。9瞬きする間に。10肘を伸ばす時間。11黄泉の国。12白馬の走る速さは、死の速さに及ばない。13墓の上の松。季札と徐君の故事を踏まえる。14死の台。15内典。ここでは『涅槃経』。16運命。17大空。

◆例文3　『万葉集』巻十九4160―4162

世間の無常を悲しぶる歌一首　并せて短歌

天地の　遠き初めよ　世の中は　常なきものと　語り継ぎ　流らへ来れ　天の原　振り放《さ》け見れば　照る月も
満ち欠けしけり　あしひきの　山の木末《こぬれ》も　春されば　花咲きにほひ　秋付けば　露霜負ひて　風交じり　黄葉
散りけり　[1]うつせみも　かくのみならし　紅の　色もうつろひ　[2]ぬばたまの　黒髪変はり　朝の笑み　夕変はら
ひ　吹く風の　見えぬがごとく　行く水の　止まらぬごとく　常もなく　うつろふ見れば　[3]にはたづみ　流るる
涙　留めかねつも（4160）

言問はぬ木すら春咲き秋付けば　黄葉散らくは[4]常をなみこそ（一に云ふ、「常なけむとそ」）（4161）

うつせみの常なき見れば世の中に　[5]心付けずて思ふ日そ多き（一に云ふ、「嘆く日そ多き」）（4162）

悲世間無常歌一首　并短歌

天地之　遠始欲　俗中波　常無毛能等　語続　奈我良倍伎多礼　天原　振左気見婆　照月毛　盈昃之家里
安之比奇乃　山之木末毛　春去婆　花開爾保比　秋都気婆　露霜負而　風交　毛美知落家利　宇都勢美母
如是能未奈良之　紅乃　伊呂母宇都呂比　奴婆多麻能　黒髪変　朝之咲　暮加波良比　吹風乃　見要奴我其
登久　逝水乃　登麻良奴其等久　常毛奈久　宇都呂布見者　爾波多豆美　流渧　等騰米可祢都母

言等波奴　木尚春開　秋都気婆　毛美知遅良久波　常乎奈美許曾（一云、常无牟等曾）
宇都世美能　常无見者　世間爾　情都気受弖　念日曾於保伎（一云、嘆日曾於保吉）

【語注】

1生きている人間。2黒に掛る枕詞。3流るるに掛る枕詞。4形容詞「無し」の語幹に「み」が付いたもの。5心を向けない。興味を持たない。

◆例文4　『万葉集』巻二十4468―4470

病に臥して無常を悲しび、道[1]を修めむと欲ひて作る歌二首

うつせみは数なき身なり山川の　さやけき見つつ道を尋ねな（4468）
渡る日のかげに競ひて尋ねてな　清きその道またも会はむため（4469）

寿けむことを願ひて作る歌一首

水泡《みつぼ》[2]なす仮れる身[3]そとは知れれども　なほし願ひつ千年の命を（4470）

臥病悲無常、欲脩道作歌二首
宇都世美波　加受奈吉身奈利　夜麻加波乃　佐夜気吉見都々　美知乎多豆祢奈
和多流日能　加気爾伎保比弖　多豆祢弖奈　伎欲吉曾能美知　末多母安波無多米

願寿作歌一首
美都煩奈須　可礼流身曾等波　之礼々杼母　奈保之祢我比都　知等世能伊乃知乎

【語注】
1仏道。2水の泡。「つぼ」は「粒」の古形かとされる。3仮である身。

ii　仏足石歌

『万葉集』とほぼ同時代の資料に、仏足石歌《ぶっそくせきか》がある。仏足石歌とは、釈迦如来の足跡を刻んだ石即ち、仏足石を礼讃するもので、奈良の薬師寺に、仏足石とそれを礼讃する仏足石歌碑が現存している。両者は現在一具とされており、相互に深い関連を有しているが、本来、石は薬師寺の西に埋もれ、歌碑は橋の一部に用いられていたと言う。

さて、仏足石の左側には、天平勝宝五（七五三）年に造ったこと、「文室真人浄三（智努）」が檀主であることが、背面には「亡婦人従四位下茨田郡主、法名良式」の追善供養のためであることが刻されている。智努は、天武天皇の皇子長皇子の子で、始め智努王と称したが、天平勝宝四年に文室真人の姓を賜り、名を浄三と改めている。茨田郡主は、夫人とも母とも言われる。歌は二十一首彫られており、初めの十七首には「恭（この文字一部欠損）仏跡」、続く四首には「呵嘖生死」の語が付けられている。歌は全部で十七首、その内六首を上げておく。

（第一首）
御跡作る　石の響きは　天に到り　地《つち》さへ揺すれ　父母がために　諸人のために
美阿止都久留　伊志乃比鼻伎波　阿米爾伊多利　都知佐閇由須礼　知々波々賀多米爾　毛呂比止乃多米爾

（第二首）
三十余り①　二つの相《かたち》　八十種と　そだれる人の　踏みし跡どころ　稀にもあるかも
弥蘇知阿麻利　布多都乃加多知　夜蘇久佐等　曾太礼留比止乃　布美志阿止々己呂　麻礼爾母阿留可毛

（第四首）
この御跡　八万光《やよろづ》を②　放ち出だし　諸々救ひ　渡したまはな　救ひたまはな
己乃美阿止　夜与呂豆比賀利乎　波奈知伊太志　毛呂毛呂須久比　和多志多麻波奈　須久比多麻波奈

（第九首）
釈迦の御跡　石に写し置き　敬ひて　後の仏に[3]　譲りまつらむ　捧げまうさむ
舎加乃美阿止　伊波爾宇都志於伎　宇夜麻比弖　乃知乃保止気爾　由豆利麻都良牟　佐々義麻宇佐牟
（第十四首）
釈迦の御跡　石に写し置き　行き廻り[4]　敬ひまつり　我が世は終へむ　この世は終へむ
舎加乃美阿止　伊波爾宇都志於伎　由伎米具利　宇夜麻比麻都利　和我与波乎閇牟　己乃与波乎閇牟
（第十九首）
四つの蛇[5]　五つの鬼《もの》の　集まれる　穢き身をば　厭ひ捨つべし　離れ捨つべし
与都乃閇美　伊都々乃毛乃々　阿都麻礼流　伎多奈伎微乎婆　伊止比須都閇志　波奈礼須都倍志

①三十二相八十種好と言われる、仏に備わった身体の特徴。②『観仏三昧経』に、「仏、足下の千輪相の中大光明出だし、足趺の毛穴の中八万四千蓮華有り」とある（原漢文。以下同）。③弥勒菩薩のこと。釈迦出現から五十六億七千万年の後に降臨するという将来仏。現在は兜率天の内院に住すると言う。④周囲を廻ること。⑤人間の肉体が不浄であり、活動が暴悪であることを言う。『涅槃経』に、「地水火風は四大蛇の如く、五蘊は旋陀羅の如し」とある。五蘊は、色受想行識の五つの活動を言い、旋陀羅《せんだら》は、下姓、暴悪人を言う。

仏足石の右側にはまた、「諸行無常、諸法无我、涅槃寂静」と三法印が刻まれ、仏説であることを示している。

仏足石歌の原表記は各歌の左に示した如く万葉仮名で書かれ、歌体は、五、七、五、七、七の短歌体の後に、七言句が一句付け加わる歌体で、これを仏足石歌体と呼ぶ。末句が、直前の句を少し変えて繰り返され、また、歌碑では字が小さく表記されていることなどから、歌われたもの、或いは、斉唱されたのではないかとの説があり、仏足石歌体は、歌謡に分類されてきたが、和歌とする説もある。いずれにしても、歌われたものであるという点では、一致している。既に『万葉集』の一部の歌に、唱導（第五章参照）の影響が認められるとの説もあり、仏足石歌もその点を考慮しなければならないだろう。

iii　『唐大和上東征伝』

『唐大和上東征伝』は、鑑真（六八八―七六三）の十二年間六回に及ぶ日本への渡航を中心に、鑑真の生涯を叙述したもので、鑑真の従僧思託の『大唐伝戒師僧名記大和上鑑真伝』（『広伝』とも）三巻本を元に、淡海三船《おうみのみふね》（真人《まひと》、釈元開）が依頼されて一巻本に整理し、宝亀十（七七九）年に成立した。駢儷体を中心としつつ、或る程度は自由な散文体を採っていて、唐代の俗語の使用も見られる。長文の漢文伝として、高僧伝や往生伝といった漢文伝、入唐記といった漢文紀行の先駆けとなる作品である。次に上げるのは、その冒頭部である（原漢文。以下同）。

> 大和尚、諱は鑑真、楊州江陽県の人也。俗姓は淳于、斉の弁士髡が後なり。其の父先に楊州大雲寺智満禅師に就きて、戒を受け禅門を学ぶ。大和上年十四、父に随い入寺し、仏像を見たてまつりて心を感動す。因て父に請い出家を求む。父其の志を奇とし許す

鑑真の出自、出家の契機が簡潔に述べられている。鑑真は、唐の嗣聖五（六八八）年に中国の楊州江陽県（江蘇省）で生まれ、景龍二（七〇八）年に、長安実際寺の戒壇で、具足戒を受けた。

鑑真の招請は、当時、唐では正式の戒師から受戒した者だけを出家した者として認めていたが、日本には正式の戒師が居らず、その招請が要望されたこと、日本ではまた、官の許可なく私に得度する僧所謂私度僧が増加し、僧尼の規律や風紀が乱れて戒律が必要とされたことによる。そして、その任に当たったのが、天平五（七三三）年に遣唐使多治比広成に従って入唐した僧栄叡、普照らである。栄叡、普照は、天平十四年に鑑真に会い、日本への渡航を要請する。次に上げるのは、鑑真が日本への渡航を決意する場面である。

> 是の歳、唐の天宝元載冬十月（日本天平十四年歳次壬午也）、時に大和尚、揚州大明寺に在して、衆の為に律を

講ず。栄叡、普照、大明寺に至りて、大和尚の足下を頂礼して、つぶさに本意を述べて曰く、「仏法東流して日本国に至る。其の法ありといへども、伝法の人なし。日本国に昔聖徳太子と云ふ人有り。曰く、『二百年の後、聖教日本に興らん』と。今此の運に鐘る。願くは、大和尚東遊して化を興したまへ」。大和尚答へて曰く、「昔聞く、南岳の思禅師、遷化の後、生を倭国の王子に託して、仏法を興隆し、衆生を済度すと。又聞く、日本国の長屋王、仏法を崇敬して、千の袈裟を造りて此の国の大徳、衆僧に棄施す。其の袈裟の縁の上に四句を繡著して曰く、『山川異域、風月同天、諸の仏子に寄せて、共に来縁を結す』と。此をもつて思量するに、誠に是れ仏法興隆有縁の国なり。今我が同法の衆中、誰か此の遠請に応じて、日本国に向て法を伝ふる者の有らんや」。時に衆黙然として一人も対ふる者のなし。やや久しくして、僧祥彦と云もの有り。進みて曰く、「彼の国はなはだ遠くして生命存し難し。蒼海淼《びょうまん》漫として、百にひとりも至ることなし。人身得難く、中国生し難し。進修未だ備はらず。道果未だ剋せず。是の故に、衆僧緘黙して対ふることなきのみ」。大和尚の曰く、「是れ法事の為なり。何ぞ身命を惜しまん。諸人去《ゆか》ずんば我すなはち去んのみ」。祥彦の曰く、「大和尚もし去ば、彦もまた随て去ん」。爰に僧道興、道航、神崇、忍霊、明烈、道黙、道因、法蔵、法載、曇静、道翼、幽巌、如海、澄観、徳清、思託等の廿一人有り。心を同じて大和尚に随ひ、云んことを願ふ。要約已に畢りて、始て東河に抵《いた》り、船を造る

栄叡、普照等の要請に応じた鑑真は、翌年渡航を計画するが、密告により失敗した。その後四回もの渡航を計画するが、暴風雨に遭って海南島に漂着するなど、全て失敗に帰し、日本へ辿り着いたのは、実に天平勝宝五（七五三）年、渡航の試み六回目のことで、日本僧栄叡は病没し、鑑真は失明していた。日本に着いた鑑真は、翌年天平勝宝六年に入京して東大寺に戒壇を建て、聖武太上天皇、皇太后（光明皇后）、今上天皇（孝謙天皇）以下に戒を授けた。また、天平宝字三（七五九）年に、唐招提寺を建立し、戒律の伝授に務めた。

作者の三船は、天智天皇の皇太子大友皇子の曾孫に当たる。十代の頃出家して元開と称し、唐僧道璿の許で学んだ

が、天平勝宝三年、三十歳のときに勅命により還俗、淡海真人の姓を賜り、以後淡海三船と称した。遣唐留学生の候補にもなったが病気のため断念し、来日した鑑真の徳化を受けている。その作品は、仏教に関連あるものばかりで、『東征伝』の他に、『大安寺碑文』や、『経国集』に漢詩が五首載る。三船は、『続日本記』に「性識聡敏、群書を渉覧し、尤だ筆札を好む」とあって（原漢文。以下同）、聡明博識にして文才に秀でていたことが記されている。また、桓武天皇天応元（七八一）年六月二十四日条に「宝字より後、宅嗣と淡海三船とを文人の首とす」とあって、文人の最高峰として石上宅嗣と共に並び称された。文人については、蔵中進氏が、「和歌の世界に対して、漢詩文の世界に主として活躍し、内外典に精通堪能で特に詩文の述作に老練であることが「文人」たるものの必要条件であった」としている（『唐大和上東征伝の研究』桜楓社、昭和51年）。三船は、大学頭・文章博士などの職を歴任していて、学問、教育、文学の中枢に位置し、名実ともに「文人の首」たる人物であった。蔵中氏はまた、三船の活躍を、「来るべき平安初頭の「漢風謳歌時代の文学」の先駆けをなすもの」とし、その影響は平安初頭の漢文作品や、大学寮の学問の世界に及んだと見る事が出来よう。

第二章　中古の仏教文学

1　中古仏教文学概説——浄土教の流行——

浄土教は、阿弥陀如来の助けによって、その国土である西方極楽浄土へ往生し、そこにおける生を実現しようとする教えである。この信仰は中国において、南北朝時代に、廬山の慧遠（三三四―四一六）、曇鸞（四七六―五四二）によって盛んになり、唐代には道綽、善導らが出、さらに慧日、承遠、法照などが出て、浄土教を広めた。これは日本の上代に相当する時代であるが、中国の浄土教は、高句麗を経て、日本に流入したものと考えられている。

上代において、浄土教がどの程度浸透していたかは、文献よりも、今に残る仏教美術によって、その流布の様を知ることが出来る。それによると、上代における阿弥陀信仰は、必ずしも仏教の主流にはなっておらず、飛鳥時代には、釈迦如来、弥勒菩薩の像が多く造られている所から、それらが信仰の対象としては一般的であったであろうとされる。その後白鳳時代に入ると、観音像が増加すると共に、阿弥陀如来像も増加してくるが、阿弥陀仏が中心となるまでには至っていない。しかし、奈良時代最末期に至ると、阿弥陀如来像が急速に増加し始めるのであり、阿弥陀信仰はこの頃から盛んになったと考えられている。

文化財の面から見た場合、確かに上代末期には、浄土教の興隆を物語る阿弥陀如来像の造仏や浄土教変相図等が増加しているのであるが、ここに一つの問題がある。浄土教は、本来、この世を穢土として厭うことを機縁として、浄土への往生を願うものであり、現世否定の思想（厭離穢土）と往生極楽の希求（欣求浄土）で一具となるものである。

ところが、上代における阿弥陀如来への信仰は、現世否定の思想を持っていないと言われる。即ち、井上光貞氏は、「当代（上代）の阿弥陀信仰を示す資料はほとんど全部追善的なものと断言してよい」と述べており（『新訂日本浄土教成立史の研究』第一章第一節、山川出版社、昭和31年）、狭義の浄土教は未だ根付いてはいなかったとの見方が出来るのである。

このような状況を変化させたのは、南都六宗の動きである。今日残存する資料を通観すると、南都において、新羅浄土教の影響を推測させるものが多い。さらに唐の善導の著、『観無量寿経疏』『往生礼賛』『六時行道』などがあり、書写された経典を見ても、例えば正倉院所蔵写経の場合、奈良時代後期のものは、『阿弥陀経』『無量寿経』及び、その疏が多いことが注目される。

南都六宗の内、浄土教との関係が殊に深いのは、三論宗である。三論宗では、既に大化の改新頃に恵隠が『無量寿経』を講じたとの記録があるが（『日本書紀』舒明天皇十二〈六四〇〉年五月辛丑条）、その後の動向を具体的に示す資料は無い。三論宗の中で浄土教学が継続的に行われていたことを推測するのみであるが、元興寺の智光（？―七七六頃）が南都浄土教を推進する働きをしたと言われている。智光は『無量寿経論釈』『観無量寿経疏』『四十八願釈』の著作があると共に、所謂「智光曼荼羅」と呼ばれる浄土変相を観じながら、称名念仏したらしい。「智光曼荼羅」については、なお疑問があるものの、智光が浄土教経典の疏を著したのみならず、日常的にも念仏（智光の場合は口念ではなく、心念を重視した）という行為を行っていたという伝説は、何処までが事実であるかは措くとしても、浄土教が先ず南都三論宗で定着した事実を物語っているだろう。智光によって定着した三論宗の浄土教はやがて東大寺三論宗に引き継がれる。また、華厳宗においても、中国浄土教が取り入れられたが、三論宗とは別の展開を遂げた。

智光に関しては、『日本霊異記』『日本往生極楽記』などが、その事跡を伝えている。智光と浄土教の関係をよく示す以下の話は、『今昔物語集』他、『十訓抄』などにも収められている。

以下に、『今昔物語集』を掲げる（原片仮名双記宣命体を改める）。

元興寺智光、頼光、往生語第一

今昔、元興寺ニ智光、頼光ト云フ二人ノ学生有ケリ。年来、此ノ二人ノ人、同ジ房ニ住テ修学スルニ、頼光、漸ク老ニ至ルマデ懈怠ニシテ学問ヲモ不為《セ》ズ、物云フ事モ无クシテ、常ニ寝タリケリ。智光ハ、心ニ智ノ深クシテ、懃ニ学問ヲ好テ、止《ヤム》事无キ学生ト成ヌ。而ル間、頼光、既ニ死ヌ。其ノ後、智光、此レヲ歎テ云ク、「頼光ハ、此レ、多年ノ親シキ友也。而ルニ、年来、物云フ事无ク、学問不為《セ》ズシテ常ニ寝タリキ。死テ後、何《イカ》ナル報ヲカ受タラム、善悪、更ニ難知シ」ト。如此ク思歎キテ、二三月許、「頼光ノ生タラム所ヲ知ラム」ト心ニ祈念スルニ、智光、夢ニ「頼光ノ有ル所ニ至ヌ。見レバ、其ノ所ノ荘厳微妙ニシテ浄土ニ似タリ。智光、此レヲ怪ムデ、頼光ニ問テ云ク、『此レ、何ナル所ゾ』ト。頼光、荅テ云ク、『此レハ極楽也。汝ガ□依テ、我レ、生所ヲ示ス也。早ク返リ可去シ。此レ、汝ガ所居ニ□』。智光ノ云ク、『我レ、「専ニ浄土ニ生レム」ト願フ心有リ、何ノ可返キ』。頼光ノ云ク、『汝ヂ、行業无シ、暫クモ此ニ不可留ズ』ト。智光ノ云ク、『汝ハ生タリシ時、勤ル所无カリキ。何ゾ、此所ニ生タル』ト。頼光荅テ云ク、『不知《シラ》ズヤ、我レハ、往生ノ因縁有ルニ依テ、此ノ所ニ生タル也。我レ、昔シ、諸ノ経論ヲ披キ見テ、極楽ニ生レム事ヲ願ヒキ。此レヲ深ク思ヒシニ依テ、物云フ事无カリキ。四ノ威儀ノ中ニ只弥陀ノ相好、浄土ノ荘厳ヲ観ジテ、他ノ思ヒ无クシテ静カニ寝タリシ也。年来、其ノ功積リテ、今、此ノ土《トコロ》ニ来レル也。汝ハ、法文ヲ覚シテ其ノ義理ヲ悟テ智恵朗カ也ト云ヘドモ、心散乱シテ、善根微少也。然レバ、未ダ浄土ノ業因ヲ不殖《ウエ》ズ』ト。智光、此レヲ聞テ、泣キ悲ムデ、問テ云ク、『然ラバ、何ヲ以テカ、決定シテ往生ヲ可得キ』ト。頼光ノ云ク、『其ノ事、我レ、荅フルニ不能《アタハ》ズ。然レバ、阿弥陀仏ニ問ヒ可奉シ』ト云テ、即チ、智光ヲ引テ、共ニ仏ノ御前ニ詣ヅ。智光、仏ニ向ヒ奉テ、掌ヲ合セテ、礼拝シテ仏ニ白《マウ》シテ言サク、『何ナル善根ヲ修シテカ、此ノ土ニ生ル、事ヲ可得キ。願クハ、此レヲ教ヘ給ヘ』ト。仏、智光ニ告テ宣ハク、『仏ノ相好、浄土ノ荘厳ヲ可観シ』ト。智光ノ申サク、『此ノ土ノ荘厳、微妙広博ニシテ心、眼ノ及所ニ非ズ。凡夫ノ心ニ、何カ此レヲ観ゼム』ト。其ノ時ニ、仏、即チ右ノ手ヲ挙テ、掌ノ中ニ小サキ浄土ヲ現ジ給フ」ト見テ、夢覚ヌ。忽ニ絵師ヲ呼テ、夢ニ見ル所ノ仏ノ掌ノ中ノ小浄土ノ相ヲ令写メテ、一生ノ間、此レヲ観ジテ、智光、亦、遂ニ往生ヲ得タリケリ。其ノ後、其ノ房ヲバ極楽房ト名付テ、其ノ写セル絵像ヲ係テ、其ノ前ニシテ念仏ヲ唱ヘ講ヲ行フ事、于今《イマニ》不絶《タエ》ズ。心有ラバ、必ズ可礼奉キ絵像也トナム語リ伝ヘタルトヤ

（『今昔物語集』巻十五第一話）

平安時代に入り、唐より帰朝後の最澄が延暦寺を開いた。最澄は中国天台宗を日本に取り入れたのであるが、浄土教に関しては、それ程の発展を見なかった。天台宗の創始者智顗は、その著『摩訶止観』で、止観の方法として四種三昧（常坐三昧、常行三昧、半行半坐三昧、非行非坐三昧）を説いたが、その内の常行三昧は後に浄土教の念仏行に繋がっていく萌芽であったと見て良い。但し、最澄の頃はまだ法華三昧が中心であった。

天台浄土教の確立を見るのは、円仁以後である。円仁は承和十四（八四七）年に中国から帰朝するが、彼が彼地で学んだのは、善導の流れを汲む念仏であった。円仁はこれを我が国に伝え、叡山の常行堂で念仏法を行った。一方、円珍の法華三昧がなお主流であったため、念仏法は円仁の弟子である相応によって具体化するまで若干の時間を要した。相応は叡山東塔に常行堂を造ったが、そこでは念仏はその一要素に過ぎず、本来は観相を主とする常行三昧が次第に念仏に限定されていくことになった。さらにこの念仏は、音楽的要素、或いは、空也に代表されるような踊念仏として一般民衆に広がっていった。円仁の伝えた念仏法は次第に叡山に定着したが、天台浄土教は、第十八代天台座主良源の頃に確立されたと見るべきであろう。良源は『極楽浄土九品往生義』を著しているが、最も注目されるのは、貴族社会全般に大きな影響を与えた源信の『往生要集』である。

『往生要集』は、上中下三巻から成る。上巻は「厭離穢土」「欣求浄土」「極楽の証拠」「正修念仏」で、「正修念仏」

の途中から中巻になり以下、中巻は「助念の方法」「別時念仏」が語られ、下巻は「念仏の利益」「念仏の証拠」「往生の諸行」「問答料簡」と続き、最後に書簡が置かれる。

源信が『往生要集』を起筆したのは、永観二（九八四）年十一月、書き終えたのは翌年四月である。この頃、勧学会を主催した慶滋保胤が出家している。勧学会については本章5に述べるが、保胤は出家後、叡山横川首楞厳院で行われた「二十五三昧会」に参加したらしい。保胤には『横川首楞厳院二十五三昧起請』が残される。二十五三昧会が、構成員から見ても中絶した勧学会の単なる発展的集団ではないことに関しては、近時後藤昭雄氏の考察に詳しい（「『勧学会記』について」、『平安朝漢文文献の研究』第二部、吉川弘文館、平成5年）。保胤個人に限れば、勧学会の文人的性格に飽き足らず、より強い求道心による出家であったことが想像されるのであり、『往生要集』はこの二十五三昧会の精神的支柱ともなったのである。

『往生要集』の中で、最も印象的な箇所は言うまでもなく冒頭の「厭離穢土」に描かれた六道、中でも酸鼻を極める地獄、餓鬼道、畜生道等の様であろう。本書は「厭離穢土」から「欣求浄土」へ、その方法としての念仏を説く、という構成になっている。そのために置かれた「厭離穢土」の内容が、極めて強烈な印象を与えるのは当然のことであり、その影響は非常に大きいものがあった。

しかし、源信が力を込めたのは、念仏の必然性と方法とその効果である。そこには音楽や踊りで陶酔を誘う念仏の在り方に対する批判もなされているが、この考え方は後に法然にも受け継がれる。但し、後章で述べる如く、法然や親鸞の念仏は、専修称念、即ち口称による念仏に限定され、源信の立場は、口称と観念の両方を含むものである。

以下に、冒頭六道の概説と等活地獄の総論部、及び、臨終観念の箇所を引用する。

大文第一に、厭離穢土とは、それ三界は安きこと無し、最も厭離すべし。今その相を明さば、惣べて七種有り。一には地獄、二には餓鬼、三には畜生、四には阿修羅、五には人、六には天、七には惣結なり。第一に、地獄にもまた分ちて八と為す。一には等活、二には黒縄、三には衆合、四には叫喚、五には大叫喚、六には焦熱、七には大焦熱、八には無間なり。初に、等活地獄とは、この閻浮提の下一千由旬に在り。縦広一万由旬なり。この中の罪人は、互に常に害心を懐けり。もしたまたま相見れば、猟者の鹿に逢へるが如し。おのおの鉄爪を以て、互に爴み裂く。血肉既に尽きて、ただ残骨のみ有り。或は獄卒、手には鉄杖、鉄棒を執り、頭より足に至るまで、偏へに皆打ち築くに、身体破れ砕くること、猶し沙揣の如し。或は極めて利き刀を以て、分々に肉を割くこと、厨者の魚肉を屠るが如し。涼風来り吹くに、尋《つ》いで活《よみが》へること故《もと》の如し。欻然《くつぜん》としてまた起きて、前の如く苦を受く。或は云く、空中に声ありて云はく、「このもろもろの有情、また等しく活へるべし」と。或は云はく、獄卒、鉄叉を以て地を打ち、唱へて「活々」と云ふと。かくの如き等の苦、具さに述ぶべからず〈已上は、智度論、瑜伽論、諸経要集に依りて、これを撰ぶ〉

大文第一、厭離穢土者、夫三界無レ安、最可二厭離一。今明二其相一、惣有二七種一。一地獄、二餓鬼、三畜生、四阿修羅、五人、六天、七惣結。第一、地獄亦分為レ八。一等活、二黒縄、三衆合、四叫喚、五大叫喚、六焦熱、七大焦熱、八無間。初、等活地獄者、在二於此閻浮提之下一千由旬一。縦広一万由旬。此中罪人、互常懐二害心一。若適相見、如二猟者逢一レ鹿。各以二鉄爪一、而互爴裂。血肉既尽、唯有二残骨一。或獄卒、手執二鉄杖鉄棒一、従レ頭至レ足、偏皆打築、身体破砕、猶如二沙揣一。或以二極利刀一、分分割レ肉、如三厨者屠二魚肉一。涼風来吹、尋活如レ故。欻然復起、如レ前受レ苦。或云、空中有レ声云、此諸有情、可二還等活一。或云、獄卒、以二鉄叉一打レ地、唱云二活活一。如レ是等苦、不レ可二具述一〈已上、依二智度論瑜伽論諸経要集一撰レ之〉

（『往生要集』巻上）

次に臨終の勧念とは、善友同行にして、その志有らん者は、仏教に順ぜんが為に、衆生を利せんが為に、善根の為に、結縁の為に、患に染みし初より病の床に来問して、幸に勧進を垂れよ。但し勧誘の趣は、まさに人の意に在るべし。今且《しばら》く自身の為に、その詞を結びて云はく、「仏子年来の間、この界の悕望を止めて、ただ西方の業を修せり。なかんづく本より期する所は、この臨終の十念なり。今既に病床に臥す。恐れざるべからず。すべからく目を閉ぢ合掌して、一心に誓期すべし。仏の相好にあらざるより、余の色を見ることなかれ。仏の法音にあらざるより、余の声を聞くことなかれ。仏の正教にあらざるより、余の事を説くことなかれ。往生の事にあらざるより、余の事を思ふことなかれ。かくの如くして乃至命終の後に、宝蓮華の台の上に坐し、弥陀仏の後に従ひ、聖衆に囲遶せられて、十万億の国土を過ぐる間も、亦またかくの如くに、余の境界を縁ずることなかれ。ただ極楽世界の七宝の池の中に至りて、始めて応に目を挙げ合掌して、弥陀の尊容を見たてまつりて、甚深の法音を聞き、諸仏の功徳の香を聞《か》ぎ、法喜禅悦の味を嘗め、海会の聖衆を頂礼して、普賢の行願に悟入すべし」と。今、十事あり。応当《まさ》に一心に聴き一心に念ずべし。一々の念ごとに、疑心を生ずることなかれ

次臨終勧念者、善友同行、有二其志一者、為レ順二仏教一、為レ利二衆生一、為二善根一、為二結縁一、従二染レ患初一来二問病床一、幸垂二勧進一矣。但勧誘之趣、応レ在二人意一。今且為二自身一、結二其詞一云、仏子年来之間、止二此界悕望一、唯修二西方業一。就レ中本所レ期、是臨終十念。今既臥二病床一。不レ可レ不レ恐。須閇レ目合掌、一心誓期。自レ非二仏相好一、勿レ見二余色一。自レ非二仏法音一、勿レ聞二余声一。自レ非二仏正教一、勿レ説二余事一。自レ非二往生事一、勿レ思二余事一。如レ是乃至命終之後、坐二宝蓮華台上一、従二弥陀仏後一、聖衆囲遶、過二十万億国土一之間、亦復如レ是、勿レ縁二余境界一。唯至二極楽世界七宝池中一、始応挙レ目合レ掌、見二弥陀尊容一、聞二甚深法音一、聞二諸仏功徳香一、嘗二法喜禅悦味一、頂二礼海会聖衆一、悟二入普賢行願一。今有二十事一。応二当一心聴一心念一、毎二一一念一、莫レ生二疑心一

（『往生要集』巻中）

天台浄土教は、教団内部の孤立的な宗教活動ではなく、これを享受した貴族社会にも大きな影響を与えた。『往生要集』は、その動きを加速したとも言える。平安時代中期に浄土教の影響を深く受けたのは、勧学会の中心人物ともなり、『日本往生極楽記』を著した慶滋保胤である。また、『源氏物語』には源信をモデルにしたと言われる「横川の

僧都」が登場している。摂関家においては、藤原道長が浄土教を信仰した最初の人物ではないかと言われているが(井上光貞氏前掲書)、道長は法成寺に阿弥陀堂を建立し、そこで死去した。道長臨終の様を『栄華物語』は次のように描く。そこには念仏を口称し、阿弥陀の相好を観念しつつ往生する道長の姿がある。

◆例文5　『栄華物語』巻三十「つるのはやし」

この[1]御たうは[2]三時の念仏つねの事なり。このごろは、さるべき僧綱凡僧どもかはりてやがて不断の御念仏なり。さればいみじうたうときも、やがてきゝあえるなりけり。[3]三位中将にうだう、たゞのおりこそあらめ、かゝるおりにはいかでかと、殿のうへせちにきこえさせ給へば、まいり給て、御まくらがみにて念仏たえずすゝめたてまつらせ給。[4]山の座主つねにまいり給て、いみじき事どもを申きかせたてまつり給て、ともすればうちひそみなき給。たゞいまはすべてこの世に心とまるべくみえさせ給はず。このたてたる御屛風のにしをもてをあけさせ給て、九体の阿弥陀仏をまもらへさせたてまつらせ給へり。いみじき智者もしぬるおりは、[5]みつのあひをこそおこすなれ。まして殿の御ありさまは、さま〲めでたき御事どもを[6]おぼしはなちたるさま、のちのよはたしるくみえさせ給。[7]女院、[8]中宮をだに、いまはあひみたてまつらせ給事なし。おぼろげに申させ給てぞ、[9]さば、とて、たゞはつかなるほどにて、はやかへらせ給ね〱申させ給。すべて、[10]臨終念仏おぼしつゞけさせ給。[11]仏の相好にあらずよりほかのいろをみむとおぼしめさず、仏法のこゑにあらずよりほかのよのこゑをきかんとおぼしめさず。後生の事よりほかの事をおぼしめさず。御めには弥陀如来の相好をみたてまつらせ給、みゝにはかうたうとき念仏をきこしめし、御心には極楽をおぼしめしやりて、[12]御てには弥陀如来の御てのいとをひかへさせ給て、[13]北まくらに西むきにふさせ給へり。よろづにこの僧どもみたてまつるに、なを権者におはしましけりとみえさせ給。御堂のうちに坊してさぶらひ給僧達、みだうどうじにいたるまで、[14]たゞものにあたりて水をあみ、人しれぬかをつき、仏をいりもみたてまつる。御だう〳〵の僧などさしあつまりて、かひゝざをして、そらをあふぎて、[15]いかで御身にかゝるものゝかずにもあらぬ身をかはりたてまつらん〳〵と思ひ、なみだをながすもいみじうあはれなり。世中のあまどもは、あみだ堂のすのこのしたにあつまりゐて、十方世界の諸仏の世にいでさせ給て、機縁すでにつくれば、かならず滅度にいり給、ちかく釈迦如来、卅五にして仏道なり給へり。八十にして涅槃にいり給、[16]仏日すでに涅槃のやまにいり給なば、生死のやみにまどふべし。たゞし、これは[17]非生に生をとなへ、非滅に滅をげんじ給しがごとく、まことに滅し給はずば、いかにうれしからんや。[18]十二月二日、つねよりもいとくるしうせさせ給へば、女院、中宮、[19]うゐの御まへも、いとゆゝしう思たてまつらせ給て、[20]関白殿にせちに申させ給へば、人々いだしてみたてまつらせ給に、あはれにかなしういみじうて、ほと〳〵御こゐたてさせ給つべし。さてかへらせ給ぬれば、僧達ちかう候て、御念仏をしてきかせたてまつる。されど、その日[21]おこたらせ給つ。このほど、[22]内、[23]東宮より御つかひいみじかりつ。いまになをよはげにおはしませど、[24]たゞこの御念仏のおこたらせ給はぬにのみ、おはしますぢやうにてあるなり。またの日も、いまや〳〵とみえさせ給へれど、ことなくてすぎさせ給ぬ。[25]ついたち四日巳時ばかりにぞうせさせ給ぬるやうなる。されど、御むねよりかみは、まだおなじ様にあたゝかにおはします。猶御くちうごかさせ給は、御念仏せさせ給とみえたり。[26]そこらの僧なみだをながして、御念仏のこゐをしまずつかうまつり給。[27]臨終のおりは、風火まづさる。かるがゆへに、どうねちして苦おほかり。善根の人は地水まづさるがゆへに、緩慢《クワンマン》してくるしみなし、とこそはあんめれ。されば、善根者とみえさせ給。あはれに内、東宮の御つかひぞひまなき。ひごろいみじうしのびさせ給へる殿原、御まへたち、こゐもおしませ給はず。げにいみじや。御堂のうちのあやしのほうしばらのもの思なげなりつるが、にはのまゝにふしまろぶ、げにいみじ。せかいのたうとき尼ほうしさえあつまりて、[28]ほとけのよにいで給て、世をわたし給へる、ねはんのやまにかくれ給ぬ。われらがごときいかにまどはんとすらんなど、いひつゞけなくも、いみじうかなし。夜なかすぎてぞひえ

はてさせ給ける

【語注】
1道長造営の法成寺阿弥陀堂。2朝、昼、夜の一日三度。3三井中将入道が正しい。藤原成信。4天台座主院源。5臨終の時に起こす三種の愛で、境界愛、自体愛、当生愛。6執着を思い棄てている。7道長女で、一条天皇中宮彰子。現在は上東門院となっている。8道長女で、後一条天皇中宮威子。9それなら（止むを得ないと言って）。10臨終に阿弥陀仏の名号を唱えること。11仏の三十二相八十種好の相貌を観相する。12阿弥陀如来の手を通した五色の糸を手に持って。13釈迦の入涅槃の方式に従っている。14慌てふためくこと。15何とかして道長の身に、物の数でもない自分が替わりたい。16仏を日に、涅槃を山に、生死を闇に譬える。17仏は、常住不滅であるから、生も滅もないのに、衆生教化のために、生滅を現した。18万寿四（一〇二七）年。19道長室倫子。20道長男頼通。21病状が一旦落ち着いた。22後一条天皇。23一条天皇第三親王敦良。後一条天皇の同腹弟。後の後朱雀天皇。24称念の声によってのみ、生きていることが確認できる。25朔の四日で、十二月四日。26多くの。27『往生要集』上に見える。28道長を仏に喩えた言葉。

2　平安時代の説話集

i　『三教指帰』

『三教指帰』は、空海（七七四―八三五）の入唐前の著作である。空海は讃岐国に生まれ、十八歳で都に出たが、既に数年前より漢籍を学んでいた（『三教指帰』序、『空海僧都伝』）。『三教指帰』は『聾瞽指帰』（空海真筆本が高野山に蔵される）と同じく、延暦十六（七九七）年十二月の日付を有しているが、両書は序と「十韻の詩」に大きな違いがある他、それ以外の箇所でもかなりの異同が認められる。本書は空海二十四歳、入唐以前の著作であり、その文章には六朝文学の影響が濃厚に窺われる。

本書は、「三教」即ち、「儒、道、仏」の三教を対比し、最終的に仏教が最も優れた教えであるとの結論に導くことを目的とする。その意味で宗教書の範疇に入るものである。但し、その構成、文体等からは、入唐以前に学んだ漢籍の影響が著しく、帰朝後、『文鏡秘府論』という文学論を著するに至った空海の文学的資質をよく示すものとなっている。

『三教指帰』は、上中下三巻からなるが、一方に蛭牙《しつが》公子《こうし》という放蕩無頼の人物を置き、他方、彼を教戒する人物として、「儒」「道」「仏」を宗とする、亀毛先生《きぼうせんせい》、虚亡隠士《きょぼういんし》、仮名乞児《かめいこつじ》を配し、蛭牙公子との対話を通じて、それぞれの優れている所以を語らせるという形式を取っている。また、仮名乞児が仏教の優れている所以を語る下巻には、「写懐頌」「観無常賦」「生死海賦」「詠三教詩（十韻の詩）」という四種の韻文が置かれる。殊に二つの賦は流麗な駢儷文で書かれ、仏教の優越性を語る上で、効果的な文体を選んだ空海の叙述方法が、中国文学の影響を受けたものであることを物語っている。対話様式、巻を追って次第に高次の理論へ進化していく論述方法、散文中に韻文を置き、それによって論旨の徹底を図る方法、或いは、随所に鏤められた中国古典を典拠とする故事の利用などの点に、ずば抜けた空海の学識が見られると同時に、上述漢籍からの影響が具体的に確認出来よう。

以下に引用するのは、『三教指帰』下巻、仮名乞児が語る「受報の詞」の部分である。

◆例文6　『三教指帰』巻下

[1]尸骸、草の中に爛れて全きこと無し。[2]神識、沸ける釜《かなへ》に煎られて専《もはら》なること無し。或るときは巉巌《ざんがん》たる刀岳に投げられて、血を流して[3]潺湲《せんゑん》たり、或るときは嶕嶫たる鋒山に穿たれて胸を貫いて愁焉たり。乍《あるい》は万石の熱輪に轢《も》まれ、乍は千仞の寒川に没す。有は鑊湯腹に入つて、常に炮煎《はうせん》を事とし、有は鉄火喉に流れて、暫くも脱《まぬか》るるに縁《よし》無し。[4]水漿の食は億劫にも何ぞ称《な》を聞かむ。咳唾《がいだ》の飡、万歳にも擅《ほしいまま》にすること得ず。師子、虎狼、[5]颭颭とくちあいて歓び跳り、馬頭羅刹《めづらせつ》は[6]盱盱《くく》とめみはつて相要む。号叫《かうけう》の響朝な朝な霄《そら》に愬《うつた》ふれども、赦寛《しやくわん》意《こころ》暮《ゆふな》暮《ゆふな》已

に消えぬ。閻王に嘱託すれども、愍《あはれ》ぶ意、咸《ことごと》く銷《き》えぬ、妻子を招き呼べども既に繇《よし》無し。珍《たから》を以て贖はむと欲すれば曾て一の[7]瓊瑤《けいえう》無し。逃げ遁れて免れむと欲すれば、城《せい》高くして超ゆること能くせず。嗟呼、苦しき哉、嗚呼、痛ましき哉。誰か[8]鶏鳴の客を覓《もと》めて早く閉関の労を消し、何か[9]狗盗の子を求めて克く極刑刃を拯《すく》はむ。謀窮まり、途極まって、千たび悔い千たび切なり。[10]石磷《ひすら》ぎ、芥《なたね》尽きて已に叫び咷ぶこと増す。嗚呼、痛ましき哉、嗚呼、痛ましき哉。吾若し生日に勉めずして、蓋し一苦《こ》一辛に罹《かか》むなば、万たび歎き万たび痛むとも、更に誰の[12]人をか凭《たの》まむ。之を勉めよ、之を勉めよ」。ここに亀毛等、百斛《はくこく》の[11]酢《そ》梅《ばい》、鼻に入って酸きことをなし、数斗の茶蓼《とれう》、喉に入って肝を爛らす。火を呑むことを仮らずして腹《はらわた》已に焼くが如し。刀の穿つこと待たずして胸割くに似たり。[13]哽咽《かうえつ》悽愴して涕泣漣漣《れんれん》たり。[14]躃踴《べきよう》して地に倒れ、[15]屠裂して天に愬《うつた》ふ。慈親を喪するが如く、愛偶《あいごう》を失へるに似たり。一たびは懼を懐いて魂を失ひ、一たびは哀を含むで悶絶す。仮名、瓶を採り水を呪して、普く面の上に灑く。食頃《しばらく》あって蘇息して[16]醒《さかやまひ》に似て言《ものい》はず。[17]劉石が塚より出でしが如し、[18]高宗の喪に遭へるに似たり。良久しくして二目《じぼく》に涙を流し、五体を地に投げて、[19]稽顙《けいさう》再拝して曰く、「吾等、久しく瓦礫を翫び常に微楽に耽る。譬へば辛きことを[20]蓼葉《れうえふ》に習ひ、臭きことを[21]廁屎《しし》に忘れ、盲目を覆うて険しき道に進み、[22]蹇驚《けんど》を鞭《は》せて冥き途に向ふが如し。投《いた》らむ所を知らず、陥らむ所を知らず。今、偶《たまたま》高論の慈誨《しくわい》に頼《よ》りて乃ち吾が道の浅膚なることを知むぬ。[23]臍を噬《くら》ひて昨《きのふ》の非を悔い、[24]脳を砕いて明の是を行はむ。仰ぎて慈悲を願はくは、大和上《だいくわしやう》、重ねて指南を加へて察《あきら》かに北極を示したまへ」。仮名が曰く、「爾《しか》なり。咨咨《ああ》善い哉、汝等遠からずして還れり。吾今、重ねて生死の苦源を述べ、涅槃の楽果を示さむ。其の旨は、姫《き》孔の未だ談ぜざる所、老荘の未だ演《の》べざる所なり。其の果は、[25]四果[26]独一も及ぶこと能くせざる所なり、[27]唯一生、[28]十地の漸く優遊する所ならくのみ、諦《あきら》かに聴き能く持《たも》て。要を挙げ綱を撮って略汝等に示さむ」

尸骸、爛㆓草中㆒以無㆑全。神識煎㆓沸釜㆒而無㆑専。或投㆓嶄巌之刀岳㆒、流㆑血滂湲、或穿㆓嶕嶫之鋒山㆒貫㆑胸愁焉。乍レ轢二万石之熱輪一、乍レ没二千仞之寒川一。有下鑊湯入レ腹、常事二炮煎一、有鉄火流レ喉、無二暫脱縁一。水漿之食億劫何聞称。咳唾之飡、万歳不レ得レ擅。師子、虎狼、颰颰歓跳、馬頭羅刹盱盱相要。号叫之響朝朝怨レ霄、赦寛之意暮暮已消。嘱二託閻王一、愍意咸銷、招二呼妻子一既亦無レ繇。欲三以レ珍贖二曾無二一瓊瑶一。欲二逃遁免一城高不レ能レ超。嗟呼、苦哉、嗚呼、痛哉。誰覓二鶏鳴之客一早消二閉関之労一、何求二狗盗之子一克拯二極刑之刃一。謀窮、途極、千悔千切。石磷、芥尽已増二叫咷一。嗚呼、痛哉、嗚呼、痛哉。吾若不レ勉二生日一、蓋罹二一苦一辛一、万歎万痛、更凭二誰人一。勉レ之、勉レ之。於レ是亀毛等、百斛酢梅、入レ鼻為レ酸、数斗荼蓼、入レ喉爛レ肝。不レ仮レ呑レ火腸已如レ焼。不レ待二刀穿一胸亦似レ割。哽咽悽愴涕泣漣漣。蹴踴倒レ地、屠裂怨レ天。如レ喪二慈親一、似レ失二愛偶一。一則懐レ懼失レ魂、一則含哀悶絶。仮名、則採レ瓶呪レ水、普灑二面上一。食頃蘇息似レ酲不レ言。如二劉石之出一レ冢、似二高宗之遭一レ喪。良久二目流レ涙、五体投地、稽顙再拝曰、吾等、久翫二瓦礫一常耽二微楽一。譬下如習二辛蓼葉一、忘二臭厠屎一、覆二盲目一以進二険道一、驚二蹇駑一而向中冥途上。不レ知レ所レ投、不レ知レ所レ陥。今偶頼二高論之慈誨一乃知二吾道之浅膚一。噬レ臍以悔二昨非一、砕レ脳以行二明是一。仰願二慈悲一、大和上、重加二指南一察示二北極一。仮名曰、兪矣。咨咨善哉、汝等不レ遠而還。吾今、重述二生死之苦源一、示二涅槃之楽果一。其旨也、則姫孔之所レ未レ談、老荘之所レ未レ演。其果也、則四果独一所レ不レ能レ及、唯一生、十地漸所二優遊耳、諦聴能持。挙レ要撮レ綱略示二汝等一

【語注】

1この箇所は、「無常賦」に続く「受報の詞」で、仮名乞児が地獄の有様とその苦しみを述べ、「儒」「道」によっては脱却し得なかった苦患を仏道によって脱却することが可能であることを告げ、それを承けて亀毛先生以下の聞き手が教示を乞う、という展開を示す箇所である。2精神と意識。3流れる様。4飲み物。5口を開く様。6目を見張る様。5、6いずれも文選読み。7宝玉。8孟嘗君の故事による。9こそ泥。10永遠の意。11梅酢。ここでは、仏の教えの譬喩。12苦菜《にがな》。13咽び泣いて。14胸を叩いて跳び上がること。15割き殺されたかのように。16酒酔い。17劉玄石の故事による。18高宗の葬父の故事による。19頭を地に着け、深く礼をすること。20蓼《たで》の葉。21便所の屎尿。22足の遅い馬。23後悔すること。24全力を上げる

こと。25声聞の四つの段階。預流果、一来果、斯陀含果、阿那含果。26独力で悟りを得ようとする縁覚。27後、一段階で仏になる菩薩。28仏の悟りに至るまでの十の段階。経典により様々あるが、『華厳経』に拠れば、歓喜地、離垢地、発光地、焰慧地、難勝地、現前地、遠行地、不動地、善慧地、法雲地。

ii　『日本霊異記』

『日本霊異記』（『日本国現報善悪霊異記』）三巻は、現存する日本最古の仏教説話集で、薬師寺の僧景戒の撰に成る。成立は、下巻の序文に、「延暦六年」（七八七年）とあることから、その頃に原型が作られ、下巻三十九話に嵯峨天皇を指すと見られる「今、平安の宮に十四《じふし》季疏《ねんとほ》して、天の下治めたまふ賀美能《かみの》の天皇」とあることから（原漢文。以下同）、弘仁十三（八二二）年頃に完成したと推定されている。景戒は、『霊異記』各巻冒頭に「諾楽《なら》の右京の薬師寺の沙門《しやもん》景戒《きやうかい》録《しる》す」とあり、下巻序末尾に「諾楽の右京の薬師寺の伝灯住位僧景戒録す。但し三巻に注《しる》す」とあることから、薬師寺の僧であったことが分かる。さらに『霊異記』全体に渡る私度僧の記述、下巻第三十八話の景戒の自伝と思しきものに記される私度僧との交流から、景戒も元は私度僧であったろうと考えられている。また、その有する知識から推して、地方氏族の出身と見られ、上巻第一話が、小子部栖軽《ちいさこべのすがる》捕雷説話であることから、小子部氏関係者とする説、上巻第五話の紀伊国名草郡《きのくになくさのこほり》宇治の大伴氏の祖大部屋栖野古《おほとものやすのこ》の伝を始め、紀伊国名草郡に関する説話が多いことから、大伴氏関係者とする説もある。

『霊異記』は、上巻に三十五話、中巻に四十二話、下巻に三十九話、計三巻百十六話を収め、各巻に序文を置く。説話の或るものには賛が付されているが、これは次に上げた上巻序にもあるように、大陸の仏教説話集の体裁に倣ったと見て良い。

是に諾楽の薬師寺の沙門景戒、熟《つらつら》世の人を瞰《み》るに、才好くして鄙ナル行あり。利養を翹《くはた》て、財物を貪ること、磁石の鉄山を挙して鉄を嘘《す》フヨリモ過ぎたり。他の分を欲ひ己が物を惜むこと、流①頭の粟の粒ヲ粉キて、以て糠を啖《は》ムヨリモ甚だし。或いは寺の物を貪り、犢に生まれて債を償ふ。或いは法僧を誹りて現身に災を被る。或いは道を殉め行を積みて、現に験を得たり。或いは深く信じて善を修め、以て生きながら祐《さいはひ》に霑《うる》ふ。善悪の報は、影の形に随ふが如し。苦楽の響ハ、谷の音に応ふるが如し。見聞きする者は、甫ち驚き怪しび、一卓の内を忘る。慙愧する者は、倏《たちまち》に悸《こころつご》キシ惕《いた》み、起《た》ち避《さ》る頃《あひだ》を忩《いそ》ぐ。善悪の状を呈すにあらずは、何を以てか、曲執を直して是非を定めむ。因果の報を示すにあらずは、何に由りてか、悪心を改めて善道を修めむ。

昔、漢地にして冥報記を造り、大唐国にして般若験記を作りき。何ぞ、唯《ただ》し他国の伝録をのみ慎みて、自土の奇事を信じ恐りざらむや。粤《ここ》ニ起ちて自ら矚《み》るに、忍び寝ムコト得ず。居て心に思ふに、黙然《もだあ》ルコト能はず。故聊かに側《ほのか》ニ聞けることを注し、号けて日本国現報善悪霊異記と曰ふ。上、中、下の参巻と作し、以て季《すゑ》の葉《よ》に流《つた》フ。然れども景戒性を稟くること儒《さか》シクあらず、濁れる意澄シ難し。坎②井の識、久しく太方に迷ふ。能功の雕レル所に、浅工にして刀を加ふ。恐り寒心すらくは、患を手を傷フニ貽らむ。此れも亦崐③山の一つの礫④ナリ。但し、口説すること詳《あきら》か次《な》らぬを以て、忘れ遺すこと多くあらむ。善を貪《ねが》ふコトの至りに昇《た》へず、濫⑤竽の業を示さむことを慓《おそ》る。後生の賢者、幸シクモ噎り嗤《わら》フコト勿れ。祈ハクハ奇記を覧む者、邪を却けて正に入れ。諸悪莫作、諸善奉行

①未詳。②井戸の中の知識で、見聞が狭いことの喩え。③崑崙山。中国の西方にある霊山。西王母が住むと言う。④小石。
⑤無能の者が才能あるように見せ掛けること。笛の才があるように見せ掛けたが、無能であることが露見した故事による。

右の序には、唐の唐臨撰『冥報記』と、唐の孟献忠撰『金剛般若集験記』（『般若験記』）に倣ったことが記されている。『冥報記』は、仏教の因果応報譚を集録し、『金剛般若集験記』は、『金剛般若経』の霊験譚を集録したもので、景戒が、これらに倣って「自土」即ち日本の善悪の因果応報、霊異を示す説話集を編纂し、教化の具にしようとしたこと

は、書名からも明らかである。『霊異記』の編纂意図、成立の過程については、出雲路修氏の詳細な検討がある（『説話集の世界』、岩波書店、昭和63年）。その骨子を紹介すれば、『霊異記』の意図は、「現報善悪」と「霊異」の記録にあったとされている。各説話の標題からは、四種の形式が抽出され、「……現報を得る縁」「……現に善悪の報を得る縁」「……現に……悪の……報を得る縁」の三つが現報（生報、後報と対になる言葉で、現在世に受けるべき果報を言う）に相当する説話であり、「……あやしき表を示はす縁」が霊異に相当する説話であって、書名とも対応している。そして、これらの標題を持つ説話群が、延暦六年原撰本であり、現存本は、原撰本に多数の説話を増補して成立したと推定される。出雲路氏はまた、『霊異記』が編年体の説話集であり、上巻には、「現報善悪」「霊異」の世界、中巻には日本仏教の全盛期とも言うべき聖武朝の「霊異」の世界、下巻には、全盛期を過ぎた日本仏教の歴代の「現報善悪」「霊異」の世界が描かれているとしている。歴史を叙述するという意識は、上巻序冒頭に、「原夫《たづねみ》れば、内経、外書の日本に伝はりて興り始めし代には、凡そ二時有りき」とあって、仏法が日本に伝来したことから説き起こすことや、下巻序に、「然して日本に仏法の伝はり適めてより以還、延暦六年に迄るまで、二百三十六歳を逕たり」とあって、仏法伝来以後、延暦六年即ち、「今」に至るまでとあるような時間の認識から窺える。

中巻序は、聖武天皇の徳を慕い、その御代を讃美する文辞に満ちている。東大寺建立、大仏の開眼など、この時代に仏教が一つの頂点を迎えたことは事実だが、聖武天皇への礼讃には、行基が活躍した時代であることも関係しているだろう。行基（六六八―七四九）は、官の許可を得ずに出家得度した私度僧であり、社会事業を行って民間布教に努め、民衆から敬愛された人物である。文殊菩薩の化身とも言われ、後世多数の説話が形成されてゆく。『霊異記』には、行基の説話が七話載せられているが、これは聖徳太子の四話よりも多く、景戒の、行基に対する関心の高さを表す。また、この行基の説話七話の内、六話までが中巻にあることは、聖武天皇の御代、即ち、行基の活躍した時代であることを示している。なお行基の伝記資料としては、『行基年譜』『行基大僧正墓誌』や、『続日本紀』（天平二十一年二月）があり、真作かどうか定かでないが、『行基菩薩遺戒』は、後世に大きな影響を与えた。本書については、木下資一氏の詳細な検討がある（「『行基菩薩遺誡』考—中世文学の一資料として—」、『国語と国文学』59・2、昭和57年12月。「『行基菩薩遺誡』考・補遺—行基参宮伝承の周辺—」、『神戸大学教養部論集』41、昭和63年3月）

景戒が、行基の説話を多く載せるのには、行基が景戒と同じ私度僧であったことが影響している。下巻序に、景戒が自身のことを、「伝灯の良匠（仏法の伝統を伝える高僧）に匪ずして」と言い、「奇異《めづら》しき事を注して、言提《みちびきておし》ふる流《ともがら》に示す。手を授けて勧めむと欲ひ、足を濡ぎて導かむことを欲ふ。庶はくは、地を掃ひて共に西方の極楽に生れむ。巣を傾けて同じく天上の宝堂に住まむと者《い》へり」として、民衆を教化し、民衆と共にあろうとしたことは、私度僧であった行基の、民衆を教化し救済に努めた姿と重なる。おそらく景戒は、行基に畏敬の念を抱きつつ、その生き方に共感していたのであろう。中田祝夫氏は、『霊異記』を、「私度僧による、私度僧のための、私度僧の文学」と規定している（『新編日本古典文学全集10　日本霊異記』解説）。『霊異記』は、テーマの重複や文章の拙劣さによって、およそ洗練された説話集であるとは言い難いものとなっているが、このことは、『霊異記』が、日本における仏教の霊験譚を蒐集、記録し且つ、それらによって勧化しようとしたことと関わる。私度僧が、民衆に語った話とはどのようなものであったのか、益田勝美氏の次の論を参考としたい（「古代説話文学」、『岩波講座　日本文学史　古代一』所収、岩波書店、昭和33年）。

　私度僧たちは、民衆につながり、民衆に後援されて信仰に生きることができた。かれらの口から語られる話は、自分たちの現実の苦悩を理解するものと感じて、かれらの身辺に集ってくる民衆に対する、教理の証言であり、同時に、自分自身に信仰のゆるぎないことを教えきかせるためのあかしでもあった。わけのわからない異国語の経文や、いたずらに眼をひきつける絢爛たる儀式だけでは、民衆の心につながるものにはなりえない。民衆の世界では、仏の教えといえども、自分たちの実際に見聞したこの世のことがらで、信仰のすすめがなされねばなら

なかった。『霊異記』の基盤には、そういう私度僧たちの活動の中で築き上げられた、広汎な口承説話群があったのである

以下に引用するのは、殺生による現報譚、『法華経』書写の功徳譚である。

◆例文7　『日本霊異記』巻上「幼きより網を用ちて魚を捕りて、現に悪報を得し縁」

幼きより網を用ちて魚を捕りて、現に悪報を得し縁　第十一

播磨国飾磨郡の[1]濃於《のお》寺にして、[2]京の[3]元興寺の沙門[4]慈応大徳、[5]檀越の請に因りて[6]夏安居し、法花経を講じき。時に寺の辺に漁夫有りき。幼きときより長《ひととな》るに迄《いた》るまで、網を以て業とせり。後時《のち》に、家の内の桑の林の中に匍匐ひ、声を揚げ、叫び号《おら》びて曰はく、「炎火身に迫れり」といふ。親属《うから》救はむとすれば、其の人に唱《よば》ひて、「我に近づくこと莫れ。我頓《たちまち》に焼けむ」と言ふ。時に、其の親、寺に詣で、[7]行者を請け求めき。行者[8]呪する時に、良久にありて乃ち免る。其の著たる袴焼けたり。漁夫悚《お》ぢ慄《おそ》る。濃於寺に詣り、大衆の中にして罪を懺い、心を改め、衣服等を施して経を誦せしむ。竟に此れより以後、復、悪を行はず。[9]顔氏家訓に云へるが如し。「昔、[10]江陵の劉氏、[11]鱓《なかて》の[12]羹を売るを以て業とす。後に一児を生むに、頭具《つぶさ》に是れ鱓なり。頸より以下《しも》は方に人の身と為る」と者へるは、其れ斯れを謂ふなり

【語注】

1未詳。2ここでは奈良の京を指す。3現在の飛鳥寺。本元興寺。4未詳。大徳は、高僧の意で、僧位ではない。5檀家。6四月十五日から七月十五日まで、僧侶が一箇所に集まり修行すること。7ここでは、慈応大徳。8陀羅尼を唱える。9北斉、顔之推著。二巻。儒教思想に基づく子孫のための処世の書。10『顔氏家訓』巻下に、「江陵劉氏、以レ売二鱓羹一為レ業。後生二一児一、頭是鱓。自レ頸以下方為二人身一」とある。11鰻のこと。12熱い吸物。

◆**例文8　『日本霊異記』巻下「如法に写し奉りし法華経の火に焼けざりし縁」**

如法[1]に写し奉りし法華経の火に焼けざりし縁　第十

牟婁[2]の沙弥は、榎本の氏なり。自度[3]にして名無し。紀伊国牟婁郡の人なりき。故、字を牟婁の沙弥と号くと者へり。安諦郡[4]の荒田の村に居住し、鬢髪を剃除し、袈裟を著け、俗に即きて[5]家を収め、産業を営み造る。如法清浄に法花経一部を写し奉らむと発願せり。専自ら書写しぬ。大小の便利[6]毎に、洗浴して身を浄め、書写の筵に就きてより以還《このかた》、六箇月逕て、乃ち繕写[7]畢りぬ。供養の後、漆を塗れる皮筥に入れて、外の処に安かず、住室の翼階[8]《やののき》に置きて、時々に読む。神護景雲[9]の三年歳の己酉に次れる夏の五月二十三日丁酉の午の時に、火発りて忽家、皆悉に焼け滅びぬ。唯し彼の経を納れたる筥のみ、盛なる熘火[10]《おきび》の中に有りて、都て焼け損ふ所無し。筥を開きて見れば、経の色儼然《いつく》しくして、文字苑然[11]にあり。八方の人、視聞きて、奇異びずといふこと無かりき。諒《まこと》に知る、河東[12]の練行の尼の、写せる如法経の功茲に顕れ、陳[13]の時の王与の、経を読みて火難を免れし力再示したりといふことを。賛に曰はく、「貴きかな、榎本の氏。深信功を積み、一乗の経を写す。護法神衛りて、火に霊験を呈す。是れ不信の人の心を改むる能談[14]なり。邪見の人の悪を輟むる穎師[15]なり」といふ

【語注】

1教法に従って経典を書写すること。『法華経』を『如法経』という言うこともある。**2**和歌山県牟婁郡出身の。**3**私度に同じで、自分で得度すること。**4**現在の和歌山県有田市。**5**俗人としての生活を営み。**6**大小便をする毎に。**7**きちんと写す。**8**未詳。**9**七六九年、称徳天皇の世。**10**赤く燃える炭火。**11**そっくりそのままである。**12**黄河の東方にいる行を積んだ尼。『如法経』は、注1参照。**13**未詳。**14**良い話。**15**優れた師。

iii　『三宝絵』

『三宝絵』は冷泉天皇第二皇女尊子内親王（九六六―九八五）のために書かれたものである。序文に「アマタノ尊キ

事ヲ絵ニカヽセ、又経ト文トノ文ヲ加ヘ副ヘテ令奉ム」と言う如く、本来絵を中心とするものであるが、絵は伝わらない。尊子内親王は円融天皇に入内したが、入内後内裏が火災に遭うなどの不如意が続き、十七歳で出家するに至った。『三宝絵』はそのような境遇にある、未だ若い女性の教化を目的として作成された作品である。作者は源為憲（生年未詳―一〇一一）で、著名な学者であり、『口遊』『空也誄』『世俗諺文』等の著作がある。

本書は三巻から成り、上巻を仏宝、中巻を法宝、下巻を僧宝に当てている。上巻は序に続き、第一条から六条までは、六種の波羅蜜とその実践例を、第七条から十三条までは、釈迦の前生譚を収める。中巻は序に続き、聖徳太子以下大安寺栄好に至る十八人の例により、釈尊の法が実践された様を描く。下巻は序に続き、一月から十二月に至る様々の仏教行事とその由来を物語っている。上巻と中巻では、説話相互が対応関係を示すとの指摘（出雲路修氏『三宝絵 平安時代仏教説話集』解説、東洋文庫513、平凡社）があるが、下巻は上中巻とは別の論理で配列されていると言って良い。一月の「御斉会」から十二月の「仏名」に至る年中仏事は、おそらく絵を伴った本来の『三宝絵詞』においては、一層の現実感を以て受け容れられたと考えられる。

このように『三宝絵』は若年の内親王のために書かれたものであるが、序には、為憲の仏教史観が語られている。それによれば、「初ノ巻ハ昔ノ仏ノ行ヒ給ヘル事ヲ証明ス種々ノ経ヨリ出タ」るものであるが、序末尾に、「我今掌ヲ合テ仏ノ勝レ給ヘル事ヲ顕ス」と言う如く、釈迦に限定してその前世での行いを具体的に示し、それによって釈迦の存在を確固たらしめるという立場が窺える。中巻は「中来法ノコヽニヒロマル事ヲ出ス家々ノ文ヨリ撰」び、釈迦の教えを実践した本朝の有名無名の人物の事跡を辿る。そこで語られる説話の多くは、『日本霊異記』から採ったものであるが、『三宝絵』においては、それぞれ上巻仏法と対応させて置かれており、各説話はまた、日本における仏法護持者、現報譚、霊異譚、孝養譚というように整然と配列されている。これを受ける下巻が、「今ノ僧ヲ以テ勤ル事ヲ、正月ヨリ十二月ニ至ルマデノ所々ノ態ヲ尋タリ」と、様々の仏事を示すことにより、仏教護持者が修すべき行為を具体的に示す意味を持つことになる。本書が、出家後日も浅い尊子内親王のために書かれたものであることを考慮する必要がある。

以下に引用するのは、下巻「山階寺維摩会」で、維摩会の起源と『維摩経』について述べた部分である。

◆例文9　『三宝絵』巻下「山階寺維摩会」

十月

[1]山階寺維摩会

昔、[2]大織冠、内大臣鎌足ノオトヾ、山城ノ宇治ノコホリ、[3]山階ノ村ノスヱハラノ家ニスム。久ク身ノ病アリテ、オホヤケニツカヘズ。新羅ノ尼アリテ、其家ニイタレリ。内大臣問テ云、「其国ニカヽル病スル人アリヤ」ト。答テ云、「病アリ」。又、問、「イカヾ治スル」。答云、「[4]維摩詰ノ形ヲアラハシテ、[5]維摩経ヲヨメバ即ヤミヌ」ト云。コレニヨリテ、大臣家ノ中ニ堂ヲタテヽ、其像ヲアラハシ、其経ヲ講ゼシム。即、此尼ヲ講師トス。初日、マヅ[6]問疾品ヲ講ズ。大臣ノ病即ヤミヌ。アクル年ヨリ、年ゴトニコレヲオコナフ。大臣ウセ給テ、コノ事タエヌ。大臣ノ二男不比等、年ワカクシテ父ニヲクレヌ。漸クツカヘ昇テ、[7]大臣ノ位ニイタル。又、身ニ病アリ。其崇ヲウラナハスルニ、ヲヤノ時ノ法事ノタエタルタヽリナリトイヘリ。コノユヘニ、維摩会ヲオコナフ。陶原ノ家ヨリ[8]法花寺ニウツシ行フ。法花寺ヨリ殖槻寺ニウツシオコナフ。後ニ不比等ノヲトヾ、[9]興福寺ヲタテ玉フ。彼山階ノ陶原ノ家ノ堂具ヲワタシツクレルニヨリテ、奈良ノ京ニタテタルヲ、山階寺トイフ也。法光寺ヲ時ノ人、初ハ中臣寺トイフ。内大臣ハジメテ藤原ノ姓ヲ給テヨリ後、藤原寺ト云。其後、代々ノ聖朝、ミナコノ氏ノ腹ニ生ル。世々ノ賢臣、オホクコノ門跡ヲツゲリ。寺ノサカヘ会ノ大ナル事、シカルベシトミヘタリ。氏ノ上達部ヨリハジメテ、五位ニイタルマデ、[10]衾ヲヌヒテ僧ニホドコス事、縁起幷、雑記等ニ見タリ。抑此経ノ問疾品ハ、仏ノ[11]浄名ノヤマヒヲトハシメ給ヘル事也。維摩詰権《カリ》ニ方便ヲモテ病ヲシメセリ。国王大臣ヨリハジメテ、諸人ノ来訪事カズナシ。答云、「[12]此身夢ノゴトシ。マコト、思ベカラズ。此身ハ雲ノゴトシ。久カラズシテキエウセヌ。諸ノ人皆コノ身ヲイトヒテ、マサニ仏ノ身ヲネガフベシ」。仏又、文殊ヲ使トシテ、維摩詰ヲトブラヒ給。カネテシリテ、室ノ中ヲ空クシテ、タヾ一ノユカヲノミオケリ。文殊イタリテトヒ給。「此病ハ何ニヨリテオコレルゾ。ツクロハンニシルシアリナムヤ。イカニシテカヤムベキ。仏ネムゴロニ訪給」トイフ。摩詰答テ云、「衆生病スレバ、我モ病ス。衆生病イユレバ、我又、イエヌ。又、菩薩ノヤマヒハ、大悲ヨリオコレリ」トイフ。又、問フ、「此室ハイカナレバ、空クテ人モナキゾ」答云、「諸仏ノ国土モ又々如此シ」トイフ。コレヨリハジメテ、互ニフカク妙法ヲ演説シ、諸ノ善事等ヲアラハシシメス。キク物、ミル物、多ク大菩提心ヲオコシ、大乗ノサトリヲヒラク。摩詰即、病ノ床ヨリヲキテ、文殊ト、モニ仏所ニ詣給キ。浄名ハ、コレ大菩薩也。病ノムナシキヲノベタル経ナレバ、コレヲ講ゼシニシルシヲエタル也

【語注】

1後の興福寺。2大化三年に制定された位で、後の正一位に相当する。3現在の京都市東山区山科小野。4北印度毘那離国の長者。在俗信者の範とされた。5『維摩詰所説経』。6『維摩詰所説経』文殊師利問疾品。7不比等は和銅元年、右大臣になる。8法光寺の誤りか。9和銅三年、山階寺を春日に移し、興福寺とした。10寝具。11維摩詰のことで、浄名居士とも言う。12『維摩経』第二方便品。

iv　『注好選』

『注好選』は、近時研究の著しく進展した作品である。現在完本は発見されておらず、東寺観智院本と金剛寺本が主たる伝本である。その書名も、今野達氏によれば、「好みで選んだこと—具体的には目に止まり、気に入った故事・因縁・諺語類を抜き出して注釈を施した」（『新日本古典文学大系　三宝絵　注好選』解説）という意味と考えられて

いる。現存本の範囲から、本書は上中下三巻、それぞれの巻は百二条、六十条、五十条以上、の記事から成るものと見られる。記事の内容について、上巻には「世俗に付す」、中巻に「法家に付して仏の因位を明らかにす」、下巻に「禽獣に付して仏法を明らかにす」の注記があるが（原漢文）、所収記事は必ずしもこの注記に合致していない。殊に中巻の仏教関連の巻では、釈迦の前生譚を若干含むのみで、多くは仏教的と言うような曖昧な基準で集められた記事である感が否めない。現存本は、各話は長短様々であり、必ずしも堅固な構成の下に配置されたとも言えない。この故に、今野氏は、中巻を「広義の仏教説話」を収めた巻としている。

本書は東寺観智院本に付属する断簡に、仁平二（一一五二）年の奥書があることから、成立はそれ以前と考えられる。また、金剛寺本には元久二（一二〇五）年の奥書がある。従って、本書の成立は、十二世紀初頭と考えられる。『注好選』は、仏教文学の観点から見ると、中巻が「広義の仏教説話」の集積と言われるように、必ずしも仏教の教義に忠実な、また、典拠の明らかな説話を集めたものではない。『注好選』の拠った直接的な資料は、書承に拠るとは思われるものの、その殆どが特定出来ず、おそらくは撰者の周辺に存した類書、或いは、談義資料等に基づくのであろう。

他の説話集との関連について言えば、今野氏は、天竺関係の記事は、『今昔物語集』の典拠となり、『私聚百因縁集』も本書に取材しているとしている。

以下に引用するのは、中巻に収められた慳貪女の話である（原漢文）。

◆例文10　『注好選』巻中「毗豆盧和上は慳貪女を化す」

[1]毗豆盧和上は[2]堅貪女を化す第廿五　此の和上比丘は、尺迦如来の御父方の伊止古弟なり。賢相第一なり。

時に一の女人有り、堅貪女と名づく。常に屏風の内に居て煎餅を作りて、[3]愛物と為す。一切の物を貪ぼること、膠の草に着くが如く、一切の物を惜しむこと眼精を守るが如し。時に毗豆盧和上、之を化せむと欲して、宅に行きて鉢を捧げて煎餅を乞ふ。女深く惜しみて施すること能はず。旦より未[4]の時に至るまで、立ち乍ら之を乞ふ。女の云はく、「設ひ和上は立ち死ぬと雖も、吾は遂に供養せじ」と。即ち比丘忽ちに死して、臭き香宅の内に満ちて、上下并びに女病痛す。時に女、人を催して之を曳き捨てむと欲ふ。三人寄りて之を曳くに動かず。乃至百千余人曳くと雖も、弥重くして動かず、更に香臭し。女人呪[5]して曰はく、「若し女《なむぢ》和上生き返らば、吾惜しまずして与へむ」と。時に和上忽ちに生き返りて、立ちて之を乞ふ。即ち女又死せむ事を念ひて、鉢を取り来りて、煎餅二枚を入れて之を与ふる間に、鉢に煎餅五枚在り。女三枚を取らむと擬《す》。相互ひに鉢を捕へて引きて之を諍ふ程に、和上引きて手を放つ。時に鉢女の鼻の上に到り着きて、更に落ちずして、着く処は、[6]灸を居ゑたるが如くして堪へ難し。即ち女手を摺りて、此の苦を免せと乞ふ。和上の云はく、「吾智及ばず。吾が大師尺尊の御許に詣でて問ひ申すべし。吾将て行かむ」と。時に急ぎて往かむと欲。比丘の云はく、「種々の財を相具して参るべし」と。仍りて女、車五百両、夫千人に財を積み荷はせて、仏の所に参り詣でて苦を免れぬ。為に法を説きたまふに、[7]阿羅漢果を得て、永く堅貪の心無し。故に知る、和上の教化は甚だ以て第一なりと

【語注】

1中印度の優塡王の臣で、説法に長じていた。2跋提長者の姉、難陀。3好物。4午後二時頃。5祈願すること。6灸のこと。7阿羅漢は、声聞が至りうる最高の境地。釈迦の説法を聴聞し、それによって悟りを得た者。果は、その証果のこと。

V　『今昔物語集』

『今昔物語集』は、全三十一巻、一千話を越える説話を収める大説話集である。但し、これ程の説話集であるにも拘わらず、その像はいまだに謎に包まれ、解明されていない問題が山積している。まず撰者、成立時期、共に明確で

ないことが上げられる。伝本は、古写本は二種類しかなく、その内の一は断簡である。また、本書の存在を示す資料は、成立から相当時期を隔てたと思われる室町時代になるまで見当たらない。

これらの諸問題に今若干の説明をするならば、始めに伝本は、古写本が一本と断簡が現存するが、古写本（鈴鹿三七氏旧蔵本であったことから、鈴鹿本と称する。現京都大学附属図書館蔵）は、巻二、五、七、九、十、十二、十七、二十七、二十九が残る。現在一般に通行する本文は古写本を中心にし、欠巻は江戸時代の写本に拠っている。先に全三十一巻としたが、実は、巻八、十八、二十一は欠巻である。これがどの時点で失われたのか、或いは、始めからなかったのか、つまり計画はあったが書かれないままになったのかは不明である。また、本文に欠字が多いことも注意される。欠字に関しては、現存諸本の全てがそこから派生していると考えられる鈴鹿本が、既に相当傷んでいるため、伝本の物理的な事情により欠字となっている箇所と、何らかの理由で、意図的に欠字になっている箇所がある。欠字はおそらく、具体的な人名や地名を、後で補充しようとしてそのままになっていると考えられているのであるが、名詞に限らず、動詞などの語にもそれがあるから、問題は単純ではなく、欠字に関しても様々な意見がある。こういった点から、『今昔物語集』は未完成の作品であり、何らかの事情で、完成に至らず、そのまま何処かに保存されて、長らく人に知られなかったのであろうと推測されている。『今昔物語集』の存在を示す最も古い資料は、『経覚私要鈔』宝徳元（一四四九）年の記事である。

『今昔物語集』の成立時期については、院政期という大まかな線は一致しているものの、『注好選』との先後関係など、今一つ明確ではない。おおよその一致を見ている所は、上限が一一一〇年頃、下限は一一三〇から一一五〇年代、少なくとも保元、平治の乱以前であろうと言われている。

撰者についても明確でない。そもそも一人の手に成るものか、複数による共同制作なのかも明確にし得ないが、膨大な説話数を考えると、一人であるにしても、作業に携わる助手のような立場の人はいたであろうと考えられている。

また、鈴鹿本が奈良で入手されたこと、興福寺関係の記事が多いことから、南都で作られたという説もあるが、これにも二説ある。一は東大寺関係者によるとする説（坂井憲二氏「伴信友の鈴鹿本今昔物語集研究に導かれて」、『国語国文』44・10、昭和50年10月など）、今一つは興福寺関係者によるとする説である（田口和夫氏「今昔物語集鈴鹿本興福寺内書写のこと」、『説話』6、昭和53年など）。一方で南都関係の記事に誤りが多いことから、これを疑問視する意見もある（池上洵一氏『『今昔物語集』の世界』、筑摩書房、昭和58年など）。南都成立説に関しては、具体的に撰者として個人名も上がっているが、定説となるには至っていない。

本書は天竺部、震旦部、本朝部という大きな枠組みを持ち、さらに各巻の内容は以下の如くである。

巻一―五　天竺部
　巻一―三　釈迦の誕生から入滅まで
　巻四　　仏弟子の説話
　巻五　　釈迦の本生譚
巻六―十　震旦部
　巻六、七　仏法伝来、霊験譚
　（巻八　　欠巻）
　巻九　　孝子説話　蘇生説話
　巻十　　世俗説話
巻十一―三十一　本朝部
　巻十一　　仏法伝来　諸寺縁起
　巻十二　　霊験譚

巻十三、十四　法華経霊験譚
巻十五　往生譚
巻十六　観音霊験譚
巻十七　地蔵霊験譚
（巻十八　欠巻）
巻十九　出家譚　功徳譚
巻二十以下　世俗説話

それぞれの説話が何に基づいているかに関しても諸説がある。『今昔物語集』は『宇治大納言物語』と同一であるという見方が、江戸時代にはなされていた。現在は全く認められない説であるが、両者が無関係なのではない。『宇治大納言物語』自体が散逸しているので、確かなことは言えないが、逸文や説話の要約を載せる資料から、大体の輪郭は想定されている。それと比較した時、おそらく『宇治大納言物語』に収録されていた説話は、大部分が『今昔物語集』にも収められているらしい、ということが分かっている。『今昔物語集』だけではない。およそこの時代の説話集は、似た話を共有していることが多い。だからと言って、『今昔物語集』が『宇治大納言物語』の説話をそのまま持ってきたと考えるのは早計で、おそらくは共通の資料に基づいているのだろうと考えられている。では、その資料が何であるかということについては、極一部のものを除いては判明していない。全て今後の研究を俟つのみである。

『今昔物語集』に収められた説話には、仏教説話が非常に多い。このことと、『今昔物語集』がおそらくは南都の寺で制作されたものであろうとの作者論の立場から、本書が、唱導のための手控えであったという意見がある（片寄正義氏『今昔物語集の研究』上、三省堂、昭和18年。永井義憲氏『日本仏教文学』、塙書房、昭和38年）。釈迦の生涯や、仏教の伝来についての説話が多いのは当然としても、悪因悪果、善因善果の論理を持つ説話が多い点は、唱導資料の観点から見ても注目される。仏典との関係においては、特に天竺部の説話に、直接仏典から採ったとは思われない説話が多いことが注意される。これはおそらく、仏典を原拠としながら、二次的、三次的に変更を加えられた資料に拠ったのであろうと考えられている。そういった面から、『今昔物語集』が直接依拠したとは断定出来ないまでも、『注好選』や『私聚百因縁集』等は注意される資料なのである。

以下に引用するのは、震旦部である巻六に収められた玄奘三蔵の話、本朝部である巻二十に収められた往生に失敗した僧の話である（原片仮名双記宣命体）。殊に前者は、類似の話が後述の『打聞集』に見えるので、併せて読まれたい。

◆例文11　『今昔物語集』巻六「玄奘三蔵、渡天竺伝法帰来語」

玄奘三蔵、渡二天竺一伝レ法帰来語第六

今昔、震旦ニ唐ノ[1]玄孫ノ代ニ[2]玄奘法師ト申ス聖人在マシケリ。[3]天竺ニ渡リ給間、広キ野ノ遥ニ遠キヲ通リ給フ程ニ日暮レヌ。忽ニ可宿キ所無ケレバ、[4]タドル〳〵只足ニ任セテ行ク間ニ、遥ニ、多クノ火ヲ燃シタル者五百人許来ル。「人ニ値ヌ」ト思給テ喜ヲ成シテ、近ク寄テ見給ヘバ、[5]早ウ、[6]人ニハ非デ異形ノ鬼共ノ極テ怖シ気ナル者共ノ行ク也ケリ。法師、此レヲ見テ可為キ方無クテ、[7]般若心経ヲ音ヲ挙テ誦シ給フ。此ノ経ノ音ゾ聞テ、鬼共十方ニ逃散ニケリ。其ノ時ニ、鬼ノ難ヲ免テ通リ給ヒヌ。此ノ心経ハ、法師、天竺ニ渡リ給フ間ニ、道ニシテ伝へ得給ヘル所ノ経也。遥ニ深キ山ノ中ヲ通ル間、人跡絶タル所有リ。[8]鳥獣猶シ不走来《はしりきたら》ズ。而ル間、臭香俄ニ出来ル、難堪キ事無限シ。鼻ヲ塞テ退クニ、此ノ香ノ奇特ナルヲ漸ク寄テ見レバ、草木モ枯レ、鳥獣モ不来《きたら》ズ。強ニ寄テ見レバ、一人ノ死人有リ。「此レガ香也ケリ」ト思フ程ニ、善ク見レバ、動ク様ニ見ユ。「[9]早フ、生タル者也ケリ」ト見成シテ、「事ノ有様ヲ問ハム」ト思テ、寄テ問テ宣ハク、「汝ハ何人ノ、何ナル病有テ、カクテハ臥シタルゾ」ト。病者答テ云ク、「我レハ此レ、女人也。身ニ[10]瘡ノ病有テ、首ヨリ[11]趺《あなうら》ニ至ルマデ隙無クシテ身爛レ、鯹テ臭キ事ノ難堪キニ依テ、我ガ父母モ[12]不知ズシテカク深キ山ニ棄タル也。然而《しかれど》モ、命ハ限リ有リケレバ、不死畢《しにはて》ズシテ有ル也」ト。法師、此ノ事ヲ聞テ哀ビノ心深クシテ、亦、問給ハク、「汝ヂ、家ニ有リケン時此病ヲ受テ、薬ヲ教フル人ハ無カリキヤ否ヤ」ト。病者答テ云ク、「我レ、家ニ有テ此ノ病ヲ治セシニ、不協ザリキ。但シ、医師有テ云ク、「首ヨリ趺ニ至ルマデ膿汁ヲ吸ヒ舐レラバ、即チ愈サム」ト云ヒキ。然而モ、臭キ事難堪キニ依テ、近付ク人無シ。何況ヤ、吸ヒ舐ル事有ラムヤ」ト。法師、此レヲ聞テ涙ヲ流シテ宣ハク、「汝ガ身ハ既ニ不浄ニ成リニタリ。我ガ身忽ニ不浄ニ非ズト云ヘドモ、思ヘバ亦、不浄也。然レバ、同ジ不浄ヲ以テ自カラ浄シト思ヒ、他ゾ穢マム、極テ愚也。然レバ、我レ、汝ガ身ヲ吸ヒ舐テ汝ガ病ヲ救ハム」ト。病者、此レヲ聞テ抃リ喜テ、身ヲ任ス。其ノ時ニ、法師寄テ、病者ノ胸ノ程ヲ先ヅ舐リ給フ。身ノ膚[13]泥ノ如シ。臭キ事譬ヘム方無シ。大腸返テ気可絶シ。然而モ、[14]悲ビノ心深クシテ臭キ香モ不思給ズ、膿タル所ヲバ、其ノ膿汁ヲ吸テ吐キ棄ツ。如此ク頸ノ下ヨリ腰ノ程マデ舐リ下シ給フニ、舌ノ跡、[15]例ノ膚ニ成リ持行テ愈ユ。法師、喜ビノ心無限シ。其ノ時ニ、俄ニ微妙ノ[16]栴檀、沈水香等ノ如クナル香出来ヌ。亦、日ノ始テ出ヅルガ如クナル光有。法師驚キ怪テ退テ見レバ、此ノ病人、忽変ジテ[17]観自在菩薩ト成リ給ヒヌ。法師、膝ヲ地ニ着ケテ掌ヲ合セテ向ヒ奉ルニ、菩薩、即チ起居給テ、法師ニ告テ宣ハク、「汝ヂ実ノ清浄、質直ノ聖人也ケリ。汝ガ心ヲ試ムガ為ニ、我レ病人ノ形ヲ現ゼリ。汝ヂ極テ貴シ。然レバ、我ガ持ツ所ノ経有リ。速ニ汝ニ可伝シ。此レヲ受テ遥ニ世ニ弘メテ衆生ヲ導ケ」ト。菩薩、経ヲ授ケ給フ事畢テ、掻消ツ様ニ失給ヌ。鬼ニ値テ読ミ係ケ給フ所ノ心経、此レ也。然レバ、霊験新也。（中略）其レヨリ亦、貴キ所々ニ詣テ、返リ給ハムト為ルニ、天竺ノ[18]戒日王、法師ヲ帰依シテ様々ノ財ヲ与ヘ給フ。其ノ中ニ、一ノ鍋有リ。入タル物取ルト云ヘドモ不尽ズ。亦、其ノ入レル物ヲ食フ人、病無シ。世ノ伝ハリノ公財ニテ有リケルヲ、法師ノ徳行ヲ貴テ、給フ也ケリ。法師、此レヲ得テ返リ給フ間、[19]信度河ト云フ河ヲ渡給フニ、河中ニテ船傾テ多ノ法文皆沈ヌベシ。其ノ時ニ、法師大願ヲ立テ、祈リ給フト云ヘドモ、其ノ験無シ。法師ノ宣ク、「此ノ船傾ク、定メテ様有ラム。若シ、此ノ船ニ竜王ノ[20]要スル物ノ有ルカ。然ラバ其ノ験シヲ可見シ」ト宣フ時ニ、河ノ中ヨリ翁[21]差出デ、、此ノ鍋ヲ乞フ。法師、「多ノ法文ヲ沈メムヨリハ、此ノ鍋ヲ与ヘテム」ト思給テ、河ニ鍋ヲ投入レ給ツレバ、平安ニ渡給ヌ。然テ、受ケテ法師ヲ帰依シ給フ事無限シ。所謂ル玄奘三蔵ト申ス、此レ也。[22]法相大乗宗ノ法、未ダ不絶ズシテ盛リ也トナム語リ伝ヘタルトヤ

【語注】

1未詳。**2**印度に渡り、仏典を持ち帰り、漢訳した。『大唐西域記』はその記録。**3**玄奘は六二九年に天竺に行ったとされる。**4**探し探して。**5**何と。意外にも。**6**人間ではなくて。**7**『般若波羅蜜多心経』。『心経』ともいう。**8**鳥獣でさえも。**9**驚いたことには。**10**皮膚病。**11**足の裏。**12**世話をしなくなって、見捨てて。**13**如泥の訓読みで、腐敗の様。**14**慈悲。**15**普通の。**16**栴檀、沈水は、いずれも香木の名。**17**観世音菩薩のこと。**18**仏教を保護した中天竺の王で、ハルシャ王。**19**インダス川。**20**欲しがるもの。**21**翁は竜王の化身である。**22**法相宗。東大寺、興福寺等に伝わる宗派。

◆例文12　『今昔物語集』巻二十「比叡山横川僧、受小蛇身語」

今昔、比叡ノ山ノ横川[1]ニ僧有ケリ。道心発シテ、年来阿弥陀ノ念仏ヲ唱ヘテ、偏ニ極楽ニ生ト願ヒケリ。[2]法文ノ道ニテ智リ有ケレドモ、只偏ニ極楽ヲノミ願ヒテ、更ニ他ノ思無カリケリ。然レバ、他ノ聖人達モ、「此レハ必ズ極楽ニ可生キ人也」ト皆貴思ケリ。而間、此ノ聖人此ノ思ヒ不怠ズシテ、漸ク年積テ、七十ニ余ル程ニ、身強カリキト云ヘドモ、動《ややも》スレバ風[3]発《おこり》ガチニシテ、食物ナドモ衰ヘテ、力モ弱成リ持行ク程ニ、聖人、「死期ノ近成ヌル也ケリ」ト思取テ、弥ヨ道心《どうし》ム深ク染ムデ、念仏ヲ唱フル事、員副《かずそひ》テ緩ミ無シ。而ル間、[4]態《わざ》ト病ニ成ニケリ。臥シ乍ラ[5]切《しき》リニ切テ、念仏ヲ唱フ。弟子共ニモ、「今ハ偏ニ念仏ヲ勧メテ、他ノ事無ク云ヒ令聞ヨ」ト教レバ、弟子共[6]貴キ事共ヲ云テ、念仏ヲ勧ムル事隙無シ。此クテ九月ノ中ノ十日ノ程ニ、申時斗ニ、心弱ク思エケレ

バ、枕上ニ阿弥陀仏ヲ安置シテ、其ノ御手ニ五[7]□ノ糸ヲ付奉テ、其レヲ引ヘテ、念仏ヲ唱フル事、四五十遍計シテ、寝入ルガ如クシテ絶入ヌ。然レバ、弟子共、「年来ノ本意不違ズ、必ズ極楽ニ参リヌ」ト貴ガリ喜テ、没後ノ事皆畢テ、七々日モ過ヌレバ、弟子共皆散々ニ去《の》キヌ。而ルニ、一人ノ弟子[8]其ノ坊ヲ伝ヘテ住ケルニ、師ノ聖人ノ常々酢入レテ置タリケル、白地ノ小瓶ノ有ケルガ、[9]壺屋ノ棚ニ有ケルヲ、房主見付テ、「故聖人ノ持給ヘリシ酢瓶ハ此ニコソ有ケレ。「失ニケルカ」ト思ヒツルニ」ト云テ、取出テ、令洗ハシムト為ル程ニ、瓶ノ内ニ動ク者有リ。臨《のぞき》テ見レバ、五寸計ナル小蛇[10]蟠テ有リ。恐テ離レタル方ノ[11]間木《まぎ》ノ上ニ捧テ置ツ。其ノ夜ノ坊主ノ夢ニ、故聖人来テ、告テ云ク、「我レハ汝達ノ見シ様ニ、偏ニ極楽ヲ願テ、念仏ヲ唱フルヨリ外ニ他ノ事無カリキ。死ヌル剋《きざみ》ニ臨テ、「他ノ念無ク念仏ヲ唱ヘテ絶入ラム」ト思ヒシ程ニ、棚ノ上ニ[12]□ノ酢ノ瓶ノ有シヲ、不意ニ目ニ見付テ、「此レヲ誰取ラムト為ラム」ト許、口ニハ念仏ヲ唱ヘ乍ラ、心ニ只一度思ヒシニ、其ヲ罪トモ不思ズシテ、「悪ク思ヒケリ」トモ思ヒ[13]不返ズシテ、絶入ニキ。其ノ罪ニ依テ、此瓶ノ内ニ小蛇ノ身ヲ受テ有ル也。速ニ此ノ瓶ヲ以テ[14]誦経ニ行ヘ。又懃ニ我ガ為ニ[15]仏経ヲ可供養シ。然ラバ極楽ニ可生シ」ト云テ失ヌ、ト見テ夢覚ヌ。其ノ後、「然ハ、此小瓶ノ内ニ有ツル小蛇ハ、故聖人ニテ御ケルニコソ有ケレ」ト思フニ、極テ悲クテ、明ル朝ニ、夢ノ告ノ如ク、小瓶ヲ中堂ニ誦経ニ奉リツ。又忽ニ仏経ヲ儲テ、懃ニ供養シ奉ケリ。此レヲ思フニ、然計貴ク思ヒ取テ絶入ル聖人ソラ、最期ニ[16]由無キ物ニ目ヲ見入テ、小蛇ノ身ヲ受タリ。何ニ況ヤ、[17]妻子ノ中ニシテ死ナム人、譬ヒ心発スト云トモ[18]□ノ縁ニ非ズハ、極楽ニ参ラム事ハ難カリナムト思ムガ悲キ也。然レバ、「死ナム時ニハ、墓無キ物ヲバ取隠シテ、仏ヨリ外ニ他ノ物ヲバ不可見ズ」トゾ横川源信僧都ハ語リ給ヒケルトナム語リ伝ヘタルトヤ

【語注】

1比叡山延暦寺の三塔の一。円仁が開き、良源が再興した。浄土教学の中心地で、源信が住した。2源信の観心念仏の流れ

を汲む僧か。3風病で、今の風邪に似た症状一般を言う。4殊更。5「頻る」は同じ事が何度も起きる様を言う。念仏を何度も唱えて。6臨終正念に至るように、極楽のことなどを語り、念仏に専心させる。7底本欠字。「色」が入るべきか。8先師の坊を相続して住んでいた。9壁、板で囲った部屋で物置。10とぐろを巻く。11上長押の上に渡した板。上長押とも。12底本欠字。「白地」が入るべきか。13反省しないで。自分の行為を反省することにより、往生への障害が除かれる。14誦経のために布施を行え。酢瓶を布施にするのである。15仏像と経典。16つまらないもの。17僧ではなくて、俗人で妻子に看取られて死ぬ人。18底本欠字。

vi　『打聞集』

『打聞集』は、大正末年に滋賀県の金剛輪寺で発見された（現京都国立博物館蔵）。本書は、反古に書かれたもので、紙背は比叡山関係の文書である。簡便な表紙には「打聞集 下帖／付日記因縁」と中央に大書され、「桑門栄源」と左下隅に書かれている。栄源は本書を書写しておそらく所持していた人物であろう。その他備忘のような内容の文言が表紙には書かれており、その文から、書写の時期は長承三（一一三四）年であろうとされている。栄源については、資料がなく、どのような人物か不明であるが、比叡山関係の反古を使っているのであるから、叡山の僧であろうと考えられる。

本書は仏教説話を中心に、二十七話が収められる。表紙裏に目録らしきものがあるが、その順序は、説話の配列と若干異なる箇所があり、また、説話の中には、「観寿寺事」「世尊寺事」のように、極短く、説話と言えないものもある。この二十七話の内、『打聞集』にしか見えない話は一話も無く、全ての説話が他の説話集と共通する。殊に『今昔物語集』とは二十二話が共通するが、『今昔物語集』の項でも述べた如く、両者が直接の書承関係にあるとは考えにくい。こういった傾向は『打聞集』に限ったことではないことも先に述べたとおりである。文体は概して簡略であり、文飾も少ない。『打聞集』という題名、口語に近い文体から、講義、或いは、談話の筆録である可能性が指摘されている（中島悦次氏『打聞集』解説、白帝社、昭和36年）。寺院で作られたことを考慮すれば、これもまた、説経のための資料であった可能性が高い。

以下に引用するのは、『今昔物語集』所載の玄奘三蔵譚と、ほぼ話柄を同じくする話である。

◆例文13　『打聞集』「玄奘三蔵心経事」

昔、玄奘三蔵伝べキ仏法アリトテ天竺ニ渡、所々ニ往テ、仏法ヲ学ビ往ク。広キ野ノ玄カニ遠ヲ往。道トホクシテ日クレヌ。留ルべキ所ナケレバ、タドル〳〵足ニマカセテ往間、ヲホクノ火トモシタル物四五百人アヒヌ。「人ニアヒヌ」ト思テ、悦ヲナシテ、ヨリテ見バ、エモイハズ怖ゲナル鬼ドモノイクナリケリ。スべキ様モナウテ、心経ヲ音[1]ヲサヽゲテ読程ニ、此音ヲ聞テ、鬼十方ニニゲチリウセニケリ。此心経ハ三蔵ノ天竺ヨリ渡ル間、道ニテ□[2]タテマツル所経也。此伝ヘタテマツレル様ハ、山フトコロスギ往間、人ハルカニタエタル所アリ。ソコヲスギ往程ニ、エモイハズ嗅《クサキ》香ス。漸々ヨリテ見レバ、草カレ、レイナラヌ所アリ。鳥獣《トリケダモ》ノダニ見ズ。嗅ノタヘガタケレバ、鼻ヲフタギテ、アヤシサニ強《アナカチニ》ヨリテミレバ、一人死人アリ。「コレガ香ナリケリ」ト見程ニ、カウテ[3]ミジログ様ニス。「生タル物ナリケリ」トミナシテ、事ノアリサマヲ問、「汝ハ何《ナニ》人。イカナル事アリテ、カウテハ臥タルゾ」。病人《ヤマヒビ》ト答テ云、「我ハ女ナリ。シミサウトイフカサノ、カウべヨリアナウラニ至マデ出タル也。嗅サノカクエモイハヌニタヘデ、父母モ[4]シワビテ、カクフカキ山ニ捨テ、去ニタルナリ。カヽレドモ、寿ハ限アリケレバ、カヽルイミジキ病ヲスレドモ死モヤラデアルナリ」。三蔵此事ヲ聞テ悲テ、「サテモイカニシテカ此病ハヤムべキ。薬云人ハナカリシカ」。ヤマヒ人答云、「医師ノ申シヽハ、首《カウヘ》ヨリ足ウラマデウミシルヲスヒネブレバ、速ニ平癒ナムト申シヽカドモ、嗅ニタヘデヨル人モナケレバ、カクテ有ナリ」。トイフヲ聞テ、三蔵目ヨリナミダヲナガシテ云、「汝ガ身ハ不浄ニ成レタリ。我ガ身モ又不浄身ナリ。同身ヲ以テ他ヲキタナガルべキニアラズ。

我汝ガ身ヲスヒネブリテ、汝ガ病ヲ秡《スクハム》」ト云ヲキヽテ、病人手ヲ摩ヲガミテ身ヲ任ス。聖ヨリテ胸ノ程ヲ先ネブル。身ノサマ泥ノ如シ。嗅コト譬ベキ方ナシ。アタリノ木草サヘ皆カレニタリ。スフ間、腹ワタ返テ、逆レドモ、悲ノ心深キマヽニ、嗅モヲボエヌマデカナシカリケレバ、ネブル。舌ノアト例ノ膚ニ成テ、カハキモテイク。シルズキウミタル所ハ、其ウミシルヲスヒテハキ捨。如是スル程ニ、頸下ヨリ腰モトマデ舐リ、下程ニ只唫《スヒ》ニ唫以イク。ソノ程ニ、エモイハ□[5]カウバシキ香出キヌ。又見レバ朝日ノサシタルガ如クナル光出キヌ。驚テアヤシビテ見バ、此病人エモイハズ貴キ観世菩薩成ヌ。驚悲テ、ノキテ跪典叉手侍、此菩薩起居給テ、□[6]タマハク「汝ハ真ノ潔聖ナリケリ。其心顕ガタメニ病人形ヲ見ツルナリ。汝極テ貴シ。シカアレバ我持心経、汝ニ伝ベシ。隧《タシカ》ニ此ヲウケテ、ハルカニ世ニ伝テ衆生ヲ導ビケ」トテ、伝ヘ得タテマツレル所ノ心経、是也。此経ヲ説已給テ後、エモイハズ嗅香ト思ツルハ、返テカウバシキ香ト成、木草モミチタリト見□[7]、金色ノ光ニ成テ、菩薩カイケツ様ニ失給ヌ。サテ、此経ヲ貴テ、鬼相テ読カケ給ナリケリ。経シルシ[8]新也。如レ是法門共ヲ学集メテ、唐帰給フ。天竺ノ王種々宝ヲ聖ニ賜フ。此中ニ一ノ鑊《カナヘ》アリ。入タル物共シ尽セズ。其鍋ナル物食人、速ニ病癒ヌ。世ノ伝ノヲホヤケノ宝ニテ有ケルヲ、聖ノ貴ニ賜ナリケリ。聖人賜テ心毒ト云川ヲ渡ニ、船半許ニテタヾ方ブキニ方ブテ、多ノ法門仏沈ヌベシ。聖大願ヲ立テ祈給ヘド其ノ験ナシ。三蔵ノ、給ク、「此船ノカウカタブク、有様有ラム。若シ竜王用ヌル物有バ其験ヲ見給ヘ」ト祈給程ニ、川半ヨリ翁指出テ此鍋ヲ乞。聖、「多法門ノ沈ヨリハ此鍋ヲ出」ト思テ鍋入ツ。船ナホリテ平ニ渡ヌ。サテ多ノ法門ドモ唐ニ以渡テ其ヨリホウサウノ大ゾウノ法門于今絶ズ

【語注】

1声を張り上げる。2底本「仏」或いは、「伝」か。墨で消したようにも見える。3見動ぐで、わずかに動く。4為侘ぶで、持て余す。5底本欠字。「ズ」が入るべきか。6底本欠字。「ノ」が入るべきか。7底本欠字。8効果。効力。

vii　『古本説話集』

『古本説話集』も、最近発見された説話集である。発見は昭和十八年であり、他の説話集に較べると格段に研究史も新しい。上下二巻から成り、上巻は四十六話を収め、内容は王朝説話、下巻は二十四話で、仏教説話である。説話の多くが、『今昔物語集』『宇治拾遺物語』と共通し、説話配列においても類似性が認められる。

書名は便宜的に付けられたもので、本来のものではない。本来の書名がどのようなものであったかも不明である。下巻の仏教説話の部は、様々の特色がある。第一に、南都仏教への親炙が認められる点が注意されよう。作者は不明である。上巻に大斎院選子周辺の記事が多いことも注目されるが、具体的な作者像は不明と言う他ない。成立時期は、登場人物（永縁、隆源など）の生存期間から判断して、一一〇〇年代の初期ではないかと考えられている。

以下に引用するのは、下巻に収められる真福田丸の話である。真福田丸は元興寺の智光の幼名、彼と行基の仮身である姫君の発心往生譚である。智光、行基とも説話には極めてよく登場する人物である。

◆例文14　『古本説話集』巻下「真福田丸事」

真福田丸事

いまはむかし、やまとの国に長者ありけり。家にはやまをつき、いけをほりて、いみじきことゞもをつくせり。[1]かどまぼりの女のこなりけるわらはの、[2]まふくたまろといふありけり。はる、いけのほとりにいたりて、せりをつみけるあひだに、この長者の[3]いつきひめ君、いでゝあそびけるをみるに、かほかたちえもいはず。これをみてよりのち、このわらは、[4]おほけなき心つきて、なげきわたれど、かくとだにほのめかすべきたよりもなかりければ、つひにやまひになりて、[5]その事となくふしたりければ、はゝあやしみて、そのゆへをあながちにとふに、わらは、ありのまゝにかたる。すべてあるべきことならねば、[6]わが子のしなんずる事をなげくほどに、はゝも又、やまひになりぬ。そのとき、このいゑの女房ども、この女のやどりにあそぶとて、いりてみるに、ふたりの物やみふせり。あやしみてとふに、女のいふやう、「させるやまひにはあらず。しかしかのことの侍を、思ひなげくによりて、をやこしなんとするなり」といふ。女房わらひて、このよしをひめ君にかたれば、あはれがりて、「やすき事也。はやくやまひをやめよ」といひければ、わらはもおやもかしこまりて、よろこびて、をきあがりて、物くひなどして、もとのやうになりぬ。ひめ君いふやう、「しのびて文などかよはさむに、てかゝざらん、[7]くちをし。てならふべし」。わらはよろこびて、一二日にならひとりつ。また、いはく、「わがちゝたゞしなむこ[8]とちかし。そのゝち、なに事をもさたせさすべきに、もんじならはざらん、わろし。がくもんすべし」。わらは、[9]又、がくもんして物みあかすほどになりぬ。又、いはく、「しのびてかよはんに、わらは、みぐるし。ほうしに[10]なるべし」。すなはち、なりぬ。又、いはく、「その事となき法師のちかづかん、あやし。心経、大般若などよむべし。いのりせさするやうにもてなさん」といふに、いふにしたがひてよみつ。又、いはく、「なほいさゝかす[11]行せよ。御しんするやうにてちかづくべし」といへば、又、修行にいでたつ。ひめ君あはれみて、ふじばかまを[12]てうじてとらす。かたばかまをば、ひめ君身づからぬひつ。これきて修行しありくほどに、このひめ君、はかなくわづらひてうせにけり。かくしめぐりて、いつしかとかへりたるに、「ひめ君うせにけり」ときくに、かなしきことかぎりなし。それより道心ふかくおこりければ、ところ〴〵おこなひありきて、たうとき上人にてぞおはしける。名をば智光とぞ申ける。つひに往生してけり。あとにでしども、のちのわざに、行き菩薩をだうしにし[13]やうじたてまつりけるに、らいばむにのぼりて、「まふくたまろがふぢばかま、我ぞぬひしかたばかま」といひ[14]て、こと〴〵もいはでをり給にけり。でしどもあやしみて、とひたてまつりければ、「まう者智光、かならず往[15]生すべかりし人也。はからざるにまどひにいりにしかば、我、はうべんにて、かくはこしらへたる也」とこそのたまひけれ。行きぼさつ、この智光をみちびかんがために、かりに長者のむすめとむまれ給へる也けり。行きぼさつはもんずなり。まふくた丸は智光がわらはなゝり。されば、かく、ほとけ、ぼさつも、男女となりてこそ道びき給けれ

【語注】

1門番の女。2福田は、仏教語。3大切に育てている姫君。4身の程しらずの心。5傍目にはどこが悪いというのでもなく。6全く。7文字が書けないのは良くない。8「はゝ」の誤写と思われる。9処理する。10童姿。成長しても髪型などが童形のままであること。11護身。12粗末な袴。13元興寺の智光。14法会の際、導師が本尊を礼拝する高座。前に経机、左右に香炉と磬を置く。15他の事。

3　往生伝 高僧伝

i　往 生 伝

往生伝は、十世紀末から十二世紀末に掛けて、主として文人の手に成った。法然以後の新仏教が起こると共に、ほぼその命脈は尽きたと見て良い（但し、近時これに対する反論も出ている。また、江戸時代に多くの往生伝が書かれるが、ここに言う往生伝とは性格を異にするので除く）。往生とは、現世での生を終わり、別の世界に往き、そこで生きることを言う。別世界とは最初十方浄土であった。例えば薬師如来の東方浄瑠璃世界、阿弥陀如来の西方極楽浄土、観世音菩薩の補陀落浄土、また、弥勒菩薩の兜率天などがあるが、丁度『日本往生極楽記』が書かれた頃、源信がその著『往生要集』で極楽往生を大乗他力の信仰として積極的に認めたため、往生と言えば、西方極楽浄土への往生が通例となり、遂には浄土と言えば阿弥陀の極楽浄土を指すに至った。往生伝は、功徳を積み、極楽へ往生した人達の伝が集め

られたものである。

往生伝には、慶滋保胤によって書かれた『日本往生極楽記』を始め、『続本朝往生伝』（大江匡房）、『拾遺往生伝』（三善為康）、『後拾遺往生伝』（三善為康）、『三外往生記』（蓮禅）、『本朝新修往生伝』（藤原宗友）、『高野山往生伝』（如寂）等がある。いずれも学問で身を立てた中流貴族ないしは、僧によって編纂されていることは注意して良い。保胤の『日本往生極楽記』序文に、次のように述べている（原漢文。以下同）。

叙して曰く、予少き日より弥陀仏を念じ、行年四十より以降、その志いよいよ劇し。口に名号を唱へ、心に相好を観ぜり。行住座臥暫くも忘れず、造次顚沛必ずこれにおいてせり。それ堂舎塔廟に、弥陀の像有り、浄土の図有るをば、敬礼せざることなし。道俗男女の、極楽に志有り、往生を願ふこと有る者には、結縁せざることなし。経論疏記に、その功徳を説き、その因縁を述ぶるものをば、披閲せざることなし。大唐弘法寺の釈の迦才、浄土論を撰しけり。その中に往生の者を載すること二十人。迦才の曰く、上には経論二教を引きて、往生のことを証せり。実に良験とす。但し衆生智浅くして、聖旨を達せず。もし現に往生の者を記せずは、その心を勧進することを得じといふ。誠なるかなこの言。また瑞応伝に載する所の四十余人、この中に牛を屠り鶏を販ぐ者有り、善知識に逢ひて十念に往生せり。予この輩を見る毎に、いよいよその志を固くせり。今国史及び諸の人の別伝等を検するに、異相往生せる者有り。兼てまた故老に訪ひて都盧《すべて》四十余人を得たり。予感歎伏膺して聊に操行を記し、号づけて日本往生極楽記と曰ふ。後にこの記を見る者、疑惑を生ずることなかれ。願はくは、我一切衆生とともに、安楽国に往生せむ

右の序文によれば、保胤自身が若年より阿弥陀仏を信仰し、四十歳以降、益々その志が深まったことや、さらに道俗男女は皆極楽往生を願っているが、経論及び、疏にはその実際を説くものがない。しかし、大唐の『浄土論』（迦才編）、『瑞応伝』（文諗、少康共編）がこれを説いていて、それらには、理論と往生の実際が書かれており、保胤はそれ

に学んで本朝の往生人の伝を集成したと言う。その際、「異相往生」を成した者が、往生者として本書に収められていることは注意しなければならない。往生の様が「異相」であったことに大きな関心が寄せられているのである。

また、同じ頃書かれた源信の『往生要集』が、「序文で……念仏というかぎられた教えの立場から経論の要文を集めたもので、座右において備忘としようとのべているのをみれば……浄土往生のための念仏実践の手引書であり、備忘録というべきもの」（速水侑氏『地獄と極楽『往生要集』と貴族社会』、吉川弘文館、平成10年）であったのに対して、往生人の具体相を描いたのが本書だと言うことも出来よう。源信が『往生要集』跋文で本書に言及しているのも、そのような意識の現れと考えられる。

本書には四十二人の往生人を収めるが、その内の数人は保胤出家後に加筆されたものらしいことが、行基伝の後に書かれている。従って、初稿本には、聖徳太子、行基の伝は無かったものと考えられる。さらに、これ以外にも加筆された可能性のある往生人が若干あること、このことにより、本書が本来有していた浄土教史観が変化したとの指摘もある（井上光貞氏『日本思想大系 往生伝 法華験記』解説）。加筆の結果、四十二人の往生が語られることになった。以下にその四十二人を配列順に列挙し、初稿本には無かったであろうと思われる人物には＊印、また、七衆（仏教信奉者の区別。具足戒を受けた比丘、比丘尼、在家の優婆塞、優婆夷、未成年の出家である沙弥、沙弥尼、修行中の式叉摩那）の別を示す。

1　聖徳太子＊
2　行基菩薩＊
3　律師善謝（比丘）
4　慈覚大師（比丘）
5　律師隆海（比丘）
6　僧正増命（比丘）
7　律師無空（比丘）
8　律師明祐（比丘）
9　僧都済源（比丘）
10　僧成意（比丘）
11　僧智光、頼光（比丘）＊
12　東塔住僧某甲（比丘）＊
13　僧兼算（比丘）
14　僧尋静（比丘）
15　僧春素（比丘）

16　僧正延昌（比丘）＊　17　沙門空也（比丘）　18　阿闍梨千観（比丘）
19　僧明靖（比丘）　20　僧真頼（比丘）　21　僧広道（比丘）
22　僧勝如（比丘）　23　箕面滝樹下修行僧（比丘）　24　僧平珍（比丘）
25　沙門増祐（比丘）　26　僧玄海（比丘）　27　沙門真覚（比丘）
28　沙弥薬蓮（沙弥）　29　沙弥尋祐（沙弥）　30　光孝天皇孫尼某甲（比丘尼）
31　寛忠大僧都姉尼某甲（比丘尼）　32　伊勢国尼某甲（比丘尼）
33　高階真人良臣（優婆塞）　34　少将義孝（優婆塞）　35　源憩（優婆塞）
36　越智益躬（優婆塞）　37　女弟子伴氏（優婆夷）　38　女弟子小野氏（優婆夷）
39　女弟子藤原氏（優婆夷）　40　近江国女人息長氏（優婆夷）
41　伊勢国一老婦（優婆夷）　42　加賀国一婦女（優婆夷）

一見して明らかなように、往生者の配列は、七衆に拠っている。さらに同じ比丘も、僧綱、所属寺院による身分の違いが配列に反映しており、そこに保胤の官人としての意識が作用しているとの見方が可能であり、この配列を考慮すると、聖徳太子、行基以外にも、11、12、16番に置かれる往生者が、後補された可能性があるとされる（井上光貞氏前掲書）。

さて、『日本往生極楽記』成立の背景に、保胤や源信のような、文人貴族と天台僧の交流があったことが指摘されている。保胤は両者の交流の場としての勧学会（ここでは第一期のそれ。応和四〈九六四〉年三月に始まる。大学寮の学生二十人と天台僧二十人が参加、寛和二〈九八六〉年保胤が出家したため、解散）の中心人物であり、そこでは講経、念仏、作文会などが行われた。保胤の宗教観はほぼここで醸成されたものと思われるが、勧学会自体が僧俗の混在する文人趣味的な性格を持った集団であったため、保胤の出家前に編纂された本書には、その観念的な宗教態度が反映しているとの見方もある。速水侑氏は、本書の目的が序文に言う如く、「異相往生」を描くことにあったとしても、往生者の来世願望の根拠に殆ど言及していないという問題を指摘している（「往生伝」、『岩波講座 日本文学と仏教』第三巻所収、岩波書店、平成6年）。保胤は後年出家したが、現世否定と来世願望はむしろその時期にこそ深まったと見るべきであろう。

例文には空也伝を取り上げた。空也は、保胤在世中に遷化し、指摘されるように保胤を始めとする勧学会メンバーの宗教的な観念性に相当の衝撃を与えた人物であり、序文中の保胤「四十歳」は、丁度空也の往生した時期（天禄三〈九七二〉年）と重なる。空也については、源為憲が著名な「空也誄」を書いたが、その往生の様は、

入寂之日、浴著二浄衣一、擎二香炉一而箕居、向二西方一以瞑目、当二斯時一也、音楽来レ自レ天、異香出レ自レ室、郷里長幼、犇走到レ房、見二其端座気絶一、猶擎二香炉一

と描かれ、その異相往生の様が共感を呼んだことが知られる。

◆例文15　『日本往生極楽記』「沙門空也」

沙門空也は、父母を言はず、亡命して世にあり。或は云はく、潢流[1]より出でたりといふ。口に常に弥陀仏を唱ふ。故に世に阿弥陀聖と号づく。或は市中に住して仏事を作し、また市聖と号づく。険しき路に遇ひては即ちこれを鏟り、橋なきに当りては亦これを造り、井なきを見るときはこれを掘る。号づけて阿弥陀の井と曰ふ。播磨国揖穂郡峰合寺[2]に一切経ありて、数の年披閲せり。もし難義あれば、夢に金人[3]ありて常に教へたり。阿波、土左両洲の間に島ありて、湯島と曰ふ。人伝ふらく、観音の像ありて霊験掲焉なりといふ。上人腕の上に香を焼き、七日七夜、動かず眠らず。尊像新に光明を放ち、目を閉づれば則ち見えたり。一の鍛冶の工、上人を過り、金を懐にして帰る。陳べて曰く、日暮れ路遠くして、怖畏なきにあらずといふ。上人教へて曰く、弥陀仏を念ずべし

といへり。工人中途にして果して盗人に遇ふ。心に窃に仏を念ずること上人の言のごとくせり。盗人来り見て市聖と称て去りぬ。西の京に一の老尼あり。大和介伴典職が旧室なり。一生念仏して上人を師となせり。上人一の衲衣を補綴せしむ。尼補り畢りて婢に命じて曰く、我が師今日遷化すべし。汝早く齎て参るべしといへり。婢還りて入滅を陳ぶるときに、尼曾《すなは》ち驚歎せず。見る者これを奇ぶ。上人遷化の日に、浄衣を着て、香鑪を擎げ、西方に向ひてもて端座し、門弟子に語りて曰く、多くの仏菩薩、来迎引接したまふといへり。気絶ゆるの後、猶し香鑪を擎げたり。この時音楽空に聞え、香気室に満てり。嗚呼上人化縁已に尽きて、極楽に帰り去りぬ。天慶より以往、道場聚落に念仏三昧を修すること希有なりき。何に況や小人愚女多くこれを忌めり。上人来りて後、自ら唱へ他をして唱へしめぬ。その後世を挙げて念仏を事とせり。誠にこれ上人の衆生を化度するの力なり

【語注】
1皇室。2現在の姫路市にある峰相山鶏足寺のこと。『峰相記』に、空也、性空籠山の記事がある。3霊異的存在。4ぼろ布で作った法衣。転じて、袈裟のこと。5仏菩薩の手に衆生を引き取ること。6教化の因縁。仏菩薩がこの世に現れるのは、教化の因縁があるためであり、因縁が尽きれば去る。

ii　『法華験記』

『法華験記』の書名は、近世流布した版本には、『大日本国法華経験記』、真福寺蔵本（鎌倉時代書写）には、『日本法花験記』、東大寺の宗性筆目録には、『大日本妙法蓮花経験記説処』とあり、いずれが正式な書名かははっきりしない。

著者は序に「首楞厳院沙門鎮源撰」とあり、首楞厳院に住する鎮源と言う僧であったと思われるが、その伝は不明である。成立は、同じく序に、「長久の年季秋の月に記せり」とあり（原漢文。以下同）、内容的にもこれに矛盾する点はないから、長久年間（一〇四〇—一〇四四）に書かれたものと見て良いだろう。本書は三巻から成り、最初に序文を置く。その序文に執筆意図、先蹤等に言及している。

大日本国法華経験記序

首楞厳院沙門鎮源撰

窃に以《おも》ひみれば、法華経は、久遠本地の実証にして、皆成仏道の正軌なり。その枢鍵を捜るときは、普く一代五時の始末を括り、その根元を尋ぬれば、また百界千如の権実を包《か》ねたり。神徳峨峨として、一天の下高く照曜を仰ぎ、霊運浩浩として、四瀛の中深く渥沢を潤す。故に什公東に訳しての後、上宮西に請じてより以降、もしは受持読誦の伴、もしは聴聞書写の類、霊益に預る者これを推すに広し。而して中比巨唐に寂法師といふもの有りき。験記を製《つく》りて世間に流布せり。観ればそれ我が朝古今未だ録さざりき。余幸に妙法繁盛の域に生れて、鎮《とこしなへ》に霊験得益の輩を聞けり。然れども、或は頃はしく史書に有りて尋ねがたく、或は徒に人口に有りて埋み易し。嗟呼往古の童子は、半偈を雪嶺の樹石に銘し、昔時の大師は、全聞を江陵の竹帛に註せり。もし前事を伝へざれば、何ぞ後裔を励さむ。仍りて都鄙遠近、緇素貴賤、粗見聞を緝めて、録して三巻となせり。意は啻《ただ》に愚暗のために作るのみ。専らに賢哲のために作らず。長久の年季秋の月に記せり

序文に言う所は、『法華経』が「久遠本地の実証」「皆成仏道」の正しい軌であること、そのため、『法華経』を「受持読誦」「聴聞書写」した者は、その「霊益」を受けることを述べる。こうした人々の様を書き留めた書物が唐土にはあるが、我朝には未だないため、自分がこれを集めて一書とするのだ、ということである。「余幸に妙法繁盛の域に生れて」と言うように、本書は強烈な『法華経』持経者の立場から書かれており、各伝はいずれも『法華経』読誦の功徳を強調している。

本書は三巻から成り、百二十九人の伝を収める。配列は、保胤の書いた『日本往生極楽記』と同じく、七衆別になっており、最後に非人間即ち、「蛇と鼠」「猿」「野干」といった異類が置かれる点が特色となっている。序文に言う如く、本書は中国の『法華験記』を先蹤とし、我朝にこれがないことを惜しんで書かれたものであるが、直接の先

行資料は、『日本往生極楽記』『三宝絵』であり、その他、序に、「見聞を緝めて」と言うように、成書以外にも自らの見聞に従って収集した逸話を纏めたものと考えられる。

『法華験記』の特色は、収載された伝がいずれも『法華経』持経者の話である点、『日本霊異記』収載の『法華経』信仰者の話と共通するが（なお鎮源は『日本霊異記』を直接には参照していないようである）、殊に『法華経』読誦の功徳に重点が置かれている点が特徴的である。また、『日本往生極楽記』が、異相往生に力点を置き、信仰の実態にはそれ程触れないのとは対照的に、本書に収められた伝の多くは、信仰の実態、輪廻からの離脱、往生祈願の動機といったものをも描いている。

以下に引用するのは、近江国の頼真という法師が法華読誦の功により、悪道から脱し、往生した話で、『今昔物語集』にも類話が見える。

◆例文16　『本朝法華験記』巻上「頼真法師」

第二十四　頼真法師

沙門頼真[1]は、近江国の人なり。年始めて九歳にして、金勝寺に住しけり。僧の経を聞きて、憶持して忘れず、乃経一部を通利暗誦せり。老年に至るまで毎日に三部を読誦して退くことなし。兼て法文を習ひて、能く義理を解《げ》せり。比丘性《ひととなり》静にして、語少く、定途の所作には、口歯を動《はたら》かして、虚哨《にけかむ》こと牛のごとし。比丘悲歎して常にこのことを羞づらく、生死は皓然として、業種は巨多なり。先世の業に依て悪業の身を感ぜり。今生懺《さん》せざれば、後生畏るべしとおもふ。叡山の根本中堂に参り登りて、七昼夜を逕て、前生の果報を知らしむべしと祈念せり。第六夜に至りて、夢に音声を聞きて、その形を見ず。頼真に告げて云はく、汝先生の身は、これ鼻の欠けたる牛なりき。近江国愛智《ゑちの》郡の中の貫首[2]が家の内に、貫首、仏経を作善し、八部法花を供養して、牛に負《おほ》せて、将《ゐ》て伽藍に登りけり。経を負ひたる功徳に依りて、牛の身を脱《はな》れて人界に至り、法華経を誦し、法文の理を解して、仏法の器と作りぬ。今生法華を読誦するの功徳薫修して、生死を遠離し、涅槃を証すべし。宿習[3]猶し残りて、余報いまだ尽きず、咬々[4]として常に嚼《か》むといへり。夢覚めて明かに前世後世の善悪の果報を知りぬ。比丘精進して、自ら愧じ剋《せ》め責めて、悪道を怖畏し、読誦観念して、菩提を欣求す。七十の算を尽して六万部を誦せり。正念苦びなし。定めて知りぬ、安楽の浄刹に往生せることを

【語注】

1伝未詳。2一宗一派の棟梁の意だが、ここは単に役人の意味か。3宿世の習い。4餌をつつく様子。

iii　聖徳太子伝

『日本往生極楽記』『法華験記』など多くの作品に登場する聖徳太子（廐戸王）には、聖徳太子伝という一群の伝記がある。聖徳太子の事跡として、一般には、推古天皇の摂政であったこと、冠位十二階を定めたことなどが伝えられ、仏教に関しては、『三経義疏』を撰述し、厚く仏法を敬ったとされている。しかし、これが歴史的事実からは相当かけ離れていることについては、田村円澄氏他多くの研究者が指摘する所である。従って、聖徳太子の立場も、摂政として政治の中心的役割を担った人物と言えるものではなく、また、憲法十七条を国家的な規範と捉えることにも疑問があるというのが事実であろうと考えられている。『三経義疏』については、太子の撰述とする立場と、これを否定する立場があるが、『三経義疏』（『法華経義疏』『維摩経義疏』『勝鬘経義疏』）の内の『勝鬘経義疏』の大半が、中国敦煌出土の『勝鬘経義疏本義』と同文であることが判明し、太子撰述説が揺らいだ。歴史的存在としての聖徳太子は、我々が抱いてきた太子像とは相当にかけ離れたものであった可能性が高いのである。では、その聖徳太子像は如何にして形成されたのであろうか。

太子に関する現存の最も古い記事は『日本書紀』の中に見える。それは太子個人の一代記の形式は取っていないが、例えば『三経義疏』に関して言えば、『日本書紀』推古天皇十四年の条には、太子が『勝鬘経』と『法華経』の講経を行ったことが、以下のように書かれている（原漢文。以下同）。

秋七月に、天皇、皇太子《ひつぎのみこ》を請《ま》せて、勝鬘経を講《と》かしめたまふ。三日に説き竟《を》へつ。是歳、皇太子、亦法華経を岡本宮に講く。天皇、大きに喜びて、播磨国の水田《た》百町《ももところ》を皇太子に施《おく》りたまふ。因りて斑鳩寺に納れたまふ

しかし、太子伝の一つである『聖徳太子伝暦』には、『勝鬘経義疏』『法華経義疏』について「二件の経は、太子、略して義疏を製したまふ」と述べており、太子が二経の義疏を撰述したかのように書かれている。

秋七月、天皇、太子に詔して曰く、「諸仏所説の諸経、演《の》べ竟《を》へり。然るに勝鬘経は、未だ其の説を具《つぶさ》にせず。宜く朕の前に於て、其の義を講説したまふべし」。太子辞し奏すらく、「臣頃《このごろ》将に疏を製せんとす。其の義理を思うに、適《まさ》に未だ通達せず。伏して念《をもんみ》れば、五六日より旬の時に至る。乃《いま》し麈尾《しゅび》を握《と》つて、師子の座に登る応し」。天皇答し勅して試《こころみ》に講じて、諸の名僧大徳をして、其の妙義を問はしむ。太子、天皇の請を受けて、其の義、僧の如くにして、三日あつて竟へたまひぬ。講竟へぬる夜、蓮花零《ふ》る。花の長さ二三尺、方三四丈之地に溢る。明旦、之を奏するに、天皇大に奇として、車駕して之を覧《みそなは》す。即ち其の地に於て、誓て寺堂を立つ。是れ今の橘寺也。天皇、復た太子に勅して曰く、「法華経者、如来の妙義也。宜く亦た講説すべし」。太子謹て受けて、亦た僧の儀の如くして、岡基《をかもとの》宮に説きたまふに、王子、大臣、大夫《まうちぎみ》已下、信受せずといふこと莫し。天皇率いて婦已下に命じて、亦た以って聞き看《みそなは》す。七日あつて竟へぬ。天皇大いに悦びて、播磨の国の水田、三百六十町を以って、太子に施したまふ。因りて以って法隆寺に納る。此の寺は宮と基を同じうして、宮の西に在り。後、割《さ》ひて中宮寺に納る。此の寺は、間人穴太部《はしひとあなほべの》皇后の宮也。皇后崩じたまひて後、寺と為す。二件の経は、太子、略して義疏を製したまふ。流通すること有らず。高麗の慧慈法師已下、各講場に在りて、其の得る所を諮いたて

まつる。太子取捨したまひて、其の正理に合へり。此れ自り始て、究竟之志有り。後の年に製し畢へたまふ

『日本書紀』における聖徳太子関係記事が、太子を推古天皇摂政として古代政治の中核に位置付け、仏教擁護者の最重要人物と造形していることに関しては、多くの検討が重ねられている。廐戸王を摂政、仏教擁護者として、悉達太子によそえているとの指摘は重要であろう。『書紀』に書かれた仏典講説も、史実ではないと見るべきである。事実としては、廐戸王の仏教信仰は、廐戸王の属した上宮王家のみのものであり、国家的な規模のものではない。仏教信仰を推進した中心人物は、後に上宮王家を滅ぼすことになる、蘇我入鹿の祖父馬子であった。廐戸王の死後、皇極二（六四三）年、上宮王家は蘇我氏によって滅ぼされ、天智九（六七〇）年には、廐戸王の創建した法隆寺は焼亡した。檀越である上宮王家なきまま、法隆寺は再建されたが、その背景には、既に廐戸王が聖徳太子として復活したこと、言わば聖徳太子信仰の形成があったと考えられる。

『書紀』において聖徳太子として形成された廐戸王の像は、以後さらなる伝説化を遂げる。その中核を担うのは一群の聖徳太子伝である。聖徳太子伝は、現在判明しているだけでも百種近い。この中には逸文でしか伝わらないものも多く、その全貌は未だ明らかでない。さらに、太子伝は、絵伝ともなった。その最も古いものは天平時代にまで溯ると言われ、初期は殆どが壁画形式であったとされる。太子の創建し、後再建された法隆寺、また、四天王寺にもこれがあったとされ、殊に四天王寺の壁画は著名であったらしく、貴顕の参拝を伝える記録が残る。また、鎌倉期以降、浄土真宗においては、『法然上人絵伝』『親鸞上人絵伝』『聖徳太子絵伝』は、布教のために多く制作された。これらの絵伝は、「絵解き」と呼ばれる語りを伴っている。つまり聖徳太子伝は語りの台本でもあったのである。

聖徳太子伝の内、現存する最古のものは『上宮聖徳法王帝説』である。本書は段階的に成立したもので、最初から纏まった伝記ではなかったらしい。中核となる部分は奈良時代には成立していたとされるが、最終的に現在の形になった時期が何時頃かについては、諸説ある。以後、『上宮皇太子菩薩伝』『上宮聖徳太子伝補闕記』『上宮太子伝』

『聖徳太子伝暦』が書かれ、中世に入ると、その数も一挙に増える。主なものだけ上げると、『太子伝古今目録抄』『聖徳太子平氏伝雑勘文』『上宮太子拾遺記』『正法輪蔵』『文保本太子伝』『太子伝玉林抄』などである（阿部隆一氏「室町以前成立聖徳太子伝記類書誌」、『阿部隆一遺稿集』三所収、汲古書院、昭和60年）。これらは、説話的要素が多いものから、簡略な記事のみのものまで様々であり、また、年代記的なもの、雑録的なもの、或いは、秘事口伝を含むものまである。制作者についても、法隆寺との関係を伺わせる伝、また、官人が書いたと思われるものなど多様である。

以下に引用するのは、『聖徳太子伝』と『聖法輪蔵』である。

◆例文17　『聖徳太子伝』巻上

廿二年甲戌正月八日、始製㆓法華経疏㆒。三月、太子舎人有㆓宮池鍛師壮犬㆒。齚㆓折一鹿之脛㆒。太子視而痛㆑之、令㆓舎人放㆒㆑之。復同犬齚㆓折同鹿之四脛㆒、為㆓三段㆒。太子怪㆑之、誓㆑夢見㆑之、欲識㆓其縁㆒。入㆓於夢殿㆒夢見、艶僧到㆑自㆓東方㆒、謂㆓太子㆒曰、此鹿与㆑犬過去宿業也。鹿為㆑嫡犬為㆑妾。時嫡折㆓妾子之脛㆒。因㆑之九百九十九世、結㆑怨而来㆓于今㆒。千世正満足耳。古人云、聖人不㆑夢。而儲君聖性通㆑物、无㆓知不㆑達。如来妙義、何義不㆑徹。而託㆓辞夢見㆒、令㆑信㆓鄙俗㆒。独恣説、邪枉致㆑疑。故有㆓此言㆒。

文句云、夢者従㆓須陀洹㆒至㆓支仏㆒、悉有㆑夢。唯仏不㆑夢。無疑無㆓習気㆒。故不㆑夢。従㆓五事㆒。故有㆑夢。以㆓疑心、分別、覚習、因、現事㆒。非人来相語、因㆓此五事㆒夢。文。

秋八月蘇我大臣臥㆑病。太子奏、為㆓大臣㆒出㆓家僧尼一千人、太子自授㆓五戒㆒。

二十三年乙亥夏四月十五日、製㆓法華経疏㆒、竟此経者、自㆑前製了、伝㆓於漢土㆒。而今復為㆘製㆓釈諸蕃法師等義理妙説并夢金人所㆑授不可思議之義㆒、以問㆗恵慈法師㆖。法師亦領悟、発㆓不思議㆒、嘆㆓未曾有㆒。故称㆓上宮後疏㆒、謂㆓弟子㆒曰、是義非㆑凡。将還㆓本国㆒欲㆑伝㆓聖趣㆒

◆例文18　『聖法輪蔵』

是太子二歳

是太子二歳時、自二胎内一拳《ニキリテ》生レ給ヘル釈尊開[1]御舎利給シ御体也。年号ハ、金光四年〈歳次癸巳〉春二月十五日事也。太子御誕生以後、既二歳成セ給フマテ、右ノ御手ヲ開キ給ス。上下万人奉レ成二不思義思一、而実開二御手一給フ事ハ、二月十五日平旦也。太子玉[2]照姫、錦ノ衾下御寝《フスマノシタニキヨシン》成給ヒケルカ、二月十五日暁寅時初程御寝サメシテ、御乳母ニ物語シ給ヘリ。始御名阿児名乗給ヘリ。太子告二玉照姫二云ク、良《ヤヽ》玉姫承レヨ。阿児夜明、向二吉方一、演二心中思一。其時玉姫、穴賢《アナカシコ》〱勿《ナカレ》二相妨一。兼テ御約束シ給ケレハ、御乳母承二此旨一、定テ有二子細一御事也ト思咎メテ、勅答被レ申ケル様ハ、抑、我君未幼稚ニ御スニ、何事御心中ニ深ク思食シ侍ル哉。明日吉日トシ択二吉日吉時一、向二吉方一御披露アラム事ハ、自私争テカ善悪ノ方角奉レ向、可レ侍三君経二奏聞一、依二御許一申入ケレハ、太子此ノ事無レ由被レ思レ食、胎内ヨリ拳生給フ開二御舎利一、唱二仏ノ御名一、始見仏聞法二利益弘二此国一、御心中思食ケル御事也。天明此由披露スルナラハ、観念モ乱、悪シカリナムト思食シテ、御詞カヘ、実其義努努《ユメユメ》々々不レ可レ有。汝モ寝入レヨ。阿児モ寝入覧トテ、御乳ヲスカシ、寝入ラセサセ給テ、寅時経《オワリ》程、乳母ニ不レ被レ知、窺ニ起立給ヘリ。開二御舎利一、唱二仏御名一、吾朝仏法始トセムト思食シテ、太子夜中ニ独起立給ヒテ、顕《アラハ》二雪御膚一、赤袴中フミ、向レ東立給ケル御体[3]、是也。御誕生以後、未二開給一舒《ノヘ》二右御手一、成二合掌一給キ。向二東方一、南無仏々々ト、高声ニ唱ヘ給ヒテ、開二合掌ノ御手一給ケレハ、釈迦如来ノ白玉、摧身ノ御舎利放レ光照二宮中一給ヘリ。御寝殿ノ燈呂火幽ユルニ、御舎利光朗耀《ホカラカニカヽヤキ》ケレハ、侍女采女各起立、驚サワキケル也。玉照姫驚キ、火ハ何ナル御事ニヤ、不レ例夜中ニ独起立御。何吾君、自レ昔未レ聞忌々シキ物名呼給事ヨト申ケルカ、太子後様《ウシロサマ》見返リ御シテ、御乳母ヲ眄《ニラマ》給ケル也。太子始テ[4]無量億劫ニモ難レ聞、唱二仏御名一給シヲ、忌々ケナル物名呼給ト御乳母ノ申ケルカ、得二[5]謗法ノ罪一痛思食、角(ママ)申二云御意ニテ、ニラマセ給ケル也。此御舎利至レ今法隆寺御ス。南無仏ノ御舎利ト申。

寺僧毎レ日行二講演一、唱二梵唄伽陀一、奉二称揚讃嘆一、所レ奉レ出也。誠我朝福田《フクテン》、留二此御舎利一御事也。抑、生身ノ観音、我朝現二人体一、顕二二歳合掌ノ少児ノ体一、此ノ国始二見仏聞法ノ施二一利益一給ケレハ、宮中ノ侍女釆女ヲ始、経二久遠劫一難レ値白玉摧身ノ御舎利、以二凡夫ノ肉眼一忽此ヲ拝見ス。優曇花[6]ヨリモ希ナル、預二見仏聞法之二一ノ利益一ケル也。凡吾朝ハ、天神地神十二代ハ神ノ代ニテ、経二数千万劫一、仏法名字ヲ不レ聞。自二神武天王一人王始テ廿九代、猶日本ニ仏法不レ弘。加々留無仏世界、生身ノ観音顕二聖徳太子一、始弘二仏法一給ケルニ、先御舎利、顕二仏法之貴謂一給ケル也。抑、二月十五日ハ、一ニハ、六済日[7]随一、捨レ悪持レ善之良辰[8]也。二ニハ、本師弥陀ノ御縁日、功徳円満ノ日限也。三ニハ、釈尊告二生死之永別一給シ、双林涅槃之日時也。旁天地感応、相当諸天、随喜之日、大聖尺尊開二遺身ノ御舎利一給ケル也。太子向二東方一唱二南無仏一給ケル御事、旁以其謂侍ヘリ。

（追筆）十七歩時、先七歩説言、我於二人天阿修羅中一最尊最上。

昔、天竺悉達太子、成二正覚一、為二出世之本懐一説二法花経一給シ時、先向二東方一、自二眉間一放二光明一、照二東方一万八千界一給キ。今、東方ノ聖徳太子、顕二多生[9]之本懐一給シ時モ、向二東方一施二見仏聞法之二一ノ益一御シキ。東是方始ナル故、表《ヘウ》二因《ホン》行証入之四徳一給ケル也

【語注】

1仏舎利。釈迦の遺骨。2太子の乳母。物部守屋の娘と言われる。3「御体、是也」は、ここで絵を指し示した定型句。4非常に長い時間。5仏法を譏る罪。6三千年に一度花咲く植物。滅多に遇えない出来事に遇うことの喩え。7六斎日。一月に六回、物忌みをし、殺生を慎む日。八、十四、十五、二十三、二十九日。8良い時節。9多生は、過去世において輪廻転生して多くの生を経ること。

4　物語　日記

i　『源氏物語』

『源氏物語』は平安時代の中頃、十一世紀初頭に書かれた。作者は一条天皇中宮彰子に仕えた紫式部（九七三年頃の生まれか）で、学者の家に生まれ、幼時より漢学を学んだと言われる。藤原宣孝との間に一子大弐三位を得るが、間もなく死別、その頃から『源氏物語』の執筆を始めた。『源氏物語』は五十四帖から成る長大な作品であり、仏教的な要素は作品の随所に散見する。しかし、それが仏教の論理で貫徹するものではないことに関しては、諸氏の指摘がある。例えば、既に桐壺の巻から頻出する「宿世」という語についても、必ずしも前世における因を明示する、或いは、問い掛ける意味では用いられず、運命の不可思議を詠嘆的に表現する語として用いられているとの指摘がある。「宿世」という語は、本来の仏教的な因果応報の論理で使われてはいないのである。この点を、今西祐一郎氏は、仏教語が「現世化」した結果とするが（「源氏物語」、『岩波講座　日本文学と仏教』第二巻所収、岩波書店、平成6年）、文学作品の中に仏教語が用いられる場合、仏教本来の意味との距離を測っておく必要があろう。

しかし、『源氏物語』は、仏教語或いは、仏教の論理を「現世化」された意味でのみ用いているのではない。仏教の論理、例えば因果応報の論理は、作品の構造を根底で支える思想として機能している。

『源氏物語』は様々の先行文学、思想を受け容れて成立しており、物語の端緒、桐壺帝と更衣の恋が、『長恨歌』の影響下に成り、それ故に、二人の関係が悲劇的な結果に至ることは予め読者にも予想される仕組みになっている。こういった先行文学の存在を考慮すれば、作品を展開させる最大の機縁となる、光源氏と父帝の愛妃藤壺との密通は、例えその時点で「宿世」という語で語られるにせよ、後の「果」を生む「因」であることが否定される訳ではない。但し、その「果」が明確になるのは、その事件からほぼ一世代という時間の後である。その「果」に至るまで、源氏は栄花を極め、密通という罪、それも皇統に対する犯しである行為は、断罪されることなく物語は展開する。その間に須磨流謫もあるが、これさえ流謫と解してよいのか、物語は明確に語らない。むしろ明石女御を得ることで、源氏の栄達はさらに補強される結果になる。「現報」は免れ得たかに見える。藤壺との間に生まれた不義の子は、桐壺帝の子として成長し、やがて帝位に即く。しかし、そこに至るまでの過程で、源氏から罪悪感を吐露する言葉は殆ど出ず、藤壺も同様である。のみならず母となった藤壺は、源氏と協力して我が子を守ろうとさえする。当面の敵は、朱雀帝を擁する右大臣一派ではあるが、桐壺帝なき後劣勢に立つ藤壺は、法華八講を主催した直後に出家する。しかし、その出家が、源氏との際どい恋からの離脱を目指すものであり、そのことによって我が子を守ろうとする行為であるからには、極めて現世的な出家と言わざるを得ず、それは藤壺自身がよく認識していることでもあった。出家直後、源氏と交わした贈答で、藤壺は「いつかこの世を背きはつべき」と、自らが未だ濁りの心のままにあることを吐露している。藤壺に極楽往生などがある筈もないことを読者は予想するが、果たして「朝顔」巻で藤壺は源氏の夢枕に立つ。

宮の御ことを思ひつつ大殿籠れるに、夢ともなくほのかに見たてまつるを、いみじく恨みたまへる御けしきにて、「漏らさじとのたまひしかど、憂き名の隠れなかりければ、はづかしう、苦しき目を見るにつけても、つらくなむ」とのたまふ。御いらへ聞こゆとおぼすに、おそはるるここちして、女君の「こは、などかくは」とのたまふに、おどろきて、いみじくくちをしく、胸のおきどころなく騒げば、おさへて、涙も流れ出にけり

源氏はこの後「所々に御誦経などせさせたまふ」とされ、藤壺が生前は「行ひをしたまひ、よろづに罪軽げなりし御ありさま」であったにも拘わらず、「このひとつのこと」即ち、源氏との密通によって、「この世の濁りをすすいたまはざるらむ」のであろうと思い当たるのである。不義密通は五悪の一つであった。それにより、藤壺はあの世で「苦しき目」を見ているのである。源氏は「罪にもかはりきこえばや」と、自らが藤壺の苦患を肩代わりしたいとさえ思うが、藤壺のために追善することさえ、「人とがめきこえつべし」と自重せざるを得ない。源氏は飽くまで此岸で苦

闘する他ない。一方、源氏の憧れを一身に負った理想の存在であった筈の藤壺が、ここでは死後の苦患に喘ぐ存在に相対化される。そして、『源氏物語』正編の分岐点は、正にこの「現報」「果」が源氏自身の身に現れ出る時点にある。そのことは、『源氏物語』が、仏教の論理を、表層的な言葉で使用しているのではないこと、それが作品を支える根本の論理の一つになっていることを、明確に語っている。そして、源氏は、この「現報」を目の当たりにして、自らの行為に対して、「報い」という言葉を発するのである。

兄朱雀院の愛子女三宮との不幸な結婚は、柏木という若者と女三宮との密通という事態を招いた。その結果、薫が生まれる。源氏は父桐壺帝と同じく、薫を我が子として育てねばならない。その薫が生まれた時の様は次のように語られる。

夜一夜、悩みあかさせ給ひて、日さしあがるほどに、①生まれ給ひぬ。「をとこ君」と聞き給ふに、「②かくしのびたることの、あやにくに、③いちじるき顔つきにて、④さし出で給へらんこそ、心苦しかるべけれ。女こそ、⑤なにとなく紛れ、あまた人の、見ぬ物なれば、安けれ」と、おぼすに、「かく、こゝろ苦しき疑ひ、まじりたるにては、⑥心やすきかたに物し給ふにぞ、いとやすきかし。さても怪しや。『⑦わが世とゝもに、おそろし』と思ひしことの報いなめり。⑧この世に、かく、思ひかけぬ事にて、⑨むかはりきぬれば、後の世の罪は、すこし軽むらんや」とおぼす。人はた、しらぬ事なれば、「かく、⑩心殊なる御腹にて、末に出でおはしたる御⑪おぼえ、いみじかりなん」と、思ひいとなみつかまつる　（柏木）

①柏木と女三宮との不義の子、薫がお生まれになった。②こうした秘密が。③実父の面影がはっきりと現れた顔で。④この世にお生まれになった。⑤何となく、顔が誰に似ているかなどという詮索を招くようなことがなく、人目から紛れていられて。⑥心配しなくてもよい男子（女子であれば、色々と世話が掛る）。⑦自分がこれまでの人生でずっと。⑧現世。⑨向《むかは》る。過去の行為の報いが来ること。⑩格別の。薫を産んだのは源氏の正妻である。⑪愛情。

かくして「現報」の現れ出て以後、源氏を取り巻く栄花の世界は崩壊に向かう。その最たるものは、事実上の正妻であった紫上の死である。近い死を悟った紫上は、出家を願う。しかし、既に因果応報の恐ろしさを知り、自らもまた、出家の決意を固めた筈の源氏は、なお紫上の出家を許せない。そこでは仏教的論理だけでは割り切れない人間の心理が語られる。

紫上を失った源氏は出家を願う。出家の決意は既に紫上の生前より源氏に萌していたが、それが明確な覚悟として、具体的な行動を伴うであろうことを予感させるのが、「御法」に続く「幻」である。周知の如く、源氏の死を描いたと推測される「雲隠」は、巻名のみが伝わり、本文が無い。これは紫式部の創作上の周到な配慮であろうというのが通説である。源氏の死は、「宿木」で、出家後二、三年であったこと、出家後は嵯峨に隠棲したことが語られる。「幻」で、源氏が出家を決意するのは、歳末に行われる仏名会の場であった。

御仏名も今年ばかりにこそは、とおぼせばにや、常よりもことに、錫杖の声々などあはれにおぼさる。行く末ながきことを請ひ願ふも、仏の聞きたまはむことかたはらいたし

源氏は仏名会において、錫杖の声を聞く。それが出家への痛切な覚悟になるのである。最早、導師達が源氏の長寿を願うことも、仏の前に白々しい。次第に深まっていた源氏の決意は、錫杖の声を聞く中で、はっきりとした形を取り始める。では、この「錫杖の声」とは何であろうか。錫杖は、悪霊などを追い払うために僧が持ち歩く杖である。頭部は塔婆を像り、金属製の環が複数付いているため、振ると音がする。これを振りながら、僧は旋律を伴う頌文を誦す。所謂九条錫杖で、四箇法要（唄、散華、梵音、錫杖）の第四に当たる。

錫杖については、『枕草子』が、「たふときこと、九条の錫杖、念仏の廻向」（二百七十九段）、『栄華物語』が「僧のなりども、皆梵音錫杖、品々に従ひていろいろなり」（おんがく）というように、平安時代の貴族には親しいものであった。九条錫杖は、九節から成り、一節の終わり毎に錫杖を振る。その詞章を『二中歴』に拠って示す（なお旋律は、日本古典文学大系『源氏物語』四の末尾に五線譜によって示されているので、参照されたい）。

手執錫杖　当願衆生　設大施会　示如実道　供養三宝　以清浄心　供養三宝　発清浄心　供養三宝　願清浄心
供養三宝　三世諸仏　執持錫杖　皆成正覚　故我稽首　執杖錫杖　供養三宝　南無恭敬供養霊山界会　恭敬供養
八万法蔵　哀愍摂受　菩薩聖衆

最初の四句は、『華厳経』十四に拠るが、他の偈句は誰の手に成るものか不明である。この詞章は、その背後に仏説を廻る様々の譬喩譚や縁起を伴って理解されていた。例えば「手執錫杖」の一句について、『九条錫杖略注』(西教寺蔵)は以下のように注する。同書の著者は、中世尾張の真福寺宝生院の政祝であり、同院に蔵される『説経才学抄』と『九条錫杖略注』は深く関わる。

手執二錫杖一者、九条錫杖文、花厳経文云々。夫錫杖声、三世諸仏説法音声、驚二覚人界凡聖長眠一義也。是以一度触レ耳、身中三妄悉滅、生死渡二苦海一、到二菩提覚岸一法縁也云々。凡錫杖有二三種一。一、四輪、是声聞錫杖、表二四諦一故。二、十二輪、是縁覚錫杖、表二十二因縁一故。三、六輪、是菩薩錫杖、表二六度一故。天竺仏弟子、皆不断持二錫杖一遊行云々。目連尊者以二天眼一見二亡母処一、堕二无間地獄一。見二亡母一、獄卒永劫不レ開云、不開レ扉。則目連還二霊鷲山一白レ仏、錫杖給二目連一。々々以二仏錫杖一行二無間地獄一、当レ門是振二三度一。則時无間扉破摧、終見二亡母一云々。天竺阿育大王、一日一夜殺二八万四千人后妃一。其後立二地獄一、諸人捕入レ釜煮殺時、大唐五台山文殊化、成二消散比丘一、持二錫杖一行二天竺一、至二阿育地獄一、々々三度廻見之時、取二消散比丘一入レ釜。消散比丘則錫杖、三度振レ之。則時釜破湯成二八功徳池一、情成二青連花一。々々上居二消散比丘一、阿育大王聞レ之、則行見レ之。地獄破宛如二浄土一。則思三聖者尋二本地一、則答二文殊一。王則請二宮中一依二得教化一、発二無上菩提心一、一日一夜、為二后妃追繕一

源氏が「錫杖の声々など」を「あはれに」感じたというその内実は、こういったものであり、それを理解することが読者には求められている。源氏は罪深い己れの救われる道を「錫杖の声」に聞き、出家に踏み切るのである。さりげない数語で語られたこの場面は、法会の荘厳の最中に、俗世を去ろうとする源氏の決意が固まったことを告げると

共に、読者にもその覚悟が共感される筈である。

『源氏物語』は、仏教的論理にその構想の根底的な要因を委ねつつも、なおそれのみでは超克し難い人間の姿を描いた。数多の仏教説話や譬喩譚が、厭離穢土、往生極楽へと直截に向かう中で、あくまで俗世における恋、野望、挫折などを精細に描き、そこに人間の真実は確かに造形された。しかし、それさえもがやがて無に帰することを描くことにより、極めて壮大なドラマとなり得たのである。

以下に引用するのは、藤壺が法華八講を行い、その結願の日に出家をする様を描く「賢木」、紫上の死を描く「御法」である。いずれも法華八講という法会を背景に、物語の大きな転換点が描かれる。

◆例文19　『源氏物語』「賢木」

十二月十よ日ばかり、中宮[1]の御はかうなり。いみじうたふとし。日々にくやうせさせ給御経よりはじめ、たまの[2]軸[3]、らの表紙、帙簀[4]のかざりも、よになきさまにとゝのへさせ給へり。さらぬ事のきよらだに、世のつねならずおはしませば、ましてことはり也。仏の御かざり、花つくゑ[5]のおほひなどまで、まことのごくらく思やらる。はじめの日は、先[6]帝《だい》の御れう、つぎの日はゝきさきの御ため、またの日は、院[7]の御れう、五巻[8]の日なれば、かんだちめなども、よのつゝましさを、えしもはゞかり給はで、いとあまたまいり給へり。けふのかうじ[9]は、心ことにえらせ給へれば、「たきゞこる」[10]ほどよりうちはじめ、おなじう、いふ事のはも、いみじうたふとし。みこたちも、さま〴〵のほうもちさゝげてめぐり給に、大将殿[11]の御よういなど、なをにるものなし。つねに、おなじ事のやうなれど、みたてまつるたびごとにめづらしからむをば、いかゞはせむ。はての日[12]、わが御事を結願[13]にて、「世をそむき給よし」、仏に申させ給に、みな人々、おどろき給ぬ。兵部卿宮[14]、大将の御心もうごきて、「あさまし」とおぼす。みこはなかばの程に、たちていり[15]給ぬ。心つようおぼしたつさまの給て、はつるほどに、山の座主めして、「[16]いむ事、うけたまふべきよし」、の給はす。御をぢのよかわのそうづ、ちかうまいり給て、御ぐしおろし給程に、宮のうちゆすりて、ゆゝしうなきみちたり。なにとなき、おいおとろへたる人だに、「いまは」と、よをそむく程は、あやしうあはれなるわざを、まして、かねての御けしきにも、いだし給はざりつる事なれば、みこも、いみじうなき給。まいり給へる人々も、おほかたの事のさまも、あはれにたうとければ、みな袖ぬらしてぞかへり給ける。[17]こ院のみこたちは、むかしの御ありさまをおぼしいづるに、いとゞあはれにかなしうおぼされて、みな、とぶらひきこえ給。大将はたちどまり給て、きこえいで給べきかたもなく、くれまどひておぼさるれど、「[18]などか、さしも」と、人みたてまつるべければ、みこなどいで給ぬるのちにぞ、おまへにまいり給へる。やう〳〵人しづまりて、女ばうども、はなうちかみつゝ、所々にむれゐたり。月はくまなきに、雪のひかりあひたるにはのありさまも、むかしの事おもひやらるゝに、いとたへがたうおぼさるれど、いとようおぼししづめて、「いかやうにおぼしたゝせ給て、かう、にはかには」と、きこえ給。「いまはじめておもひ給ふることにもあらぬを。ものさはがしきやうなりつれば、心みだれぬべく」など、[19]れいの命婦してきこえ給。みすのうちのけはひ、そこらつどひさぶらふ人のきぬのをとなひ、しめやかにふるまひなして、うちみじろきつゝ、かなしげさの、なぐさめがたげに、もりきこゆるけしき、「ことわりに、いみじ」と、きゝ給。風はげしう吹ふゞきて、みすのうちのにほひ、いとものふかき[20]くろばうにしみて、[21]みやうかうのけぶりもほのかなり。大将の御にほひさへかほりあひ、めでたく、ごくらく思ひやらるゝ世のさまなり。[22]春宮の御つかひもまいれり。の給ひしさま思ひいできこえさせ給にぞ、御心つよさもたへがたくて、御返もきこえさせやらせ給はねば、大将ぞ、事くはへきこえ給ける。たれも〳〵あるかぎり、心おさまらぬほどなれば、おぼす事どもゝえうちいで給はず。

「[23]月のすむ雲井をかけてしたふとも[24]この世のやみに猶やまどはむ

と、思給へらるゝこそ、かひなく。おぼしたゝせ給へるうらめしさはかぎりなう」とばかりきこえ給て、人々ちかうさぶらへば、さま〴〵みだるゝ心のうちをだに、えきこえあらはし給はず、いぶせし。

「おほかたのうきにつけてはいとへども[25]いつかこの世をそむきはつべき
[26]かつにごりつゝ」など、かたへは、御つかひの心しらひなるべし。あはれのみつきせねば、むねくるしうて、まかで給ぬ

【語注】

1藤壺。2『法華経』の経巻の軸が宝玉で飾られている。3同じく表紙が羅で作られている。4帙簀は巻物を包む竹の帙。それが美しく装飾されている。5花籠。散華の入物。6藤壺の父帝。7桐壺院。8『法華経』第五巻のこと。この巻は、提婆達多品、勧持品、安楽行品、従地湧出品から成るが、殊に提婆達多品は聴衆の感動を誘う箇所として著名。この日、薪の行道をするが、その際、「法華経をわが得しことは薪こり菜つみ水汲み仕へてぞ得し」という歌を唱える。9説経師。10仏が薪を拾い、水を汲むなどして阿私仙人から『法華経』を伝えられた話がある。これを薪の行道と言う。11光源氏。12法華八講の最終日。通常は第四日目。13祈願。14藤壺の兄。15兵部卿宮が藤壺のいる御座所の中に入る。16戒を受けること。17故桐壺院の御子達。藤壺からすると、義子。18どうしてそれ程までに（悲しむのか）と、19いつものように。20薫香。冬の香。21仏前で焚く香。22藤壺と光源氏の間に生まれ、桐壺帝の子として育ち今、皇太子の地位にある皇子。23月が澄んでいるように心澄む出家の境地。24現世での闇。この闇は通常、子を思う故の執着で、子は皇太子を指す。25一体何時になったら本当に現世を棄て切ることが出来るのか。26心は濁っている。

◆例文20『源氏物語』「御法」

むらさきのうへ、いたうわづらひ給し御心ちの後、[1]いとあつしくなり給て、そこはかとなくなやみわたり給ことひさしくなりぬ。いと、おどろ〳〵しうはあらねど、とし月かさなればたのもしげなく、[2]いとゞあえかになりまさり給へるを、[3]院のおもほしなげく事かぎりなし。しばしにても、[4]をくれきこえ給はむことをば、いみじかるべくおぼし、身づからの御こゝちには、「この世にあかぬことなく、うしろめたき[5]ほだしだに、まじらぬ御身な

れば、あながちにかけとゞめまほしき御いのち」ともおぼされぬを、「としごろの御契りかけはなれ、思なげかせたてまつらむ事」のみぞ、人しれぬ御心の中にも、物あはれにおぼされける。「後の世のために」と、[6]たうとき事どもを、おほくせさせ給つゝ「いかでなを[7]ほいあるさまになりて、しばしもかゝづらはむ命のほどは、[8]をこなひをまぎれなく」と、たゆみなくおぼしの給へど、[9]さらにゆるしきこえ給はず。さるは、わが御心にも、しかおぼしそめたるすぢなれば、かくねんごろに思給へるついでにもよをされて、「おなじみちにもいりなん」と、おぼせど、ひとたび家をいで給なば、「かりにも[10]この世をかへりみん」とは、をぼしをきてず。後の世には、「[11]おなじはちすのざをもわけん」と、契かはしきこえ給て、たのみをかけ給御中なれど、こゝながらつとめ給はむほどは、おなじ山なりとも、みねをへだてゝあひみたてまつらぬすみかに、かけはなれなん事をのみ、おぼしまうけたるに、かく、いとたのもしげなきさまに、なやみあつい給へば、いと心ぐるしき御ありさまを、「いまは」と、ゆきはなれんきざみには、すてがたく、中々山水のすみかにごりぬべく、おぼしとゞこほるほどに、[12]たゞうちあさえたるおもひのまゝの道心おこす人々には、こよなうをくれ給ぬべかめり。御ゆるしなくて、心ひとつにおぼしたゝむも、さまあしくほいなきやうなれば、このことによりてぞ、女君は、うらめしく思きこえ給ける。我御身をも、「[13]つみかろかるまじきにや」と、うしろめたくおぼされけり。としごろ、わたくしの御ぐはんにて、かゝせたてまつり給ける法花経千部、いそぎてくやうじ給。わが御殿とおぼす二条院にてぞし給ける。[14]七そうのほうふくなど、しなぐ〵たまはす。ものゝいろ、ぬいめよりはじめて、きよらなることかぎりなし。おほかた、なに事も、[15]いかめしきわざどもをせられたり。ことぐ〵しきさまにもきこえ給はざりければ、くはしき事どもゝ、しらせ給はざりけるに、[16]女の御をきてにては、いたりふかく、ほとけのみちにさへかよひ給ける御心の程などを、院は、「いとかぎりなし」とみたてまつり給て、たゞおほかたの御しつらひ、なにかのことばかりをなん[17]いとなませ給ける。[18]楽人舞人などのことは、[19]大将の君とりわきてつかうまつり給。うち、春宮、后の宮たちをはじめたてまつりて、[20]御かた〴〵、こゝかしこに、みず経、ほうもちなどばかりのことをうちし給だに、所せきに、ましてそのころ、この御いそぎをつかうまつらぬ所なければ、[21]いとこちたきことゞもあり。いつのほどにいとかく、色々おぼしまうけゝん。げに、「[22]いそのかみの世々へたる御ぐわんにや」とぞみえたる。花ちる里ときこえし御かた、あかしなどもわたり給へり。みなみひんがしのとをあけて、おはします。しん殿のにしのぬりごめ也けり。北のひさしに、かた〴〵の御つぼねどもは、さうじばかりをへだてつゝしたり。三月の十日なれば、花さかりにて、空のけしきなどもうらゝかに、ものおもしろく、仏のおはすなる所のありさま、とをからずおもひやられてことなり。ふかき心もなき人さへ、つみをうしなひつべし。[23]たきゞこるさむたんのこゑも、そこらつどひたるひゞき、おどろ〳〵しきを、うちやすみて、しづまりたるほどだに、あはれにおぼさるゝを、ましてこのごろとなりては、なに事につけても、心ぼそくのみおぼししる。[24]あかしの御かたに、[25]三の宮して、きこえたまへる。

おしからぬこの身ながらもかぎりとてたきゞつきなんことのかなしさ

御かへり、「心ぼそきすぢは、後のきこえも心をくれたるわざ」にや、[26]そこはかとなくぞあめる。

たきゞこる思ひはけふをはじめにてこの世にねがふのりぞはるけき

夜もすがら、たうときことにうちあはせたる、つゞみのこゑたえずおもしろし。ほの〴〵とあけゆくあさぼらけ、霞のまよりみえたる花の色々、なを春に心とまりぬべくにほひわたりて、もゝ千どりのさへづりも、ふえのねにをとらぬ心地して、ものゝあはれも、おもしろさものこらぬほどに、[27]れうわうのまいて、[28]きうになるほどのすゐつかたのがく、はなやかに、にぎはゝしくきこゆるに、みな人のぬぎかけたるものゝ色いろなども、物のおりからに、おかしうのみみゆ。みこたちかんだちめの中にも、ものゝ上ずども、[29]てのこさずあそび給。かみしも心ちよげに、けうあるけしきどもなるをみ給にも、「のこりすくなし」と、[30]身をおぼしたる御心のうちには、よろづの事、あはれにおぼえ給。

法華八講を終えた紫上は翌日からまた病床に臥す。残り少ない時間に、紫上は花散里と唱和し、我が娘として養育した明石中宮の見舞いを受け、愛孫、匂の宮にそれとない別れを告げる。こうして秋となったある日、明石中宮がまた見舞いに訪れる。

秋まちつけて、世中、すこしすゞしくなりては、御心ちもいさゝか、さはやぐやうなれど、猶ともすれば、[31]かごとがまし。さるは、身にしむ許、おぼさるべき秋かぜならねど、露けきおりがちにて、すぐし給。[32]中宮はま[33]いり給なんとするを、「ゐましばしは、御らむぜよ」ともきこえまほしうおぼせども、さかしきやうにもあり、[34]うちの御つかひのひまなきもわづらはしければ、さもきこえ給はぬに、[35]あなたにも、えわたり給はねば、宮ぞわたり給ける。「かたはらいたけれど、げに、みたてまつらぬも、かひなし」とて、こなたに、御しつらひをことにせさせ給。こよなうやせほそり給へれど、「かくてこそ、[36]あてになまめかしきことのかぎりなさもまさりて、めでたかりけれ」と、きしかた、あまりにほひおほく、[37]あざ〳〵とおはせしさかりは、中々、このよの花のかほりにもよそへられ給しを、かぎりもなくらうたげに、おかしげなる御さまにて、[38]いとかりそめに思給へるけしき、にる物なく心ぐるしく、すゞろにものがなし。風すごく吹いでたるゆふ暮に、せむざいみ給とて、けうそくによりゐ給へるを、[39]院、わたりてみたてまつり給ひて、「けふはいとよくおきゐ給めるは。[40]このおまへにては、こよなく御心もはれ〳〵しげなめりかし」と、きこえ給。かばかりのひまあるをも、「いとうれし」と、おもひきこえ給へる御けしきをみ給も、心ぐるしく、「つゐに、[41]いかにおぼしさはがん」と思に、あはれなれば、

　をくとみる程ぞはかなきともすれば風にみだるゝ萩の上露

げにぞおれかへり、とまるべうもあらぬ、よそへられたる。おりさへしのびがたきを、みいだし給ても、

　やゝもせばきえをあらそふ露のよにをくれさきだつ程へずもがな

とて、御涙をはらひあへ給はず。宮、

「秋風にしばしとまらぬ露のよをたれか草ばのうへとのみみん」

と、きこえかはし給。御かたちども、あらまほしく、みるかひあるにつけても、「[42]かくてちとせをすぐすわざもがな」とおぼさるれど、心にかなはぬ事なれば、かけとめんかたなきぞかなしかりける。「いまは[43]わたらせ給ひね。みだり心ち、いとくるしくなりはべりぬ。いふかひなくなりにける程といひながら、いと[44]なめげにはべりや」とて、み木丁ひきよせて、ふし給へるさまの、つねよりもいとたのもしげなくみえ給へば、「いかにおぼさるゝにか」とて、宮は御てをとらへたてまつりて、なく〳〵、みたてまつり給に、まことにきえゆく露のこゝちして、かぎりにみえ給へば、[45]みず行のつかひども、かずもしらずたちさはぎたり。さき〴〵も、かくていきいで給おりにならひ給て、御物のけとうたがひ給ひて、よひとよ、さま〴〵の事をしつくさせ給へど、かひもなく、あけはつるほどに、きえはて給ひぬ。宮も、かへり給はで、かくてみたてまつり給へるを、[46]かぎりなくおぼす。たれも〳〵、「ことはりのわかれにて、たぐひあること」ゝもおぼされず、めづらかにいみじく、あけぐれのゆめにまどひ給ほど、さらなりや。さかしきひと、おはせざりけり。さぶらふ女ぼうなども、あるかぎり、さらにものおぼえたるなし。院はましておぼししづめんかたなければ、大将の君ちかくまいり給へるを、御木丁の本によびよせたてまつり給て、「かく、いまは[47]かぎりのさまなめるを。[48]としごろのほいありて思ひつること、かゝるきざみに、そのおもひたがへてやみなんが、いと〳〵おしきを。御かぢにさぶらふ大とこたち、ど経のそうなども、みなこゑやめていでぬなる。さりともたちとまりて、[49]物すべきもあらむ。[50]この世にはむなしき心ちするを、[51]仏の御しるし、いまは、かの[52]くらきみちのとぶらひにだに、たのみ申べきを。[53]かしらおろすべきよし、ものし給へ。さるべきそう、たれかとまりたる」などの給御けしき、心づよくおぼしなすべかめれど、御かほの色もあらぬさまに、いみじくたへかね、御涙のとまらぬを、ことはりに、かなしくみたてまつり給

【語注】

1病状がひどくなる。2弱々しげに。3源氏。4紫上よりも後に残る。5判断や行動の自由を奪うものの意で、係累を指す。6尊い仏事。7本来の望みで、ここでは、出家の望み。8勤行。9全く御許しにならない。10俗世を。11来世で、同じ蓮華の上で場所を分け合って坐る。12うち浅へたるで、心浅いこと。13「前世における罪業が軽くないので、このように現世での出家が協わないのだろうか」と思い悩む。14法会に奉仕する僧。講師、読師、呪願、三礼、唄、散華、堂達。15立派な。16女が仕切ることとしては。17世話をする。18法会の際、仏前で歌舞を奏する。19夕霧。光源氏と葵上の間に生まれた子で、源氏にとっては長男。20源氏の他の妻妾達。21物々しい。22「いそのかみ」は「ふる」に掛かる枕詞。古くからの世々を経た願いの意。23「賢木」注8参照。24源氏の妻の一人で、明石中宮の母のこと。25明石中宮と今上の三の宮で、宇治十帖で匂の宮として登場する人物。26当たり障りがない。27舞楽の曲名で、「羅陵王」のこと。28序破急の急。29ては、技能、技術の意。30我が身を観じている。31怨みがましい状態になる。32明石中宮。33帝の待つ宮中へ帰ろうとなさる。34天皇からの催促の使い。35あちらの意。明石中宮は二条院の東の対を里邸とし、紫上は西の対に住んでいる。36高貴で優雅である。37鮮やかな美しさ。38自分の命はもうほんの少しの時間だと。39源氏。40この方の御前では、明石中宮が前にいると。41混乱する。42このようにして千年もの長い時間を過ごす方法があれば良いのに。43お行き下さい。44失礼である。45誦経のための僧を呼びに行く使い。46この上ないことだとお思いになる。明石中宮は紫上の養女であり、源氏の妻達の中で重視された明石上の娘である。そのような因縁を踏まえて、紫上の臨終を看取ったことに対して深い感慨を持ったのである。47最期のようである。48年来の願い。49残っている。50現世。51仏の加護。52冥土への道。53髪を下ろす。

ii　『蜻蛉日記』『紫式部日記』『更級日記』

平安文学史を飾るこれら三つの日記は、それぞれ受領階級出身の女性によって書かれた。『蜻蛉日記』は、当時の有力貴族藤原兼家の妻妾の立場に甘んじた女性の手に成る。彼女は兼家との間に一子道綱を設けたため、「道綱の母」とも或いは、父の名から「倫寧の女」とも呼ばれる。生没年とも正確には分からないが、承平六（九三六）年頃生まれ、長徳元（九九五）年まで生存したかと言われる。本作品では、結婚生活の不如意が全編を貫くテーマとなっている。夫たる兼家に対して、「三十日三十夜は、我がもとに」（中巻冒頭）と、年頭の言祝ぎをしてみようかと冗談ら言うほどの愛着と、それが協わない現実、我が身を、「かたちとても人にも似ず、こゝろたましひもあるにもあらで、かうものゝ要にもあらである」と自己規定した著者は、上巻末尾でこの日記について、以下のように書いている。

かく、年月はつもれど、思ふやうにしもあらぬ身をしなげけば、こゑあらたまるも、喜ばしからず。猶ものはかなきを思へば、あるかなきかの心地する、かげろふの日記といふべし

自分自身を「蜻蛉」に例えた作者の生涯は、意のままにならぬ結婚生活に対する悲嘆に沈む状況から、やがて母親として生きることに充足の道を見付けようとしてゆく過程とも言える。著者と仏教との接点は、しばしばの物詣でにおいてである。或いは、寺に籠もることも多い。そこに仏教がどれ程自らの人生と関わるのかについての省察は乏しいと言わざるを得ず、著者自身が仏教に全面的な信頼を置いている訳ではない。著者の夫は正に御堂を造り、そこで死を迎えた道長の父である。井上光貞氏の指摘に従えば、兼家から道長に世代が移る、丁度その頃が、浄土教の勃興期であり、貴族や、経を読むことさえ非難された女性が、主体的に仏教を信仰し始める。『蜻蛉日記』著者の信仰の質は、未だ仏教に己れの生を全面的には託し得ないという、時代的な問題も関わっているかもしれない。

『紫式部日記』は、『源氏物語』の作者紫式部によって書かれた。この日記に関しては、成立、伝本その他に多くの問題がある。また、内容も、彼女の仕えた一条天皇中宮彰子の御産の様を描いた記録的なものや、人物評、或いは、随想的なものまで多様である。この内、日記の随所に描かれる様々な仏事は、当時の人々がどのような宗教的環境の中にあったかをよく伝えていることに先ず注目しなければならない。一方、紫式部の心理、生き方、当時の社会を垣間見させるのが、随想的内容の記事である。それは『蜻蛉日記』作者の心理とも繋がると共に、当時の女性が仏教というものを、どのように捉えていたかをよく語っている。式部が里居の「つれづれせめてあまりぬる時」、手元の書物を「一つ二つひき出て見」ていると、彼女に仕える女房達が、

「お前はかくおはすれど、御さいはひはすくなきなり。なでふ女が真字書は読む。むかしは経よむをだに人は制しき」と、しりうごちいふ

と式部の華やかならぬ生活を当てこする。女は昔は経さえも読まなかった、と言うのは、経が真字即ち、漢字で書かれているからで、『蜻蛉日記』の作者もかつてはそのように思っていたと書いている。

召使いにさえ気を使わねばならぬ式部は、経を読み、数珠を手にする女の気持ちについて

よろづのこと、人によりてことごとなり。誇らかにきらきらしく、心地よげに見ゆる人あり。よろづつれづれなる人の、まぎるる事なきままに、古き反古ひきさがし、行ひがちに、口ひひらかし、数珠の音高きなど、いと心づきなく見ゆるわざなりと思ひ給へて、心にまかせつべきことをさへ、わがつかふ人の目にはばかり、心につつむ

と、仏道に向かう者は、「よろづにつれづれなる人」が、「まぎるる事なき」ためにそうするのだと言う。自己の心理を投影したこの表現は、式部が何によっても埋めることの出来ない虚無を抱えていたことを示すが、それは往生譚等で示される出家の動機のどれにも分類出来ない漠としたものである。式部は晩年、おそらく出家したであろうと推測されているが、しかし、そこでも来世への信頼がある訳ではない。現世の拙い生が、前世の因を表しているという自覚は、因果応報の思想によるものであり、それ故に極楽往生は保証されていない、との自覚に辿り着くのである。

『更級日記』の作者は、菅原孝標の娘（一〇〇八―没年未詳）で、『蜻蛉日記』の作者の姪に当たる。日記が書かれたのは、夫（藤原俊通、一〇五八年没）の死後数年かと言われ、五十歳を過ぎた頃であろう。冒頭作者は、『源氏物語』に絶大な憧れを持つ少女として自己を描く。そこから導き出された浪漫的な結婚、宮仕えへの憧れ、そういったものが、年を追い経験を重ねるに従って現実に押し潰されてゆく、やがては、そういった仮構の世界に憧れた自らに対す

る反省が沸き上がり、救いを弥陀の世界に求める、という所で作品は閉じられる。

全巻の構成を

一　上京時代
二　物語時代
三　抒情時代
四　宮仕え時代
五　結婚時代
六　寡婦時代

の六期に分けた見方（日本古典文学大系『土佐日記　かげろふ日記　和泉式部日記　更級日記』解題）が妥当であろうが、三の時代に関しては、なお不明の点も多い。『更級日記』には、夢が多く記される。様々な夢は、現代人とは違い、夢告として捉えられていた。そこには仏教的な思想が投影したと思われるものもある。なお自分の前世を夢に見た例として、源実朝の前世の住所が医王山であったとの夢告がある。

作者はやがて、物語や華やかな宮廷生活に憧れた若い日の自分を否定するかのような心情に到り、次第に仏教の世界、殊に極楽往生を求める心境に到る。従って、物語を否定的に見るようになる機縁に、本章5で述べる狂言綺語観が影響している可能性は否定出来ない。

以下に引用するのは、『蜻蛉日記』中巻、作者が息子の道綱と共に、精進を行う箇所、『紫式部日記』後半、人物評の後に置かれた、自らの境遇に対する感慨を述べる箇所、『更級日記』前掲六の部分に相当する箇所から、夢告を蒙る場面と、巻末近くで極楽往生を願う部分である。

◆例文21　『蜻蛉日記』巻中

一日の日、をさなき人[1]をよびて、「ながき精進をなんはじむる。「もろともにせよ」とあり」とて、はじめつ。我[2]はたはじめよりも、ことぐ\しうはあらず。たゞかはらけ[3]に、香うちもりて、脇息のうへにをきて、やがておしかゝりて、仏を念じたてまつる。その心ばへ、「たゞきはめてさいはいなかりける身なり。[4]年ごろをだに、世に心ゆるびなく、うしと思ひつるを、[5]ましてかくあさましくなりぬ。[6]とくしなさせたまひて、菩提かなへたまへ」とぞ、おこなふまゝに、涙ぞほろ\/とこぼるゝ。あはれ、[7]今様は、女もずゞひきさげ、経ひきさげぬなしときゝしとき、「あな、まさりがほな、さる物ぞ、やもめにはなるてふ」などもどきし心は、いづちかゆきけん。夜のあけくるゝも、心もとなく、いとまなきまで、そこはかともなければ、をこなふと、[8]そゝくまゝに、「あはれ、さいひしをきく人、いかにをかしと思ひみるらん、はかなかりける世を、などてさいひけん」と思ふ\/おこなへば、かたとき涙うかばぬ時なし。人めぞ、いと[9]まさりがほなく、はづかしければ、おしかくしつゝ、あかしくらす。廿日ばかり[10]おこなひたる夢に、[11]わが頭をとりおろして、ひたいをわくとみる。あしよしもえしらず。七八日ばかりありて、我はらのうちなる蛇、[12]ありきて肝をはむ、これを治せむやうは、面に水なむ沃《い》るべきとみる。これもあしよしもしらねど、かくしるしをくやうは、かゝる身のはてをみきかん人、夢をも、仏をも、もちいるべしや、もちゐるまじやと、さだめよとなり

【語注】

1作者の一人息子道綱のこと。2そうは言うものの。3素焼きの器。4「年ごろをだに……思ひつる」は、これまでの兼家との夫婦関係に対する気持を言う。5極最近、兼家との仲が一層悪化したことを指す。6疾《と》く為《し》成《な》させ給ひて。7当世風。8取り急ぐ。9「まさり顔」は、得意な様子を表す。人に見られたくない程情けない有様のこと。10精進の勤めをする。11髪を下して額髪も切り、尼削ぎにする。12歩き回る。

◆例文22　『紫式部日記』

かく、かた〴〵につけて、[1]一ふしの思ひいで、とるべきことなくて、過ぐし侍ぬる人の、[2]ことに行くすゑのたのみもなきこそ、なぐさめ思ふかたゞに侍らねど、[3]心すごうもてなす身ぞとだに思ひ侍じ。その心なを失せぬにや、もの思ひまさる秋の夜も、[4]はしに出でゐてながめば、いとゞ、月やいにしへほめてけんと、[5]見えたる有様を、もよをすやうに侍るべし。[6]世の人の忌むといひ侍る咎をも、かならずわたり侍なんと、はゞかられて、すこし奥にひき入てぞ、さすがに心のうちには、つきせず思ひつゞけられ侍る。風の涼しき夕暮、聞きよからぬひとり琴をかき鳴らしては、なげきくはゝると聞きしる人やあらんと、ゆゆしくなどおぼえ侍るこそ、[7]をこにもあはれにも侍りけれ。さるは、あやしう黒みすゝけたる[8]曹司に、箏の琴、和琴しらべながら、心に入て、「雨ふる日、琴柱倒せ」などもいひ侍らぬまゝに、塵つもりて、よせ立てたりし[9]厨子と、柱のはざまに、首さし入れつゝ、琵琶も左右にたてゝ侍り。大きなる厨子一よろひに、ひまもなく積みて侍もの、ひとつにはふる歌物語の、えもいはず虫の巣になりにたる、むつかしくはひちれば、あけて見る人も侍らず。片つかたに、書《ふみ》ども、[10]わざと置き重ねし人も、侍らずなりにし後、手ふるゝ人もことになし。それらを、つれ〴〵せめてあまりぬるとき、一つ二つひきいでて見侍るを、女房あつまりて、「[11]おまへはかくおはすれば、御さいわゐはすくなきなり。[12]なでふ女が真字《まんな》書《ふみ》は読む。むかしは経よむをだに人は制しき」と、[13]しりうごちいふをきゝ侍るにも、「物忌みける人の、行すゑいのち長かめるよしども見えぬためしなり」と、いはまほしく侍れど、[14]思ひくまなきやうなり。[15]ことはたさもあり。よろづのこと、人によりてこと〴〵なり。誇らかにきら〳〵しく、心地よげに見ゆる人あり。よろづつれ〴〵なる人の、まぎるゝことなきまゝに、[16]古き反古ひきさがし、[17]行ひがちに、[18]口ひゝらかし、数珠の音高きなど、いと[19]心づきなく見ゆるわざなりと思給へて、心にまかせつべきことをさへ、たゞわがつかふ人の目にはゞかり、心につゝむ。まして人のなかにまじりては、いはまほしきことも侍れど、[20]いでやと思ほえ、心得まじき人には、いひて[21]やくなかるべし。[22]物もどきうちし、われはと思へる人の前にては、うるさければ、ものいふことももの憂く侍る。ことにいとしも[23]物のかた〴〵得たる人は難し。たゞ、わが心の立てつるすぢをとらへて、人をば[24]なきになすめり

【語注】

1方々で、あれこれの要素。2自分自身を指す。3凄しは、荒涼である様。4端で、建物の外に近い部分。5現在の自分の有様。6月を見ることは不吉であるという通念があった。7愚かである。8部屋。9棚。10書物を特に置き重ねた人で、紫式部の亡夫、藤原宣孝を指す。11御前で、自分の主人を言う。12「なんでふ」の撥音無表記の形で、「何といふ」の転。13後言。人の悪口を言う。14思い遣りがない。15事は又、そのようでもあるで、女房たちが言う通りであるの意。16古い手紙。17仏道修行をすることに熱心である。18やたらに喋るで、ここでは常にお経を唱えていること。19不愉快である。20いやもう、どうしたものか。21益なしで、仕方がない。22けちを付けること。23あらゆる方面。24無視する。

◆**例文23『紫式部日記』**

[1]それを「男だに、[2]才《ざえ》がりぬる人は、いかにぞや、はなやかならずのみ侍るめるよ」と、やう〳〵人のいふも聞とめて後、一といふ文字をだに書きわたし侍らず、いと[3]てづゝに、あさましく侍り。[4]読みし書などいひけんもの、目にもとゞめずなりて侍りしに、いよ〳〵、かゝること聞き侍りしかば、いかに人も伝へ聞きてにくむらんと、はづかしきに、御屛風の上に書きたることをだに、読まぬ顔をし侍りしを、[5]宮の、御前《おまへ》にて、[6]文集の所々読ませ給などして、さるさまのこと、知ろしめさせまほしげにおぼいたりしかば、いとしのびて、人のさぶらはぬもののひま〳〵に、おとゝしの夏ころより、[7]楽府といふ書二巻をぞ、しどけなくかう教へたてきこえさせて侍る、隠し侍り。宮もしのびさせ給ひしかど、[8]殿もうちもけしきを知らせ給ひて、御書どもをめでたう書ゝせ給ひてぞ、殿は奉らせ給ふ。まことにかう読ませ給ひなどすること、はたかの[9]ものいひの内侍は、え聞かざるべし、知りた

らば、いかにそしり侍らんものと、すべて世の中[10]ことわざしげく、憂き物に侍りけり。いかに、いまは[11]言忌《こといみ》し侍らじ。人、といふともかくいふとも、たゞ阿弥陀仏にたゆみなく経をならひ侍らむ。世の厭はしきことは、すべて露ばかり心もとまらずなりにて侍れば、聖にならむに、[12]懈怠《けたい》すべうも侍らず。たゞひたみちに[13]そむきても、[14]雲にのぼらぬほどの、たゆたふべきやうなむ侍べかなる。それに[15]やすらひ侍なり。年もはたよきほどになりもてまかる。いたうこれより老いぼれて、はためくらうて、経よまず、心もいとゞたゆさまさり侍らん物を、心深き人まねのやうに侍れど、いまはたゞ、かゝるかたのことをぞ思ひ給ふる。それ、[16]罪ふかき人は、また[17]かならずしもかなひ侍らじ。[18]さきの世しらるることのみおほう侍れば、よろづにつけてぞ悲しく侍る

【語注】

1それでも。この前に紫式部が日本紀局と言われ、その学識をもて囃された事が書かれている。**2**学識を誇る。**3**不調法。**4**昔読んだ漢籍。紫式部は父藤原為時に漢籍の手ほどきを受けた。**5**一条天皇中宮彰子。**6**『白氏文集』。**7**『白氏文集』巻三、四に収められた新楽府五十首を指す。**8**内裏で、ここでは天皇のこと。**9**口うるさい。**10**様々のこと。**11**不吉な言動を慎むこと。**12**修行において、力を尽くさず怠けることで、仏教語。**13**俗世を捨てること。**14**雲に昇るは、阿弥陀仏が来迎し、雲に乗って極楽浄土に行くこと。**15**躊躇する。**16**罪業の深い人で、作者自身。**17**極楽往生の願いが協わない。**18**前世。

◆例文24　『更級日記』

ひじりなどすら、前《さき》の世のこと夢に見るは、[1]いとかたかなるを、[2]いとかうあとはかないやうに、はか〲しからぬ心地に、夢に見るやう、清水の[3]らい堂にゐたれば、別当とおぼしき人いで来て、「そこは前の生に、この御寺の僧にてなむありし。仏師にて、仏をいとおほく造りたてまつりし功徳によりて、ありし[4]すざうまさりて、人と生まれたるなり。この御堂の東におはする丈六の仏は、そこの造りたりし也。箔をしさしてなくなりにしぞ」と。「あないみじ。[5]さは、あれに箔をし奉らむ」といへば、「なくなりにしかば、異人箔をし奉りて、異人供養も

してし」と見て後、清水にねむごろにまいりつかうまつらましかば、前の世にその御寺に仏念じ申しけむ力に、[6]をのづからようもやあらまし。[7]いといふかひなく、詣でつかうまつることもなくてやみにき。

さすがに命は憂きにも絶えず、ながらふめれど、のちの世も、思ふにかなはずぞあらむかしとぞ、[8]うしろめたきに、[9]頼むこと一つぞありける。天喜三年十月十三日の夜の夢に、ゐたる所の屋のつまの庭に、阿弥陀仏たち給へり。さだかには見え給はず、霧ひとへ隔たれるやうに、透きて見え給を、[10]せめて絶え間に見たてまつれば、蓮花の座の、土をあがりたる高さ三四尺、仏の御丈六尺ばかりにて、金色に光り輝やき給て、御手かたつかたをばひろげたるやうに、いま片つかたには、印をつくり給たるを、異人の目には見つけ奉らず、我一人見たてまつるに、さすがにいみじく、け恐ろしければ、簾のもと近く寄りても、え見奉らねば、仏「さは、この度は帰りて、後に迎へに来む」とのたまふ声、わが耳一つに聞えて、人はえ聞きつけずと見るに、[11]うち驚きたれば、十四日也。この夢許ぞ、後の頼みとしける

【語注】

1形容動詞「難かなり」の連体形。**2**ぼんやりとした、はっきりしない状態で。**3**本堂の前にある礼拝堂。**4**素性で、ここでは、前世の素性のこと。即ち、天人、人間、阿修羅、畜生、餓鬼、地獄の六道各々を、「素性」と言っている。**5**それでは。**6**自然と良くもあったであろうに。**7**大層言う甲斐もなく。**8**不安である。**9**頼みにする。**10**強いて。**11**目が覚めると。

5　詩歌

i　『本朝文粋』

『本朝文粋』は藤原明衡（生年未詳―一〇六八）によって編纂された詩文集である。収められた詩文は四百三十二篇、各詩文の成立年代は、最も古いものが小野篁の弘仁年間（八一〇―八二四）の文、新しいものは藤原斉信の長元三（一〇三〇）年の序である。『本朝文粋』は、書名は『唐文粋』（宋、姚鉉）に、部立（詩文の配列方法）は『文選』に倣ったと言われる。

全体は十四巻から成り（巻数について、十四巻とするのは、『本朝書籍目録』であるが、異なる巻数を載せる資料もある。元何巻であったかに関しては諸説あって、大曾根章介氏は、『扶桑集』十六巻と併せて『文選』三十巻に匹敵させようとしたとする〈新日本古典文学大系『本朝文粋』解説〉）、文体別に三十九部門に分けられている。文体とその数は、以下の通りである（括弧内に巻数〈漢数字〉と詩文番号〈アラビア数字〉を示す）。

賦（一、1―15）　雑詩（一、16―43）　詔（二、44―49）　勅書（二、50）　勅答（二、51―57）　位記（二、58―59）　勅符（二、60―62）　官符（二、63―65）　意見封事（二、66―68）　策問・対策（三、69―94）　論奏（四、95―96）　表（四、97―116、五、117―142）　奏状（五、143―148、六、149―174、七、175―179）　書状（七、180―196）　序（八、197―233、九、234―272、十、273―318、十一、319―352）　詞（十二、353）　行（十二、354）　文（十二、355）　讃（十二、356―360）　論（十二、361）　銘（十二、362―370）　記（十二、371―375）　伝（十二、376―377）　牒（十二、378―382）　祝文（十二、383）　起請文（十二、384）　奉行文（十二、385）　禁制文（十二、386）　怠状（十二、387）　落書（十二、388―389）　祭文（十三、390―392）　呪願

文（十三、393―394）表白文（十三、395）発願文（十三、396―397）知識文（十三、398）廻文（十三、399）願文（十三、400―411、十四、412―426）諷誦文（十四、427―432）

部立を『文選』に倣ったとはいうものの、文体から見ると、独自のものが多い。例えば「官符」などの公文書の類は、『文選』には見えない。さらに注目されるのは、仏事に関する詩文が『文選』には無く、『本朝文粋』独自のものである点である。「願文」は、神仏に対する願意を綴ったものだが、平安時代に入り、仏事の盛行と共に多く作られた。殆どの場合、文章博士、文人貴族といった人たちが起草し、能書が清書したが、その文例が本書に収められているのである。また、「諷誦」は、死者の追善供養のために布施と共に仏前に供えるものである。それだけではない。「讃」の項には五つの讃が収められるが、その内の二つは、「西方極楽讃」（後中書王）、「普賢菩薩讃幷序」（同）であり、また、「伝」の一つは、「道場法師伝」であり、同人の伝は、話は異なるが、『日本霊異記』に見え、また、「法会」には慶滋保胤の「於二六波羅蜜寺供花会一賦二一称南無仏一詩序一首」という仏教儀式に伴う序が収録されているなど、仏教的な目的のために書かれた詩文が相当数見られることに、注意しなければならない。但し、以下に引く「願文」「諷誦」などに顕著な如く、仏教的な目的のために書かれた文であっても、美文が心懸けられていることは疑いなく、これを専門とする文人がいたことも確かで、このような詩文が後世の文学に大きな影響を与えたことは注目すべきであろう。

以下に引用するのは、「亡息澄明の為の四十九日の願文」と「宇多院の河原左大臣の為に没後諷誦を修する文」である。

◆例文25　『本朝文粋』巻十四「亡息澄明の為の四十九日の願文」

亡息澄明の為の四十九日の願文

後江相公

[1]弟子朝綱敬ひて白す。悲しみのまた悲しきは、老いて子に後るるより悲しきはなし。恨みて更に恨めしきは、少くして親に先つより恨めしきはなし。老少の不定を知るといへども、なほ先後の相違に迷ひぬ。伏して惟れば、亡息[2]兵部郎中澄明、夏の季に病を受けて、秋の初に世を背く。今[3]七々の忌に当りて、この[4]恵業を修せしむ。常に念ひき西日影斜きなば、[5]後事を吾が子に付けんと。あに図りきや[6]北邙芒駕促して、[7]終制を老翁に営ましめんといふことを。[8]泗水の遺風、[9]七年を待ちて慶を余し、九泉の別涙、千秋を送りて窮りなし。方今芸閣塵深し、[10]竹簡幾千巻ぞ。苔壟雲静かなり、松風ただ一声。一園中の花月、相伝へんに主を失ひ、七月半ばの[11]盂蘭、望む所誰にか在る。そもそも亡者早くいまだ病まざりし前に在りて、深く出家の趣を談じき。門業を思ふがために、泣きて許さず。湯薬の中、この志いよいよ切なり。[12]登覚の路趁めんことを欲ひて、[13]春官及第の袍を脱ぎ却け、遊岱の魂更に還りて、夏臈高僧の戒を乞ひ求む。入道の後、遂に以て眼を掩ふ。秋山の寒嵐を禦がんがために、追ひて福田の法衣を贈る。また病に臥しし間、冥助を蒙らんがために、薬師如来を図し奉らんといふ願ひ有り。筆墨初めて点じ、[14]丹青いまだ畢らず。今絵画を加へ、いささか以て供養す。除病延命の願ひ、已に以て諧はず、滅罪証覚の謀、あにそれ熟らざらんや。[15]これに一つもなくは、誰か如来を仰がん。仍て仏経等を写し奉る。便ち仙遊道場にして、敬みて講筵を展ぶ。功徳の多少、惣て幽霊を導かん。光陰歳を隔て、憂喜門を同じくす。去冬の歓情、幾か家風を一枝の桂に誇りし。今秋の悲涙、覚蘂を千葉の蓮に開かしめんと欲ふ。ああ幽霊、我がこの志を知れ。稽首[16]和南。敬ひて白す。

天暦四年九月四日　　左中弁大江朝臣

為㆓亡息澄明㆒卌九日願文　　後江相公

弟子朝綱敬白。悲之亦悲、莫㆑悲㆓於老後㆒子、恨而更恨、莫㆑恨㆓於少先㆒親。雖㆑知㆓老少之不定㆒、猶迷㆓先後之相違一。伏惟、亡息兵部郎中澄明、夏季受レ病、秋初背レ世。今当二七々忌一、令レ修二此恵業一。常念西日影斜、付二後事於吾子一。豈図北邙駕促、営二終制於老翁一。泗水遺風、待二七年一而余レ慶、九泉別涙、送二千秋一而無レ窮。方今芸閣塵深、竹簡幾千巻。苔壟雲静、松風只一声。一園中之花月、相伝失レ主、七月半之盂蘭、所レ望在レ誰。抑亡者早在二未レ病之前一、深談二出家之趣一。為レ思二門業一、泣而不レ許。湯薬之中、此志弥切。登覚之路欲レ趁、脱二却春官及第之袍一。遊岱之魂更還、乞二求夏臈高僧之戒一。入道之後、遂以掩レ眼。為レ禦二秋山之寒嵐一、追贈二福田之法衣一。又臥レ病之間、為レ蒙二冥助一、有下奉レ図二薬師如来一之願上。筆墨初点、丹青未レ畢。今加二絵画一、聊以供養。除病延命之願、已以不レ諧、滅罪証覚之謀、豈其不レ熟。無レ一二於此一、誰仰二如来一。仍奉レ写二仏経等一。便於二仙遊道場一、敬展二講筵一。功徳多少、惣導二幽霊一。光陰隔レ歳、憂喜同レ門。去冬歓情、幾誇二家風於一枝之桂一。今秋悲涙、欲レ開二覚蘂於千葉之蓮一。嗟呼、幽霊知二我此志一。稽首和南。敬白。

天暦四年九月四日　　左中弁大江朝臣

【語注】
1仏弟子。2兵部郎中は、兵部丞の唐名。3四十九日。4追善供養。5後の事で、自分の死後のことは息子に任せようと心積もりしていたこと。6北邙は、中国河南省の山名。葬地の代名詞として用いられる。日本における鳥部野の如きもの。7葬儀。8学問の伝統。9樟《くすのき》は七年経つと、他の木との違いが分かることから、修学の期間を言う。10書物。11盂蘭盆会で、七月半ば祖先を供養する仏事。12悟りを求める道。13官吏登用試験に合格した者の身に着ける衣服。春官は、礼部で、官吏の選抜を司る。14丹青は、絵の具。彩色が未だ終わらない内に。15この内の一つも協わなければ。16稽首と同意。

◆例文26　『本朝文粋』巻十四「宇多院の河原院左大臣の為に没後諷誦を修する文」

紀在昌　時に茂才

宇多院[1]の河原院左大臣の為に没後諷誦を修する文

諷誦を請けん事。

　三宝衆僧の御布施云々。

右、仰せを奉ずるに云はく、「河原院は、故左大臣源朝臣の旧宅なり。林泉隣をトし、喧囂境を隔つ。地を択びて構へ、東都の東に在りといへども、門を入りて居れば、北山の北に遁るるが如し。ここを以て、年来、風煙の幽趣を尋ねて、[2]禅定の閑棲と為す。時代已に昔年に同じからず、挙動何ぞ旧主を煩はすこと有らんや。しかるに去る月の廿五日、大臣の亡霊、忽ち[3]宮人に託して申して云く、「我在世の間、[4]殺生を事と為す。その業の報に依りて、悪趣に堕つ。一日の中、三度苦を受く。剣林に身を置きて、鉄杵骨を砕く。楚毒至痛、具に言ふべからず。ただその[5]笞掠の余、拷案の隙に、昔日の愛執に因りて、時々来りてこの院に息ふ。惣て侍臣の為に、悪眼を挙げず。いはんや[6]宝体においては、あに邪心有らんや。しかれども重罪の身、暴戻性に在り。物を害するに意なしといへども、なほ人に向かふに凶有り。冥吏捜り求めて、久しく駐ることを得ず。我が子孫皆亡じなば、[7]汲引誰をか恃まん。適遺りし所は、相救ふべきに非ず。ただ[8]湯鑊の中に悲歎し、[9]枷鎖の下に憂悩するのみ」といふ。勅答して云く、「今卿が為に善を修して、その苦より脱せしめん。如何なる善を行はば、この苦より脱せしめんか」といへり。報奏して云く、「罪根至って深く、妙功も抜き難し。縦ひ無数の善を修すとも、脱すべき期を知らず。ただ七箇寺において、おのおの諷誦を修して、遥かに抜苦の慈音を聴かば、暫く無明の毒睡を覚さん。[10]自余は万善を修すといへども、我が得る所に非ざるなり」といふ。ここに、そのかくの如きを観て、悲感自づから然り。朕は昔[11]握符の尊たり、卿もまた[12]和羹の佐たり。分段間なく、生死遠く隔たりしより、薬石の前言を忘れ難く、いまだ魚水の旧契を改めず。常に思ふ抜済道を得て、早く覚樹の花を攀ぢんことを。あに図りきや出離媒なく、永く苦海の浪に溺れんとは。[13]合体の義、既に曩時に重く、滅罪の謀、すべからく今日に廻らすべし。仍て七箇の[14]精舎を占めて、九乳の梵鐘を扣く。今の企つる所は、これその一なり。伏して乞ふ、一音風に任せて、忽ち[15]鵝鴨の

宿訴を息め、三明月を照らして、遂に瓔路の後身と為らん」てへれば、宮臣仰せを奉じて、修する所件の如し。敬ひて白す

延長四年七月四日　　主典代散位秦有明

宇多院為河原院左大臣没後修諷誦文　　紀在昌　于時茂才

請諷誦事。

三宝衆僧御布施云々。

右、奉レ仰云、河原院者、故左大臣源朝臣之旧宅也。林泉卜レ隣、喧囂隔レ境。択レ地而構、雖レ在二東都之東一、入レ門以居、如レ遁二北山之北一。是以年来、尋二風煙之幽趣一、為二禅定之閑棲一。時代已不レ同二於昔年一、挙動何有レ煩二於旧主一。而去月廿五日、大臣亡霊、忽託二宮人一申云、我在世之間、殺生為レ事。依二其業報一、堕二於悪趣一。一日之中、三度受レ苦。剣林置レ身、鉄杵砕レ骨。楚毒至痛、不レ可二具言一。唯其笞掠之余、拷案之隙、因二昔日愛執一、時々来息二此院一。惣為二侍臣一、不レ挙二悪眼一。況於二宝体一、豈有二邪心一乎。然而重罪之身、暴戻在レ性。雖レ無レ意二於害一レ物、猶有レ凶二於向一レ人。冥吏捜求、不レ得二久駐一。我子孫皆亡、汲引誰恃。適所レ遺者、非レ可二相救一。只悲二歎於湯鑊之中一、憂二悩於枷鎖之下一耳。勅答云、今為レ卿修レ善、令レ脱二其苦一。行二如何善一、令レ脱二此苦一乎。報奏云、罪根至深、妙功難レ抜。縦修二無数之善一、不レ知二可レ脱之期一。但於二七箇寺一、各修二諷誦一、遥聴二抜苦之慈音一、暫覚二無明之毒睡一。自余雖レ修二万善一、非二我之所一レ得也。於レ是観二其如一レ此、悲感自然。朕昔為二握符之尊一、卿亦為二和羹之佐一。自二分段無レ間、生死遠隔一、難レ忘二薬石之前言一、未レ改二魚水之旧契一。常思抜済得レ道、早攀二覚樹之花一。豈図出離無レ媒、永溺二苦海之浪一。合体之義、既重二於曩時一、滅罪之謀、須レ廻二於今日一。仍占二七箇之精舎一、扣二九乳之梵鐘一。今之所レ企、是其一也。伏乞、一音任レ風、忽息二鵝鴨之宿訴一、三

明照レ月、遂為二瓔珞之後身一者、宮臣奉レ仰、所レ修如レ件。敬白

延長四年七月四日　　主典代散位秦有明

【語注】
1源融。嵯峨天皇皇子。2禅定を行うための静かな住処とした。3女官。4融が犯した殺生の罪は、おそらくは鷹狩りなどによる狩猟と考えられる。5笞打ちと拷問の間に。6宇多法皇。7救済。8釜茹で。9枷と鎖に繋がれて。10それ以外には万全を修しても救われない。11支配者であること。12君主を補佐する立場。13自分と融との君臣一如の契りは。14寺。15鵜鴨の訴えは、捕えられた鳥が放免を訴えて鳴いたという中国の故事を指す。

ii 『和漢朗詠集』

『和漢朗詠集』は、「和」即ち、和歌と、「漢」即ち、漢詩文の集、しかも「朗詠」であるから、節を付け声に出して歌うのにふさわしいものを集めたものである。和歌二百十六首は全て日本人の作だが、漢詩文五百八十八首は、中国人の作二百三十四首と、日本人の作三百五十四首が混在している。全体は上下巻から成り、上巻は春夏秋冬の順に配列され、それぞれの季の内でまた、季節の展開に添った配列がなされている。この配列は、勅撰和歌集における部立と微妙に関わると共に、漢詩における配列と呼応する。院政期以降は、むしろ『和漢朗詠集』の部立そのものが和歌世界の構造に大きな影響力を齎すのである。

編者は藤原公任（九六六―一〇四一）である。公任は大納言にまで到った貴顕であるが、政治的には兼家、道長の流れに押されて不遇であった。しかし、一流の文化人として、『拾遺和歌集』を撰び、『新撰髄脳』などの歌論書、『和歌九品』『金玉集』などの秀歌撰、また、有職故実書として著名な『北山抄』などの著作がある。『和漢朗詠集』の成立に関しては、婿の藤原教通（道長次男）に贈ったものとする説が『十訓抄』に見える。これが事実であるとすると、長和元（一〇一二）年頃成立したことになる。

『和漢朗詠集』成立の背景には、一条朝という貴族文化の最盛期がある。当時の記録、或いは、物語、随筆等には、男性貴族が漢詩を声に出して吟じた様がしばしば描かれている。『和漢朗詠集』は、こうした「朗詠」にふさわしい秀句を、漢詩文の中より二句を採るものが圧倒的に多い。例えば、例文に上げる「霞」の第一首は、白楽天の詩の一部であるが、『白氏文集』に収める原詩の全文は以下のようなものである（『白氏文集』全七十五巻〈前集『白氏長慶集』五十巻、後集二十五巻。存七十一巻〉については、高木正一氏校注『白居易』上〈中国詩人選集12、岩波書店、昭和33年〉解説五などを参照）。

早春憶㆓蘇州㆒寄㆓夢得㆒

呉苑四時風景好　就㆑中偏好是春天　霞光曙後殷㆓於火㆒　水色晴来嫩㆑似煙
士女笙歌宜㆓月下㆒　使君金紫称㆓花前㆒　誠知歓楽堪㆓留恋㆒　其奈㆓離㆑郷已四年㆒

（『白氏文集』巻三十一）

即ち「早春憶㆓蘇州㆒寄㆓夢得㆒」詩の傍線部第三句、四句が、『和漢朗詠集』上巻春部「霞」に採られ、また、二重傍線部第五句、六句が、下巻「刺史」の項に採られているのである。

「朗詠」という行為は、円融朝の頃からは、一定の曲、節を付けて歌うことを意味するようになったようだ。また、漢字の訓法には、流派による違いがあったらしい。始めは音読したようであるが、次第に訓読に移行し、或いは、両者を併用することもあったようで、「朗詠」の詠法には、天台宗で行われた「声明」の影響を指摘する意見もある。「声明」は本来梵語の音韻学を意味する語であったが、これが中国を経て日本に伝わり、次第に仏典の読誦法を指すようになり、やがて梵唄と合体して、儀式的音楽へと変質したものである。

『和漢朗詠集』に収められた秀句、秀歌は、当時の貴族に共通する基礎的教養を覆う側面を持ち、単に編者公任の個人的な嗜好に留まるものではない。また、これが視覚的にのみ享受されたのでなく、「朗詠」するという聴覚的な享受を伴っていることから、その浸透の程度は絶大なものがあったと考えられる。殊に漢詩句については、その意味する内容を注釈するという学問的な文学活動が付随したため、四部の書の一としての幼学的な側面も伴っていることに注意しなければならない（太田晶二郎氏「「四部ノ読書」考」〈『太田晶二郎著作集』一所収、吉川弘文館、平成3年〉参照）。

さて、『和漢朗詠集』の下巻雑部は、上巻が四季部として、季節の運行という配列原理によって漢詩句及び、和歌が並べられていたのに対して、全く異なる配列原理が用いられている。その実際は以下のようである。

風　雲　晴　暁　松　竹　草　鶴　猿　管絃付舞妓　文詞付遺文　酒　山　山水　水付漁父　禁中　故京　故宮付故宅
仙家付道士隠倫　山家　田家　隣家　山寺　仏事　僧　閑居　眺望　餞別　行旅　庚申　帝王付法皇　親王付王孫
丞相付執政　将軍　刺史　詠史　王昭君　妓女　遊女　老人　交友　懐旧　述懐　慶賀　祝　恋　無常　白

この配列については、その原理が完全に究明された訳ではない。この中に、「仏事」「僧」「無常」等、一見して仏教に関わることの明らかな項目があることは注意しなければならない。『和漢朗詠集』のように秀歌、秀句を蒐集編纂する作業には部立が付き物であるが、それは一つの世界観を構成するものであるから、そこに仏教に関する項目が存在することの意味は大きいと言わねばならない。この点については、「釈教歌」の項でも触れるが、仏教に関する項目のみならず、「仙家」或いは、「庚申」といった項目は、仏教とは、異なる道教的世界を垣間見せるものである。

以下に引用するのは、上巻の「霞」、下巻の「仏事」「無常」のそれぞれ全文である。

◆例文27『和漢朗詠集』巻上「霞」

霞

[1]霞の光は曙けてより後火よりも殷し　草の色は晴れ来て嫩くして煙に似たり　白[2]
霞光曙後殷㆓於火㆒　草色晴来嫩似㆑煙　白

[3]沙を鑽る草はただ三分ばかり　樹に跨る霞は纔かに[4]半段余　菅[5]

鑚レ沙草只三分許　跨レ樹霞纔半段余　菅

昨日こそ年は暮れしか春がすみ春日の山にはや立ちにけり　立春日　人丸

春がすみ立てるやいづこみよしのゝ吉野の山に雪は降りつゝ

朝日さす峰の白雪むらぎえて春のかすみはたなびきにけり　[6]兼盛

【語注】

1中国では朝焼け、夕焼けを霞と言う。2白楽天。3砂を破るで、草が砂の下から萌え出でる様。4一段は六間。5菅原道真。6平兼盛。

◆例文28『和漢朗詠集』巻下「仏事」

仏事

月[1]重山に隠れぬれば　扇を撃げてこれに喩ふ　風[2]大虚に息んぬれば　樹を動かしてこれを教ふ　[3]止観

月隠二重山一兮　擎レ扇喩レ之　風息二大虚一兮　動レ樹教レ之　止観

願はくは　[4]今生世俗文字の業[5][6]狂言綺語の誤りをもて　翻して　[7]当来世々[8]讃仏乗の因[9]転法輪の縁とせむ　白

願以二今生世俗文字之業狂言綺語之誤一　翻為二当来世々讃仏乗之因転法輪之縁一　白

[10]百千万劫の[11]菩提の種　八十三年の功徳の林　白

百千万劫菩提種　八十三年功徳林　白

[12]十方仏土の中には　[13]西方をもて望みとす　[14]九品蓮台の間には　[15]下品といへども足んぬべし　[16]保胤

十方仏土之中　以二西方一為レ望　九品蓮台之間　雖二下品一応レ足　保胤

[17]十悪といへどもなほ[18]引摂す　疾風の雲霧を披くよりも甚し　[19]一念といへども必ず感応す　これを巨海の[20]涓露を納

るるに喩ふ　[21]後中書王

雖二十悪一兮猶引摂　甚三於疾風披二雲霧一　雖二一念一兮感応　喩三之巨海納二涓露一　後中書王

昔[22]忉利天の安居九十日　[23]赤栴檀を刻んで尊容を模し　今[24]抜提河の滅度より二千年　[25]紫磨金を瑩いて[26]両足を礼したてまつる　[27]匡衡

昔忉利天之安居九十日　刻二赤栴檀一而模二尊容一　今抜提河之滅度二千年　瑩二紫磨金一而礼二両足一　匡衡

浪洗て消えなむとす　[28]竹馬に鞭て顧みず　雨打て破れ易し　[29]芥鶏を闘はしめて長く忘れたり　[30]沙を聚めて仏の塔を為る　保胤

浪洗欲レ消　鞭二竹馬一而不レ顧　雨打易レ破　闘二芥鶏一而長忘　聚レ沙為二仏塔一　保胤

[31]極楽の尊を念じたてまつること一夜　山月正に円かなり　[32]勾曲の会に先だてること三朝　洞花落ちなむとす　[33]勧学会　[34]斉名

念二極楽之尊一一夜　山月正円　先二勾曲之会一三朝　洞花欲レ落　勧学会　斉名

[35]玉磬の声は管絃の奏するかと思ひ　[36]衲衣の僧は[37]綺羅の人に代へたり　[38]都

玉磬声思二管絃奏一　衲衣僧代二綺羅人一　都

[39]眼の蓮はあに清涼の水に養はれんや　[40]面の月は長く[41]十五の天に留めたり　[42]阿難　斉名

蓮眼豈養二清涼水一　面月長留二十五天一　阿難　斉名

[43]仏の神通を以てもいかでか酌み尽さむ　[44]僧祇劫を経とも[45]朝宗せむとす　[46]以言

以二仏神通一那酌尽　経二僧祇劫一欲二朝宗一　以言

凍を叩いて[47]負ひ来る寒谷の月　霜を払て[48]拾ひ尽す暮山の雲　保胤

叩レ凍負来寒谷月　払レ霜拾尽暮山雲　保胤

已にいまだ習はざる千年[49]の役を終へて　たまたま逢ひ難き一乗[50]の文を得たり　同じ

已終二未レ習千年役一　儻得二難レ逢一乗文一　同

いつしかと君にと思ひし若菜をば法のためにぞ今日は摘みつる　邑上御製[51]

極楽は遥けきほどと聞きしかどつとめて[52]至るところなりけり

[53]阿耨多羅三藐三菩提の仏たち我立つ杣[54]に冥加[55]あらせたまへ　伝教大師[56]

この世にて菩提[57]の種を植ゑつれば君[58]が引くべき身とぞなりぬる　左相府[59]

【語注】

1重なる山。**2**大空。**3**『摩訶止観』。**4**現世。**5**罪。**6**本節「狂言綺語」の項参照。**7**来世。**8**仏乗は、衆生を悟りの世界に導くための仏の教え。この考えを褒め讃えることが、讃仏乗。**9**仏の教えに与ること。**10**非常に長い時間。**11**悟り。**12**全ての仏国土。**13**西方極楽浄土。**14**極楽往生したものが乗ると言う、蓮花の台。これに九品ある。九品とは、上中下品各々が、更に上中下生にわかれて九階級になったものを言う。**15**九品の内の下品。**16**慶滋保胤。**17**仏教における十の悪行。殺生、偸盗、邪淫、妄語、綺語、悪口、両舌、貪欲、瞋恚、愚痴。**18**極楽に招き入れること。**19**称念すること。**20**纔かの水。**21**具平親王。村上天皇皇子。**22**釈迦が母摩耶夫人への報恩のため、九十日の間忉利天で説法した時。**23**優塡王は釈迦の留守の間、栴檀で釈迦の像を刻みこれを拝した。**24**釈迦が入滅した場所。**25**紫色を帯びた純良な金。**26**両足尊。**27**大江匡衡。**28**児童が竹馬に乗って迎拝の遊びをしたことが、『後漢書』郭伋伝に見える。**29**闘鶏。**30**砂で仏塔を造る。**31**阿弥陀如来。**32**漢の茅盈が昇天する時、勾曲山で弟子達と再会を期した故事。**33**本節参照。**34**紀斉名。**35**磬。中国の打楽器で、仏事に使う。**36**僧の粗末な衣服。**37**美しく高価な衣服。**38**都良香。**39**蓮花のように美しい眼。**40**月のような顔。**41**満月。**42**仏十大弟子の一人。容貌が美しかった。**43**大施太子が貝殻で海の水を汲み尽くし、海神に奪われた衆生済度の如意珠を取り返そうとした故事。**44**無限の時間。**45**川が合流すること。**46**大江以言。**47**汲んだ水を背負って。**48**薪を。注47同様、釈迦が『法華経』を得るため、阿私仙人に仕えた労苦を言う。**49**釈迦が阿私仙人に仕えた期間。**50**『法華経』。**51**村上天皇。**52**念仏行をして。**53**梵語の音訳で、仏の無上の智恵の意。**54**山。ここでは、比叡山。**55**目に見えない恵み。**56**最澄。**57**悟り。**58**阿弥陀如来。**59**左大臣で、藤原道長。但し、右大臣の誤りか。右大臣ならば、藤原師輔となる。

◆例文29『和漢朗詠集』巻下「無常」

　無常

身を観ずれば[1]岸の額に根を離れたる草　命を論ずれば江の頭に繫がざる舟　[2]羅維

観レ身岸額離レ根草　論レ命江頭不レ繫舟　羅維

年々歳々花相似たり　歳々年々人同じからず　[3]宋之問

年々歳々花相似　歳々年々人不レ同　宋之問

[4]蝸牛の角の上に何の事をか争ふ　[5]石火の光の中にこの身を寄せたり　白

蝸牛角上争二何事一　石火光中寄二此身一　白

生ある者は必ず滅す　釈尊いまだ[6]栴檀の煙を免れたまはず　楽しび尽きて哀しび来る　天人なほ[7]五衰の日に逢へり　[8]江

生者必滅　釈尊未レ免二栴檀之煙一　楽尽哀来　天人猶逢二五衰之日一　江

朝に[9]紅顔ありて世路に誇れども　暮に白骨となりて[10]郊原に朽ちぬ　[11]義孝少将

朝有二紅顔一誇二世路一　暮為二白骨一朽二郊原一　義孝少将

秋の月の波の中の影を観ずといへども　いまだ春の花の夢の裏の名を[12]遁れず　江

雖レ観二秋月波中影一　未レ遁二春花夢裏名一　江

世の中を何に譬へむあさぼらけ漕ぎゆく舟の跡のしらなみ　[13]沙弥満誓

手にむすぶ水に宿れる月影のあるかなきかの世にこそありけれ　[14]貫之

[15]すゑの露もとの雫や世の中のおくれ先立つためしなるらむ　[16]良僧正

【語注】
1川岸の角。2巌維の誤りで、唐人。3初唐の詩人。4かたつむり。5火打ち石を打った時出る火のように、短い時間。6釈迦入滅後、栴檀や名香を焚いて荼毘に付したことから、荼毘の煙を言う。7天界の衆生が死ぬ時に示す、五種類の衰えの相。8大江朝綱。9若く美しい顔。10野原。11藤原義孝。12虚名。13笠朝臣麻呂。万葉歌人。14紀貫之。15草木の先端に掛かる露と根元に宿る滴。16遍昭。

iii　狂言綺語の文学観

『和漢朗詠集』下巻「仏事」の項に収められた白楽天の「狂言綺語」に関する一首は、仏教文学を理解する上で極めて重要なものである。この句は、「香山寺白氏洛中集記」中の一部であるが、これが『和漢朗詠集』に収められたことは、一つの象徴的な出来事と捉える必要がある。その全文は以下のとおりである。

白氏洛中集者、楽天在レ洛所レ著書也。太和三年春楽天始以二太子賓客一分司二東都一。及レ茲十有二年矣。其間賦格律詩凡八百首、合為二十巻一今納二于竜門香山寺経蔵堂一。夫以二狂簡斐然之文一而帰二依支提法宝蔵一者于レ意云何。我有二本願一、願以二今生世俗文字之業狂言綺語之過一、転為二将来世世讃仏乗之因転法輪之縁一也。十方三世諸仏応レ知。噫経堂未レ滅、記石未レ泯之間、乗二此願力一、安知我他生不下復游二是寺一復覩中斯文上。得二宿命通一省二今日事一、如下智大師記二霊山於前会一羊叔子識中金環於後身上者歟。於戯垂老之年絶二筆於此一。有レ知レ我者、亦無レ隠レ焉。大唐開成五年十一月二日中大夫守太子少傅馮翊県開国候上柱国賜紫金魚袋白居易楽天記

（『白氏文集』巻七十一）

仏教において、文学を含む芸能一般がどのように位置付けられていたかということについては、永井義憲氏の詳細な報告があるが（『日本仏教文学研究第二集』第一編、豊島書房、昭和42年）、今これを簡略に纏めれば、「正法を求むる心をおこさせようとするものは認め、しからざるものは否定」するという考え方であった。白楽天の文に言う「狂言綺語」の内、「狂言」は漢籍には頻出する語句であり、「綺語」もまた、経典から出た語句として比較的用例の多いもの

である。但し、「狂言綺語」として使用した例は白楽天の文にしかない。その「綺語」は、仏教の十戒の一であり、例えば『無量寿経』には、

世間の人民、善を修せんことを念はず、うたた教令して、ともに衆悪をなす。両舌、悪口、妄言、綺語し、讒賊、闘乱して、善人を憎嫉し、賢明を敗壊す

と、口舌の罪を禁じたものとして見えている。

平安中期以降、この考え方は広く文学全体を覆い、文学は常に一種の罪業意識を伴っていたことに注意しなければならない。『和漢朗詠集』に白楽天の文が引用されたこと、また、「仏事」の項が置かれたことは、『和漢朗詠集』の撰者である藤原公任にその意識があったためと推測される。また、この間の事情を窺わせるものに、本章2で採り上げた『三宝絵』のあることが指摘されてきた。『三宝絵』下巻は年間の仏事を載せるが、三月の「比叡坂本の勧学会」は、以下のように語られている。それはまず、

村上の御世、康保の初の年、大学の北の堂の学生の中に、心ざしをおなじくし、まじらひをむすべる人、相かたらひて云はく、「人の世にある事、隙をすぐる駒のごとし。我らたとひ窓の中に雪をば集むとも、かつは門の外に煙を遁れむ。願はくは、僧と契りをむすびて、寺に詣で会を行はむ。暮れの春、末の秋の望をその日に定めて、経を講じ仏を念ずる事をその勤めとせむ。この世、後の世にながき友として、法の道、文の道をたがひに相すめならはむ」と云ひて始め行へる事を、勧学会と名づくるなり

と「勧学会」の来歴を語る。康保元（九六四）年にこの会が始まったこと、その構成員は文章生と言われる学生と、比叡山の僧から成っていたこと、会の内容は、講経と念仏であったことが分かる。そして、その発意は「人の世にある事、隙をすぐる駒のごとし。我らたとひ窓の中に雪をば集むとも、かつは門の外に煙を遁れむ」とあるように、人の生の短いこと、だから、学問の合間に外に出ようと言うことであった。そして、三月の十四日、学生、僧の双方が

会同し、十五日には次のように行事が展開する。

十五日の朝には、法華経を講じ、夕には弥陀仏を念じて、そののちには、暁にいたるまで詩を作りて仏をほめ、法をほめたてまつりて、その詩は寺に置く。また居易の自ら作れる詩をあつめて、香山寺におさめし時に、「願はくは、この生の世俗文字の業、狂言綺語のあやまりをもてかへして、当来世々讃仏乗の因、転法輪の縁とせむ」といへる願ひの偈、誦じ、また「此身何足愛、万劫煩悩の根、此身何足厭、一聚虚空の塵」といへる詩などを誦ずる。僧も互ひに法華経の「聞法歓喜讃、乃至発一言、即為已供養、一切三世仏」といふ偈、また竜樹菩薩の「十二礼拝の偈」等を誦じて夜を明かす。娑婆世界は声仏事をなしければ、僧の妙なる偈頌をとなへ、俗のたうとき詩句を誦ずるを聞くに、心おのづから動きて、涙袖をうるほす。僧俗ともに契りていはく、「我が山亡びず、我が道尽きずは、この会もたへずして、竜花三会にいたらしめむ」といへり

十五日には、朝に『法華経』を講じ、夕に念仏して、夜は詩を作るのだが、その詩は讃仏の詩であった。その際に学生達は、『和漢朗詠集』に採られた「狂言綺語」の詩と、同じく白楽天の詩（『白氏文集』二十七「逍遥詠」）を誦し、僧は『法華経』の偈、或いは、竜樹菩薩の作ったと言う阿弥陀仏頌偈を誦する。最後には、叡山と文章道の永遠性を述べる。「娑婆世界は声仏事をなしければ、僧の妙なる偈頌をとなへ、俗のたうとき詩句を誦ずる」と言う如く、勧学会は、講経、念仏、朗詠、誦偈を中心とする声による讃仏行為が中心であったことを物語る（なお勧学会に関する資料に、『勧学会記』がある。これについては、本章1後藤昭雄氏論考参照）この会は冒頭に言う如く、康保元年に始められたものであり、その頃には白楽天の「狂言綺語」の文が『三宝絵』の著者源為憲に注目されていたことが確認出来る。

このように、少なくとも『和漢朗詠集』、或いは、『三宝絵』成立の頃には、文学は仏教の妨げになるという考え方を逆転して、文学を讃仏の因としようとする考え方が、日本においても一定の浸透を見ていたこと、さらにこれを具体的に実践する場があったことが判明するのである。印度、中国における、仏教の側からの文学否定、即ち、白楽天

の「狂言綺語」詩の前提となる考え方については、先に永井説を引用したが、日本においてはどうであったのか。「勧学会」以前に、その思想はあった筈であるが、これを明確に語る資料はない。しかし、後世の資料から、永井氏は、それが既に智証大師円珍（八一四—八九一）に認められること、また、円珍はその思想を、『法華懺法』から体得したのではないかとの見通しを提示している（同氏、前掲書）。その六根段では口舌の業について以下のように言う。

無量の罪業、舌根より生ず。又舌根を以て、口の罪過を起す。妄言、綺語、悪口、両舌し、三宝を誹謗し、邪見を讃歎し、無益の語を説き、闘構壊乱し、法は非法を説く。諸の悪業の刺舌根より出で、正法輪を断ずるも舌根より起る。是の如きの悪舌は功徳の種を断ず、非義の中に於いて多端に強説して、邪見を讃歎すること火に薪を益すが如し。舌根の罪過無量無辺なり、是の因縁を以て、当に悪道に堕して、百劫千劫にも永く出期無かるべし。諸仏の法味、法界に彌満したまえども、舌根の罪の故に了別すること能わず

無量罪業、従二舌根一生、又以二舌根一、起二口罪過一、妄言綺語、悪口両舌、誹二謗三宝一、讃二歎邪見一、説二無益語一、闘構壊乱、法説二非法一、諸悪業刺、従二舌根一出、断二正法輪一、従二舌根一起、如レ是悪舌、断二功徳種一、於二非義中一、多端強説、讃二歎邪見一、如二火益一レ薪、舌根罪過、無量無辺、以二是因縁一、当下堕二悪道一、百劫千劫、永無中出期上、諸仏法味、彌二満法界一、舌根罪故、不レ能二了別一

以上、狂言綺語観の日本における受容の様を一覧した。この思想は以後様々な文学作品に、その痕跡を認めることが出来る。『更級日記』において、作者が物語否定に至った過程にこの思想が影響しているであろうことは、早くから指摘されてきた。平安末期に至るとさらにこの傾向は強まり、白楽天の「狂言綺語」という語句を直接引用する作品も多い。それについては、各作品の項で述べることとする。

iv　『発心和歌集』と釈教歌

釈教歌について、『和歌大辞典』（明治書院、昭和61年）は、

> 内容は多様で、釈迦・諸仏・諸菩薩・経典・経義を詠んだ教理歌・経旨歌、行事や信仰体験を詠む法縁歌のほか、広く仏教的心情に関わる歌、仏教的寓意を内容とするものなどを含んでいる

としている。第一章2に述べた如く、法縁歌の類は早く『万葉集』に見られるが、教理歌が盛んに詠まれるようになるのは、平安時代に入ってからである。既に漢詩文の世界では、『本朝文粋』『和漢朗詠集』等に、経典による詩文が見受けられるが、和歌の世界でも『法華経』信仰が行き渡ると、その二十八品を詠んだ『法華経二十八品和歌』或いは、一品を扱った『一品経和歌』が詠まれるようになる。こうした趨勢により、勅撰和歌集においても、第三番目の『拾遺和歌集』巻二十は、「哀傷」の部ではあるが、最後の二十余首は釈教歌であると見做される和歌が置かれるに至る。続く『後拾遺和歌集』では、雑歌から成る巻二十「雑六」に、「釈教」が置かれ、そこに二十首足らずが入れられる。その後第七番目の『千載和歌集』に至り、「釈教歌」が一巻を占め、五十四首が収められた。その巻頭には藤原公任の次の歌二首が載る。

　　維摩経十喩この身は泡のごとしといへる心を、よみ侍りける
ここに消えかしこに結ぶ水の泡のうきよにめぐる身にこそありけれ
　　うかべる雲のごとし
さだめなき身は浮き雲によそへつつ果てはそれにぞなりはてぬべき

いずれも『維摩経』方便品の以下の箇所に拠っている。

是身如㆓聚沫㆒、不㆑可㆓撮摩㆒。

是身如レ泡、不レ得二久立一。
是身如レ炎、従二渇愛一生。
是身如二芭蕉一、中無レ有レ堅。
是身如レ幻、従二顚倒一起。
是身如レ夢、為二虚妄見一。
是見如レ影、従二業縁一現。
是身如レ響、属二諸因縁一。
是身如二浮雲一、須臾変滅。
是身如レ電、念念不レ住

公任の「維摩経十喩」は、長保五（一〇〇三）年の維摩会を契機に詠まれたもので、必ずしも公任自身が『維摩経』に親しんでいた、或いは、当時の社会に『維摩経』が根付いていた訳ではないとの指摘があるが（杉田まゆ子氏「公任の釈教歌―維摩経十喩歌　その発生の機縁―」、『和歌文学研究』69、平成6年11月）、経文に拠る詠歌が、盛んになってゆく様は看て取れるであろう。和泉式部が少女の頃に詠んだと言われ、『拾遺和歌集』に入集した著名な一首、「暗きより暗き道にぞ入りぬべきはるかに照らせ山の端の月」も、『法華経』化城喩品の、「従レ冥入二於冥一、永不レ聞二仏名一」に拠るものである。この歌については、『拾遺和歌集』の撰者である公任が、和泉式部の歌の中では劣ったものであると評し、その理由を「暗きより暗きに入ることは、経の文なれば云ふに及ばず。末の句は又本にひかれて、易くよまれぬべし」と述べたという説が、鴨長明の『無名抄』に載る。釈教歌をどう詠むかは意外に困難な問題を含んでいたのであり、経文を恰も漢文訓読の如くに詠むだけでは十分ではない。釈教歌が研究者により、教理歌、経旨歌、法文歌、法縁歌などとさらに細かく分類されるのも、その表現と経典等との関わり方に多様性があるためである。以下に諸歌人の釈教歌を上げる。

源俊頼は、堀河天皇（在位応徳三〈一〇八六〉年―嘉承二〈一一〇七〉年）歌壇で活躍した。万葉語や俗語の摂取、また、説話を本説として和歌に取り込むなど、革新的な歌人である。彼の歌集『散木奇歌集』には、千六百二十二首の和歌が収められるが、その内の百二十六首が釈教歌である。俊頼の釈教歌も前代の影響を受けて、浄土教的な要素が強い。

極楽にもろもろの苦しみなしといふ心を
苦しみをなしともさらにいはしみづ名に流れにし弥陀の御国は（『散木奇歌集』895）

池中蓮花おほきさ車の輪のごとしといへることをよめる
むまればやめぐるとならば小車の輪にまがふなる池の蓮に（同896）

つねに大空に楽の音などするといへる事をよめる
笛のねに琴のしらべのかをれるはたなびく雲に風やふくらん（同897）

『法華経』は浄土教信仰が盛んになった後も、釈教歌によく詠まれている。平安末期の二人の歌人、藤原俊成（一一一四―一二〇四）と西行（一一一八―一一九〇）の、同じ経文「深入禅定、見十方仏」（『法華経』安楽行品）による詠を上げよう。

しづかなるいほりをしめて入りぬればひとかたならぬ光をぞ見る（『長秋詠藻』416）
深き山に心の月しすみぬればかがみに四方のさとりをぞ見る（『聞書集』15）

僧籍に在る者の釈教歌も特色がある。殊に四度に及び天台座主を務め、貴族政治の崩壊と武士の台頭の時代を見た慈円（慈鎮。一一五五―一二二五）は、膨大な数の和歌を残した歌人でもある。経文に拠る詠歌は勿論多数に上る。また、慈円は聖徳太子創建の四天王寺に聖霊院絵堂を再興しており、「難波百首」を始め、太子信仰に関わる歌も多い。その中の三首を以下に示す。

東漸のみのりの舟の指南使は西の方よりきたるなりけり（『拾玉集』2757）

般若台にをさめおきてし法華経も夢殿よりぞうつつにはこし（同2763）

あふもかたしうくるもかたしうれしくも人に生まれて法をきくらむ（同2791）

慈円と同じく、僧籍に在って詠歌した明恵（一一七三―一二三二）も、独自の和歌を残している。明恵は法然や親鸞の専修念仏が台頭する中、華厳の復活を期して栂尾高山寺で修行したが、その傍ら多くの和歌を詠んでいる。久保田淳氏は明恵の立場を、西行の言う「和歌即真言」の立場に近いのではないかとしている（『岩波講座　日本文学と仏教』第六巻所収、岩波書店、平成6年）。

『千載集』で始めて部立としての「釈教」が特立されて以後、釈教歌は益々盛んに詠まれるようになった。文芸を狂言綺語として否定的に捉える見方のある中、慈円や明恵といった仏教者さえもが、和歌を盛んに詠んだ。釈教歌が、「讃仏乗の因」として、文学と仏教の最も先鋭に切り結ぶ位置にあることは言うまでもない。或る者は和歌即陀羅尼と観じ、或る者は狂言綺語の文学観を超えて、釈教歌という表現の中に、自らの思想を託した。特に禅宗が盛んになる室町後期には、公案を下敷きにしたと思われる和歌もある。そこでは和歌は最早、釈教歌とは思われない程、宗教性は表現下に沈んでいる。さらに本地垂迹思想の普及と共に、これまで釈教歌とは別の部立、或いは、範疇にあった「神祇歌」が、釈教歌と融合していくことも注目される。例えば、慈円は次のように詠む。

まことには神ぞ仏のみちしるべ跡をたるとは何ゆゑかいふ（『拾玉集』2103日吉百首）

こういった釈教歌史の初期に位置するのが、『発心和歌集』である。無論釈教歌そのものは、上述の如く既に『万葉集』にその濫觴を認めることが出来るが、『発心和歌集』は、一人の歌人が、釈教歌のみで編んだ歌集としては始めての作品である。

『発心和歌集』は、寛弘九（一〇一二）年八月、大斎院と呼ばれた選子内親王（九六四―一〇三五）によって編まれた自撰の歌集であり、自序を有する。選子内親王は、村上天皇第十皇女、母は師輔女安子である。天延三（九七五）年六月に、十二歳で賀茂の斎院に卜定され、以後六十年近くを斎院として過ごした。内親王の住した紫野には、選子を中心とするサロンが形成され、その有様は『大斎院御集』『大斎院前御集』などに窺うことが出来る。この両集は選子内親王個人の歌を集めたものでなく、彼女に仕えた女房達の日常の贈答歌等を集めたものである。当時、一条天皇皇后定子、同中宮彰子のサロンが若干の時間的ずれはあるもののほぼ並立して競い合う中で、選子のサロンがより洗練された、安定的なサロンとして時に両者を領導する位置にあった。但し、『大斎院御集』『大斎院前御集』とも諸本に多少の混乱、欠落がある。

『発心和歌集』には漢文自序があるが、そこにはこの歌集を編むに至る選子の意図が明確に綴られている。以下に序文全体を書き下して示す。

妾久しく念を仏陀にかけ、常に情を①法宝に寄するは、菩提のためなり。釈尊法華②一乗を説き、諸如来の善を③歌詠す。ここに歌詠の功高く、仏事となるを知る。猶梵語は天竺の詞にして、流沙遥かに隔つ。漢字は震旦の跡にして、風俗各殊なり。④弟子皇朝に誕生し、身を婦女に受けたり。⑤邯鄲の歩みを兼ねずして、偏に⑥桑梓の情けに染む。この故に、⑦素戔の新たに卅一字を詠ずる歌、学びて其の義を述べ、⑧飢人の始めて卅一字を献る様、習ひて其の詞を以ってす。⑨四弘の願海より始めて、十大願に至るまで、惣じて五十五首、勒して一巻となし、名づけて発心和歌集といふ。これ則ち⑩十方浄土の際、遍く往生の心を発して、⑪九品蓮台の上に、終に⑫化生の縁を殖うる所以なり。何ぞ必ずしも力を傾けて堂塔を営まんや。教主の懇ろなる誓願の誠は、何ぞ必ずしも剃髪して山林に入り、生を経て讃歎の徳を新たにするのみや。此の和歌の道を出で、彼の⑬阿字の門に入るを知らず。ただ願はくはもし見聞する者有らば、生生世世妾と値遇して、多宝如来の願を仰ぎ、定めて誹謗する者有らば、在在所所に妾と結縁して、⑭不軽菩薩の行を同じくし、一心に実の三宝に至り、諸《これ》を捨てよ。嗟乎、秋風樹を吹くの声、これ老を告げ、晩日⑮□山の景、命を偸むにあらずや。泣きて照鑑を思ふ。此の時に執りて、時に寛弘九載南呂なり

妄久係二念於仏陀一、常寄二情法宝一為二菩提一也。釈尊説二法華一乗一、歌二詠諸如来之善一。爰知三歌詠之功高為二仏事一焉。猶梵語者天竺之詞、流沙遥隔。漢字者震旦之跡、風俗各殊。弟子誕二生皇朝一、受二身婦女一。不レ兼二邯鄲之歩一、偏染二桑梓之情一。是故、素戔之新詠二卅一字一歌、学而述二其義一、飢人之始献二卅一字一様、習而以二其詞一。始二四弘願海一（至）二乎十大願一、惣五十五首勒為二一巻一、名曰二発心和歌集一。是則所下以十方浄土之際、遍発二往生之心一、九品蓮台之上、終殖中化生之縁上也。何必傾レ力営二堂塔一。教主懇誓願之誠、何必剃髪入二山林一、経レ生新二讃歎之徳一耶。不レ知下出二此和歌之道一入中彼阿字之門上矣。唯願若有二見聞者一、生生世世与レ妾値遇、（仰）二多宝如来之願一、定有二誹謗者一、在在所所与レ妾結縁、同二不軽菩薩之行一、一心至二実三宝一、捨レ諸。嗟乎秋風吹レ（樹）之声、是告レ老、晩日□山之景、非レ偸レ命哉。泣思二照鑑一乎。執二此時一、于レ時寛弘九載南呂也

①仏の教え。三宝の一。②「乗」は、人を乗せて生死の海を渡り彼岸に運ぶ乗り物の義。一切衆生を成仏させる無二の教法。声聞、縁覚、菩薩の三乗を方便として、実は二乗も三乗もなく、成仏一乗の法だけがあるという法華の教法。この思想を特に強調するのは、『法華経』に拠る天台宗。③釈迦が諸仏の善を歌頌に拠って説いたことを言う。④仏弟子である私。⑤一生を夢に見た邯鄲の故事を指す。幸い未だ栄誉の内にあって、の意。⑥父祖のお蔭で。⑦素戔鳴尊が詠んだと言われる、「八雲たつ出雲八重垣妻ごみに八重垣つくるその八重垣を」を指す。この歌は和歌の始まりとされた。⑧聖徳太子が片岡で仏の化身である飢人に会い、その飢人が詠んだ歌、「斑鳩の富の小川の絶えばこそわが大君の御名忘られめ」を指す。⑨この歌集の詠歌対象が四弘誓願から普賢十大願に及ぶことを言う。⑩十方に無数の浄土、仏のおわすこと。⑪念仏行者が、行業の差によって来迎を受け、往生する際に、それぞれ乗る宝蓮の華台。九品の差により、上品上生は金剛の蓮台、上品中生は紫金の蓮台、上品下生は黄金の蓮台に乗る等と説かれる。⑫生まれ変わる因縁。⑬真言密教。梵字の阿字は一切言語の根本とされた。⑭『法華経』常不軽菩薩品にある、「其時一菩薩比丘、名二常不軽一、得二大勢一。以二何因縁一、名二常不軽一」に拠る。⑮諸本共文字一定せず。夕日が山に沈む景を言ったものと思われる。

序ではまず、選子の信仰心の告白がなされ、その信仰の具体的表現として、和歌を選ぶことが告げられる。その動

機は釈尊の歌頌にあるが、梵語や漢語で作られたそれらを踏襲するのではなく、日本人である自分は、敷島の道、即ち、和歌によって、自らの信仰心を表現しようと語る。そこには、和歌則ち、陀羅尼という後年盛んになるものの先駆けとしての意味も認められる。また、短く触れられた、「弟子誕㆓生皇朝㆒、受㆓身婦女㆒」の一節は、彼女が本朝に、女性として生まれた、換言すれば、仏教における女性の地位を自覚しての自己定位である。そのような自分が、五十五首の和歌を、『発心和歌集』として纏めたのだと言うのである。

次に、信仰の実践は、堂塔を建立したり、剃髪して山林に入ることのみではないことを述べている。斎院であった自身の立場から、そのような生活が不可能であったことは言うまでもないが、そのことが逆に、彼女の信仰を純一なものにしていた一面があるだろう。

『発心和歌集』は、仏縁への二つの障害、第一に選子が女性であること、第二に斎院という特殊な立場に長年あり仏縁と遠ざかっていたこと、この二つを機縁として編まれた家集である。女性であることは、仏教においてどのような意味を持ったのであろうか。仏教における女性の位置を『法華経』提婆達多品では以下のように言う。

その時、舎利弗は、竜女に語りて言わく、「汝は久しからずして、無上道を得たりと謂えるも、このことは信じ難し。所以はいかん。女身は垢穢にして、これ法器にあらず。いかんぞよく無上菩提を得ん。仏道は懸《はる》かに曠く、無量劫をへて、勤苦して行を積み、つぶさに諸度を修して、しかして後乃ち成ずるなり。また、女人の身には、猶五つの障り有り。一には梵天王となることを得ず。二には帝釈、三には魔王、四には転輪聖王、五には仏身なり。いかんぞ、女身、速やかに成仏することを得ん」と。その時、竜女に、一つの宝珠有り。価は猶三千大千世界なり。持って以って仏に上《たてまつ》るに、仏はすなわちこれを受けたまう。竜女は、智積菩薩と尊者舎利弗に謂いて言わく、「われ、宝珠を献るに、世尊は納受したまう。この事疾《すみ》やかなるや、いなや」と。答えて言わく、「はなはだ疾やかなり」と。女の言わく、「汝の神力を以って我が成仏を観《み》よ。またこれよりも速やかならん」と。この時衆会は、皆竜女の、忽然の間に変じて男子と成り、菩薩の行を具して、即ち南方の無垢世界に往き、宝蓮華に座して、等正覚を成じ、三十二相、八十種好ありて、普く十方の一切衆生のために、妙法を演説するを見たり

爾時舎利弗、語二竜女一言、汝謂三不レ久、得二無上道一、是事難レ信。所以者何。女身垢穢、非二是法器一。云何能得二無上菩提一。仏道懸曠、逕二無量劫一、勤苦積レ行、具修二諸度一、然後乃成。又女人身、猶有二五障一。一者不レ得レ作二梵天王一。二者帝釈、三者魔王、四者転輪聖王、五者仏身。云何女身、速得二成仏一。爾時竜女、有二一宝珠一。価猶、三千大千世界。持以上レ仏、仏即受レ之。竜女謂二智積菩薩、尊者舎利弗一言、我献二宝珠一、世尊納受。是事疾不。答言、甚疾。女言、以二汝神力一、観二我成仏一。復速二於此一。当時衆会、皆見下竜女、忽然之間、変成二男子一、具二菩薩行一、即往二南方、無垢世界一、坐二宝蓮華一、成二等正覚一、三十二相、八十種好、普為二十方、一切衆生一演中説妙法上

経文の言う所は、竜女は女性にある五障のため成仏出来ないと言われたが、「変成男子」、即ち、男性になって、成仏が可能となったのである。女性が仏教において、女性である故に排他的に扱われたこと、そこから生ずる差別の問題には立ち入らないが、この意識が仏教徒の間で保持され、文学もまた、この問題を機縁とした様々な作品を生み出している。

選子の今一つの罪障は、斎院の立場に長くあり、仏道を修することが許されなかったことである。斎院は賀茂の大神に奉仕する斎王のことで、嵯峨天皇の有智子内親王に始まる。原則的には天皇即位の始めに未婚の内親王がこの任に定められ、以後退位に至るまで、退下することはない。在任中は仏事は厳しく禁止され、仏事に関わる言葉さえもが、忌詞たる「内の七言」として直接の使用を禁じられた。その七言とは、『延喜式』に拠れば、「仏」は「中子」、「経」は「染紙」、「塔」は「阿良良岐」、「寺」は「瓦葺」、「僧」は「髪長」、「尼」は「女髪長」、「斎《いもひ》」は「片膳」とされている。

この二つの大きな障害を越えて、選子は結縁を願い続け、その結晶として編まれたのが『発心和歌集』であった。五十五首の歌は、「四弘誓願」（四首）、『般若心経』（一）、「普賢十願」（十）、『転女成仏経』（一）、『如意輪経』（一）、『阿弥陀経』（一）、『理趣分』（一）、『本願薬師経』（一）、『寿命経』（一）、『仁王経』（一）、『法華経』二十八品歌（二十八）、『普賢経』（一）、『涅槃経』（一）に基づき、最後の一首は、経典名を記していないが、『法華経』化城喩品に拠っている。その内の「四弘誓願」四首を示す。

　①衆生無辺誓願度
たれとなくひとつにのりのいかだにてかなたの岸に着くよしもがな

　②煩悩無辺誓願断
かぞふべき方もなけれど身に近きまづは③いつつのさはりなりける

　④法門無尽誓願知
いかにしてつくしてしらんさとること入ること難き門ときけども

　⑤無上菩提誓願証
⑥ここのしな咲きひらくなる蓮葉のうへの上なる身ともならばや

①全ての衆生を救おうとする願い。②数限りない煩悩を断とうとする願い。③女性の五障のこと。前掲の提婆達多品参照。④尽きることのない程多い法門を、全て知ろうとする願い。⑤この上なく尊い仏道を修行して、往生することを保証する願い。⑥極楽浄土は上品、中品、下品の三段階があり、さらにそれぞれが上生中生下生に分かれ、九品浄土と呼ばれた。浄土には蓮の花が咲くので、それを九品蓮台とも呼ぶ。

「四弘誓願」を『織田仏教大辞典』は以下のように解説している。

　諸仏に総願別願あり。四弘誓願を総願とし一切菩薩初発心の時必ず此願発するなり。所願広普なるを以て弘と云ひ、自ら其の心を制するを誓と云ひ、満足を志求するを願と云ふ。四真諦を縁じて此四願を発するなりそれは、諸仏が「度」「断」「知」「証」に対して立てる「誓願」を言う。例えば「衆生無辺誓願度」とは、菩薩は一切衆生を彼岸へ「度」（「渡なり。生死を海に譬へ自ら生死海を渡り又は人を渡すを度と云ふ」『織田仏教大辞典』）そうとする願いを持っており、その願いによって衆生は救われる、との意味である。和歌の、「たれとなく」は、「衆生無辺」を表し、「かなたの岸」は彼岸即ち、極楽浄土を、「着くよしもがな」は、「度」してやりたいという諸仏の「誓願」によって、この私が極楽浄土に着くことが出来れば良いが、と言うのである。「のりのいかだ」は、「乗」「法」が掛詞になっていて、仏法の乗り物ということになる。仏法を信仰することにより、諸仏の衆生済度の願いに応え、浄土に往生したいとの意味になる。「四弘誓願」は多くの経典で述べられるが、殊に天台宗ではこれに対する注釈が多く、重視された思想であったのだろう。選子もまた、序文に明らかな通り、真言の立場を否定して（「不㆑知㆘出㆓此和歌之道㆒入㆗彼阿字之門㆖矣」）、『法華経』護持の思想が語られているから、天台信仰の立場であったことは明らかである。

第三章　中世の仏教文学　一

1　中世仏教文学概説

i　鎌倉新仏教

平安末期から鎌倉にかけて、仏教が大きく変質する。鎌倉新仏教と呼ばれるのがそれである。鎌倉新仏教は、鎌倉仏教六宗とも言われ、法然の浄土宗、親鸞の浄土真宗、一遍の時宗、栄西の臨済宗、道元の曹洞宗、日蓮の日蓮宗等を指す。平安時代の仏教、これを仮に古代仏教とするならば、鎌倉新仏教は、古代仏教の核心部分を否定することによって成り立ち、その結果信仰のあり方は大きく変化した。これが文学の世界にも大きな影響を与えたのであるが、その兆候は既に院政期以前に辿ることが出来る。ここでは主として法然を取り上げ、法然が如何なる環境に出現したのかを素描することとする。

平安中期、浄土教が盛んになったことについては第二章1に述べた。その後、比叡山は様々の変化を遂げるが、叡山中興の祖といわれる良源（九一二―九八五）の頃からそれが顕著になる。良源は源信の師であり、源信の浄土教とは聊か異なるが、『極楽浄土九品往生義』という著作を残す。良源が叡山中興の祖とされるについて、主として権門と結ぶことによりそれを実現したことは注意しなければならない。良源は時の権力者藤原師輔と昵懇であり、そのことにより叡山内部の序列を無視した形で座主になっている。もう一点注意すべきは、彼が慈覚大師円仁の門徒であり、智証大師円珍の門徒を圧迫して、最終的にはこれを叡山より追放する形となったことである。所謂山門寺門の争いであるが、これにより叡山は二分されることになった。さらにこれ以後山門内部でも抗争が絶えず、叡山全体が世俗化した。

『往生要集』は正にこのような状況の下で書かれたが、源信自身がこうした叡山を避けて、横川に隠棲している如く、真摯な求道者は、或る者は隠棲して時の権力に背を向け、或る者は山を下り、大原のような別所で念仏結社のような集団をなした。大原には平安中期から叡山僧が隠棲している。院政期に入ってもこの傾向は続き、やがて良忍（一〇七三?―一一三二）が大原に入る。良忍はもと東塔の僧であったが、やはり叡山の俗化を嫌った結果であろう。注意すべきは、良忍が声明をもこの地に根付かせたことである。また、良忍の念仏は融通念仏と呼ばれ、同行者との結びつきを重視するものであった。即ち、融通念仏は、一人だけのものではなく、多数の同行者の念仏が相互に融通することにより、より強い往生の機縁となるという考え方をするものであり、ここに念仏ははっきりと同行関係、念仏という行為の相互性を重視するようになる。声明と融通念仏は、これまで貴族的な念仏法から排除されていた民衆を取り込む。良忍を聖と見る立場のあるのもそのためである。勿論、大原には、融通念仏の他にも、天台の伝統を受ける観心念仏があり、文学史の上で著名な大原三寂（寂超、寂然、寂念）もここに止住した。この三人は藤原為忠の子で、中でも寂然は四十歳以前には出家して大原に住み、西行とも親しかった。歌人として著名であるが、『法文百首』を詠み、また、家集『唯心房集』には、今様を収め、釈教歌、及び、仏教歌謡の観点から注目される人物である。

さて、叡山混乱の傾向は院政期にはさらに激化する。院政期の特徴として、井上光貞氏は、叡山の世俗化、僧兵の発達、門閥化を指摘しているが（前掲書）、こういったことにより、叡山における学問は衰微する。

浄土教に関して言えば、源信の『往生要集』は、長く大きな影響を及ぼした書ではあるが、源信自身は晩年の著作『観心略要集』において、理観を伴わない念仏に対して否定的であり、『往生要集』で示した念仏の意義は若干後退したかに見える。また、平安中期の浄土教を概観すれば、源信の説いた浄土教は、確かに念仏法を重視するが、その念仏は口称のみではなく、観相を伴うものであり、その観相は、仏教的荘厳の中で行われるものであった。これは阿弥陀堂など、多数の浄土教芸術を生んだが、同時に享楽的な側面をもつことも確かである。元来観相の環境を整えるためには、相応の資力が必要であり、ために平安中期の浄土教は貴族的となり、多数の民衆を排除するものとならざるを得なかったのである。

法然は長承二（一一三三）年、美作国に生まれた。父は地方官人、母は帰化人の末である。九歳で父を失い、英明を惜しまれて叡山に登る。初め西塔北谷の源光に学ぶ。次いで東塔西谷の皇円に学び、ここで円頓戒を受けた。皇円からは法華三大部を習ったと言われる。皇円については、入水往生をしたとの説もあり、その信仰の質が、平安末期に流行した捨身往生に近いものであった可能性がある。この後法然は黒谷に移り叡空に師事する。叡空は持戒堅固の上人であったとされ、天台の伝統を堅持して、そのことにより貴族達の信頼を集め、授戒を行った人物である。また、叡空は念仏者でもあった。黒谷は大原と並ぶ念仏別所であったと見て良いだろう。法然がこういった場所に修学の地を求めたことは、既に叡山が俗化したことによるのであろう。

法然は叡山で十二年修学した後、保元元（一一五六）年南都へ下る。叡山で修学中、『往生要集』を学んだ法然は、南都浄土教を学ぼうとしたのである。ここで永観（一〇三二―一一一一、源国経男で、禅林寺の深観に就いた。三十代を大和光明山寺に止住し、後禅林寺に帰り、三論を称えると共に、浄土教を薦めた）の『往生拾因』『往生講式』を学び、そこから善導の教えに至るのである。永観の念仏に対する考え方は、口称念仏は定念を得る手段である、定念は本来観念によって得るものであるが、これの叶わぬ者はその手段として念仏をせよというものであった。即ち、往生のためには二つの道があり、一つは聖道門、今一つは浄土門であるが、永観は、聖道門（悟りの道）の不可能な者は念仏行としての浄土門（救いの道）を行えと言うのである。源信は天台の立場から念仏を説き、中心となるのはあくまでも阿弥陀を観相することであり、称名のみでも往生は不可能ではないという位置付けである。これに対し、永観の考えは、

「念仏宗永観」と自称するように、念仏宗の立場から説かれている点で、源信から進歩したとは言えるが、なお法然の納得する所ではなかった。しかし、『往生拾因』には、善導の『観経疏』が引用されており、それは『観経疏』四巻（玄義分、序分義、定善義、散善義）のうちの「散善義」であった。そこには、行住坐臥阿弥陀の名を称えていれば、必ず救われるという考え方が記されていた。法然はこの考えに力を得て、専修念仏への道に帰するが、それは承安五（一一七五）年春のこととされる。さらに法然がこれを布教する決意をするのは、法然の教えに従った円照（一一三九―一一七七）という僧が現証を得たのが機縁となったと言われる。法然自身は既に自らが極楽浄土に往生出来るという確信を持っていたが、その教えを受けた者が現証を得る、即ち、念仏により極楽浄土を目の当たりに見ることが出来たことを確認したために、布教への自信となったのである。この後法然は、住居を吉水（現在の知恩院辺り）に移し、民衆教化を始めた。この地で建久九（一一九八）年、法然は『選択本願念仏集』を著した。「選択」とは「これ取捨の義なり」と明言されるが、それは聖道門、浄土門の中から浄土門を選択し、浄土門中の正行と雑行の中から正行を選択し、正行五種、即ち、読誦正行、観察正行、礼拝正行、称名正行、讃歎供養正行の中から、称名正行を選択したということである。そして、阿弥陀仏の名号を称える称名正行を、「正定業」と位置付けた。『選択本願念仏集』は、題の次に「南無阿弥陀仏」の名号を記しているが、それはこの名号こそが浄土宗の全てであったためであろう。聖道門は難行であり、悟りの道であり、自力救済の道であるが、浄土門は易行であり、救いの道であり、他力救済の道であって、そこに天台浄土教によってなお救われなかった民衆が、法然の浄土教に帰依する理由が存したのである。

以下に引用するのは、『選択本願念仏集』第二章「善導和尚、正雑二行を立てて、雑業を捨て正行に帰するの文」である。ここでは善導の『観経疏』を引用し、これに対する法然の立場を述べている。

観経疏の第四に云く、「行について信を立つといふは、しかも行に二種あり。一には正行、二には雑行。正行と言ふは、専ら往生の経によつて行を行ずるもの、これを正行と名づく。何のものか是や。一心に専らこの観経、弥陀経、無量寿経等を読誦し、一心に専ら思想を注《とど》めて、かの国の二報荘厳を観察し憶念し、もし礼せば即ち一心に専らかの仏を礼し、もし口称せば即ち一心に専らかの仏を称し、もし讃歎供養せば即ち一心に専ら讃歎し供養す。これを名づけて正とす。また、この正の中について、また二種あり。一には一心に専ら弥陀の名号を念じて、行住坐臥、時節の久近を問はず、念々に捨てざるもの、これを正定の業と名づく。かの仏の願に順ずるが故に。もし礼誦等によるをば、即ち名づけて助業とす。この正助二行を除いての已外の、自余の諸善をばことごとく雑行と名づく。もし前の正助二行を脩すれば、心常に親近して、憶念断えず、名づけて無間とす。もし後の雑行を行ずれば、即ち心常に間断す。廻向して生ずることを得べしといへども、衆く疎雑の行と名づく」と。

私に云く、この文について二の意あり。一には往生の行相を明かし、二には二行の得失を判ず。初めに「往生の行相を明かす」といふは、善導和尚の意によらば、往生の行多しといへども、大きに分って二とす。一には正行、二には雑行。初めの正行とは、これについて開合の二の義あり。初めの開を五種とし、後の合を二種とす。初めの「開を五種とす」といふは、一には読誦正行、二は観察正行、三は礼拝正行、四は称名正行、五は讃歎供養正行なり。第一の読誦正行は、専ら観経等を読誦するなり。即ち文に、「一心に専らこの観経、弥陀経、無量寿経等を読誦す」と云ふ、これなり。第二に観察正行は、専らかの国の依正二報を観察するなり。即ち文に「一心に専ら思想を注めて、かの国の二報荘厳を観察し憶念す」と云ふ、これなり。第三に礼拝正行は、専ら弥陀を礼するなり。即ち文に、「もし礼せば即ち一心に専らかの仏を礼す」と云ふ、これなり。第四に称名正行は、専ら弥陀の名号を称するなり。即ち文に、「もし口称せば即ち一心に専らかの仏を称す」と云ふ、これなり。第五に讃歎供養正行は、専ら弥陀を讃歎供養するなり。即ち文に、「もし讃歎供養せば即ち一心に専ら讃歎し供養す。これを名づけて正とす」と云ふ、これなり。もし讃歎と供養とを開して二とせば、六種正行と名づくべきなり。今、合の義によるが故に、五種と云ふ。

次に「合を二種とす」といふは、一には正業、二には助業。初めの正業は、上の五種の中の第四の称名をもって正定の業とす。即ち文に、「一心に専ら弥陀の名号を念じて、行住坐臥、時節の久近を問はず、念々に捨てざるもの、これを正定の業と名づく。かの仏の願に順ずるが故に」と云ふ、これなり。次に助業は、第四の口称を除いての外、読誦等の四種をもつて、しかも助業とす。即ち文に、「もし礼誦等によるをば、即ち名づけて助業とす」と云ふ、これなり。

問うて曰く、何が故ぞ、五種の中に独り称名念仏をもつて、正定の業とするや。答へて曰く、かの仏の願に順ずるが故に。意に云く、称名念仏はこれかの仏の本願の行なり。故にこれを修すれば、かの仏の願に乗じて必ず往生を得るなり。その仏の本願の義、下に至りて知るべし

かくして鎌倉新仏教と呼ばれる新たな仏教的展開は、これまで貴族にのみ可能であった往生の道を民衆に開いた。既に永承七（一〇五二）年には末法の世に入ったという認識が一般であり、末法の世は、僧侶の堕落と社会不安が予測されていたのであるが、世は正に叡山の堕落のみならず、うち続く天災と、貴族社会の崩壊に伴う社会不安が人々を襲った。そういった社会状況の中で、法然の説いた専修念仏の教えは広く人々の支持を得たが、叡山を中心とする旧仏教側からの反発は必至であり、やがて法然教団に対する弾圧が始まる。建永二（一二〇七）年念仏停止の宣旨が発せられ、法然は流罪に処せられた。この時法然同様流罪になった八人の中に親鸞がいた。親鸞は建仁元（一二〇一）年吉水の法然を訪れ教えを乞い、そこで他力による救いに確信を得たのみならず、法然の考えをさらに進めて、煩悩を持ったままの往生、悪人であるが故の往生を主張するに至る。これを悪人正機、不断煩悩得涅槃と称する。法然の思想と比較するならば、例えば法然は、正行五種の中から称名正行を選び取り正定業とした。残る四行を助行として、称名正行の下位には置いたが、これを否定した訳ではない。しかし、親鸞は、正定業のみを肯定し、助行を否定している。つまり称名念仏のみによる絶対他力本願が親鸞の立場であり、それは煩悩を去ることが出来ず、悪人であれば

なおのこと善人に優先して救われるというものであった。

親鸞同様、法然門下にあった聖光房弁長（鎮西上人ともいわれ、筑前、筑後を本拠地とし、筑後に善導寺を建立した）のもとから良忠が関東に進出して関東三流（白旗派、藤田派、名越派）が派生、一方京都では京都三流（三条派、一条派、木幡派）が派生するなど、法然門下は複雑な流れを形成するが、良忠の門下にあって、独自の発展を遂げたのが、西山派の流れを受け、九州で布教活動を行った人々である。その中から、一遍が出た。時宗の祖と言われる一遍（一二三九―一二八九）は、伊予の国に生まれ、十歳頃出家、初め浄土宗西山派聖達門下に入る。その後の事跡は不明な部分が多いが、絵巻（『一遍聖絵』）に拠れば一時還俗していた可能性もある。一遍の教えは、浄土門に発しているが、その特色は、法然が、衆生は称名によって往生出来ると説いたのに対して、

決定往生の信たらずとて、人ごとに歎くは、いはれなき事なり。凡夫のこゝろには決定なし。決定は名号なり。しかれば決定往生の信たらずとも、口にまかせて称せば往生すべし。是故に往生は心によらず、名号によりて往生するなり。決定の信をたてゝ往生すべしといはゞ、猶心品にかへるなり。わがこゝろを打ちすてゝ、一向に名号によりて往生すと意得れば、をのづから又決定の心はおこるなり　（『一遍上人語録』）

と言っているように、念仏者の主体性はむしろ否定し、一切を仏の図らいに任せるというのが特徴的である。仏の図らいとは、既に法蔵菩薩が阿弥陀になった時から、衆生の往生は約束されているという一種の本覚思想に基づくものである。時宗の称は、阿弥陀経の「臨命終時宗」に拠るとされ、常住命終の時と覚悟し、ひたすら念仏を称えよとの思想からの命名である。具体的な布教の方法も独自であり、「遊行」という全国行脚により、各地で「踊り念仏」を行い、「南無阿弥陀仏、決定往生六十万人」と書かれた「念仏算《ねんぶつふだ》」を配るというものである。「踊り念仏」は、称名、和讃に、鉦、太鼓等を合わせて踊るというもので、第四章1で述べる和讃が、殊に時宗において盛んに作られまた、編集されて、『浄業和讃』として纏められたのも、その布教の方法と関わっているのである。「踊り念仏」は遠く平安

朝の空也の行ったものであり、念仏の形態が集団で行うものであったことは、良忍の融通念仏を思わせるが、上人への絶対的帰依と、ひたすらな念仏、更に踊りを伴うそれが、一種の熱狂をもって迎えられていたことは、時宗の特色としなければならない。一遍以後、二祖真教によって相模に当麻道場無量光寺が建てられ、三祖智得の弟子智光が、四祖呑海と争う。智光は当麻道場で活躍し、呑海は藤沢に清浄光寺（遊行寺）を建てて活動の拠点とした。時宗は、一時熱狂的な信者を集め、浄土教の主流となった時期もあったが、蓮如が現れて、真宗教団を復興した際、或る部分はこれに吸収され、一挙に勢力を失った。一遍の生涯は、『一遍聖絵』として、また、その思想は『一遍上人語録』として伝えられている。

ii　禅

禅とは、梵語の音写によるもので、禅那、即ち、思惟修のことである。思惟修とは「所対の境を思惟して研修する義」（『織田仏教大辞典』）で、六波羅蜜（布施波羅蜜、持戒波羅蜜、忍辱波羅蜜、精進波羅蜜、禅定波羅蜜、智恵波羅蜜）の一である。これを修することを禅と言うが、禅は元来は六波羅蜜の一であり、大乗仏教に包含されるものであった。それが六世紀初期にインドから中国に伝わり、中国で宗派として確立した。その祖師はインド生まれの達磨（生没年未詳）とされているが、伝は明確でなく、伝説の多い人物である。達磨の頃、中国は未だ禅を受け入れる素地がなく、一時梁の武帝に招かれたこともあったようだが、結局嵩山の少林寺に隠棲したと言われる。達磨の思想は慧可（四八七—五九三）に伝えられた。その後、第六祖慧能（六三八—七一三）が南宋禅の祖となり、これが五家七宗（臨済宗、仰宗、曹洞宗、雲門宗、法眼宗と、臨済宗の分派である黄竜派、楊岐派）に分かれた。

日本においては、奈良時代に「禅師」の用例があり、これは山林修行により禅定を求める人々を称した。禅宗は、禅定により彼岸に至ろうとする思想であり、最澄も北宋禅を修している。北宋禅は、慧能と六祖の地位を争ったと言われる神秀から始まり、則天武后などが信仰したとされ、慧能が頓悟を主張したのに対して、神秀は漸悟（修行を経て段階的に悟りに至る）を主張した。しかし、平安時代には禅宗は殆ど発展せず、日本における禅宗の歴史は一旦途絶えるのである。

日本に新たに禅が伝えられたのは、鎌倉時代の栄西（一一四一―一二一五）の時である。栄西は宋の臨済禅（黄竜派）を伝えた。栄西は、郷里伯耆の安養寺で三井寺系の静心に師事し、十四歳で出家し、叡山で修学した。二十二歳で叡山を下りた後、二度に渡り渡宋しているが、初度の渡宋は二十八歳の仁安三（一一六八）年のことであり、期間も半年と短い。二度目の入宋は、文治三（一一八七）年からの五年間である。この時はインドへ渡る願いもあったが果たせず、帰国の船が難破し、温州に漂着した。その地で天台山万年寺の虚菴懐敞《こあんえじょう》に師事、明菴《みょうあん》の道号を授けられた。建久二（一一九一）年に帰国してから九州各地を巡り、博多に聖福寺を建てて、禅を広める第一歩とした。帰朝後栄西は『出家大綱』を著すが、そこに示された栄西の立場は、禅とは詮ずる所持戒持律であり、生活全体を厳しい戒律に従って行うというものであった。

栄西の入宋とほぼ同じ頃、大日房能忍と言う人物が達磨宗を起こした。達磨宗については、不明の部分が多いが、この宗派が人々の注目を集めていたことについては、藤原定家の家集『拾遺愚草』の員外に記された著名な一節

自二文治建久一以来、称二新儀非拠達磨歌一、為二天下貴賤一被レ悪、已欲レ棄レ置（文治建久より以来、新儀非拠の達磨歌と称して、天下貴賤のために悪まれ、已に棄て置かれんとす）

にも窺われる。定家の頃、達磨歌と言えば、後に新古今家風に結実する新奇な表現法に対しての守旧派からの評価である。能忍の禅は、臨済宗の中でも楊岐派に属するもので、栄西はこれに批判的である。建久五（一一九四）年に達磨宗停止令が出たが、栄西は自己の宗派と達磨宗が異なるものであることを証するために『興禅護国論』を書いた。なお、能忍の禅は、後に道元の曹洞宗に吸収されたと言われる。

栄西はその後、京都の九条家と誼を通じ、おそらくその縁から、鎌倉幕府とも関係を持った。正治二（一二〇〇）年には鎌倉で寿福寺が、建仁二（一二〇二）年には京都で建仁寺が起工した。その後建仁寺は官寺となる。栄西以後、禅宗は正式に認められ、折から新興勢力であった武家の外護を得て発展してゆく。始め北条氏の保護を得て、建長寺、円覚寺が出来、鎌倉幕府滅亡後は、足利氏との関係及び、花園、後醍醐などの天皇の帰依もあり、叡山側の反発は受けながらも、次第に地歩を固めてゆく。最終的に室町幕府は五山制度を定め、禅寺の管理に乗り出すが、その結果、京都五山として、天竜、相国、建仁、東福、万寿の各寺が定められ、この五山を統轄するのが南禅寺である。鎌倉五山は、建長、円覚、寿福、浄智、浄妙の各寺である。その他、鎌倉時代末に花園、後醍醐両帝から深く尊崇された宗峰妙超が大徳寺を、その高弟関山慧玄が妙心寺を建立した。

栄西と並び、日本における禅宗の祖と言われる道元（一二〇〇―一二五三）は、父は内大臣久我通親で、母は松殿基房女という貴顕の出身である。十三歳で比叡山横川の首楞厳院に入り、建保元（一二一三）年受戒。やがて叡山を下り、建仁寺の明全に師事して、天台教学、黄竜派の禅及び、律を学んだ。貞応二（一二二三）年に渡宋。安貞元（一二二七）年帰朝、建仁寺に入るが、叡山の迫害によって建仁寺を去る。暫く京都周辺に隠棲し、『弁道話』『正法眼蔵』の一部などを書くが、栄西とは異なり、主に越前永平寺において宗教活動を行った。

iii　中世仏教文学の流れ

末法思想と無常思想

平安末期から鎌倉初期にかけて、新仏教と呼ばれる法然、親鸞、一遍等の宗教活動が展開する中、文学においても特徴的な動きが認められる。一つは末法思想の影響が文学の上にも表れてくることである。

末法思想とは、釈迦入滅以後の世界をどのように捉えるかという一種の歴史観である。釈迦入滅後を三期に分かち、入滅後千年は正法の世、千年を過ぎると像法の世、二千年を過ぎると末法の世が来ると考えられていた。『法華経』安楽行品に「又文殊師利　如来滅後　於二末法中一　欲レ説二是経一　応レ住二安楽行一（又「文殊師利よ、如来の滅後に、末法の中において、この経を説かんと欲せば、まさに安楽行に住すべし」）」とある。但し、末法到来の年を何時とするかという問題は単純には解決しない。まず、釈迦入滅の年が何時であったのかについての諸説があり、南伝仏教（紀元前六―五世紀説）と北伝仏教（紀元前五―四世紀説）とでは大きなずれがある。永承七（一〇五二）年を末法初年とする説は、中国の説を採用したものであるが、これだと釈迦の入滅はさらに溯ることになる。次に、正像の期間についても諸説がある。日本においては各千年とする説が採用され、永承七年が末法の初年とされた。善導の浄土教が唐代に一般化した末法思想に立脚しているように、浄土教も末法思想の影響を受けている。既に源信が『往生要集』の中で「末代」の語を用いているし、文学作品においても、栄華物語が「末の世」の語を用いている。しかし、この思想が盛んになるのは院政期であり、この時代はまた、末法の世を確信させるような宗教界の混乱、つまり叡山内部の混乱と堕落が顕在化すると共に、貴族社会の基盤を揺さぶる事件が次々と起きた。こういった歴史の流れを納得する手段として、末法思想の機能した面がある。その顕著な例は、『愚管抄』に見える。同書は「世」を「オトロヘクダル」ものと捉える視点から書かれており、末法思想は、慈円の史観となっていると言えよう。

　無常は、これを簡明に言えば「常住することなきの意」ということである。常住の対であり、無常を考察した先学の多くが、無常という思想の含む「負性」に注目している。無常は、さらに下位分類を有し、例えば『大智度論』は、念念無常と相続無常があると言い、『弁中辺論』では、無性無常、生滅無常、垢浄無常があるとする。しかし、このような分析的追究は経典におけるものであり、文学においては、より情動的な把握がなされている。また、無常観は、仏教に限定されるものではなく、世界のあらゆる宗教が課題としたものであり、その意味で、宗教或いは、民族性による個別性はありながらも、人類普遍の課題と言うことが出来る。

日本においては、無常観が、理性的な観念として把握されるのではなく、むしろ無常感とも言うべき情動的な捉え方がなされており、一つの思想としてのレベルにまでは至っていないという指摘が従来多くなされてきた。無常の概念に極めて近い用語として、万葉時代には「常なし」「定めなし」「むなし」などの語があり、平安時代初期から中期にかけては、「はかなし」という語が頻用されている。これらの用語の意味する世界が、無常の概念を受け容れる素地になったのであろう。注意しなければならないのは、「むなし」「はかなし」が一方でまた、空の概念を包含している点である。無常の超克には空の概念が不可欠であることが、哲学の側から指摘されている。

無常が文学の主要なテーマとなってくるのは、中世以降である。その契機が、平安末期の社会的混乱にあるのは、無常が第一に死と結びつくからである。日本の場合、無常という語は、殊に死と関わって意識された。「無常の殺鬼」「無常の風」「無常の敵」「無常の虎」などという熟語が頻用されるのは、その証しである。平安期の漠然とした「はかなし」という語では最早表現し難くなった現実が、人々の前に展開したのである。

しかし、無常は生命にのみ関わるものではない。無常は精神とも関わりまた、倫理とも関わっている。その種々相については、様々な捉え方があるが、日本文学においては、まず無常は死と関わって意識された。

それにしても、無常が何故文学のテーマになり得るのか。無常が人間に課された課題であることは言うまでもなく、それ故に文学のテーマとなるのは必然であるにしても、それだけではない。無常には、無常美の側面があるからである。美という永遠性を、人は無常の中に表現した。無常の中に描かれた常住がそこにはある。この逆説は、無常を如何に超越するかという、最大の問題を解く機縁になる。簡単に言うと、人間は常住なるものを手にすることは出来ない、仮にこれが可能であるとすれば、それは無常の中においてのみであるということである。無常の中にある美が賛美されるのはそのためであった。

こうした視点に立ったとき、中世の様々な文学作品は、無常を根底に秘めながら、それを如何に超克しようとしたかを、我々に示すものとなるだろう。

『平家物語』が酸鼻をきわめる戦闘と人の死を描きながらなお美しいのは、そこには無常から逃れることが出来ない人間の、それでも体現した真実、永遠が描かれているからである。無常の中にどのように永遠を描き切るか、それがこの時代の文学のテーマであった。或いは、『方丈記』は、無常の自覚の前に立ちすくむ精神を描いた。むしろ精神の有様と関わる無常は、死と関わるそれよりも苛酷である。

仏教もまた、この時代、無常の超克を課題とした。現世を否定し、永遠の世界への往生を願っても、それは安易な逃避に陥る可能性がある。何故ならその行為は、無常が、逃れることの不可能な人間の属性であることを無視しているからである。無常は無常において超えなければならない。その問題を究極まで推し進めたのは、浄土教においては親鸞であり、禅においては道元であろうとされている。

本覚論

院政期から中世にかけて、新たに盛んになった思想に、天台本覚論がある。本覚とは、衆生に本来備わっている悟りの境地であり、修行によって得られるものではない。この考え方の基本にあるのは、馬鳴作、真諦訳とされる『大乗起信論』である。本来、悟りに至るには、長い修行が必要であるが、これを悟りを得た者の立場から見るならば、世界は否定されるべきものではなく、また、真理がこの現象世界以外の何処かにあるのでもない。そのような観点に立てば、悟りを得た者と、未だ迷妄の中にある者との違いはそれ程大きくはなく、むしろ迷妄の中にある者にも、悟りの可能性があることが重要になる。悟りの可能性を仏性と言うが、仏性は何時現れ出るか分からないものであり、禅における頓悟のように、或る日突然それが訪れるということも可能である。さらにこの仏性を、人間のみならず、草木など、人間を取り巻く全ての現象にまで拡大したのが、殊に日本において特徴的な発展を見た草木成仏の思想である。この思想は『草木発心修行成仏記』によく現れている。この書は、覚運の問いに良源（本章1参照）が答えたものを筆記したものとされるが、院政期の仮託書であろう。結局、この思想は、修行の無用性を主張する根拠にもなり得るため、安易な現実肯定に陥る可能性がある。ただ文学の立場から見た時、草木全てに仏性があるという思想は、人間を取り巻く自然への対し方或いは、極限にまで追い詰められた人間が最後に発する言葉、また行動の内に、永遠性を見得るという点で、文学の表現をより広げた一面があって、人間の思想の反映としての自然把握をも豊穣にしたと考えられることに注意する必要がある。

本地垂迹思想

本地垂迹とは、仏、菩薩が衆生済度のために、神として跡を垂れるという意味である。この思想は元来『法華経』寿量品に見える本迹二門説（絶対の釈迦が、現実の釈迦として現れるという捉え方）を、日本の基層信仰である神祇信仰と仏教とに当て嵌めたものである。

この現象はまず、国家鎮護の役割を有する神社或いは、土着の神を祀る神社が、神が仏になるべく修行する場としての神宮寺を持つという形で具体化した。皇祖神アマテラスを祀る伊勢神宮においてさえも、神宮とは離れた地にではあるが、神宮寺を持つに至っている。神が特定の仏、菩薩を本地とするという現象が何故起こったのかに関しては、祭祀を国家経営の要として租税徴収の策とした朝廷と、徴税される側との関係から生ずる問題、更には、支配層に浸透し始めた仏教思想の影響など、複雑な問題が絡むが、基層信仰と仏教が、神仏習合という形で取り入れられた例は稀である。

神宮寺の建立即ち、神仏習合は、国家鎮護の役割を担う神社では奈良時代初期、地方の神社においても奈良時代の後期には一般化した。この傾向は中古、中世を通じて次第に顕著になってゆき、院政期には明確に本地垂迹思想、即ち、諸仏が神に化身して全国に現れるという思想に成長していく。この思想は、唯一神道が出現するまで、広く受け容れられた。例えば、記紀に現れる神々を、特定の仏、菩薩の垂迹したものと読み解く、所謂中世日本紀の所説も、本地垂迹思想の体現と見ることが出来る。

文学においても、垂迹思想の影響は顕著である。例えば『平家物語』は、経正が竹生島に参詣する件りを以下のように描く。

……ある経の中に、閻浮提のうちに湖あり。そのなかに金輪際よりおひいでたる水精輪の山あり。天女すむところと言へり。すなはち、此島の事也。経正明神の御まへについゐ給ひつゝ、「それ大弁功徳天は、往古の如来、法身の大士也。弁才、妙音二天の名は、各別なりといへども、本地一体にして、衆生を済度し給ふ。一度参詣のともがらは、所願成就円満すと承る。たのもしうこそ候へ」とて、しばらく法施参らせ給ふに……

また、維盛が熊野に参詣する場面では、熊野の本地が阿弥陀如来であることが語られる。

……本宮に参りつき、証誠殿の御前につゐ居給ひつゝ、しばらく法施まゐらせて、御山のやうを拝み給ふに、心も言葉も及ばれず。大悲擁護の霞は、熊野山にたなびき、霊験無双の神明は、おとなし河に跡を垂る。一乗修行の岸には、感応の月くまもなく、六根懺悔の庭には、妄想の露も結ばず。いづれもいづれもたのもしからずといふことなし。夜更け人静まって啓白し給ふに、父の大臣の此御前にて、「命を召して後世を助け給へ」と申されけることまでも思食出でて哀れなり。「当山権現は、本地阿弥陀如来にてまします。摂取不捨の本願あやまたず、浄土へ引導給へ」と申されけるなかにも……

これ以外にも、本地垂迹思想の影響を受けた作品は数多い。また、これを体系化した『諸神本懐集』（存覚編）のようなものもある。本地垂迹思想は、文学のみならず、この時代の文化全般に大きな影響を与え、独特の宗教の型を形成した。

2　鎌倉時代の説話

i　『宝物集』『発心集』『閑居友』

ここに取り上げる三つの説話集は、いずれも隠遁者或いは、僧によって書かれた仏教説話集である。『宝物集』は平康頼（生没年未詳）の手に成ると伝えられている。康頼は平安末期から鎌倉初期に掛けて生きた人物で、官は嘉応二（一一七〇）年に左衛門尉、安元三（一一七七）年六月三日に、鹿ヶ谷陰謀事件に連座し、俊寛らと共に鬼界が島に遠流となり、許されて帰洛したのが治承三年、その後東山周辺に籠居したと言われる。鬼界が島に流される途中、出家したとされるが（法名性照）、詳細は不明である。康頼は元、後白河院の近臣であり、殊に今様の弟子として寵愛されたようだ。後白河院は康頼について、

中ごろ広言、康頼こそ、具して謡ふ者にてあれ。これら元より歌謡ひ、知りたる歌も多かりしかど、旨の所にていとしも無き異様の節などありしかば、具して謡ふに、聴き取りて直すもあり、又、教ふる歌もあれば、大様は我が様にてありて、皆人我が違はぬ弟子どもと思ひ合ひたれど、違へること多かり。……康頼、声に於きてはめでたき声なり。細くけうらなる上に、人うてせず、息強し。声を喉に落とし据ゑて、底に遣《つか》ひて、鎮まり染む事ぞ無きは、遣ひ柄なり。敏くもあり

と評している（『梁塵秘抄口伝集』）。院近臣という立場から、源平の争乱に巻き込まれていったものであろう。歌人としても一応の評価を得ている。康頼と並び評せられている広言は、『言葉集』という私撰集を編んでおり、後白河院政期の歌壇と少なからぬ関係があったことは、『宝物集』の一本（第二種七巻本）が多量の和歌を含んでいることを考

える際に、無視出来ない問題である。

『宝物集』には実に多様な伝本がある。巻数で言えば、一巻本、二巻本、三巻本、七巻本があり、また、二巻本には二種類、三巻本には片仮名本を含む三種類がある。康頼が書いた本が、現存のどの伝本であるのか、また、伝本相互の先後、影響関係はどうであるのかなどについては先学の研究が重ねられているが、なお定説を見るには至らない。ただ諸伝本の内、一巻本、片仮名古活字三巻本、第二種七巻本の三類が重要な伝本であることは確かである。

『宝物集』は、多様な性格を持つ。まず全体の構造は以下の通りである（新日本古典文学大系『宝物集　閑居友　比良山古人霊託』解説）。

(1)　鬼界が島から帰ってきた男が東山から釈迦堂へ到着するまでの道行きの部分
(2)　釈迦堂において、寺僧が本尊釈迦像の成立の由来と日本へ渡来するまでの経緯を語る部分
(3)　人々が寝しずまってから「心あるばかりの者」がこの世での宝物は何かについて論じあう部分
(4)　僧が六道の厭相について語る部分
(5)　僧が成仏道に通ずる十二の道門について解きあかす部分

(1)は『大鏡』以来の対話様式の方法を採用する。(3)書名にもなる「宝」とは何かについて、例話を引用することにより段階的に最上の宝が仏法であることに論じ至るものである。全体に引用文献が多種多様であり且つ、多量である。従って、一種引用のモザイクのような様相を呈しており、それら全てを特定することは困難を極める。こうした性格は、『宝物集』に限らず、中世の説話集には一般的に認められるものであるが、引用文献は必ずしも書物の体裁を取ったもの、或いは、一般的なものには留まらず、聞書、伝承資料等も想定されるのであり、そこに『宝物集』を解読する際の困難がある。最もよく引用されているのは『往生要集』であり、他に永観の著作また、『経律異相』『法苑珠林』のような類書的な仏教書も参考にされている。おそらく手近において利用し易いものであったのだろう。

以下に引用するのは、巻七、念仏の功徳が説かれる箇所である。

◆例文30　『宝物集』巻七

されば、善導[1]和尚は、「雑修は、百が中に一つ二つ往生する事を得、専修は、百に百ながら往生する事を得」とはをしへ給へる也。専修とは、弥陀の行を申たる也。「自余[2]の修行は、雖㆓名是善㆒比㆓念仏㆒者、全非㆓比校㆒也」この文の心は、自余のもろ〳〵の行は、名は善也といへども、念仏の物にくらぶれば、ひとしからずと也。この念仏の功徳、たとへをもて申侍るべし。是までは事もをろかに侍り。教主釈尊正覚成たまひて、おほくの法ときにおはしましてけるに、浄飯大王御父なれば、よろづの事心にまかせてたづね申たまひける中に、「いづれの行を修行して、いづれの浄土をねがひ侍るべき」と申たまひければ、「弥陀の名号をとなへて、極楽をねがひ給へ」と申給ひければ、浄飯大王、釈尊をうらみ申給ふは、「親ながらも、我うつは物をみて、あざけり給ふか」と申たまひければ、教主釈尊おそれかしこまりて、陳じ申給ふ事侍りける。「たとへば、伊蘭[3]と云樹あり。その香くさくして、一枝一葉をかぐに、ゑひふして死門に入。その伊蘭、四十里の間におひしげらん中に、梅檀と云樹その中におひ出て、いまだ二葉にをよばずして、芦の角葉にならんが、香かうばしくして、四十里の伊蘭の毒気をけしうしなふ。念仏も又、かくのごとし。生々世々の罪業は、つもりて四十里の伊蘭のやうにしげれども、わづかなる念仏の梅檀の力によりて、往生の宿願をとげ侍る也」とぞ申給ひける。教主釈尊無虚妄[4]のことばをもて、父の大王をすかし申給ふ事あらんや。たとへば武士のもとに、力つよくして矢をはしらかし、物をつよく射さする弓あり。主の武士これを愛し、是をおしみて、重き宝とおもへり。ある人この弓をとりて、矢を矧げてひかんとするに、強くしてひくにあたはず。かるがゆへに、をとをもいず、物にも強くもたゝず。是がやうに力ある人は堂塔をもつくり、法花、真言をもつとめおこなふべきなり。力なきわれらは、念仏の弱弓をもて射ば、をのづから射当つる事も有べし。たとへば玄象と云琵琶は、弾かんとすれば手をきらひてならず。引ならはしたる琵琶をもて、をのづから心すみておもしろきがごとし。念仏の功徳も又々かくのごとし。経論をならひよむ功徳は、無量無辺にして、仏道にいたる道也。しかりといへども、師なくしてはならひがたく、本なくしてはよむ事なし。念仏は師なしといえども、わするゝ事なし。本なしといへども、つとめやすし。このたび成仏の願をとげん事、かなひがたきによりて、先この念仏の功徳をもて、極楽の衆生とむまれて、三途の古郷へかへらずして、漸々に功徳増進して、等覚、妙覚の位までいたらむ事をおぼすべき也。この念仏は武者の腰刀のごとし。武士、軍の時にのぞんで、五八の四十の矢みな射尽して、太刀長刀うちをりてのち、腰刀は身はなれぬ物なれば、自害をもし、高名をもする也。法花、真言の弓箭、戒行、檀験の長刀、臨終の時は身にそふ事なし。たゞ念仏の腰刀をもて、臨終の十念の高名をばする也

【語注】
1浄土教を大成した唐僧。第二章1参照。2『観無量寿仏経疏』の一節。法然の『選択本願念仏集』にも引用される。3悪臭のある毒草。芳香のある栴檀に対して使われることが多く、また、煩悩の喩えともする。4真実。5中国伝来の琵琶の伝説的名器。

『発心集』は、鴨長明最晩年の作品と考えられているが、成立時期等の詳細は不明で、ほぼ建保三（一二一五）年頃であろうとされる。長明は本章3で紹介する『方丈記』の著者であり、おそらくは『方丈記』擱筆後、この作品を書いたものと思われる。しかし、『方丈記』のように多種の伝本がなく、流布本とされる本文は、八巻百二話からなるが、異本は六巻である。従って、流布本の巻七、八が後人による増補の可能性もあるが、確実なことは分からない。序文に拠れば、長明は、自らの「短き心」を省みて、敢えて高邁な教理を求めず、「はかなく見る事、聞く事を註し集めつつ、しのびに座の右に置」き、仏道を「こひねがふ縁」とし、その目的に従って、天竺、震旦の事、また、仏、

菩薩の因縁は除き、ただ「我が国の人の耳近きを先として」「我が一念の発心を楽しむばかりに」見聞したことを記し留めると言っている。

説話相互の配置に関しては、簗瀬一雄氏が「流布本の説話配列には、『発心集』編集者の心理の推移を伺うことが出来ますし、記された語句の前後における客観的妥当性を認め得ると思います」（角川文庫版『発心集』解説）とする。しかし、異本にはそういった妥当性が認められないとしている。また、本文も、伝本により相当の異同が認められ、長明の手を離れてから、改変された可能性もある。『宝物集』も同じであるが、この種の説話集は、唱導（第五章参照）に使用された可能性が高いので、作品が一応の完成をみた後も、後人の手により種々の改変が加えられたことを考えておく必要がある。跋文は、流布本巻六の最終話に、段落を分かたず、本文に引き続いて書かれている。

収められた説話は、序文と対応している。即ち、発心譚、往生譚が中心であり、「往生伝」の系譜に立ち、「数歩文学の側に歩みよった」（前掲書）ものとして注目される。

以下に引用するのは、渡唐後、円通大師となった大江定基の発心譚、名号を唱えることによって極楽往生した橘大夫の往生譚である。

◆例文31　『発心集』巻二「三河聖人寂照、入唐往生の事」

四　三河聖人寂照、入唐往生の事

三河の聖と云ふは、[1]大江定基と云ふ博士、是なり。三河守になりたりける時、もとの妻を捨てて、たぐひなく覚へける女を相ひ具してくだりける程に、国にて、女病を受けて、[2]つひにはかなくなりにければ、嘆き悲しむ事限りなし。恋慕のあまりに、[3]取り捨つるわざもせず、日比《ひごろ》経るまゝに、[4]成り行くさまを見るに、いとゞうき世のいとはしさ思ひ知られて、心を発《をこ》したりけるなり。かしらおろして後、乞食しありけるに、「我が道心は実に発りたるやとこころみん」とて、妻のもとへ行きて物を乞ひければ、女これを見て、「[5]我にうき目見せし報ひにか〻れとこそは思ひしか[6]」とて、うらみをして向ひたりけるが、何とも覚えざりければ、「[7]御徳に仏になりなむずる事」とて、手をすり、悦びて出でにけり。さて、かの[8]内記の聖の弟子になりて、東山如意輪寺に住む。その後、横川に上りて、源信僧都にあひ奉りてぞ、深き法をば習ひける。かくて終に唐へ渡つて、云ひしらぬ[9]験《しるし》どもあらはしたりければ、大師の名を得て、円通大師と申しける。往生しけるに、仏の御迎ひの楽を聞きて、詩を作り、歌を読まれたりける由、唐より注《しる》しおくりて侍り。

[10]笙歌遥聞孤雲上　聖衆来迎落日前

雲の上にはるかに楽のおとすなり人や聞くらん[11]ひが耳かもし

【語注】
1定基が博士であった記録は見当たらない。寂心について出家、源信の教えを受け、その後入宋、宋で入寂。寂照の話は多くの説話集に収められる。**2**病死した。**3**死後の儀式。**4**死体が変化していく様。**5**辛い思いをさせる。**6**このような事になれとは思ったが。**7**お蔭で。**8**慶滋保胤。法名は寂心。**9**奇跡。寂照が宋で様々の奇跡を現したことは、『今昔物語集』などに見える。**10**来迎菩薩の奏する笙の音。**11**もしや聞き誤りだろうか。

◆例文32『発心集』巻二「橘大夫、発願往生の事」

十　橘大夫、発願往生の事

中比、[1]常磐橘大夫守助と云ふ者ありけり。年八十にあまりて、仏法を知らず。斎日といへども精進せず。法師を見れども、貴む心なし。もし教へすすむる人あれば、かへつて是をあざむく。すべて愚痴極まれる人とぞ見えける。而るを、伊予の国に[2]知る所ありて下りける。ころは[3]永長の秋、ことなる病ひもなくて、[4]臨終正念にして往生せり。須磨の方より紫の雲あらはれて、かうばしき香充ち満ちて、めでたき瑞相あらたなりける。是を見る人あやしんで、其の妻に、「いかなる勤めをかせし」と問ふ。妻が云はく、「心、もとより邪見にて、功徳つくる事なし。ただをとゝしの六月より、夕べごとに不浄をかへりみず、衣服をとゝのへず、西に向うて一枚ばかりなる文を読みて、掌を合はせて拝む事ありしが」と云ふ。其の文を尋ね出だして見るに、発願の文あり。其の詞に云はく、「弟子敬って、西方極楽化主阿弥陀如来、観音、勢至、諸々の聖衆を驚かして申す。我受けがたき人身を受けて、たまたま仏法に遇へりといへども、心もとより愚痴にして、更に勤め行ふ事なし。徒らに明し暮して、空しく三途に帰りなんとす。然るを、阿弥陀如来、我と縁深くおはしますに依って、濁れる末の世の衆生を救はんがため、大願を発し給へる事ありき。其の趣きを尋ぬれば、「[5]設ひ四重五逆を作れる人なりとも、命終らん時、我が国に生れんと願ひ、「南無阿弥陀仏」と十度申さば、必ず迎へむ」と誓ひ給へり。今此の本願を憑むが故に、今日より後、命を限りにて、夕べごとに西に向ひて宝号を唱ふ。願はくは、今夜まどろめる中にも、命尽きなん事あらば、此れを終りの十念として、本願[6]あやまたず、極楽へ迎へ給へ。設ひ残りの命あってこよひ過ぎたりとも、[7]終り願ひの如くならずして、弥陀を唱へずは、日比の念仏を以て終りの十念とせむ。我罪重しといへども、いまだ[8]五逆を作らず。功徳少なしといへども、深く極楽を願ふ。則ち、本願にそむく事なし。必ず引接し給へ」と書けり。是を見る人、涙を落して貴びけり。其の後、あまねく此の文を書き取りて、信じ行ひて、[9]証を見たる人多かりけり。又、ある聖人、かやうに発願の文を読む事はなけれども、夜まどろめるほかには、時のかはるごとに、[10]最後の思ひをなして、十念を唱へつゝ、此ればかりを行として、往生をとげたりとなむ。勤むる処は少なけれども、常に無常を思ひて、往生を心にかけむ事、要が中の要なり。[11]「もし人、心に忘れず極楽を思へば、命終る時、必ず生ず。たとへば樹の曲れる方へ倒《たふ》るゝがごとし」なんど云へり

【語注】

1常磐の里に住むの意。京都市右京区の地名。2領有する。3一〇九六年—一〇九七年。4臨終の際心が乱れないこと。5

以下は、阿弥陀仏の立てた四十八願の一。6違えることなく。7臨終。8五逆罪。父を殺し、母を殺し、仏の身より血を出し、阿羅漢を殺し、僧の和合を破ること。9その証拠としての極楽往生を得た人。10今が臨終だと思って。11『往生要集』中の一節に拠るか。

『閑居友』は長らくその作者に諸説あったが、現在は慶政（一一八九―一二六八）の著作であるとの説が有力である。慶政は、後京極摂政と言われ、新古今歌人でもある藤原良経の男で、良経の後に九条家の家督を継承した道家の兄に当たる。幼時の事故で不具の身になり、そのため出家したと伝えられる。入宋の経験もあり、西山に隠棲した。天台僧であると共に、上覚房行慈（生没年未詳。明恵の叔父、歌学書『和歌色葉』を著す）の弟子であり、明恵とは兄弟弟子に当たり、その交流の様は諸歌集に窺える。

『閑居友』は上下二巻から成り、所収説話は三十二だが、上巻第一話から第五話は、真如親王、空也など、往生伝等で著名な人物を廻るものである。第六話から第二十話までは無名の隠遁者の話、二十一話から下巻十一話まではやはり無名の女性に関する話である。本書の跋文には、

そも〳〵この書二巻を記しそめ侍りしかど、言葉つたなく、心みじかきものゆゑ、時もむなしくうつり、ひかげもいたづらにかたぶけば、恥ぢてすゞりをゝさむといへども、藻塩草、かきあぐべきよし、かねてきこえさせければ、海人のぬれぎぬおもひみで、またふでとれるなるべし。ねがはくは、いつくしみのまなこのまへにおさめて、あはれみの心のほかにちらさゞれと也。その時は、承久四年の春、弥生の中のころ、西山の峯の方丈の庵にて記しおはりぬる

とあり、本書が誰かの依頼によって成ったこと、それは貴顕であったらしいことが読み取れる。さらに作品全体が和文を基調としていること、本書の三十二の説話中十二話が女性の話であることから、依頼したのが女性であることを

思わせるが、永井義憲氏はそれを安嘉門院邦子（後高倉院皇女）、また、式乾門院利子（同）であろうと想定し（「閑居友の作者成立及び素材について」、『日本仏教文学研究』第一集第三編、豊島書房、昭和41年）、小林保治氏は式乾門院の蓋然性が高いとする（「慶政」、『岩波講座　日本文学と仏教』一所収、岩波書店、平成5年）。いずれにしても高貴な女性に献上されたことは間違いないものの、それが具体的に誰であったかに関しては、今後の検討を俟つ状況である。

全体の構成については諸説がある。藤本徳明氏は、数話ずつがあるテーマのもとに纏まりをなし上巻ではそれらが精神的モチーフ、生活モチーフ、肉体モチーフと下降し、下巻ではこれと逆の上昇を辿る、という構想を示している（「『閑居友』の構造について」、『説話・物語論集』1、金沢古典文学研究会、昭和47年12月）。

慶政は三井寺で能舜に師事し、天台の教学を学んでおり、『閑居友』にも、『法華経』『法華文句記』『摩訶止観』等の影響が認められ、殊に釈迦信仰が顕著である。

なお、慶政は長明の『発心集』を見ていたものと考えられる。上巻第一話に

さても発心集には伝記の中にある人々あまた見え侍めれど、この書には伝に載れる人をば入るることなし

と言う一節がある。『閑居友』起筆の時期ははっきりしないが、慶政は建保五（一二一七）年には渡宋しており、本書を渡宋の時期を挟んで執筆したとの説も提出されている。

『発心集』が発心譚、往生譚を集めたものであるのに対し、『閑居友』は、発心に至る経緯を扱った話のみに主眼があるのではない。この問題に関しては小島孝之氏による、「どのような信仰生活のありかたにおいて道念が貫徹されたかを問題としている」との指摘（新日本古典文学大系『宝物集　閑居友　比良山古人霊記』解説）が要を尽くしている。

さて、本書に見える説話は、説話研究が必ず問題とする出典という面において特徴的である。即ち、本書所収の説話は殆ど出典未詳である。そこに今日は伝わらない説草、或いは、草庵を舞台とする雑談を想定することも可能であり、慶政の周辺にそういった場があったらしいことは事実であるが、なお確定には至らない。『平家物語』灌頂巻

「大原御幸」や、剣巻の所謂鉄輪譚との関わりなど、今後の検討課題は数多い。

慶政には、『閑居友』の他にも、『証月上人唐渡日記』（散逸）『法華山寺縁起』『比良山古人霊託』などの著作もある。以下に引用するのは、慶政の目撃譚かと思われる、殺された女の死体が無惨に変化する様を描いた話である。

◆例文33　『閑居友』巻上「唐橋河原《からはしがはら》の女のかばねの事」

二十一　[1]唐橋河原の女のかばねの事

いまだむげにいとけなく侍りしほどの事にや。からはし近き河原に、身まかれる女を捨てたる事侍りき。この女は、をのが[2]主の夫なるものに、[3]しのびにゆきあふとて、主の女いみじくそねみて、男の[4]ほかにあるまに、さま〴〵のはかり事をかまへて、いひしらず言葉もおよばぬ事どもして、しのびにひき捨てさせたるなりけり。死ぬる女は、年十九にぞなり侍りける。さらぬ事だにもありや、世の人の心のさがなさは、ゆきあつまりてみるもの、[5]稲麻竹葦のごとくぞ侍りし。[6]ふるさとのちかく侍りしかば、まかりてみ侍りしに、[7]ふつに人の姿にはあらで、おほきなる木の切れのやうにてぞ、足、手もなくて侍りし。きたなくけがらはしき事、たとへていはんかたなし。[8]たとひ大海の水をかたぶけてあらふとも、猶きよむることかたかるべし。たゞよそにみるだにもしのびがたく、たゑがたし。このとき誰か衾をかさね、枕をならぶる事あらん。[9]たかきとくだれるところかはれども、その身のなり行くさまは、たゞおなじかるべし。膚、肉をつゝみ、筋、骨を纏ひて、心にくきやうにみゆるうへに、[10]楚山のまゆずみ色あざやかにかき、[11]蜀江の衣、匂ひなつかしう[12]焚きなしたればこそ、むつましくもおぼえ侍らめ。風吹き、日さらし、皮爛れ、筋とけて、きよき草葉をけがし、大空をさへくさくなすときは、誰か肩をくみ、言葉をかはさむや。されば、竜樹菩薩は、「[13]愛の怨《あた》のいつはりをさとりぬ」と説き給ふ。天台大師は、「[14]もしこれをみおはりぬれば、欲の心すべてやみ」と釈し給へり。また、これまでは、[15]なをいぶせながらも、むかしのなごりをみるかたもあるべし。つひに[16]しろき木の枝のやうにて、野はらのちりとくちはてゝ、よもぎがもとに白露をとゞめ、あさぢが原に秋風をのこして、いさゝかのなごりもなくなり侍りぬるは、いますこし夢まぼろしのやうにぞ侍るべき。さても、うき世のならひなりければ、かゝる身のありさまをしらで、うらみにうらみをかさねて、あかしくらす人もあるらむ。かやうにあだなる身のはてをしるべにて、「あるにもあらぬ身のゆゑに、いたづらにつもりける罪こそくやしけれ」など、おもひつゞけて心をなをさば、[17]書きあつむる心ざしたりぬとすべし。さても、この河原のかばねのぬし、[18]いたうむざう也。一すぢにかなしく、うらめしき心にてこそ侍りけめ。さらにより[19]良き所に生まれ侍らじかしとあはれにて、いさゝかみ侍りし人を、たかき、あやしきをえらばず、その名を書きあつめて、しのびにかたはらにおきて、すこし[20]浮かみぬべきにやと思給ふる密言ども、おろ〱よみ侍る中に、「生きたりし姿をこそみねども、唐橋河原のしにかばね」と記し入て、とひ侍るぞかし。さても、この書きをくたびに袖のしほるゝ[21]藻塩草の中に、その顔などのきはやかにて、たゞいまその人にむかへる心地のして、ところせきまでにおぼゆるもあり。また、ほのかにもみし人などは、かすみたるやうにおぼゆるも侍るべし。抑この事を思ひより侍りし事、[22]三乗の聖をみし人は、みな罪をのぞき、悟りをひらきゝ。また、むかしの高僧をみし人は、みなほどにしたがへる益ありき。いまこの身に、徳もし侍らましかば、[23]見も見えずもする人々、すこしの益《やく》もあるべきを、いひつくしがたくあさましく、[24]わづかに比丘の名をぬすみて、返りて三宝をあざむく罪をまねくべき身なれば、その益、かけてもあるまじきかなしさにおどろきて、見し人のむかしがたりになりゆく数を記して、情けをはこび侍る也。もしこの情、甘露の雨となり、清涼の風となりて、おの〱[25]ありかをとぶらはゞ、それをあやしの身に縁をむすべる一の益に、かつ〲つかうまつらんとおもひたちにけるなるべし。新羅国の[26]元暁の疏の文かとよ、「[27]他作自受《たさじじゅ》の理なしといへども、しかも[28]縁起難思《えんぎなんし》の力あり」といへる、たのもしくこそ侍れ

【語注】

1通りの名。九条坊門通りと鴨川の交差する辺りであろう。2自分の使える主人の夫。3密かに（主人の夫と）逢っていたというので。4他所に行って留守の間に。5隙間もなくびっしり立ち並ぶ様。6住んでいた場所から近かったので。作者を慶政とすれば、彼は九条家の出身であるから、この周辺に住んでいた可能性が高い。7全く人の姿ではなくて。8『摩訶止観』巻七上「是名二自相不浄一……尽二海水一不レ能レ令レ浄一」。9（身分の）高いと低いとの違いはあっても。10中国、楚の地方の山。11蜀江の錦。蜀の国の首都成都の名産。12衣装に香を焚きしめること。13『大智度論巻』二十一。14『摩訶止観巻』九上「未レ見二此相一愛染甚強。若見レ此已欲心都罷」。15「いぶせし」は不快である様を言う。死者の爛れ崩れていく様は厭わしくはあるものの。16白骨となる。九想でいう骨想の状態。17著者がこの話を書き留めた本意を言う。18「無慚」の音便変化したもの。19極楽浄土。20苦患から少しは浮かび上がることが出来るのではないかと。21著者が死者のために真言を以て弔った人々の名を記した帳面。22三乗とは、声聞、縁覚、菩薩のこと。23直接会った人も会わない人も。この「見る」は結縁するという意味を込めている。24著者が自分を省みて述べた言葉。かりそめに比丘の名を称してはいるが、そのことが却って三宝（仏法僧）を欺くという罪を犯す身であるから。25死者の後世における在所。26新羅の僧。『金剛三昧経論疏』を著したとされる。27他者の為したことを自分が果として受ける。28思い及ばない不可思議な力。

ii　無住の説話『沙石集』『雑談集』

無住（一二二六―一三一二）に関しては同時代の資料が殆どなく、逆に『聖一国師年譜』を始めとする多数の伝記資料が没後に書かれた。しかし、それらに新たな資料性は余りなく、基本的には『雑談集』巻三の「愚老述懐」に基づくものである。それによれば、梶原一族の出身であり、幼少より鎌倉の寺で童役を務め、次いで常陸に移り、そこで出家、その後南都に出て、律宗を修めた。その後再度鎌倉に下り、纔か一年で南都に戻る。定住の地尾張の長母寺に入ったのは弘長二（一二六二）年、或いは、三年のことである。この間に無住は律宗から離脱したようで、東福寺円爾の弟子となった。長母寺は臨済宗東福寺派の寺である。

無住の著作には、『沙石集』『聖財集』『妻鏡』『雑談集』などがある。最も早い時期に着手されたのが『沙石集』であり、序文に拠れば、起筆は弘安二（一二七九）年である。一応の完成は四年後の弘安六年秋であるが、その後も継続的に手を入れ続けたらしい。弘安六年に一旦完成した『沙石集』は、五巻から成り、その構成は極めて整然としている。巻一は本地垂迹譚、巻二は仏菩薩の霊験譚、巻三は仏教的教訓説話、巻四は執心の恐るべきこと、巻五は前半が真言の功徳に関する説話、後半が和歌説話となっている。巻六以降は、その後加筆されたものと考えられる。流布本は十巻から成り、説話の数も百を超えると共に、加筆の段階で諸本が出来、流布本内部でも本文に相当の違いが存する。

『沙石集』に収録された説話は、無住の宗教的立場を反映すると共に、庶民にも分かり易い内容であり、教訓的色彩が強いことを特色とする。また、本地垂迹思想の反映、専修念仏に対する批判また、真言の尊重、そこから和歌陀羅尼説を主張する点など、興味深いものがある。

『雑談集』は、無住の最後の著作である。成立は嘉元三（一三〇五）年、無住八十歳の折であった。『沙石集』『雑談集』共に、無住自身による命名である。執筆の動機は、「或る同法の所望によりて」（巻八）とあるから、出家者のために書かれたものであることが分かる。『沙石集』に比べると内容的にも硬質であり、説話的な面白さは後退しているが、代わって教理が前面に出ている。その教理も、無住が一宗のみでなく、律、真言、禅を兼学しているためか、幅広いものが認められる。但し、それぞれの教理に関する理解には、博覧ではあるが、浅い面があることも否めない。『沙石集』『雑談集』に共通することであるが、無住が教理に言及する場合、幅広い修学の裏付けがあったのではなく、雑纂的な仏書を参照していたのではないかとの指摘がなされている（日本古典文学大系『沙石集』解説）。そこで具体的に想定されていたのは、『宗鏡録』『大智度論』『摩訶止観』であるが、この指摘に対して、山田昭全氏が、無住が頻繁に使用する仏書が、『宗鏡録』であることを特定した（中世の文学『雑談集』解説、三弥井書店、昭和48年）。

『沙石集』巻五には、真言の功徳に関する説話を置いた後、和歌の徳に言及し、

日本の和歌も、よのつねの詞なれども、和歌にもちゐて思をのぶれば、必感あり。まして仏法の心をふくめらん

は、無疑陀羅尼なるべし

と述べているが、『雑談集』には自詠を七十首以上も収めている。これらの和歌に対しては、その拙劣を指摘する意見もあるが、和歌に対して『沙石集』で示した立場を保持していたためであろう。総じて無住は、『沙石集』以降、老年に及ぶまで著作活動を行ったが、それは年と共に深化、発展してゆく性格のものではなかったようである。

以下に引用するのは、『沙石集』巻二の地蔵霊験譚、『雑談集』は、僧が美しい姫君を瞞そうとして失敗する話である。『雑談集』の話は、『ささやき竹』と同類話となっている。

◆例文34　『沙石集』巻二

駿河国富士河ノ上ニ、[1]殺生ヲ業トスル男アリ。人ノ勧ニヨリテ、小地蔵ヲ一体、[2]花香時々マイラセテ、家ニ崇メ奉ケリ。或時、夢ニ鬼ニ取ラレテ行ケルヲ、此地蔵乞給ケルニ、鬼、「コレハ殺生ノ業ニヨリテ、地獄へ行ベキ者ナリ」ト申スニ、地蔵、「是ヨリ後ハ、止ベキ由教フベシ。[3]枉テ許セ」トテ、具シテ帰給フト見テ、一両月ガ程ハ殺生ヲ止タリケルガ、又本ノ如クシケリ。聊煩フ事有テ[4]絶入シヌ。今度ハ牛頭、馬頭シバリテ、追立テ行ニ、又地蔵来テ乞給ニ、「約束申テ違侍レバ、協候マジ」ト申スヲ、様々ニ仰ラレテ、「今度バカリ理ヲ枉テタスケヨ。自今以後ハ更ニ助クマジ」ト宣テ、乞取テ能々誡給フニ、今ハフツト殺生止ベキ由申テ蘇ヌ。又其後一年バカリ止リテ有ケルガ、又殺生シケル程ニ、重病ニ責ラレテ、打臥テ息絶ヌ。サテ、獄卒アマタ来リテ、シバリテ追立テ行ニ、今度ハ地蔵モ見ヘ給ハズ。「アラ悲。度々ノ約束タガヘ奉テ、地蔵ニモ捨ラレ参ラセヌ」ト思ヒテ、一心ニ念ジ奉ルニ、地蔵ノ影ノ如クニテ、ソバヲフト通給フヲ、御衣ノ裳ニ取付テ、引止奉ラントス。地蔵ハ引放チテ、逃トシ給フヲ、獄卒ドモ、「イカニ、斯ル悪人ヲバ、[5]横様ニ救給フゾ。度々[6]誑言申テ候物ヲ」ト申スニ、「我ハ全ク助ケズ。彼ガトリツケルナリ」ト、仰セラルル時、一人ノ獄卒、矢ヲ以テ背ヨリ前へ射トヲシヌ。又一人、鉾ヲ以テ胸ヲツキツラヌキヌ。土ニ突トヲシテ、獄率去ヌト思テ、蘇生シテ、胸ニ疵アリテ、瘡トナリケルガ、遥ニ病テ後、出家シテ、当時、後世菩提ノ勤ネンゴロニシツヽ、地蔵ヲ恭敬供養シ奉ルト云リ。是弘安年中ノ事也

【語注】
1生き物を獲って生計を営むこと。**2**供物としての香華。**3**理を曲げて。**4**気絶した。**5**無理矢理に。**6**嘘。

◆例文35『雑談集』巻五「信智之徳事」

[1]フルキ物語、人ゴトニシル事ナレドモ、事ノ次《ツイデ》ニ書付ケ侍ル。昔サルベキ人ノスエナガラ、マヅシキ姫君ヲハシケリ。乳母倶シテ鞍馬ニ常ニ参籠シテ祈念シケリ。十四五バカリナルガ、ミメカタチ勝テウツクシカリケルヲ、房主ノ老僧心ヲカケテ、如何シテ近付ント案ジテ、事々シキ装束シ、紫ノ帽子キ、金ノ杖ツキテ、戸帳《トチヤウ》ノ内ヨリイデ、、乳母モ姫君モネイリタリケルヲ、「ヤ、」トヲドロカシテ、「イカナルアマサカ[2]サマノ事ナリトモ、房主ノイハム事タガヘズハ、姫君メデタクサカヘ給ベシ」ト云テ、戸帳ノ内へ入リケリ。乳母悦テ、ヤガテ房へカエルニ、老僧ハサキニ帰リテ侍ケリ。乳母房主ニ夢ダニモメデタキコトニテ侍ルニ、マノアタリカヽル示現カフムリタルヨシ語リケレバ、「メデタキ御事ニコソ」ト、[3]エミアケテミエケリ。サテ申ケルハ、「カヽル心、イマハアルベクモ侍ラヌ身ニ、[4]天王ノ御計ニテ姫君ノ御果報目出アルベキ御事ニヤト思ハレ侍ルマヽニ、心ニ存スル様申候。姫君ヲ時々カヨハシマイラセサセ給ヒ候ヘカシ。近付マイラセタキ心候」トイエバ、乳母ヲモイカケヌ事トヲモイナガラ、姫君ニ此ノ由云ニ、「アラ心ウヤ」トテ、思ヨラヌ心地ナルヲ、「年久ク参籠シ、マノアタリ天王ノ御ツゲアル事ナレバ、[5]様コソ候ラメ。御身ヲステサセ給トヲボシメシテ、一夜ニテモ、カノ心ヲソムカセ給フベカラズ」トナクく〵クドキケレバ、「ナニト[6]モマ、ガハカラヒ」トイヘバ、悦テ日トリナドシテ迎ニヤルベキ

約束シケリ。房主悦テ、輿車ハ隠便ナラズト思ヒ、大ナル唐櫃ヲタヅネテ、京ニ仏ノヲハシマス、ムカヘマイラスルヨシニテ、隣房ノ法師原ヤトヒテ、飯酒ヨク〳〵モテナシテ京ヘヤリケリ。コシクルマナラムダニモヨシナクヲボユルニ、入物サヘ心ウクヲボエテ、ナキ臥給タリケルヲ、乳母トカクスカシコシラエテ、イダシタテ、、唐櫃ニ入テ封ツケテ、カ、セテユキケルガ、夏ノ事ニテ、世間アツカリケルマ、ニ、唐櫃ヲバ大道ニ打置テ、賀茂河ニテ水アミケルホドニ、時ノ摂政殿ノ御子、二位ノ中将殿トカヤ申ケル、[7]済々トシテ賀茂ヘ参ジテ、下向シ給ケルガ、「此ノ唐櫃開テミヨ」ト仰セラレテ開キミレバ、実ニウツクシキ姫君ナリ。「アラウレシ。コレハ賀茂ノ御利生ニコソ」トテ車ニウチノセテ下向シ給ケリ。サテ、「ナニ、テモ入ヨ」ト仰セラレケレバ、中間、雑色ドモハシリマハリテミルニ、二歳バカリナル犢《コウシ》ノミエケルヲ、トラエテ、[8]ヘシ入テ封付ケテケリ。法師原コレヲシラズ、モチアゲテミレバコトノホカニヲモカリケレドモ、カ、ル事トハ思寄ラズ、「チカラガナクナリテ、ヲモキニヤ」ト云ケル。サテ鞍馬ヘ帰テ、「御仏イラセ給ヘリ」ト云ケレバ、房主悦テ、法師原又、ヨク〳〵モテナシテ、弟子ドモヲモ、「御房タチ、隣房ヘユキテアソベ。仏ノ御前ニテ心静ニ行ズベキコトナリ」トテ、スカシヤリテ、[9]カキガネカケマハシテ唐櫃ヲ開テミレバ、犢走出テ屎《クソ》ヒリチラシ、障子皆フミヤブリテ散々ノ事ナリケリ。乳母、姫君ハ信心フカクシテ目出クサイハイテ、一期トミサカヘケル。房主マコトニ虚《コ》妄罰《マウバツ》、[10]二世不得ナリケム。仏神感応ハ、只一世ハカリナラズ、当来モ御タスケアリケン。信心ノ徳、誰カイルカセニ思ハムヤ

【語注】

1この話は、『地蔵菩薩霊験記』巻八第三話、『ささやき竹』と似る。2天逆様で、全く理に合わないこと。3笑み開く。4四天王のこと。5理由。6乳母。7大勢を引き連れて。8おしこむ。へしは圧。9掛け金。10現世と来世。

iii　『古事談』『宇治拾遺物語』『撰集抄』『私聚百因縁集』『三国伝記』

以下にあげる説話集は、『宇治拾遺物語』や『古事談』のように、仏教説話集ではないものもあるが、当然のことながら、世俗説話にあっても仏教の影響の大きいことに注意したい。一方で、『撰集抄』や『私聚百因縁集』のように、説話集全体が仏教思想、或いは、仏教的価値観で統一されたものもある。中世にはこれら多様な説話集が編まれたが、興味深いのは、それぞれの説話集が、同じ話柄即ち、同類話を共有していることが多いことである。或る説話集に収められた説話が、別の説話集にも見えるということで、一面、中世説話は引用を基調として成り立っており、引用に次ぐ引用が作品相互の関係を複雑にし、また、豊かにもしているのである。その辺は、今日の著作物とは根本的に成り立ちが異なっている点、古典を見る場合に留意する必要がある。さらに説話は、ジャンルを超えて様々な局面に用いられ得る特徴を有していることも注意すべきである。

『古事談』

『古事談』の作者は、『本朝書籍目録』の記事により、源顕兼（一一六〇―一二一五）とされている。これも『宇治拾遺物語』同様、仏教説話のみを収めたものではなく、世俗説話が中心の作品である。『古事談』と称するのは、古事を談ずるという意味であろうから、昔の興味深い出来事を集めたものである。対象となる時代は広く、称徳天皇の逸話や、浦島伝説を収める一方、作者の没年に近い建暦年間（一二一一―一二一三）の出来事までが収められている。六巻から成り、それぞれ、「王道、后宮」「臣節」「僧行」「勇士」「神社、仏寺」「亭宅、諸道」と話題により整然と分類されており、この分類方法は、『江談抄』に倣ったものであろうと言われる。「僧行」の部は、有名無名の僧に関する説話、「神社、仏寺」の部は、主として縁起、霊験譚を収める。本書の特色は、『宇治拾遺物語』とはまた、異なる意味で、独特の利口や好色譚をさりげなく挿んでいる点であろう。
以下に引用するのは、南都の碩学玄賓僧都の話である。

◆**例文36『古事談』巻三「玄賓、渡シ守トナル事」**

玄賓、渡シ守トナル事

玄賓僧都者南都第一之碩徳、天下無双ノ智者也。然而遁世之志深クシテ、不レ好二山科寺[1]之交一、只三輪川[2]ノ辺ニ纔ニ結二草庵一隠居云云。而桓武天皇依二強召一、時々雖レ従二公請一、猶非二本意一存ケルニヤ、平城ノ御時ニ雖レ被レ補二大僧都一固辞、献二一首和歌一。

ミワガハノキヨキナガレニススギテシコロモノソデヲマタヤケガサン

而間房人ニモ不レ被レ知、只一人暗レ跡畢。弟子眷属雖二尋求一、不レ知二行方一。南都ノミナラズ、天下貴賤惜二歎之一。送二年序一之後、門弟一人有二事之縁一下二向北陸道一之間ニ、或所ノ渡ニ乗二船渡一之間、渡守ヲ見レバ、首[3]ヲツカミト云ホドニオヒタル法師ノ、不可説ノ布衣一着タル、アヤシゲノ者ノサマヤト見間、サスガ又、見馴タル心チス。顔色モ不レ似二普通ノ人一。誰カハ可レ似ト思廻テヨク見レバ、不レ知二行方一シテ失ニシ、我師之僧都ニ見成ツ。心浅猿シク僻見[4]カトミレバ、惣テ不レ可レ違。目モクレ涙モ落ヲ抑テ、憚二人目一之間、彼モ乍二見知気色一、敢テ不レ合二顔色一。寄テ取モツカバヤトオモヒケレド、人繁サニ中々上道之比、此辺ニ宿テ夜陰ナドニ、ヲハセントコロヘモ尋向テ、閑ニ申承ントオモヒテ過了。又上洛之トキ、着二此渡一、先見二渡守一之処、他ノ人ナリ。驚悲テ相二尋子細一バ、「サル法師侍キ。年来此渡守ツトメテ侍シガ、イカナル事カ侍ケン、去比逐電不レ知二行方一ナリ。如レ然之下﨟ト乍レ申モ、如レ数船チンナドモトラズ、只当時[5]之口分許ヲ取テ、昼夜不断念仏ヲノミ申侍シカバ、此里人モアハレミ侍シニ、失侍バ、毎レ人ニ惜忍侍也」トイフ。聞ニ、アハレニカナシキコトカギリナシ。失タル月日ヲ聞

ニ、我奉レ見合タリシ比也。アリサマヲミエヌトテ、被二去隠一ニケルナルベシ。又、古今ノ歌ニモ、

ヤマダモルソウヅノミコソアハレナレアキハテヌレバトフ人モナシ

是ハ彼ノ玄賓僧都ノ歌ト申伝タリ。如二雲風一サスラヒアリカレケレバ、田ナド守時モ侍ケルニヤ

【語注】

1興福寺。2三輪山麓を流れ、佐保川に合流する川。3首を摑み。「をつかみ」は摑める程度に伸びた髪。「おつかみ」「をつかみ」いずれかは明確でない。4見間違い。5差し当たっての食料。

『宇治拾遺物語』

『宇治拾遺物語』は上下二巻からなり、百九十七話の説話を収める。仏教説話は、その内の五十話程度であるが、本書が世俗説話を中心とし且つ、独特の視点から描くものであるため、仏教関係の話も、教理や信仰の真摯さを追求したものではなく、仏教に関わりながら、やや皮肉な、笑いを含んだ話となっている。作者は特定出来ないが、ほぼ「保元の乱前後に出生した世代」であろうとされる（新日本古典文学大系『宇治拾遺物語　古本説話集』解説）。本書は、説話相互に一定の連想関係が認められることとまた、散逸した『宇治大納言物語』との関係、序文の執筆者が本編の作者とどういう関係であるかなど、未解決の問題を多く抱えている。

以下に引用するのは、天狗に欺かれて、極楽往生が協ったと信じた僧の話である。

◆例文37　『宇治拾遺物語』巻十三「念仏僧、魔往生事」

念仏僧、魔往生事

昔、美濃国伊吹山に、久く行ひける聖有けり。阿弥陀仏よりほかの事知らず、他事なく念仏申てぞ年経にける。

夜深く仏の御前に念仏申てゐたるに、空に声ありて告て云、「汝、念比に我をたのめり。今は念仏の数多くつもりたれば、明日の未の時に、かならず〳〵来[1]りて迎べし。ゆめ〳〵念仏おこたるべからず」といふ。その声を聞きて、限なく念比に念仏申て、水を浴み、香をたき、花を散らして、弟子どもに念仏もろともに申させて、西に向ひてゐたり。やう〳〵ひらめくやうにする物あり。手をすり、念仏を申て見れば、仏の御身より金色の光を放て、さし入たり。秋の月の、雲間よりあらはれ出たるがごとし。さま〴〵の花を降らし、白毫[2]の光、聖の身を照らす。此時、聖、尻を逆さまになして拝入。数珠の緒も切れぬべし。観音[3]、蓮台をさしあげて、聖の前に寄り給に、紫雲あつく棚引、聖はひ寄りて、蓮台に乗りぬ。さて西の方へ去給ぬ。さて坊に残れる弟子共、泣く〳〵たうとがりて、聖の後世をとぶらひけり。かくて七日八日過て後、坊の下種《げす》[4]法師原、念仏の僧に、湯わかして浴《あむ》せ奉らんとて、木こりに奥山に入たりけるに、はるかなる滝にさしおほひたる椙の木あり。その木の梢に、叫ぶ声しけり。あやしくて見上げたれば、法師を裸になして、杪《こずゑ》にしばりつけたり。木のぼりよくする法師、のぼりて見れば、極楽へ迎られ給し我師の聖を、かづら[5]にてしばり付て置たり。此法師、「いかに我師は、かゝる目をば御らんずるぞ」とて、寄りて縄を解きければ、「いま迎へんずるぞ。その程、しばしかくてゐたれとて、仏のおはしましゝをば、何しにかく解きゆるすぞ」といひけれども、寄りて解きければ、「阿弥陀仏、我を殺す人あり。をう〳〵」とぞ叫びける。されども法師原、あまたのぼりて解き下して、坊へ具して行たれば、弟子ども、心憂き事なりと、歎まどひけり。聖は人心[6]もなくて、二三日斗ありて死けり。智恵なき聖は、かく天狗にあざむかれけるなり

【語注】

1極楽浄土より来迎するであろう。**2**仏の眉間の真ん中にある白い巻き毛。ここから光明を放ち、無量世界を照らすと言う。**3**来迎した観音が、僧を乗せるための蓮台を捧げ持って。**4**下衆坊主たち。**5**蔓草。**6**正気。

『撰集抄』

『撰集抄』は長く西行作の説話集とされてきた。江戸時代に盛んに出版された『撰集抄』には、「西行記」「西行撰集抄」などの名が付され、芭蕉もまた、本書を西行の著作と信じていたようである。西行作者説に早く疑問を呈したのは、細川幽斎で、幽斎はそれを、西行の作を増補したものとし、また『空華談叢』（天明二〈一七八二〉年刊行）は、西行作者説に対する疑問を提している。

これらの疑問は、西行の作と考えた場合、矛盾を生じる記事が随所に見られ、単なる後人の増補というだけでは解決出来ない問題があるためである。現在では西行作者説は否定されている。かわって作者に比定されているのは、法華山寺に関わりのある人物（小島孝之氏）、承久の乱の後没落した貴族（伊藤博之氏）、興福寺関係者（松下道夫氏）などであるが、特定の人物は浮かんでいない。

しかし、本書が西行に仮託されたのは、理由のないことではない。西行はおそらく数多の歌人の中で最も真摯に末法の世、無常の世と苦闘した人物であるからである。西行の「世の中を思へばなべて散る花の我が身をさてもいづちかもせむ」「風になびく富士の煙の空に消えて行方も知らぬわが思ひかな」などの歌に、それは直截に表されている。

本書は、「主に出家、遁世した僧が、諸国を抖擻行脚する姿が描かれ、そこには心清らに修行する数々の人物がみられる。発心・修行・往生にまつわる仏教説話を主軸として集めた」（『撰集抄』上解説、現代思潮社、昭和60年）ものである。説話の数は、広本で百二十一話、略本でそのほぼ半数を数える。個々の説話は、源信の著述と深い関連を持つと共に、『閑居友』の表現を利用している点が注目されている。和歌関係の記事が多い点、『閑居友』との関連が認められることなどは、作者を特定する際の参考となるであろう。

以下に引用するのは、巻二に収められる、雲林院で説法を聞いた無名の男が家族を捨てて遁世する話と、巻三の室の遊女の話である。

◆例文38　『撰集抄』巻二「雲林院聞説法発心」

第五話　雲林院聞説法発心

中比、東の京に、いといたうまづしからずすみける男女ありけり。下れるしなの人なるべし。此男、ある時、雲[1]林院の説法の侍りけるに、聴聞の為に、彼庭に詣でゝけり。導師、云しらず目出御法を説侍れば、みな人々もよよとなくめり。此男のいたく心を発て、やがて家にも帰らずして、手自《てづから》本どり切て、東山の奥に、庵かたばかり造て、閑に念仏し、時々里に出、物をなん乞、僅物をも得侍りければ、其をなん用て又里に廻るわざもなんなかりけり。夜は必里を廻て、高らかに念仏し侍り。されば、[2]夜をのこす寝覚の床には、哀と情をかけずと云事なし。或時、人のたづね行て、「いかに、身の苦しきに夜はありき給にか。ゐもね給はでは、つかれ給には侍らずや」と云ければ、「其事に侍り。昼は無何《なにとなく》、[3]さるていなる女なんどを見侍るに、我なじみたりしものゝ思出さるゝ時も侍り。おさなきものをみる時は、振捨出し子の俤に立て、いかにも乱ぬべく侍り。夜は、さやうの事もなし。心のすみ侍れば、廻也。廻ずとても、生死の無常の思はれて、いねもせられず侍れば、ありき侍るなり。さて又、をのづから耳にもれて、哀と聞そなはし、一念随喜をもし、念仏をもし侍る人有ば、其をなん[4]他を利する心とせんと思侍るにこそ」と申ければ、尋行ける人も、袖をしぼりて、拝つゝ去にけり。さて、三年ばかり経て後に、三日まで里にも出ず侍。[5]いぶせさよ。人々まかりて侍りければ、西に向て手合てなん、いき絶にけり。浅増悲しく覚て、急、人に触などして、来をがみ侍りけるとなん。げに、難レ有かりける心也。下れる人は、いかにも情のすくなくて、たゞさし当たる事のみを思て、後の世の罪をば、さしはなちて思はざるめるに、御法の心にしみて、さばかり身にかへていと惜く悲き妻子を振捨て、幷《ふたた》び見ずなりなん、殊に貴く覚侍る。又、昼はなにわざに付ても心の動きぬべく覚ゆるとて、いたく里にもいでざりける事、思取侍る心の中おもひやられて、いとゞかしこく侍り。さても生死の無常のおもはれて、いもねられず侍りけん、身に入て貴ぞ覚侍る。世をすつる人多いまそかれども、眠は捨がたく侍るに、無智なるあやしの心の、さほどに侍けん事の難レ有さ、やるかたなく侍り。悲哉、昨日有し人今日はなし。[6]朝に世路に誇る類ひ、夕べの白骨と成、月を詠むる友、忽後に零落し、花にたづさふる族《やから》ら、空風に誘はれて、跡なく成ぬる世間に、をろかに思を留て、いたづらに我身に積る年月の、首は露の霜にかはりて、長月の末野のはらのかれの丶草にたぐへて、無レ跡なりはてんとする事をもおもはず、心のあるにまかせて、秋の長夜すがら、其事となくねぶりて、はかなき夢をのみ見て、むなしく月日を過さん、げにも心憂わざなるべし。されば、善導和尚は、頭燃を払がごとくにせよとすゝめ、恵心の僧都は、あたかも眠をしのげと侍り。今、此僧の有さまこそ、これらのをしへに協て侍れ。浅ましや、世をすつといへども心は是をすてず、袂は染ぬれども心はそまぬものにして、身心かたちがへにて、万行いたづらになしはてぬる事よ。しかあれば、[7]心の師とは成とも、心を師とする事なかれと、仏もをしへ給へる、是なるべし。とにかくに、涙のすゞろにしどろなるに侍り

【語注】
1京の紫野にあった寺。**2**夜が明け切らない内に目を覚ましている人。**3**そのような様子の女。男が出家前に夫婦だった女に似た者の意。**4**他人のために利益を求めること。**5**覚束ないことだ。**6**『和漢朗詠集』下雑、無常の句に拠る。**7**『往生要集』に拠る言葉。

◆例文39　『撰集抄』巻三「室遊女捨世」

室遊女捨世

むかし、幡磨国[1]竹の岡と云所に、庵を結て行尼侍る。本は室の遊女にて侍りけるが、見めさまなども悪からざりけるにや、[2]醍醐中納言顕基に思はれ奉りて、一とせの程、都になんすみ渡り侍りける。いかなる事か侍りけん、[3]すさめられ奉て、室に帰りて後は、又も遊女の振舞などし侍らざりけるとかや。或時、中納言の内の人の、船に

乗て、西国より都ざまへ行けるを伺見て、かみを切て、陸奥国紙に引裏て、かく書たり。

[4]つきもせずうきを見る目のかなしさにあまとなりてもそでぞかはかぬ

と書て、舟になげ入侍りて後、ひたすら思取て、此所に、庵とかくこしらへて、思すまして侍りける也。中納言、是を見給て、雨しづくとなきこがれ給けるなる。さて、此尼は、たゞわくかたなく明暮念仏し侍りけるが、ついに本意のごとく往生して、来ておがむ人多く侍りける。其庵の跡とて、今の代まで朽たるまろ木の見え侍りしは、柱などにこそ。たゞすこし、すぐなる様にうゐたる木節なんども、さながらいぶせくて侍し。み侍しに、すゞろに昔ゆかしく思やられて侍り。人里も遥に遠ざかり侍に、かなはぬ女の心にて、とかくしてあやしげにこそ、引つくろひ侍りけめ。糧などをば、いかゞかまへ侍りけんと、返々いぶせく侍り。同女と云ながら、さやうのあすび人などに成ぬれば、人にすさめらるゝわざなどをも、[5]いたく思とるまではなげなる物を、ひたすらうき世にことよせて、こりはてにけん心の程いみじく覚て侍る。此中納言も、いみじき往生人にていまそかりけると、伝にはのせて侍れば、さやうの事にてやいまそかりけん。[6]つれもなき心のおもひおどろきて、世を秋風の吹にけるにこそ。今は又、[7]むつましき新生の菩薩どもにてこそいまそかるらめと思はれて、其事となく哀にも侍るかな

【語注】
1竹の岡は、室津の西岸。**2**源俊賢の子で、後一条天皇の近臣。**3**棄てる。**4**「見る」は「海松」、「あま」は「尼」と「海士」を掛ける。**5**それ程思い詰めるまでには至らないように見えるのに。**6**無関心であること。顕基は仏道に興味がなかったのに、遊女の信仰心に驚いて、この世を厭う心が生じたのであろう。**7**親しい、新たな菩薩として。

『私聚百因縁集』

『私聚百因縁集』は僧住信によって正嘉元（一二五七）年に成立した。住信は当時常陸国にいたらしく、跋文から説経用の資料として作成されたことが分かるが、住信自身の伝が不明であるので、詳細は明らかにし難い。九巻から成

り、収録説話は百四十七話、九巻はさらに三分され、上巻は天竺説話、中巻は震旦説話、下巻は本朝説話であり、この点は、『今昔物語集』と類似している。書名は、「私に聚めた多くの因縁譚」という意味である。

全体が漢文体を基調にしており、『撰集抄』などの和文脈に比べると、読み物としての魅力には欠ける。また、説話末尾に置かれる作者の意見（かつて西尾光一氏はこれを「説話評論」と命名した〈始め「中世説話文学」（『岩波講座日本文学史』、昭和34年）で使用し、後、『中世の文学　雑談集』（三弥井書店、昭和48年）の月報に「和歌と説話評論」として再説〉）は皆無ではないが、僅少である。しかし、説経資料という観点から見た場合、文字化された部分だけでその価値を測ることには意味がない。おそらくはこれを台本として、説経の場で付加される即興の言語があったであろう。

本書が参考にした先行資料については、まず『発心集』が注目される。収録説話の相当数が『発心集』に依拠していることを、簗瀬一雄氏が報告している（古典文庫『私聚百因縁集』解説、昭和44、45年）。但し、『発心集』の流布本ではなく、異本に拠った可能性が高いとされる。その他、『日本往生極楽記』『三宝絵』などとの関わりも指摘され、一方で『今昔物語集』との関係は否定されている。また、『孝子伝』との関係も示唆されている。作品相互の影響関係については、書承に拠る場合とそうでない場合があるが、『私聚百因縁集』の場合はおそらく書承に拠るものが多いと思われ、その観点から、今後先行諸作品との比較が必要になってこよう。

以下に引用するのは、巻九の讃岐の源大夫の発心往生譚である。

◆例文40　『私聚百因縁集』巻九「讃岐源大夫事　悪人往生」

讃岐ノ源大夫ノ事　悪人往生

讃岐ノ国多都ノ郡、源大夫ト云フ者アリ。罪ヲ[1]宗ト造ル者也。左様ノ物ノ習ヒト云乍ラ、仏法名ヲモ知ラズ、生ケル物ヲ殺シ滅ヨリ外ニ事無リケリ。近キモ遠キモ里ノ人、怖恐タル事限リナシ。有ル時、狩シテ帰リケル道ニ、人ノ仏ヲ供養スル家ノ前ヲ過グル程ニ、聴聞ノ者ノ集マルヲ見テ、何態ヲスレバ人ノ多クアルゾト問フ。郎等云ク、仏供養ト云フ事之侍ル也ト云フ。希有ナリ。未ダ見ズコソトテ、馬ヨリ下リ、狩ノ装束ノママナガラ分ケ入ル。庭セバキホド居タル人、怖恐テ、情ナキ人ト思フニ胸《キモ》ツブレテ、騙《トビ》居リ人ノ肩ヲ超ヘテ、導師ノ法ヲ説ク傍ニ近ク居テ、事ノ心ヲ問フ。導師ノ僧、恐レ乍ラ説法ヲ留メテ、阿弥陀仏ノ御誓ヒノ憑シキ事、極楽ノ楽シキ事、此ノ世ノ無常ノ有様ナンドヲ細カニ説キ聞カス。此ノ男ノ云フ様、イトヾイミジキ事ニコソ、サラバ我法師ニ成テ、其ノ仏ノ御座ラン方ヘ詣ント思ニ道ヲシラズ。心ヲ致テ喚ビ奉ンガイラヘ給ナンヤト云フ。実ニ深ク心ヲ発シ給ハヾ必ズ答ヘ給ベシト答フ。サラバ我レ只今法師ニ成ラント云フ。此ノ僧[2]アキレタル様ニテ、トカクモ云ヒ遣ラズ。其ノ時郎等寄リ来テ、今日ハ[3]物サワカシク侍ルニ、帰リ給テ、静カニ其用意シテ出家シ給ハヾ、宜シカリナント云フニ、己レガ計ヒニテハ、争カ我ガ思ヒ立タル事ヲ妨ゲンゾトテ、眼ヲ瞋シ、太刀ヲ引キ廻セバ、怖レ恐《ヲノヽ》キ立チ逃《ノキ》ヌ。大方今日ノ願主ヨリ始テ、其ノ庭ニ有ル人々、色ヲ失ヘリ。近ク居寄テ、只今頭ヲ剃デハ悪シカリナント頻リニ責レバ、免カルベキ方ナクシテ、ナク〳〵法師ニ成ツヽ、衣袈裟ヲ乞ヒテ打着テ、此ヨリ西ニ向ヒテ、音《コヘ》有ル限リ南無阿弥仏ト申テ行ク。コレヲ聞ク人、涙ヲ流シ哀ム。カクシツヽ、日ヲ経テ、遥カニ行々テ、末ニ山寺有ケリ。其ナル僧達奇ミテ、事ノ心ヲ問フ。シカ〳〵ト有ノマヽニ云ヘル、貴ビ哀レム事限リナシ。サテモ物恣《ホシ》ク御座ラントテ、糒《ホシイヒ》聊カ引裹ミテ取ラセケレハ、一切物食ハン心モナシ。只仏ノイラヘ給ハンマデハ、山林海川ナリトモ、力尽キ命絶ヘンヲ限ニテ行ント思フ心ノミ深クテ、其ノ外ニハ何事モ覚ヘズト云テ、尚西ヲ指シ喚ビ行ク。彼ノ寺ニ人僧有リ。此ヲ深ク貴テ跡ヲ尋ネツヽ行テ見レバ、遥ニ西海際指シ出タル山ノキハナル石ノ上ニ居テ語リテ云、是レ弥陀仏ノイラヘ給ヘバ、待チ奉ル也ト云テ、音ヲ挙テ喚ビ奉ル。実ニ海ノ西ニ、幽ニ御音ヘ聞ヘケリト云給キ。今ハ早帰リ去リタマヘ。サテ今七日計過テ、又御座テ我ガ成タラン様ヲモ見給ヘト云ケレバ、泣々帰ニケリ。其後云シガ如ク、日来ヲ経テ、其ノ寺ノ僧多将《イザナイテ》去行テ見ルニ、[4]本ノ処ニ露モ動《ハタラカ》ズ、掌ヲ合セツヽ、西ニ向ヒ眠ルガ如ク居タリ。舌前《シタサキ》ヨリ、[5]青キ蓮ノ華ナンド、一蕊生出タリケリ。各々仏ノ如ク拝シテ、此ノ花ヲ取テソ帰ニケル。花ヲハ国守ニ参セタリケルヲ、京ヘ持登テ、宇治殿ニ奉ル。功ヲ積メル事ナケレドモ、一脈《スヂ》ニ憑ミ奉ル心深ケレバ、往生スルコト又、此ノ如シト云々

【語注】
1専ら。2呆然として。3物事が立て込んでいる。4元来座っていた場所。5蓮の一種で、優鉢羅華のこと。仏や菩薩の目に喩える。

『三国伝記』

『三国伝記』は、中世の最後を飾る大部の説話集である。三国とは、天竺、震旦、本朝であり、天竺の「梵語坊」、震旦の「漢字郎」、本朝の「和阿弥」の三人が巡り物語をするという体裁を取っている。この構想は、夙に『太平記』巻三十五の北野通夜物語の影響を受けていることが指摘されているが、『三国伝記』のこの構成は、作品の本質にそれほど深く関わって機能している訳ではない。三人の語りは、「梵曰」「漢言」「和云」、つまり「梵語坊曰く」「漢字郎言はく」「和阿弥云はく」でそれぞれ始まり、三国の話を順に語るという体裁を取る。このようにして語られた説話は、全十二巻に三十話ずつ、全百二十話が収められる。

本書の研究史は新しく、未だ出典未詳の説話が大半を占める状態である。殊に直接依拠した資料ということになると、『発心集』『古事談』『沙石集』といった説話集の他に『三宝感応要略録』『長谷寺験記』『日吉山王利生記』等の仏書や神書、また、その構成を倣った『太平記』などは確実であるにしても、類話を有する『今昔物語集』とは直接的な関係が認められないなど、問題は複雑である。おそらく類話を有する『三国伝記』とそれらの書には共通の資料があり、その資料が明らかになっておらず、そのため『三国伝記』が何に基づいたかを特定することが出来ないので

あろうと考えられる。こうした問題は、研究の進展に伴い、相当の部分が解明されつつあり、幼学四部の書、三注の『胡曾詩玄恵抄』『和漢朗詠集和談鈔』との関わりや、唱導資料（第五章参照）との関係の丹念な調査が問題の一つの解決に繋がるのであろう。特に変文と関わる疑経『父母恩重経』『目連経』の摂取の問題など、大陸の唱導にまで及ぶ大きな課題が残されている。

本書の編者は、近世初期の写本には「沙弥玄棟撰」とあるが、玄棟の具体像は不明である。ただ『三国伝記』の内部徴証から「近江と特殊な関係にあり、天台宗に関係する者」（中世の文学『三国伝記』解説）という線は動かないようである。成立は応永（一三九四—一四二八）の末年から、正長（一四二八—一四二九）、永享（一四二九—一四四一）嘉吉（一四四一—一四四四）の頃までであろうとされる。

鎌倉期の仏教説話集は、話の末尾に付された編者の感慨に明らかな如く、内省的、詠嘆的であり、そこに編者の思想的立場が窺われるのに対し、本書はむしろ話自体に重きが置かれ、編者の感慨が前面に出ることが少ない。このことは、本書の性格また、依拠資料の問題と関わるであろうが、なお今後の研究の進展に俟つ所が大きい。

以下に引用するのは、巻二に収める行基菩薩の話で、類話が『三宝絵』『日本往生極楽記』等に見える。

◆例文41　『三国伝記』巻二「行基菩薩事」

第十二　行基菩薩事　明日本霊鷲山也

和云、薬師寺ノ行基菩薩ト申ハ聖武、孝謙ノ二代ノ御持僧也。俗姓ハ高階、父ハ高子ノ貞千、母ハ半田ノ薬師女、和泉国大鳥ノ郡ノ人也。十五歳ニテ出家シテ、天平十七年大僧正トナル。此任是ヨリ始也。廿一年大菩薩号ヲ賜ル。聖武天皇東大寺ヲ建立有リ。金銅十六丈ノ盧舎那仏ヲ安置シテ供養ヲ遂ントシ玉フニ、「行基菩薩導師[1]タルベキ」ト勅命有リ。行基ノ曰ク、「是程ノ大善根ハ冥顕[2]ニ帰シ給フベシ」ト勅答有テ、明日ノ供養ト定メケル日、行基摂津国難波浦ニ出テ、西ニ向テ香花ヲ備ヘ、伽陀ヲ唱テ礼拝シ玉フニ、五色ノ雲天ニ聳キ一葉ノ舟浪ニ浮テ、天竺ノ婆羅門僧正[3]忽然トシテ来リ給フニ、諸天蓋ヲ捧テ御津ノ浜松自ラ雪ニ傾クカト驚キ、異香衣ヲ染テ難波津ノ梅忽ニ春ヲ得タルカト謬マタル。一時ノ奇特爰ニ呈《アラハ》レ万人ノ信仰斜メナラズ。行基菩薩婆羅門僧正ノ御手ヲ引ヘテ、

霊山[4]ノ尺迦ノ御許ニ契テシ真如[5]朽セズ相看《ミツ》ル哉

ト詠ジ給ヘバ、婆羅門僧正、

伽毘羅衛[6]ニ共ニ契リシ甲斐有リテ文殊ノ御顔相看ツル哉

ト読ミ給フ。則東大寺供養有ケルニ、天花風ニ繽紛シ梵音雲ニ幽揚ス。其ノ儀則言バニ尽スニ遑アラズ。其ノ後、行基菩薩近江国ニ止住シテ寺塔ヲ建立有キ。湖水ノ東岸ニ平流山[7]有リ。元ハ天竺霊鷲山ノ一岳ニテ有ケルガ、仏法東漸ノ理ニ依テ、大蛇ノ背ノ上ニ乗ジテ月氏[8]ヨリ日域ニ化来セリ。其ノ蛇ハ石ト化シテ、此山ヲ戴テ、東ニ向テ今ニ有リ。毎日三度口ヲ開ク。蛇石ト云フ是也。峰ニ巌窟有リ。鷲ノ岩屋ト号ス。行基乳子ノ昔、母ガ樹ノ俣ニ捨テタリシヲ、此岩洞ヨリ金色ノ鷲飛来テ助ケ奉リシ故也。然バ、則鷲頭ノ嶺ノ嵐ハ常在不言ノ口ヲ閉ジ、鷲池ノ麓ノ水ハ曾波青蓮ノ眼ヲ開ク。コレニ依テ、行基四十九ケ所ノ伽藍ヲ建立有ニ、当山ヲ奥ノ院トシテ、奥山[9]寺ト名付テ、説法利生有リケルニ、四弁八音ノ法雨ハ頻ニ有漏[10]ノ塵垢ヲ洗ヒ、大慈大悲ノ智恵ノ露ハ普ク不信ノ衆生ヲ資《タス》ク。誠ニ貴キ霊場也。行基ハ八十二ニシテ菅原寺[11]東南院ニ寂ス

【語注】

1法会の際、衆僧を代表して執り行う僧。**2**目に見える力と見えない力。**3**中国五台山から来朝し、大仏開眼の導師となる。大安寺の僧。**4**霊鷲山。**5**真理。**6**釈迦生誕の地。**7**荒神山。**8**大月氏国。西域の国。カニシカ王が出て栄えた。**9**平流山にある寺で、千手寺。**10**煩悩のことで、無漏の対。**11**奈良市にある寺。現在の喜光寺。

3　随　筆

i　『方丈記』

『方丈記』は鴨長明（一一五五―一二一六）によって書かれた。長明は下鴨社禰宜長継の子として生まれたが、早くに父を失い、後ろ盾をなくした結果、神官としての出世は出来なかった。長明を語るとき、常に指摘されるのは、こうした孤児意識と不遇意識である。

長明は歌人としても相応の活躍をしている。歌僧俊恵の弟子として、新古今家風成立期の歌界を体験し、『新古今和歌集』成立時には、和歌所寄人にもなり、後鳥羽院の愛顧も得たのである。しかし、下鴨の河合社禰宜職を廻る問題で再度苦杯を嘗め、遂に遁世の道を選んだ。歌人としての長明には、俊恵の主催した歌林苑での見聞を綴った『無名抄』と家集がある。遁世後の足跡は明確ではない。暫く所在は不明であったが、元久（一二〇四―一二〇六）頃は大原におり、そこで出家したらしい。承元二（一二〇八）年日野に移り、そこでの思索をまとめたのが『方丈記』だと言われているが、正確な成立時期は判明しない。また、前記『無名抄』もこの頃編まれたかとされる。長明は、これら二書の他に、『発心集』という説話集を書いている。『方丈記』と『発心集』との内的連関については諸説あるが、未だ定説を見ない。

長明の生涯は、世俗的には幸福とは言えなかった。そのことが彼の遁世の直接的な引き金にはなっているものの、それのみでは解決出来ない問題も多い。『方丈記』は、冒頭の序文が無常観を表す具体的な例として、古来著名である。長明の無常観は、「その主と栖と無常をあらそふ様」に集約されている。長明の生きた時期、源平の争乱があり、遷都があり、武士の台頭があったが、それらには殆ど言及していない。このことは方丈記が慶滋保胤の『池亭記』に倣ったためかとも推測される。

『方丈記』はそれほど長い作品ではなく、全体の構成も明瞭であり、且つ、前記『池亭記』の構成と対応している。安良岡康作氏の説（『方丈記』、講談社学術文庫、昭和55年）に従えば、以下の五段から成る。

(1)　無常の世における、人と栖のはかなさ

(2)　厄災の世における、人と栖のはかなさ

(3)　遁世生活の様

(4)　遁世生活で得た心の平安

(5)　死を前にして自覚する、遁世生活の不徹底さ

殊に、(5)は、無常観という観点から見た時、重要である。

抑、[a]一期ノ月影カタブキテ、余算ノ山ノ端ニ近シ。[b]タチマチニ三途ノ闇ニ向カハントス。[c]何ノワザヲカ、コタムトスル。仏ノ教ヘ給フヲモムキハ、事ニフレテ執心ナカレトナリ。[d]今、草菴ヲ愛スルモ、閑寂ニ着スルモ、サバカリナルベシ。[e]イカヾ要ナキ楽シミヲ延ベテ、アタラ時ヲ過グサム。[f]シヅカナル暁、コノ事ハリヲ思ヒツヾケテ、ミヅカラ心ニ問ヒテ言ハク、世ヲ遁レテ、山林ニ交ハルハ、心ヲ修メテ道ヲ行ハムトナリ。シカルヲ、汝、スガタハ聖人ニテ、心ハニゴリニ染メリ。栖ハスナハチ、浄名居士ノ跡ヲケガセリトイヘドモ、持ツトコロハワズカニ周利槃特ガ行ニダニ及バズ。[g]若コレ、貧賤ノ報ノミヅカラナヤマスカ、ハタ又、妄心ノイタリテ狂セルカ。[h]ソノトキ、心、更ニ答フル事ナシ。只、カタハラニ舌根ヲヤトヒテ、[i]不請阿弥陀仏、両三遍申シテヤミヌ。

　于時、建暦ノ二年、弥生ノ晦コロ、桑門蓮胤、外山ノ菴ニシテ、コレヲ記ス

右は(5)に相当する方丈記の末尾である。自らの死が近く（a）、死後三悪道（地獄、餓鬼、畜生）に向かおうとするこ

とを予感する（b）。そういう状態において一体どのような楽しみに耽っているのであろうかと自省する（c）。仏は執心を戒めたにも拘わらず、自分は草庵を愛するという執心に囚われていると言うのである。dの文で、「さばかりなるべし」とある箇所は、「障りなるべし」とする伝本もあり、それだと文意は通り易い。「さばかりなるべし」であれば、「その程度のものだ」というような意味になろうか。eの文はcの文の繰り返しのような意味合いであろう。いずれも現在の自己を否定する気持ちを反語表現で表している。その結果、長明は、静かな暁、自省する。長明が自省するのは、仏の戒めた執心から、抜け出すことの出来ない自分についてである。自らの草庵は、天竺の浄名居士のそれに擬え得るが、道心は、あの愚鈍な周利槃特にも及ばない（f）。このような状況は、貧賤という前世の報いを受けているのか、或いは、妄心という現世の報いを受けているのであろうかと自問するのだが（g）、我が心はこれに答えることがない（h）。その結果長明の行った行為は、「舌根をやとひ」、即ち、心がそのまま言葉になるのではなく、無理に、舌を雇い入れるようにして、名号を称えるのだが（i）、ここに古来難問とされる箇所、「不請」がある。「不請」以外に、「不情」「不軽」「不惜」「不浄」とするものがあり、それぞれ意味が異なる。今最も有力な本文である大福光寺本に拠っているが、ここを「不請」とするならば、「心に請ひ望まぬ」（新日本古典文学大系『方丈記　徒然草』脚注）となろう。とすれば「一心不乱の境地から遠い」（同）のであり、この唐突な、不可思議な終わり方は、長明の境地が如何なるものであったかを考えさせずにはおかない。

一方、『方丈記』を俗人長明の延長線上にある作品とは見ず、跋文にある如く、「桑門蓮胤」の作品であることに注意すべきだとの見方もある（今成元昭氏「仏教文学の構想—『方丈記』論によせて—」、『仏教文学の構想』所収、新典社、平成8年）。その見方に立った時、fからhにかけての行文は、

執着を断てという仏の誡めに目醒めた「心」は、自らの中に、己れの覚悟を確認するための問答を設定しながら、その問答自体がすでに執念の所為に他ならないとして捨棄するという、自浄の営みをしているのである。このよ

うな反復する浄化作用を経て愈々高みに達した「心」であるからこそ、「舌根をやとひ」「不請の阿弥陀仏、両三遍申」させるという挙にも出られたのである

ということを意味し、「舌根をやとひ」という表現は、

「舌根」を無機化させ、そのことによって称名念仏への有機的転換を可能にするという配慮によるものであると思われる

としている。言語を断つことによる往生への期待が予測されるのは、『方丈記』が『維摩経』の影響下にあるためであり、『方丈記』のこの結末は、何ら不可思議なものではないというのが今成氏の立場であるが、なおこの問題は決着を見ていない。また、成立時期の確定していない『無名抄』『発心集』との関係をどう捉えるのかという問題も残されている。

以下に引用するのは、冒頭部分と、日野山の閑居を描いた箇所である。

◆例文42　『方丈記』

[1]ユク河ノナガレハ、絶エズシテ、シカモヽトノ水ニアラズ。ヨドミニウカブ[2]ウタカタハ、[3]カツキエカツムスビテ、ヒサシクトヾマリタルタメシナシ。世中ニアル人ト栖ト、又、カクノゴトシ。[4]タマシキノミヤコノウチニ棟ヲナラベイラカヲアラソヘル、タカキイヤシキ人ノスマヒハ、世々ヲヘテツキセヌ物ナレド、是ヲマコトカト尋レバ、昔シアリシ家ハマレナリ。或ハ、コゾヤケテコトシツクレリ。或ハ、大家ホロビテ小家トナル。スム人モ是ニ同ジ。トコロモカハラズ人モヲホカレド、イニシヘ見シ人ハ、二三十人ガ中ニワヅカニヒトリフタリナリ。[5]朝ニ死ニ夕ニ生ルヽナラヒ、タヾ水ノアハニゾ似リケル。シラズ、ウマレ死ル人、イヅカタヨリキタリテ、イヅカタヘカ去ル。又、不レ知、カリノヤドリ、タガ為ニカ心ヲナヤマシ、ナニヽヨリテカ目ヲヨロコバシムル。ソノアル

ジトスミカト無常ヲアラソフサマ、イハヾアサガホノ露ニコトナラズ。或ハ、露ヲチテ花ノコレリ、ノコルトイヘドモアサ日ニカレヌ。或ハ、花シボミテ露ナヲ消エズ、キエズトイヘドモ夕ヲマツ事ナシ

【語注】

1「河の駛流して往きて返らざる如く、人命も是の如く、逝く者は還らず」（『法句経』無常品）。2水の泡。3「譬へば水泡の速かに起り、速かに滅するが如く」（『涅槃経』寿命品）。4「たましきの」は都にかかる枕詞。5「或は朝に生まれて、暮に死す」（『往生要集』上）。

◆例文43『方丈記』

コヽニ、[1]六ソヂノ露キエガタニヲヨビテ、更《サラニ》スヱバノヤドリヲムスベル事アリ。イハヾ、旅人ノ一夜ノ宿ヲツクリ、老タルカイコノマユヲイトナムガゴトシ。是ヲ[2]ナカゴロノスミカニナラブレバ、又、百分ガ一ニオヨバズ。トカクイフホドニ、齢ハ歳々ニタカク、スミカハヲリ〳〵ニセバシ。ソノ家ノアリサマ、ヨノツネニモ似ズ、ヒロサハワヅカニ[3]方丈、タカサハ七尺ガウチ也。所ヲヽモヒサダメザルガユヘニ、[4]地ヲシメテツクラズ。ツチヰヲクミ、ウチヲホヰヲフキテ、ツギメゴトニカケガネヲカケタリ。若心ニカナハヌ事アラバ、ヤスクホカヘウツサムガタメナリ。ソノアラタメツクル事、イクバクノワヅラヒカアル。ツムトコロ、ワヅカニ二両、[5]クルマノチカラヲムクフホカニハ、サラニ他ノ用途《ヨウトウ》ヨウドウイラズ。イマ、日野山ノヲクニアトヲカクシテノチ、東ニ三尺余ノヒサシヲサシテ、シバヲリクブル[6]ヨスガトス。南タケノスノコヲシキ、ソノ西ニ[7]アカダナヲツクリ、北ニヨセテ障子ヲヘダテ、阿弥陀ノ絵像ヲ安置シ、ソバニ普賢ヲカキ、マヘニ法花経ヲヽケリ。東ノキハニ[8]ワラビノホトロヲシキテ、ヨルノユカトス。西南ニ竹ノツリダナヲカマヘテ、[9]クロキカハゴ三合ヲヽケリ。スナハチ、和歌、管絃、往生要集ゴトキノ[10]抄物ヲイレタリ。カタハラニ琴、琵琶ヲノ〳〵一張ヲタツ。イハユル[11]ヲリ琴、[12]ツギビワ、コレ也。カリノイホリノアリヤウ、カクノ事シ。ソノ所ノサマヲイハヾ、南ニカケヒアリ。イワヲタテ、水ヲタ

メタリ。林ノ木チカケレバ、ツマ木[13]ヲヒロウニトモシカラズ。名ヲヽトハ山トイフ。マサキノカヅラ、アトウヅメリ。谷シゲヽレド、西ハレタリ。観念[14]ノタヨリ、ナキニシモアラズ。春ハ、フヂナミヲミル。紫雲[15]ノゴトクシテ西方ニヽホフ。夏ハ、郭公[16]ヲキク。カタラフゴトニ、シデノ山ヂヲチギル。アキハ、ヒグラシノコヱミヽニ満リ。ウツセミノヨヲカナシム楽トキコユ。冬ハ、雪ヲアハレブ。ツモリキユルサマ、罪障ニタトヘツベシ。若念仏物ウク読経マメナラヌ時ハ、ミヅカラヤスミ、身ヅカラヲコタル。サマタグル人モナク、又、ハヅベキ人モナシ。コトサラニ無言[17]ヲセザレドモ、独リヲレバ、口業ヲヽサメツベシ。必ズ禁戒ヲマモルトシモナクトモ、境界[18]ナケレバ、ナニヽツケテカヤブラン。若アトノシラナミニ、コノ身ヲヨスルアシタニハ、ヲカノヤ[19]ニユキカフ船ヲナガメテ、満沙弥[20]ガ風情ヲヌスミ、モシカツラノカゼ、ハヲナラスユフベニハ、尋陽[21]ノエヲヽモヒヤリテ、源都督[22]ノヲコナヒヲナラフ。若余興アレバ、シバ〳〵、松ノヒヾキニ秋風楽[23]ヲタグヘ、水ノヲトニ流泉[24]ノ曲ヲアヤツル。芸ハコレツタナケレドモ、人ノミヽヲヨロコバシメムトニハアラズ。ヒトリシラベヒトリ詠ジテ、ミヅカラ情ヲヤシナフバカリナリ。又、フモトニ一ノシバノイホリアリ。スナハチ、コノ山モリガヲル所也。カシコニコワラハアリ。トキ〳〵キタリテ、アヒトブラフ。若ツレ〳〵ナル時ハ、コレヲトモトシテ遊行[25]ス。カレハ十歳、コレハ六十、ソノヨハヒコトノホカナレド、心ヲナグサムルコトコレ同ジ。或ハ、ツバナ[26]ヲヌキ、イハナシ[27]ヲトリ、ヌカゴ[28]ヲモリ、セリ[29]ヲツム。或ハ、スソワノ田イニイタリテ、ヲチボヲヒロヒテ、ホクミ[30]ヲツクル。若ウラヽカナレバ、ミネニヨヂノボリテ、ハルカニフルサトノソラヲノゾミ、コハタ山、フシミノサト、鳥羽、ハツカシヲ見ル。勝地[31]ハヌシナケレバ、心ヲナグサムルニサハリナシ。アユミワヅラヒナク、心トヲクイタルトキハ、コレヨリミネツヾキスミ山[32]ヲコエ、カサトリヲスギテ、或ハ、石間[33]ニマウデ、或ハ、石山[34]ヲヲガム。若ハ又、アハヅノハラ[35]ヲワケツヽ、セミウタノヲキナ[36]ガアトヲトブラヒ、タナカミ河ヲワタリテ、サルマロマウチギミ[37]ガハカヲタヅヌ。カヘルサニハ、ヲリニツケツヽ、サクラヲカリ、モミヂヲモトメ、ワラビヲヽリ、コノミヲヒロヒテ、カツハ、仏ニタテマツリ、カツハ、家[38]ヅト、ス。若夜シヅカナレバ、マドノ月ニ故人ヲシノビ、[39]サルノコヱニソデヲウルホス。クサムラノホタルハ、トヲクマキノカヾリビニマガヒ、アカ月ノアメハ、ヲノヅカラコノハフクアラシニニタリ。山ドリノホロトナクヲキヽテモ、チヽカハヽカトウタガヒ、ミネノカセギノチカクナレタルニツケテモ、ヨニトホザカルホドヲシル。或ハ又、ウヅミ火ヲカキヲコシテ、ヲイノネザメノトモトス。[40]ヲソロシキ山ナラネバ、フクロフノコヱヲアハレムニツケテモ、山中ノ景気、ヲリニツケテツクル事ナシ。イハムヤ、フカクオモヒフカクシラム人ノタメニハ、コレニシモカギルベカラズ

【語注】
1長明はこの頃五十三、四歳と推定されるが、これを概算で示したか。寿命を六十年とする、当時の考え方によるか。**2**人生の半ばに住んだ家。具体的には、長明の二度目の住居、賀茂川に近い家。**3**一丈四方。一丈は十尺。維摩が方丈の居に住んだと言う故事がある。**4**土地を占有する。私有する。**5**車で運んで貰う賃料。**6**何かをするために有効な手段、道具。**7**花や仏具を置く棚。**8**蕨の伸び過ぎて堅くなり、食用には適さなくなったもの。**9**鞣し革を網代に組んで編み、蓋を付けた箱。紙や竹で作るものもある。**10**抜き書き。**11**真ん中で折り畳めるようにした琴。琴は普通七尺である。**12**柄の部分が取り外せるようになった琵琶。長明は琵琶の名手。**13**薪。**14**日想観。**15**来迎の時、棚引く雲。**16**郭公は冥界とこの世を往還すると言われた。**17**無言の行。口業は三業の一で、言語による業。**18**仏語。因果応報によって各自に与えられる環境。それが禁戒を破らなければならない状況ではない。**19**日野から南西の方角にある土地。槙島の対岸。**20**満誓沙弥。「世の中を何にたとへん朝ぼらけこぎゆく舟の跡の白波」と詠んだ。**21**白楽天が左遷された土地。**22**源経信。歌人で桂大納言と言われた。**23**琴曲の名。**24**「石上流泉」。琵琶の秘曲。**25**外出する。遊び歩く。**26**ちがやの花穂。食用だが、調理法は不明。**27**こけもも。実を食用とする。**28**山芋などの葉腋に出る芋。むかごとも言う。**29**セリ科の多年草。水辺に生え、食用。**30**稲の初穂を組んだもので、神に供える。児戯にも。**31**「勝地本来無㆓定主㆒、大都山属㆓愛㆑山人㆒」(『和漢朗詠集』下雑、山)。**32**日野の東にある山。**33**岩間寺。炭山の東。**34**石山寺。本尊は如意輪観音。観音の霊所として名高い。**35**琵琶湖西岸の地名。木曾義仲が戦死した場所として著名。**36**琴の名曲「蟬歌」で著名な蟬丸。逢坂関辺りに住んだといわれる。**37**長明の著作『無名抄』には、猿丸の墓は「曾束」にあるとする。曾束は岩間寺の対岸。**38**家への土産。**39**「巴猿三叫　暁霑行人之裳」(『和漢朗詠集』下雑、猿)などに拠る。**40**西行の「山深みけぢかき鳥の音はせでもの恐しき梟の声」に拠る。

ii 『徒然草』

『徒然草』は、卜部兼好によって書かれた随筆である。兼好の生年及び、没年とも明確にはわからない。その事跡については、後掲する『正徹物語』の兼好に関する記述が最も正確であり、これをもとにその生涯を追うべきであるが、なお不明の点が多い（小川剛生氏「卜部兼好伝批判─「兼好法師」から「吉田兼好」へ」、『国語国文学研究』49、平成26年）。

作品の成立時期は、「大体においては元弘の乱直前に執筆を終えているのであろうが、南北朝動乱突入後に若干の改訂や補筆もありえたのではないであろうか」（新日本古典文学大系『方丈記 徒然草』解説）とされている。元弘の乱は元弘元（一三三一）年四月に吉田定房が、後醍醐天皇に倒幕の謀ありと、幕府に通報したことに端を発し、翌年六月天皇は譲位、笠置に籠もり、遂に六波羅に捕えられたのは十月である。兼好がどのような政治的立場にあったかは明らかでない。『太平記』は兼好が尊氏配下の高師直の恋文を代筆したという話を載せるが（巻二十一）、これのみで彼の立場を決めることは当然不可能である。「その心情や知性、教養からいっても、一遁世者にすぎない兼好が、南北のいずれかに加担するということはおそらくなかった」（同）のではないかと考えられる。

ところで、兼好は生前から『徒然草』の著者として喧伝されていた訳ではない。生前の兼好は、むしろ歌人として著名であった。和歌史の上では、兼好の生きた時代は、歌道師範家が三流（二条家、京極家、冷泉家）に分裂し、兼好自身は二条家の為世（定家の曾孫）の教えを受けている。折しもこの時期、二条流には、頓阿を始めとする「和歌四天王」と呼ばれる歌僧がおり、兼好もその一人であった。勅撰集には十八首入集し、『兼好法師家集』という自選の私家集を残す。その中の釈教歌は以下のようなものである。

法花経の序品

いづかたものこるくまなくてらすなり時まちえたる花のひかりに

五百弟子品の心を

あまごろもなれにしともにめぐりあひてみぬめのうらのたまもをぞかる

ごくらくに往生すべき事などとくをききて

ふねしあればちびきのいしもうかぶてふちかひのうみに浪たつなゆめ

基任がすすめ侍りしあみだ経の歌

いつか又よのうきくものほかに見むこれよりにしにすめる月かげ

『徒然草』が兼好の作であること、また、その内容について初めて言及するのは、正徹（一三八一―一四五九）である。正徹は冷泉派の歌人であった。前半生に詠んだ歌二万数千首の歌稿は焼失、それでも後半生に一万余首を詠んで、『草根集』に収めている。歌論書『正徹物語』を著し、古典の書写にも力を注いだ。その正徹が、『徒然草』を二度書写している。その本は正徹本『徒然草』として伝存しているが、その奥書で、『徒然草』の著者を「兼好法師作也云云」としているのである。これによって『徒然草』の著者は確定しまた、これを否定する資料も今の所ない。また、『正徹物語』にも『徒然草』に言及する箇所があり、そこで述べられていることは、若干の問題点を除いては、ほぼ『徒然草』の性格や、兼好の伝を正確に捉えていると見て良い。

「花は盛りに、月はくまなきをのみ見るものかは」と兼好が書たるやうなる心根を持たる者は、世間に、ただ一人ならでは無き也。此心は生得にて有也。兼好は俗にての名なり。久我か徳大寺かの諸大夫にてありし也。官が滝口にて有ければ、内裏の宿直に参て、常に玉体を拝し奉りける也。後宇多院崩御成しによりて遁世しける也。優しき発心の因縁也。随分の哥仙にて、頓阿、慶運、静弁、兼好とて其比四天王にて有し也。つれづれ草のおもふりは清少納言が枕草子の様也

『正徹物語』の記事で最も重要と考えられるのは、徒然草の著者が兼好であると指摘した点と、冒頭の「花は盛りに……此心は生得にて有也」とする点であろう。

「花は盛りに」云々は、『徒然草』百三十七段、下巻の冒頭の段に当たる、長い章段である。ここでは四季の移り変わり、折節の行事に寄せて、無常を語る。その冒頭の文が

花はさかりに、月はくまなきをのみ、見る物かは。雨に向かひて月を恋ひ、垂れこめて春の行方も知らぬも、猶あはれに、なさけ深し

である。正徹はこの美意識を、「ただ一人ならでは無き也」（ただ兼好一人以外はないものだ）とし、「此心は生得にて有也」（この心は天性のものだ）としている。具体的に言えば、花、即ち、桜は、その花盛りが、月は、雲に隠されない状態が愛好される、これが通常の美意識であり、一般である。それに対して、兼好は「……物かは」と反語的に問い、そうではないのだという自らの美意識を提示する。その美意識を正徹は賞賛しているのだが、では、このような美意識は一体どのような構造になっており、何故賞賛に値するのであろうか。

『徒然草』は約二百五十の章段から成る作品であり、それぞれの章段で述べることは必ずしも整合している訳ではない。たとえば「恐ろしげなる」「荒夷」が「子ゆへにこそ万のあはれは思ひ知らるれ」と言ったことに感心し、「子持ちてこそ親の心ざしは思ひ知る」と評するのだが（百四十二段）、一方で妻子を持つことを否定する（百九十段）。人は「命長ければ恥多し」とし、「長くとも、四十に足らぬほどにて死なんこそ、めやすかるべけれ」と言いながら、兼好自身は七十歳ほどまで生きたであろうとされることなど、作品内部での、また、兼好自身の人生と作品との間に認められるずれは、時に兼好の姿勢の不徹底として批判されもした。そのようなことをも含めて、正徹が兼好の独自性として認めた先の意識は、どのようなものであったのかが『徒然草』と言う作品に対する視点として必要であろう。

花の最も美なる状態は、晴天の下の満開、月の最も美なる状態は、雲一つ無い夜空にかかる満月、そういう完全な美、それ故に刹那の美、そういったものを排して、それに至ろうとする状態、或いは、それから離れようとする状態、また、或いは、それを想像する状態、言い換えれば、これこそが美しいとする意識の根底には、満開の桜、曇り無き月が、永遠にそのままではあり得ないこと、無常であることが意識されているからである。殊にそういった美を「目にて見る物かは」「思へるこそ、いとたのもしう、おかしけれ」と眼前に存在する状態ではなく、想念の内に在ることを重視する点に注意したい。想念の内に、現前するものの全き状態を幻視するという方法は、既に和歌の世界では通常に為されてきたことであり、兼好が歌人であったことが、このような美意識を散文の世界に定着させたと言える。そこには、想像力によって、無常を超えようとする意識がある。具体的には、想念による、或いは、言葉による常住への志向が試みられていると言って良いかもしれない。

無常（本章1参照）は、『徒然草』の大きなテーマである。否定し難い無常に対して、兼好はどのように対処したか。この点について、「仏道に寄り添いながら、兼好の向かった世界は」「彼岸の世界ではなく、此岸の世界にある」（田村憲治氏「徒然草」、『日本文学と仏教』四所収、岩波書店、平成6年）との指摘が一般的である。此岸の世界で、貪らず、閑かに生きること、それが無常という命題に対して兼好が示した立場であったように思われる。兼好の無常認識が禅の立場に近いことは、共通の認識になってはいるが、だからといって、道元のような出家者になったのでもない。無常の認識は持ちながら、所謂風雅の中に安住しようとする姿勢が、兼好の基本的な立場ではなかったか。しかし、それは無常の超克という観点に立てば不完全なものである。『徒然草』に底流する一種の虚無は、そこに由来するのではないかと思われる。

以下に引用するのは、作品中に見える仏教に関わる箇所である。

◆例文44　『徒然草』三十段

人のなき跡ばかり悲しきはなし。[1]中陰《ゐん》の程、[2]山里なむどに移ろいて、便《びん》あしく狭き所にあまたあひ居て、後のわざども営みあへる、心あはたゝし。日数の早く過ぐるほどぞ、物に似ぬ。果ての日は、いと情なう、互ひに言ふこともなくて、われ賢《かしこ》に物[3]引きしたゝめ、ちり〴〵に行あかれぬ。元の住みかに立帰りてぞ、さらに悲しきことは多かるべき。「しか〴〵の事は、あなかしこ、[4]跡のため忌むなることぞ」など言ひあへるこそ、かばかりの中に何かはと、人の心は猶うたて覚ゆれ。年月経ても、露忘るゝにはあらねど、[5]去れる物は日々に疎しと言へることなれば、さは言へど、そのきはばかりは覚えぬにや、よしなしごと言ひて、うちも笑ひぬ。[6]からはけうとき山の中におさめて、さるべき日ばかりまうでつゝ見れば、ほどなく卒都婆も苔むし、木の葉降り埋みて、夕の嵐、夜の月ぞ、こと問ふよすがなりける。思出でゝしのぶ人あらむ程こそあらめ、そも又ほどなく失せて、聞き伝ふばかりの末々は、あはれとや思ふ。さるは、跡とふわざも絶えぬれば、いづれの世の人と、名をだに知らず、年々の春の草のみぞ、心あらむ人はあはれとも見るべきを、はては嵐にむせびし松も、千年を待たで薪に砕かれ、古き塚はすかれて田となりぬ。その形もなくなりぬるぞ悲しき

【語注】

1死後四十九日までの間。2死者の縁者が山里などに籠もって供養を行う。3道具を片付けて。4人が亡くなった後のこととしては。5『文選』の一句「去者日以疎」より出る。6亡きがらで、遺体。

◆例文45　『徒然草』四十九段

老来て、始て[1]道を行ぜむと待つことなかれ。[2]古き塚は、多くこれ少年の人なり。[3]はからざるに病を受けて、たちまちに此世を去らむとする時にこそ、初めて過ぬる方の誤れることは知らるれ。誤りといふに、他のことにあらず、

速やかにすべきことを緩くし、緩くすべきことを急ぎて、過ぎにしことのくやしきなり。その時悔ゆともかひあらむやは。人はたゞ、無常の身に迫りぬることをひしと心にかけて、束の間も忘るまじきなり。さらば、などかこの世の[4]濁りも薄く、仏の道を勤むる心もまめやかならざらむ。「昔ありける聖は、人来りて自他の要事を言ふ時、答へていはく、「今、火急の事有て、すでにあしたゆふべに迫れり」とて、耳をふさぎて念仏して、つゐに往生を遂げゝり」と、[5]禅林の十因に書けり。心戒といひける聖は、あまりにこの世のかりそめなることを思て、閑かに[6]つゐゝることだになくて、常はうずくまりてのみぞありける

【語注】

1仏道に専心する。2古い墓。3予想外に。4煩悩。5禅林寺の永観が書いた『往生拾因』。6じっと座っている。

◆例文46　『徒然草』百三十四段

[1]かたちみにくけれども知らず、心の愚かなるをも知らず、芸の拙をも知らず、[2]身の数ならぬをも知らず、年老ぬるをも知らず、病の侵すをも知らず、死の近き事をも知らず、おこなふ道の至らざるをも知らず、身の上の非を知らねば、まして外の譏りを知らず。たゞし、かたちは鏡に見ゆ、年は数へて知る。わが身の事知らぬにはあらねど、すべき方のなければ、知らぬに似たりとぞ言はまし。形を改め、齢を若くせよとにはあらず。拙を知らば、何ぞやがて退かざる。老ぬと知らば、何ぞ閑かに居て身を安くせざる。[3]行おろそかなりと知らば、何ぞこれを思ふこと、これにあらざる。すべて、人に愛楽《あいげう》せられずして衆に交はるは、恥なり。形見にくゝ、心おくれにして出で仕へ、無智にして大才に交はり、不堪の芸をもちて堪能の座に連なり、[4]雪の首を戴きて盛りなる人に並び、いはんや、及ばざる事を望み、協はぬことを愁へ、来らざる事を待ち、人に恐れ、人に媚ぶるは、人の与ふる恥にあらず。[5]貪る心に引かれて、身づから身を恥づかしむる也。貪ることのやまざることは、命を終ふる大事今

こゝに来りと、確かに知らざればなり

【語注】

1容貌。2我が身が物の数でもないこと。3仏道修行。4白髪頭。5欲望に任せる心。『徒然草』の鍵となる言葉である。

◆例文47　『徒然草』百三十七段

花はさかりに、月はくまなきをのみ、見る物かは。[1]雨に向かひて月を恋ひ、[2]垂れこめて春の行方も知らぬも、猶あはれに、なさけ深し。咲きぬべきほどの木末、散りしほれたる庭などこそ、見どころ多けれ。歌の事書にも、「花見にまかれりけるに、[3]はやく散り過ぎにければ」とも、「障ることありて、まからで」なども書けるは、「花を見て」と言へるに劣れることかは。花の散り、月の傾くを慕ふならひはさることなれど、ことに[4]頑なゝる人ぞ、「この枝、かの枝、散りにけり。今は見どころなし」などは言ふめる。よろづの事、始め終りこそおかしけれ。男女のなさけも、ひとへに逢ひ見るをばいふ物か。逢はでやみにし憂さを思ひ、あだなる契をかこち、長夜をひとり明かし、遠き雲井を思ひやり、浅茅が宿に昔をしのぶこそ、[5]色好むとは言はめ。望月のくまなきを千里のほかまで眺めたるよりも、暁近く成て待ち出でたるが、いと心ふかう、青みたるやうにて、深き山の杉の梢に見えたる、木の間の影、うちしぐれたるむら雲がくれのほど、又なくあはれなり。椎柴、白樫などの、濡れたるやうなる葉の上にきらめきたるこそ、身にしみて、心あらむ友もがなと、宮こ恋しう覚ゆれ。すべて、月花をば、さのみ目にて見る物かは。[6]春は家に立ち去らでも、月の夜はねやのうちながらも思へるこそ、いとたのもしう、おかしけれ。[7]よき人はひとへに好けるさまにも見えず、[8]興ずるさまもなをざりなり。[9]かたゐ中の人こそ、色濃くよろづはもて興ずれ。花のもとにはねぢ寄り立寄り、あからめもせずまぼりて、酒飲み、連歌して、はては大なる枝、心なく折り取りぬ。泉にては手足さしひたし、雪には降り立ちて跡付けなど、よろづの物、よそながら見る

ことなし

【語注】

1雨が降っている時に、月を思い描く。2帳を降してその中に籠もり。3既に。4頑固である。ここでは、盛りの桜にしか美を見出せない人。5風情を解する。6この箇所「家を」とする伝本もある。7ひたすらに。8適当である。ここでは、良い意味で用いている。9片田舎の人。風情を解さない人。

◆例文48『徒然草』百五十五段

[1]世に従はむ人、先[2]機嫌を知るべし。[3]つゐで悪しきことは、人の耳にも逆ひ、心にも違ひて、その事成らず。さやうのおりふしを心得べきなり。たゞし、病を受け、子生み、死ぬることのみ、機嫌を測らず。つゐで悪しとて、やむ事なし。[4]生住異滅の移り変るまことの大事は、たけき河のみなぎり流るゝがごとし。しばしも滞らず、直ちに行ひゆく物なり。されば、真俗につけて、かならず果し遂げんと思はむことは、機嫌を言ふべからず、とかくの[5]もよひなく、足を踏み止むまじきなり。春暮れてのち、夏になり、夏果てゝ、秋の来るにはあらず。春はやがて夏の気を催し、夏より既に秋は通ひ、秋はすなはち寒くなり、十月は小春の天気、草も青くなり、梅もつぼみぬ。木の葉の落つるも、まづ落ちて芽ぐむにはあらず、下よりきざし[6]つはるに堪へずして、落つるなり。迎ふる気下に設けたるゆへに、待ち取るつゐではなはだ速し。生老病死の移り来ること、又、これに過ぎたり。四季は猶定まれるつゐであり。死期はつゐでを待たず。死は前よりしも来らず、兼て後に迫る。人みな死ある事を知りて、待つことしかも急ならざるに、覚えずして来る。沖の干潟遥かなれども、磯より潮の満つるがごとし。

【語注】

1世間。2時期、頃合い。3「つぎて」の転。物事の順序。4諸法の生滅変遷を言い、また生老病死に相当させる。四相とも。5催いで、予め準備すること。6胚るで、植物が新芽を出すこと。

◆例文49『徒然草』百六十六段

人間の営みあへるわざを見るに、春の日に雪仏を作り、そのために金銀珠玉の飾りを営み、堂を建てんとするに似たり。其構へを待ちて、よく安置してんや。人の命、ありと見るほども下より消ゆること、雪のごとくなるうちに、営み待つこと甚多し

◆例文50『徒然草』二百四十一段

望月のまどかなる事はしばらくも住[1]せず、やがて欠けぬ。心とゞめぬ人は、一夜の中にさまで変るさまも見えぬにやあらむ。病の重るも、住する暇なくして死期すでに近し。されども、いまだ病急ならず、死に赴かざるほどは、常住平生の念にならひて、生の中に多のことを成じて後、閑かに道を修せむと思ふほどに、病を受けて死門に臨む時、所願一事も成ぜず。言ふ甲斐なくて、年月の懈怠[2]を悔て、「このたびもし立ち直りて命を全くせば、夜を日に継ぎて、此事彼事怠らず成じてん」と願を起こすらめど、やがて重りぬれば、我にもあらず取り乱して果てぬ。此たぐひのみこそあらん。此事、先人々急ぎ心に置くべし。所願を成じて後、暇ありて道に向かはむとせば、所願尽くべからず。如幻の生の中に、何事をかなさむ。すべて、所願皆妄相[3]なり。所願心に来らば、妄心迷乱すと知て、一事をもなすべからず。直に万事を放下[4]して道に向かふ時、障りなく、所作[5]なくて、心身永く閑也

【語注】

1「住す」は、ある状態が変化することなく続くこと。**2**怠ける。**3**妄想。心が何かに捉われて、ものの真実の姿が見えないこと。**4**執着を断ち切ること。**5**能作の対で、他人の行為が因となること。

4　軍記物語と英雄物語

i　『平家物語』

『平家物語』は、平安末期から鎌倉幕府成立に至る内乱に取材し、平家の勃興から滅亡に至る経緯を、仏教的無常観を史観として描いた作品である。軍記物語を代表するのみならず、国民文学としても知られる。その序に当たる「祇園精舎」の一段は、本書の構想をよく表していると共に、文学的にも完成度が高く、物語全体のテーマを示すものとされる（否定する説もある）。但し、この序は完全に読み解かれた訳ではない。部分的には未だ疑問の箇所、或いは、諸家により解釈の異なる箇所がある。今後なお検討が重ねられていくであろうが、序が因果応報の思想、無常観に基づくことは確かであろう。

『平家物語』の諸本は、現存するものだけでも八十種類程ある。所謂諸本論は極めて困難な状況にあり、なお解決には至っていない。ただ大きくは、語り本系と読み本系（増補本系）とに分かれるが、その形態のみにこだわっても、解決には至らないこと、先学の指摘される通りであろう。

作者についても同様である。『平家物語』の作者に言及する著名な伝承が『徒然草』にある。その二百二十六段には、以下のように言う。

後鳥羽院の御時、信濃前司行長、稽古の誉れありけるが、楽府の御論議の番に召されて、七徳の舞を二つ忘れたりければ、五徳の冠者と異名をつきにけるを、心憂き事にして、学問を捨てて遁世したりけるを、慈鎮和尚、一芸ある者をば下部までも召し置きて、不便にせさせ給ひければ、この信濃入道を扶持し給ひけり。この行長入道、平家物語を作りて、生仏といひける盲目に教へて語らせけり。さて山門のことを、ことにゆゆしく書けり。九郎判官の事は、くはしく知りて書きのせたり。蒲冠者の事は、よく知らざりけるにや、多くのことどもを記しもらせり。武士の事、弓馬のわざは、生仏、東国の者にて、武士に問ひ聞きて書かせけり。かの生仏が生れつきの声を、今の琵琶法師は学びたるなり

しかし、この伝承はあくまで伝承であり、これ以外にも、『平家物語』の作者を具体的に示す資料は多く、結局の所不明とする他ない状態である。

成立時期は、十三世紀半ば以前であろうが、確定し難く、元来の巻数についても同様である。一時、三巻本→六巻本→十二巻本というような成長を遂げたと言う説があったが、これまた、近時諸資料によって根底から疑問視されている。要するに、『平家物語』は、その作者も、成立時期も、主題等も、不明とする他ない状態にあることに注意すべきである。

しかし、『平家物語』が、複数の作者によって現在の形となったこと、それが盲目の琵琶法師によって語られたものであり、伝本の中には、より語りに適した詞章からなる、所謂語り本系と呼ばれるものがあることなどは確かである。また、伝本の中には、「灌頂巻」と言われる巻を有するものと、そうでないものがあるということも問題とすべきである。「灌頂巻」とは、清盛の娘にして、高倉天皇中宮、纔か八歳で壇浦に沈んだ安徳天皇の生母である徳子が、心ならずも生け捕られ、余生を大原で送り、遂に往生する様を描いたもので、言わば建礼門院徳子の往生譚でもある。それを有する伝本と、平家の嫡孫である維盛の遺児六代が斬られる箇所で終わる伝本とがあるのである。これもまた、『平家物語』を考える際に、今後の研究課題として、見落としてはならないことであろう。

無常観に関しては、本章1で述べたが、無常観を根底に置く数多の文学作品の中で、『平家物語』は、最もその意味を形象化することに成功した作品と言えるであろう。それがまた、この作品が広く読まれ、聞かれた理由であると

同時に、多数の伝本を生んだ理由ともなっている。

但し、無常の現れ方にも様々な様相がある。例えば、平通盛の妻小宰相は、通盛敗死の後、入水自殺を遂げる。その時小宰相は、「南無、西方極楽世界の阿弥陀如来、あかで別れし妹背の仲、ふたたびかならず同じ蓮に迎へ給へ」と言う。即ち、現世の仲らいを、来世で再現するために死を選ぶのである。また、清盛の愛妾祇王は、新たに推参した仏御前のために、放逐されるが、屋敷を出る時、「萌えいづるも枯るるも同じ野辺の草いづれか秋にあはではつべき」の一首を残す。それを見た仏御前は、屋敷を去って今は「嵯峨の奥なる山里」に隠れ住む祇王母子を訪ね、共に遁世する。その時仏御前は、さきの一首に対して、「げにもと思」ったと言うのである。白拍子として盛りの現在から、「盛者必衰」を予見した訳であり、そこに仏御前の英知があったとも言えよう。或いは、一門の壊滅を見届けた知盛は、「今は見るべきことは見はてつ。ありとてもなにかせん」と言って入水する。『平家物語』の無常は、序に、「盛者必衰」の理を表すと言ったように、盛んなる者の衰えを描く。「沙羅双樹の花の色」云々は、釈迦の入滅を意味するが、『平家物語』の無常は、あらゆる無常の中でも、死を最も先鋭に描き、常住することなき様を、衰えと死の相に見たと言って良い。源平の争乱を描くことは、とりもなおさず源氏の勝利を描くことであった筈だが、物語の終局近く、源氏の総大将義経が、兄頼朝の不興を蒙ったことを記す。それは義経が「ただ判官の世にてあるべし」の世評を受けていたからであり、それに対する頼朝の義経評は、「人のいふにおごりて、いつしか世をばわがままにしたる」というものであった。ここでもまた、「おごる義経」の像が結ばれ、滅びの予感がはっきりと見据えられている。奢りの果てには滅びがあり、それは多く死という形で訪れる。常住なるものは何一つなく、全てが変化する。その中で描かれたもう一つの側面は、無常の中にある言わば人間らしさであろう。例えば、一門の人々が次々と入水し、良き敵を得て戦死してゆく中で、死にもやらず佇む宗盛の姿が印象的である。余りの情けなさに、侍共に海に突き落とされても猶、宗盛は死なない。囚われの身となり、あらゆる屈辱を受けながら、なお死を選ばない宗盛が、刑死の直前呟く言葉は、「右衛門督（清宗、宗盛男）もすでにか」であった。宗盛にとって何よりも大切であったのは、息子であり、清宗に対する愛情こそが、宗盛に恥多い捕虜の道を選ばせたのだと納得出来る。その宗盛を説諭した大原の本性房湛豪という聖は、「善も悪も空なりと観ずるが、まさしく仏の御心にあひかなふことにて候也」と説いている。現世肯定故の死も、現世否定故の死も、共に一つの逃避でしかないと告げるかのようである。宗盛が体現したのは、無常の中にあってなお真実であった子への愛であろう。

さて、『平家物語』が難解である一つの理由に、随所に引用される説話の問題がある。説話集に入れられた説話が、説話集相互に類話として共通し、一方が一方の説話を典拠として取り込むという関係が認められたが、『平家物語』においても、こういった現象が随所に認められる。その中には、直接の出典が不明であるもの、『平家物語』の叙述に合わせて改変されたもの、また、説話が『平家物語』を規制するものなどがあり、これらを検討することも、その成立も絡む『平家物語』研究の課題となっている。

以下に引用するのは、人々の様々の死と生を描いた箇所である（覚一本に拠る）。

◆例文51　『平家物語』巻一「祇王」

平清盛の愛妾、白拍子祇王は、推参した仏御前に寵愛を移した清盛のために、邸を追い出される。その後、つれづれを侘びる仏御前を慰めるために、清盛邸に呼ばれる。

独参らむは余に物うしとて、いもうとの祇女をもあひぐしけり。其外白拍子二人、[1]そうじて四人、ひとつ車にとりのつて、[2]西八条へぞ参りたる。さきぐ〵めされける所へはいれられず、遥にさがりたる所に[3]ざしきしつらふてをかれたり。祇王「こはされればなに事さぶらふぞや。わが身にあやまつ事はなけれ共すてられたてまつるだにあるに、座敷をさへさげらるゝことの心うさよ。いかにせむ」とおもふに、[4]しらせじとおさふる袖のひまよりも、あまりて涙ぞこぼれける。仏御前是をみて、あまりにあはれにおもひければ、「あれはいかに、日比めされぬところでもさぶらはゞこそ、是へめされさぶらへかし。さらずはわらはにいとまをたべ。[5]出て見参せん」と申ければ、入道「すべて其儀あるまじ」とのたまふ間、ちからをよばで出ざりけり。其後入道、ぎわうが心のうちをばしり給はず、「いかに、其後何事かある。さては仏御前があまりにつれ〲げに見ゆるに、いまやうひとつうたへかし」との給へば、祇王、[6]まいる程では、ともかうも入道殿の仰をば背まじとおもひければ、おつるなみだをおさへて、今やうひとつぞうたふたる。

[7]仏もむかしはぼんぶなり　我等も終には仏なり　いづれも仏性具せる身を　へだつるのみこそかなしけれ

と、なく〲二返うたふたりければ、其座にいくらもなみゐたまへる平家一門の公卿、殿上人、諸大夫、侍に至るまで、皆感涙をぞながされける。入道もおもしろげにおもひ給ひて、「[8]時にとつては神妙に申たり。さては舞も見たけれども、けふはまぎるゝ事いできたり。此後はめさずともつねにまいつて、今やうをもうたひ、まひなどをもまふて、仏なぐさめよ」とぞの給ひける。祇王とかうの御返事にも及ばず、涙をおさへて出にけり。「親のめいをそむかじと、つらきみちにおもむひて、二たびうきめを見つることの心うさよ。かくて此世にあるならば、又うきめをも見むずらん。いまはたゞ身をなげんとおもふなり」といへば、いもうとの祇女も、「あね身をなげば、われもともに身をなげん」といふ。[9]母とぢ是をきくにかなしくて、いかなるべしともおぼえず。なく〲又けうくんしけるは、「まことにわごぜのうらむるもことはりなり。さやうの事あるべしともしらずして、けうくんしてまいらせつる事の心うさよ。但、わごぜ身をなげば、いもうともともに身をなげんといふ。二人のむすめ共にをくれなん後、年老をとろへたる母、命いきてもなにかはせむなれば、我もともに身をなげむとおもふなり。いまだ死期も来らぬおやに身をなげさせん事、[10]五逆罪にやあらんずらむ。此世はかりのやどりなり。はぢてもはぢでも何ならず。唯[11]ながき世のやみこそ心うけれ。今生でこそあらめ、後生でだに[12]あくだうへおもむかんずる事のかなしさよ」と、さめ〲とかきくどきければ、祇王なみだをおさへて、「げにもさやうにさぶらはば、五逆罪うたがひなし。さらば、自害はおもひとゞまりさぶらひぬ。かくて都にあるならば、又うきめをもみむずらん。いまはたゞ都の外へ出ん」とて、祇王廿一にて尼になり、嵯峨の奥なる山里に、柴の庵をひきむすび、念仏してこそゐたりけれ。いもうとのぎによも、「あね身をなげば、我もともに身をなげんとこそ契しか。まして世をいとはむに誰かはをとるべき」とて、十九にてさま[13]をかへ、あねと一所に籠居て、後世をねがふぞあはれなる。母とぢ是を見て、「わかきむすめどもだに、さまをかふる世中に、年老をとろへたる母、しらがをつけてもなにゝかはせむ」とて、四十五にてかみをそり、二人のむすめ諸共に、いつかうせんじゆ[14]に念仏して、ひとへに後世をぞねがひける。

こうして二人の母子は念仏に日を暮らす。或る秋の夜、庵の戸を叩く音がする。

祇王「あれはいかに、仏御前と見たてまつるは。夢かやうつゝか」といひければ、仏御前涙をおさへて、「か様の事申せば、事[15]あたらしうさぶらへ共、申さずは又、おも[16]ひしらぬ身ともなりぬべければ、はじめよりして申なり。もとよりわらはは推参[17]のものにて、出されまいらせさぶらひしを、祇王御前の申状によってこそめしかへされてもさぶらふに、女のはかなきこと、わが身を心にまかせずして、おしとゞめられまいらせし事、心うこそさぶらひしか。いつぞや又めされまいらせて、いまやうたひ給ひしにも、思しられてこそさぶらへ。いつかわが身のうへならんと思ひしかば、嬉しとはさらに思はず。障子に又、「いづれか秋[18]にあはではつべき」と書置給ひし筆の跡、げにもとおもひさぶらひしぞや。其後はざいしよを焉《いづく》ともしりまいらせざりつるに、かやうにさまをかへて、ひと所にとうけ給はってのちは、あまりに浦山しくて、つねは暇を申しかども、入道殿さらに御もちいましまさず。つく〲物を案ずるに、娑婆[19]の栄花は夢のゆめ、楽みさかへて何かせむ。人身[20]は請がたく、仏教にはあひがたし。此度[21]ないりにしづみなば、たしやうくはうごう[22]をばへだつとも、うかびあがらん事かたし。年のわかきをたのむべきにあらず、老少不定のさかいなり。出るいきのいるをもまつべからず、かげろふ、いなづまよりなをはかなし。一旦の楽みにほこつて、後生をしらざらん事のかなしさに、けさまぎれ出て、かくなつてこそまいりたれ」とて、かづきたるきぬをうちのけたるをみれば、あまになつてぞ出来る。「かやうに様をかへてまいりたれば、日比の科をばゆるし給へ。ゆるさんと仰せられば、諸共に念仏して、ひとつはちすの身とならん。それになを心ゆかずは、是よりいづちへもまよひゆき、いかならん苔のむしろ、松がねにもたほれふし、命のあらんかぎり念仏して、[23]往生のそくはいをとげんとおもふなり」とさめ〴〵とかきくどきければ、祇王なみだをおさへて、「誠にわごぜの是ほどに思給けるとは夢にだにしらず。うき世中のさがなれば、身のうきとこそおもふべきに、ともすればわごぜの事のみうらめしくて、往生のそくはいをとげん事かなふべしともおぼえず。今生も後生も、なまじゐにしそんじたる心ちにてありつるに、かやうにさまをかへておはしたれば、日比のとがは露ちりほどものこらず。いまは往生うたがひなし。此度そくはいをとげんこそ、何よりも又、うれしけれ。我等が尼になりしをこそ、世にためしなき事のやうに人もいひ、我身にも又、思しか、それは世をうらみ身を恨てなりしかば、さまをかふるもことはりなり。いまわごぜの出家にくらぶれば、事のかずにもあらざりけり。わごぜはうらみもなし、なげきもなし。ことしは纔に十七にこそなる人の、かやうに[24]ゐどをいとひ浄土をねがはんと、ふかくおもひいれ給ふこそ、まことの大だうしんとはおぼえたれ。うれしかりける[25]ぜんちしきかな。いざもろともにねがはん」とて、四人一所にこもりゐて、あさゆふ仏前に花香をそなへ、よねんなくねがひければ、ちそくこそありけれ、四人のあまども、皆往生のそくはいをとげけるとぞ聞えし。されば、後白河の法皇の[26]ちやうがうだうのくはこちやうにも、祇王、祇女、ほとけ、とぢらが尊霊と、四人一所に入られけり。あはれなりし事どもなり

【語注】
1合わせて。2平家の屋敷があった場所。3板敷きに敷物を用意してしつらえた場所。4人に知らせまいと思って。5（私が）祇王の所へ行って、挨拶をしましょう。6参上した以上は。7第三章5、『梁塵秘抄』の項参照。8当座の余興としては。9刀自。家の女主人。10仏教における五つの罪悪。例文32、注8参照。11無明長夜の闇。12地獄。13尼になる。髪を下ろす。14ひたすら修めるの意。ここではひたすら念仏を唱えること。15今更めきますが。16物の道理を知らない者と。17遊女などが、招かれないで、貴顕の屋敷を訪れて芸を見せること。18祇王が清盛邸を追い出される時に、障子に書き残した和歌。「萌えいづるも枯るるも同じ野辺の草いづれか秋にあはではつべき」。19俗世間。20人間の身。人間としてこの世に生まれること。「人身難レ受、仏法難レ遇」（『六道講式』）。21梵語の音訳。奈落。地獄のこと。22六道輪廻する長い時間を経ても。23極楽往生をしたいという願い。24汚れた世。この世。浄土の対。25仏道に入る機縁となるもの。26法華長講弥陀三昧堂のこと。後白河法皇の持仏堂であった。

◆例文52　『平家物語』巻五「奈良炎上」

南都と三井寺が同心して平家に反抗するとみた父清盛の命で、重衡は南都攻めの大将軍に任ぜられて発向する。一日戦い暮らして夜に入り、重衡の軍は般若寺に陣取る。

夜いくさになって、くらさはくらし、大将軍頭中将、般若寺の門の前にうったって、「火をいだせ」との給ふほどこそありけれ、平家のせいのなかに、播磨国住人福井庄下司、二郎大夫友方といふもの、たてをわりたい松にして、在家[1]に火をぞかけたりける。十二月廿八日の夜なりければ、風ははげしし、ほもと[2]はひとつなりけれ共、ふきまよふ風に、おほくの伽藍に吹かけたり。恥をもおもひ、名をもおしむ程のものは、奈良坂にてうちじにし、般若寺にしてうたれにけり。行歩にかなへる物は、吉野十津河の方へ落ゆく。あゆみもえぬ老僧や、尋常[3]なる修学者児共、おんな童部は、大仏殿、やましな寺のうちへ、われさきにとぞにげゆきける。大仏殿の二階の上には千余人のぼりあがり、かたきのつゞくをのぼせじと、橋[4]をばひいてんげり。猛火はまさしうおしかけたり。おめきさけぶ声、[5]焦熱、大焦熱、無間阿毘のほのをの底の罪人も、これにはすぎじとぞみえし。興福寺は[6]淡海公の御願、藤氏累代の寺也。東金堂におはします仏法最初の釈迦の像、西金堂にをはします自然涌出の観世音、瑠璃をならべし四面の廊、朱丹をまじへし二階の楼、九輪そらにかゝやきし二基の塔、たちまちに煙となるこそかなしけれ。東大寺は、常在不滅、[7]実報寂光の生身の御仏とおぼしめしなぞらへて、聖武皇帝、手づからみづからみがきたて給ひし金銅十六丈の盧遮那仏、[8]烏瑟たかくあらはれて半天の雲にかくれ、白毫新におがまれ給ひし[9]満月の尊容も、御くしはやけおちて大地にあり、御身は[10]わきあひて山の如し。[11]八万四千の相好は、秋の月はやく五重の雲におぼれ、[12]四十一地の瓔珞は、夜の星むなしく十悪の風にたゞよふ。煙は中天にみち〳〵、ほのをは虚空にひまもなし。まのあたりに見たてまつる物、さらにまなこをあてず。はるかにつたへきく人は、肝たましゐをうしなへり。法相、三論の法門聖教、すべて一巻のこらず。我朝はいふに及ず、天竺震旦にも是程の[13]法滅あるべしともおぼえず。うでん大王の紫磨金をみがき、毘須羯磨が赤栴檀をきざんじも、わづかに等身の御仏也。況哉《いはんや》これは[14]南閻浮提のうちには唯一無双の御仏、ながく朽損の期あるべしともおぼえざりしに、いま[15]毒縁の塵にまじはって、ひさしくかなしみをのこし給へり。[16]梵尺、[17]四王、[18]竜神八部、[19]冥官、[20]冥衆も驚きさはぎ給ふらんとぞみえし。法相擁護の春日の大明神、いかなる事をかおぼしけん。されば春日野の露も色かはり、三笠山の嵐の音うらむるさまにぞきこえける。ほのをのなかにてやけしぬる人数をしるいたりければ、大仏殿の二階の上には一千七百余人、山階寺には八百余人、或御堂には五百余人、或御堂には三百余人、つぶさにしるいたりければ、三千五百余人なり。戦場にしてうたるゝ大衆千余人、少々は般若寺の門の前にきりかけ、少々はもたせて都へのぼり給ふ。廿九日、頭中将、南都ほろぼして北京へ帰りいらる。入道相国ばかりぞ、いきどほりはれてよろこばれける。[21]中宮、[22]一院、[23]上皇、[24]摂政殿以下の人々は、「悪僧をこそほろぼすとも、伽藍を破滅すべしや」とぞ御嘆ありける。衆徒の頸共、もとは大路をわたして獄門の木に懸るべしときこえしかども、東大寺、興福寺のほろびぬるあさましさに、沙汰にも及ばず。あそこゝの溝や堀にぞすてをきける。聖武皇帝宸筆の御記文には、「我寺興福せば、天下も興福し、吾寺衰微せば、天下も衰微すべし」とあそばされたり。されば天下の衰微せん事も疑なしとぞ見えたりける。あさましかりつる年もくれ、治承も五年に成にけり

【語注】

1民家。**2**火元。**3**戦闘には参加しない学僧。**4**階段。**5**八大地獄の三つ。『往生要集』では、等活、黒縄、衆合、叫喚、大叫喚、焦熱、大焦熱、無限の地獄とする。この内等活地獄が最上層と位置付けられる。**6**藤原不比等。**7**実報無障礙土と常寂光土。**8**仏の三十二相の一。頭頂の肉髻。**9**満月のように美しい。**10**金銅が溶けて。**11**仏の良相。八万四千あると言われる。「無量寿仏有二八万四千相一、一一相各有二八万四千随形相一、一一好又復有二八万四千光明一」(『観無量寿経』)。**12**菩薩修行の位四十一地を、瓔珞に象徴させたもの。瓔珞は身体に着けて修行の階位を示す飾り。**13**仏法の破滅。**14**須弥世界の一。南方の人間世界。**15**汚れた縁。**16**梵天と帝釈天。**17**四天王。**18**八大竜王。**19**閻魔大王を主とする冥界の役人。**20**冥界の鬼卒達。**21**建礼門院徳子。**22**後白河法皇。**23**高倉上皇。**24**藤原基通。

◆例文53　『平家物語』巻六「入道死去」

同閏[1]二月二日、二位殿[2]あつうたへがたけれ共、御枕の上によって、泣々の給ひけるは、「御ありさま見たてまつるに、日にそへてたのみずくなうこそ見えさせ給へ。此世におぼしめしをく事あらば、すこしもの[3]のおぼえさせ給ふ時、仰をけ」とぞの給ひける。入道相国、さしも日来はゆゝし気におはせしかども、まことにくるし気にて、いきの下にの給ひけるは、「われ保元、平治より此かた、度々の朝敵をたいらげ、勧賞[4]身にあまり、かたじけなくも帝祖[5]、太政大臣にいたり、栄花子孫に及ぶ。今生の望一事ものこる処なし。たゞし、おもひをく事とては、伊豆国の流人、前兵衛佐頼朝が頸を見ざりつるこそやすからね。われいかにもなりなん後は、堂塔をもたて、孝養[6]をもすべからず。やがて打手をつかはし、頼朝が首をはねて、わがはかのまへにかくべし。それぞ孝養にてあらんずる」との給ひけるこそ罪ふかけれ。同四日、やまひにせめられ、せめての事に板[7]に水をゐて、それにふし

まろび給へ共、たすかる心ちもし給はず、悶絶躃地[8]して、遂にあつち死[9]にぞし給ける。馬、車[10]のはせちがう音、天もひゞき大地もゆるぐ程なり。一天の君、万乗のあるじの、いかなる御事在ます共、是には過じとぞ見えし。今年は六十四にぞなり給ふ。老じにといふべきにはあらねども、宿運[11]忽につき給へば、大法秘法の効験もなく、神明三宝の威光もきえ、諸天も擁護し給はず。況や凡慮[12]におひてをや。命にかはり身にかはらんと忠を存ぜし数万の軍旅は、堂上堂下に次居たれ共、是は目にも見えず、力にもかゝはらぬ無常[13]の殺鬼をば、暫時もたゝかひかへさず。又かへりこぬ四手[14]の山、みつ瀬川[15]、黄泉[16]中有の旅の空に、たゞ一[17]所こそおもむき給ひけめ。日ごろ作りをかれし罪業ばかりや獄卒となってむかへに来りけん、あはれなりし事共なり。さてもあるべきならねば、同七日、をたぎ[18]にて煙になしたてまつり、骨をば円実法眼頸にかけ、摂津国へくだり、経の島[19]にぞおさめける。さしも日本一州に名をあげ、威をふるっし人なれ共、身はひとゝきの煙となって都の空に立のぼり、かばねはしばしやすらひて、浜の砂にたはぶれつゝ、むなしき土とぞなり給ふ

【語注】
1治承五年閏二月二日。**2**平時子。清盛の妻。**3**分別がつく。**4**恩賞。**5**天皇の祖父。清盛は安徳天皇の外祖父にあたる。**6**追善供養。**7**沃る。水を注ぎ掛ける。**8**「転更惶怖、悶絶躃地」(『法華経』)。**9**この語については所説あり。本文も「あつけ死」「あつた死」「あつさ死」などと一定しない。代表的な解としては、熱死、暴れ死になどがある。**10**弔問客の乗り物の音。**11**前世から定まった運命。**12**愚かな人間の考えではどうしようもない。**13**死。**14**死出の山。**15**三途の川。**16**黄泉は冥土、中有は、前世の生が終わり、次の生が始まるまでの期間。その間は肉体を持たないと言われる。**17**一人。**18**京都東山の、神楽岡を中心とする地域。周辺に鳥部野、愛宕寺がある。**19**福原の和田泊に築かれた島。

◆例文54　『平家物語』巻九「小宰相身投」

一ノ谷で戦死した通盛には、小宰相という妻がいた。上西門院の計らいでやっと思いが通じた妻である。小宰相は都落ち

にも同道し、通盛戦死の時には船上にいた。夫の死を知った小宰相は、死を覚悟する。その覚悟を知る乳母は小宰相を諭す。

めのとのねうばう涙をはら〳〵とながして、「いとけなき子をもふりすて、老たるおやをもとゞめをき、是までつきまいらせてさぶらふ心ざしをば、いかばかりとかおぼしめされさぶらふらむ。そのうへ今度一の谷にてうたれさせたまひし人々の北の方の御おもひども、[1]いづれかおろかにわたらせ給ひさぶらふべき。されば御身ひとつのこととおぼしめすべからず。しづかに[2]身身とならせ給ひてのち、おさなき人をもそだてまいらせ、いかならん[3]岩木のはざまにても、御さまをかへ、仏の御名をもとなへて、なき人の御ぼだいをもとぶらひまいらせ給へかし。かならず[4]ひとつ道へとおぼしめすとも、生かはらせ給ひなんのち、[5]六道、四生の間にて、いづれのみちへかおもむかせ給はんずらん。ゆきあはせ給はん事も不定なれば、御身をなげてもよしなき事也。其上[6]都の事なんどをば、たれ[7]みつぎまいらせよとて、かやうにはおほせさぶらふやらん。うらめしうもうけたまはる物かな」とさめ〳〵とかきくどきければ、北の方、此事[8]あしうもきかれぬとやおもはれけん、「それは心にかはりても、をしはかりたまふべし。大かたの世のうらめしさにも、身をなげんなんどいふ事は、つねのならひ也。されども[9]おもひたつならば、そこにしらせずしてはあるまじきぞ。夜もふけぬ、いざやねん」とのたまへば、めのとの女房、この四五日はゆみづをだに、はか〴〵しう御らんじいれたまはぬ人の、かやうに仰らるゝは、まことにおもひたちたまへるにこそと悲しくて、「相かまへて思召たつならば、[10]ちいろの底までも、ひきこそ具せさせ給はめ。おくれまいらせてのち、かた時もながらふべしともおぼえさぶらはず」なんど申て、おそばにありながら、ちっとまどろみたりけるひまに、北の方[11]やはらふなばたへをきいでて、漫々たる海上なれば、いづちを西とはしらね共、月のいるさの山のはを、そなたの空とやおもはれけん、しづかに念仏したまへば、沖のしら洲に鳴千鳥、あまのとわたる梶の音、折からあはれやまさりけん、しのびごゑに念仏百返ばかりとなへ給ひて、「[12]なむ西方極楽世界教主、弥陀如来、本願[13]あやまたず浄土へみちびき給ひつゝ、あかで[14]別しいもせ[15]のなからへ、必ひとつはちすにむかへたまへ」と、なく〳〵はるかにかきくどき、なむととなふるこゑ共に、海にぞしづみたまひける

【語注】

1どなたが（夫の死に対する思いが）いい加減でございましょうか。2出産して母親と赤子という二つの身となること。3岩穴や木の洞。4同じ道。5六道は、地獄、餓鬼、畜生、修羅、人間、天上。四生は、生物の生まれ方による分類で、胎生、卵生、湿生、化生。6都に残してきた縁者。7見次、或いは、見継。面倒を見ること。8拙いことに。9死を決意し実行しようとする。10千尋。海の深さを言う。11そっと。12仏に対する呼び掛けの言葉。西方極楽におられる阿弥陀如来よ。南無は梵語の音訳。帰依する意。13阿弥陀如来の本願であるという、念仏を唱える衆生を極楽に導き入れようとする願い。14心ならずも。15妹背の仲で、夫婦の仲。

◆例文55　『平家物語』巻十一「大臣殿被斬《きられ》」

壇浦で生け捕られた宗盛、清宗父子は、京都に送還され、一門と共に都大路を引き渡され、その後、鎌倉で取り調べを受ける。再度、京都への道を辿り、近江篠原で斬首される。

日数ふれば都もちかづきて、近江国しの原の宿につき給ひぬ。判官[1]なさけふかき人なれば、三日路[2]より人を先だてて、善知識のために、大原の本性房湛豪[3]といふ聖を請じ下されたり。昨日まではおや子一所[4]におはしけるを、けさよりひきはなって、別の所にすへたてまつりければ、「さてはけふを最後にてあるやらん」と、いとゞ心ぼそうぞおもはれける。大臣殿涙をはら〳〵とながひて、「抑右衛門督[5]はいづくに候やらん。手をとりくんでもをはり、たとひ頸[6]はおつとも、むくろはひとつ席にふさんとこそおもひつるに、いきながらわかれぬる事こそかなしけれ。十七年が間、一日片時もはなるゝ事なし。海底にしづまでうき名をながすも、あれゆへ[7]なり」とてなかれければ、聖もあはれにおもひけれども、我さへ心よはくては、かなはじとおもひて、涙をしのごひ、さらぬていにもてないて申けるは、「いまはとかくおぼしめすべからず。最後の御有様を御らんぜんにつけても、たがひ

の御心のうちかなしかるべし。生をうけさせ給てよりこのかた、たのしみさかへ、昔もたぐひすくなし。[8]御門の御外戚にて[9]丞相の位にいたらせ給へり。今生の御栄花、一事ものこるところなし。いま又かゝる御目にあはせ給ふも、先世の宿業なり。世をも人をも恨みおぼしめすべからず。[10]大梵王宮の深禅定のたのしみ、おもへば程なし。いはんや[11]電光朝露の下界の命にをいてをや。[12]忉利天の億千歳、たゞ夢のごとし。[13]卅九年のすぐさせ給ひけんも、わづかに一時の間なり。たれか嘗たりし[14]不老不死の薬、誰かたもちたりし[15]東父、西母が命。秦の始皇の奢をきはめしも、遂には[16]驪山の墓にうづもれ、漢の武帝の命をおしみ給ひしも、むなしく[17]杜陵の苔にくちにき。[18]「生あるものは必ず滅す。釈尊いまだ栴檀の煙をまぬかれ給はず。楽み尽て悲来る。天人尚五衰の日にあへり」とこそうけ給はれ。されば仏も、[19]「我心自空、罪福無主、観心無心、法不住法」とて、善も悪も空なりと観ずるが、まさしく仏の御心にあひかなふ事にて候也。いかなれば弥陀如来は、五劫が間思惟して、[20]発がたき願を発しましますに、いかなる我等なれば、億々万劫が間生死に輪廻して、[21]宝の山に入て手を空うせん事、恨のなかの恨、愚なるなかの口惜い事に候はずや。ゆめ〳〵余念をおぼしめすべからず」とて、[22]戒たもたせたてまつり、念仏すゝめ申。大臣殿しかるべき善知識かなとおぼしめし、忽に妄念ひるがへして、西にむかひ手をあはせ、高声に念仏し給ふ処に、橘右馬允公長、太刀をひきそばめて、左の方より御うしろにたちまはり、すでにきりたてまつらんとしければ、大臣殿[23]念仏をとゞめて、「右衛門督もすでにか」との給ひけるこそ哀なれ。公長うしろへよるかと見えしかば、頸はまへにぞ落にける

【語注】

1源義経。2三日かかる行程の場所から。3大原来迎院の念仏聖と言われるが、系譜等未詳。4同じ場所。5清宗。6首のない死体。7情けない名。汚名。8宗盛は安徳天皇の伯父にあたる。9大臣。宗盛は寿永元年に内大臣となった。10大梵王は、梵天のこと。釈迦に帰依した。深禅定は、四禅定の第三禅。深い静寂の境地。「忉利天上億千歳楽、大梵王宮深禅定」（『往生要集』）。11稲妻と朝露。すぐに消えるものの喩え。12忉利天の億千歳の年月も、夢のように儚い。忉利天の一日は人

間世界の百年に相当すると言う。13この時の宗盛の年齢。14仙薬。これを飲むと老いず死ないという。15東方朔と西王母。いずれも長寿の仙人。東方朔は前漢の人。伝説によれば、西王母の桃を盗んで食べ長寿を保ったと言われる。西王母は神話中の人物。崑崙山に住み、不死の薬を持っていると信じられた。16始皇帝の埋葬地。17茂陵の誤り。武帝の埋葬地。18『和漢朗詠集』の項参照。19「我心自空、罪福無レ生、一切法如レ是、無レ住無レ懐、如レ是懺悔、観レ心無レ心、法不レ住二法中一」（『観普賢経』）。20衆生を済度しようという困難な願いを立てた。21往生を願うという機会に遇いながら。22死の前に戒律を受けさせる。23念仏を唱えるのを止める。つまり臨終正念の思いを乱したのであり、宗盛は往生出来ないことになる。

ii　『太平記』

『太平記』は、全四十巻から成り、『平家物語』と共に、軍記物語の双璧を成す作品である。序の後に、北条高時が執権となり、権勢を振い始めた後醍醐天皇の御代から起筆し、以後建武の新政とその挫折、南北朝の内乱、足利幕府内の抗争を描き、管領細川頼之の義満補佐により、ようやく平和が訪れた所で擱筆している。『太平記』は、内容及び、執筆の意図などを勘案した結果、全体が三部に分かれることが指摘され、

第一部　巻一―巻十一
第二部　巻十二―巻二十
第三部　巻二十一―巻四十

という捉え方が一般である。歴史事項により示せば、第一部は元弘の乱から北条氏の滅亡、第二部は建武新政権の樹立と武将間の棟梁争い、後醍醐天皇の吉野遷幸及び、崩御、第三部は足利幕府内の抗争、観応の擾乱、義満の登場と細川頼之の補佐ということになろう。

『太平記』は始めから四十巻であったのではなく、元二十巻であったものが、三十巻になり、最終的に四十巻になったのであろうと言うのが通説である。核となる二十巻は、法勝寺（暦応五〈一三四二〉年炎上焼失）において作成

されたのであり、そこには多数の制作協力者が集い、これを統轄指揮する人物によって、纏められたのであろうと言われている。その際、作業を指揮した人物は、恵鎮上人（一二八一―一三五六）であり、監修したのが玄恵法印（?―一三五〇）であるとの説が有力である。恵鎮は法勝寺の僧であった。玄恵の伝は詳細不明ながら、儒者でもあり、虎関師錬の弟とする説もある。始め天台教学を学ぶが下山、日野資朝と親交をもち、後醍醐天皇の侍読でもあったが、後足利尊氏、直義に重用された。『胡曾詩抄』『庭訓往来』『喫茶往来』などの著作があるとされるが、確証はない。後醍醐天皇、足利氏いずれの陣営とも親しく、情報も自然多く有していたであろうと考えられる興味深い人物である。

『太平記』の作者について論じる時、常に引用される資料に洞院公定の日記『洞院公定公記』がある。その応安七（一三七四）年五月三日の記事に

伝聞、去廿八九日之間、小島法師円寂云々。是近日翫天下太平記作者也。凡雖為卑賤之器有名匠聞。可謂無念

という一文があり、これにより『太平記』作者が「小島法師」と呼ばれる人物であったらしいことが分かるのである。但し、その小島法師についての資料は皆無に近く、上述のように、『太平記』は一人の人物によって書かれたものではなく、言わば「太平記工房」（長谷川端氏）とも呼ぶべき場において共同制作されたものであり、「小島法師」は、そのスタッフの一人であったと考えるべきであろう。「小島法師」と呼ばれる人物は、勿論特定し得ないが、「小島」と言う称をめぐって、諸説があり、一つに近江佐々木京極家と何らかの関係がある人物ではないかとの説がある。とすれば、『太平記』中の備前児島一族に関する記事も、佐々木氏と児島氏との関係を考えたとき納得出来るものがある。また、『洞院公定公記』の記事は、『太平記』の書名についても問題を投げ懸けている。即ち、当初の書名が『太平記』であったのか『天下太平記』であったのかという問題である。現在の所『太平記』説が有力であるが、結論には至っていない。

現在『太平記』の諸本は八十本程が確認されているが、諸本分類については、なお諸説があって、確定には至って

いない。

『太平記』は、同じ軍記物語とは言っても、『平家物語』とは様々な面で違いが認められる。ここでは、仏教思想の面から注意される点を確認しておく。『平家物語』の序文は因果応報の思想、無常観を前提としていたが、『太平記』の序文は、必ずしも仏教思想によってはいない。以下に、その序文を書き下して示す（原漢文）。

蒙窃かに古今の変化を採って、安危の所由を察るに、覆って外無きは、天の徳なり。明君これを体して国家を保つ。載せて棄つること無きは、地の道なり。良臣これに則って、社稷を守る。もしその徳欠くる則《とき》は、位有りといへども、持たず。いはゆる夏の桀は南巣に走り、殷の紂は牧野に敗す。その道違ふ則は、威有りといへども、保たず。かって聴く、趙高は咸陽に死し、禄山は鳳翔に亡ず。ここを以て、前聖慎んで、法を将来に垂ることを得たり。後昆顧みて、誡めを既往に取らざらんや

ここに述べられている思想は、「天の徳」「地の徳」がそれぞれ君主、臣下の体現しなければならないものであり、それが可能な者を、明君、良臣と言うのだということである。従って、その「徳」が欠けた時、彼らは没落する他ないと言うのであるから、ここにある思想は、仏教思想や無常観ではなく、明らかに儒教的な徳治主義である。その視点から、中国史上の桀、紂、趙高、安禄山が顧られているのであり、構造は『平家物語』の序文と似ているが、底流する思想は全く異なると言うべきである。ここで徳なき君主は後醍醐天皇であり、徳なき臣は北条高時がそれに当たる。そのような認識から『太平記』は語り始められるのであり、以後の未曾有の混乱の因がそこにあると見ているのである。

しかし、『太平記』は、儒教思想で貫徹している訳でもない。著名な「北野通夜物語」では、三人の人物が登場し、世の乱れについて語り合うが、その三人は、遁世者、儒学者、僧である。遁世者は、北条氏の政治を批判し、儒学者は南朝の政治を批判する。これを聴いた僧は、結局「臣君を7編《なみ》し、子父を殺すも、今生一世の悪にあらず。武士は衣

食に飽き満ちて、公家は餓死に及ぶとも、皆過去の因果にてこそ候らめ」と、収拾のつかない政治の混乱を仏教の教理によって総括するのであるが、そこには、徳治主義の実践されない現状を、「からからと笑」うしかない三人の無力な立場が露呈している。つまりは儒教的徳治主義も仏教の教理も、最早有効には働かない程の混乱と、一方では、仏教を相対化する視点があると見なければならない。それでも作品中には仏教の教理やそれに従う身の処し方などが、様々な場面で具体的に描かれていることに注目すべきであろう。

以下に引用するのは、楠正成が未来記を披見する箇所である（天正本に拠る）。

◆例文56　『太平記』巻六「楠太子の未来記拝見の事」

さる程に、楠正成、天王寺に打ち出でて威猛を逞しうすといへども、民屋に煩ひをもなさず、士卒に礼を厚くしける間、近国は申すに及ばず、遠境の人牧[1]までも聞き伝へて、馳せ加はりける程に、その勢ひやうやく強大にして、今は京都より討手を下されたりとも、左右なく協はずとぞ見えたりける。同じき[2]八月三日、楠正成住吉[3]に参詣して、神馬、奉幣を捧げて、謹んで祈誓申しけるは、「当社はこれ、我が朝衛護の霊神として、内には菩薩の行を秘し、外には神慮の名を顕はし給ふ。なかんづく宝祚[4]を守るを以て神慮とし、武略に長ずるを以て霊感とす。故に異国を降伏し、異賊を伐たるる事、ひとへにこれ、この神の助けによる者なり。今、正成不肖の身たりといふとも、先朝の宸襟[5]を休め奉らんがため、逆徒を征伐せん事を祈る。懇志を照鑑し御座さば、何ぞ私の力を費さん」と、誠を至して啓白し、種々の礼奠をぞ奉りける。次の日、また天王寺に参詣して、白鞍置いたる馬に白幅輪の冑一領添へて引き進らす。これは大般若経転読の御布施とぞ申しける。御経終りしかば、宿老の寺僧巻数[6]を捧げて来たれり。正成対面して申しけるは、「正成不肖の身として、この一大事を思ひ立ち候ふ事、涯分[7]を計らざるに似たりといへども、勅命の軽からざる、礼儀を存ずるによつて、身命の危ふき事を忘れたり。しかるに、両度の戦ひ、いささか勝つに乗つて、諸国の兵招かざるに馳せ加はれり、これ天の時を与へ仏神擁護の[8]眸《まなじり》を廻らさるるかと覚えて候ふ。誠やらん、伝へ奉り候へば、上宮太子の当初《そのかみ》、[9]百王治天の安危を勘へて、日本一州の未来記を書き置かせ給ひて候ふなる、拝見もし苦しからず候はば、今時に当つて候はんずる巻ばかりを、一見仕り候はばや」と申しければ、宿老の寺僧畏まり申しけるは、「太子、[10]守屋の逆臣を亡じて、始めてこの寺に仏法を弘め給ひし後、神代より持統天王の御宇に至るまで、年序一千三百五十七才を記されき。書三十巻をば、『[11]前代旧事本紀』と名付けて、卜部の家にこれを相伝して、有職を立て候ふ。文武より桓武の御宇延暦十年に至るまで、九十六年を記されて候ふをば、『[12]続日本紀』と申して、これ三十巻候ふなり。桓武より淳和の御宇に至るまで、三十一年を『[13]日本の後記』と曰ひて、左大臣緒継これを三十巻に記されて候ふ。仁明天王の御宇一代を『続日本の後記』と曰ひて、二十巻に記され、その後、『文徳の実録』とて二十巻、太政大臣基経公、これを記されて候ふ。『日本三代の実録』と申し候ふ五十巻、清和、陽成、光孝の御宇まで、帝王五十八代、国史一千五百四十七年、鏡に向ふがごとくにて候ふ。これ等は皆人の御存知の事に候へば、容易の事にて候ふ。この外に一巻の秘書を留められて候ふ。これぞ持統天王の御宇より以降《このかた》世代の王業、天下の治乱を、太子自ら記されて候ふなる。庫蔵に納められて後、いまだ披見の人承り及ばず」とぞ申しける。正成これを聞いて、重ねて申しけるは、「叡慮に代つて朝敵追伐の大儀を思ひ立ち候ふ上は、身不肖なりといへども、天地神明いかでか衛護の手を下されで候ふべき。もし聖運時至らずば、潜かに退きて命を全うして時を待たんとす」と申しければ、宿老の寺僧この言を感じて、「さらば[14]別義を以て見参に入るべし」とて、自ら秘府の[15]銀鑰《ぎんやく》を開いて、金軸の書一巻を取り出だせり。正成大いに悦びて、これを拝見するに、不思議の記録一段あり。[16]人王九十五代に当つて、天下一《ひとたび》乱れて主安からず。この時東魚来たつて西海を呑む。日西天に没する事三百七十余箇日、西鳥来たつて東魚を飧らふ。その後海内一に帰する事三年、[17]獼猴《みこう》の如くなる者の天下を掠むる事五十年、大凶変じて一元に帰すとあり。正成不思議の思ひをなして、よくよくこれを思案して、この文を勘ふるに、先帝すでに人王始まつて九十五代に当り給へり。「天下一乱れて主安からず」とあるは、これこの時なるべし。「東魚西海を呑む」とは、逆臣相模入道[18]の一類なるべし。「西鳥東魚を飡らふ」とあるは、関東を滅ぼす人あるべし。「日西天に没す」とあるは、先帝隠岐国へ流し遷させ給ふ事なるべし。「三百七十余箇日」とあるは、明年の夏の比、君必ず隠岐国より還幸なつて、再び帝位に即かせ給ふべき事なるべしと、文の心を明らかに勘へて、天下の反覆遠からじと憑もしく覚えれば、金作りの太刀一振り、この老僧に与へて、この書をば元の秘府にぞ納めさせける

【語注】

1地方官や地方の豪族。2正慶元（一三三二）年八月三日。3住吉大社。住吉明神は、海上交通の守護神、和歌の神。4天皇。5天皇の御心。6寺で読誦した経の巻数を目録にして施主に渡す書類。7身の程。8眸は眼のこと。また愛憎を示す。ここでは眸を自分の方へ廻らす、すなわち愛情を注いでくれる意。9中世には、神武天皇から百代皇統が続くという百王思想が流行した。10物部守屋。11『先代旧事本紀』のことであろう。12『続日本紀』は四十巻。13現存十巻。14特別の図らい。15銀の鍵。16後醍醐天皇がこれに相当する。17大猿。18北条高時。

付　未来記

例文56で正成が見たのは、聖徳太子が著したと言われる未来記である。上代以来、将来を予言する事が行われていた形跡は、『日本書紀』その他に散見する。平安時代以降、書物の形で行われるようになり、その代表的なものが聖徳太子の未来記である。これ以外にも未来記はあり、和田英松氏は、

将来の事を記した讖文は、平安朝以来、世に現れたものが随分多く、殊に名を古人に仮りて、偽作したものが少くないのである。先づ其の二三を挙げると、この聖徳太子の未来記と称するものを始として、梁宝誌和尚の作と称する野馬台の詩や、夕郎故実にのせてある、天智天皇の宸筆といふ鏡裏銘文がある。その他平家物語、源平盛

衰記にのせてある、伝教大師の天台座主未来記や、興禅護国論にのせてある、栄西禅師の自記にかゝる宋の仏海禅師の未来記や、太平記にのせてある雲景の未来記がある。なほ渓嵐拾葉集にのせてある寛平聖主記や、難太平記にのせてある、源義家の置文や、日蓮聖人の立正安国論も、未来記の中に入るべきものであらうと未来記の全体像を略述されている（『国史国文の研究』第一九、雄山閣、大正15年）。この内古来最も人々の関心を惹いたのは、聖徳太子の未来記である。勿論これは後世の偽作であり、その種類も記述内容も様々である。古いものとしては『天王寺縁起』の末尾に付けられたものがある。また、石に刻んだものもある。これは天喜二（一〇五四）年に河内国から出土したものが最も古く、その銘文は聖徳太子伝や『古事談』等に見える。石に刻んだ未来記が出土したのは、一度や二度ではない。鎌倉時代に入っても何度もあったようだが、『明月記』に写されて有名な銘文は、同記嘉禄三（一二二七）年四月の条に記されたもので、やはり河内国の太子の墓周辺から出土したとされている。瑪瑙石に刻まれ、出土する場所は、墓所周辺や、天王寺が多かったようである。また、五十巻という極めて大部の未来記もある。これは吉田隆長の『夕郎故実』に引用されたもので、全貌は不明であり、石に刻まれた未来記との関係もはっきりしない。また、天王寺に蔵された未来記もあったらしい。『太平記』で正成が見たというのは、これを言うのであろう。天王寺に伝わったと称される未来記は、江戸時代に刊行されている。また、仁和寺にある未来記は、完本ではないが、細川頼之の没落の事が記してある。これら未来記相互の関係は、必ずしも明確にはなっていないが、いずれも聖徳太子を作者に擬したもので、日本の将来を予言するという形を取っている。

未来記の一として、聖徳太子のそれと共に有名なものに、宝誌和尚作とされる『野馬台詩』がある。宝誌（四二五—五一四）は、中国南北朝時代の僧で、鷹の巣の中から見出された子であるとする出生譚を始め、観音の化身とされること（京都西往寺の木造、宝誌和尚立像〈十一世紀〉は、左右に割れた面皮の下から、観音が顔を覗かせることで名高い）など、伝説に富んだ人物として知られる。

『野馬台詩』は、最初次のような迷文として、入唐した吉備真備の才を見るために示されたと言う（『江談抄』三・一「吉備入唐間事」）。

始定譲天本宗初功元建
終臣君周枝祖興治法主
谷孫走生羽祭成終事衡
塡田魚膾翔世代天王翼
孫子動戈葛百国氏右輔
昌微中干後東海姫司為
白失水寄胡空為遂国喧
竜游窘急城土茫茫中鼓
牛飡食人黄赤与丘青鐘

—　—　—　—　—　—　—　—　—
腸　鼠—黒　代—鶏　流—畢—竭—猿　外
—　—　—　—
丹　尽—後　在—三　王　英—称—犬　野
—　—　—　—　—　—　—　—　—
水—流　天—命　公—百　雄—星—流—鳥

六行目の六字目に当たる「東」字から、線に従って読んでゆくと、次のような五言詩となる。

東海姫氏国　百世代二天王一　右司為二輔翼一　衡主建二元功一　初興二治法事一　終成レ祭二祖宗一
本枝周天譲　君臣定二始終一　谷塡田孫走　魚膾生二羽翔一　葛後干戈動　中微子孫昌
白竜游失レ水　窘急寄二胡城一　黄鶏代レ人食　黒鼠飡二牛腸一　丹水流尽後　天命在二三公一
百王流畢竭　猿犬称二英雄一　星流鳥野外　鐘鼓喧二国中一　青丘与二赤土一　茫茫遂為レ空

これが『野馬台詩』である。吉備真備は、迷文の「東」字の上に落ちてきた蜘蛛が、線の如く糸を引いて歩くのを見て、それを解読出来たと伝え、『江談抄』の吉備真備説話を絵画化したものに、『吉備大臣入唐絵巻』（ボストン美術館蔵）もある。さて、右の『野馬台詩』が日本の未来を予言したものと考えられ、抽象的な詩句を様々に解釈する付注の形で、中世広く流布し、聖徳太子のそれと並んで、未来記の一翼を形成し、中世文学に大きな影響を与えたのである。一例を上げれば、『野馬台詩』の終わりから五句目、

猿犬称英雄

は、

細川申年也。山名は犬年也。是乱天下也云々　（三重大学附属図書館蔵『野馬台詩注』）

と解釈され、所謂応仁の乱を予言したものとして有名で、例えば後期軍記の掉尾を飾る『応仁記』は、このことを契機として起筆され、ために古本の『応仁記』（一巻本）は全て『野馬台詩注』を冒頭に戴くという、興味深い現象を引き起こすことになったのであった（『野馬台詩注』については、『加賀市立図書館聖藩文庫蔵応仁記』〈加賀市立図書館、昭和62年〉及び、黒田彰『中世説話の文学史的環境　続』Ⅱ四〈和泉書院、平成7年〉参照）。

ⅲ　『義経記』

中世の軍記物語には、『平家物語』『太平記』等の軍記物語の他、主人公のキャラクターを重視し、虚構に富む英雄物語と呼ばれる一類や、室町期以降、記録性を重視して小品化した後期軍記（中世後期、則ち、室町時代の軍記の意）と称される一類がある。その英雄物語を代表するのが『義経記』と『曾我物語』である。

『義経記』は、『平家物語』でその活躍が語られながら、「記述においてその出現と最期がややぼやけている」（日本古典文学大系『義経記』解説）源義経の生涯を描いた作品である。その辺りの事情を岡見正雄氏は

義経記は一言にいえば、軍記物として平家物語をうけ、平家物語ではやや書き足りなかった感のある義経を書き足し、世盛りの活躍譚は平家に譲り、その前後、生い立ちと没落譚が書かれたものであり、そこには平家物語と異った義経、また極めて室町時代的な義経が描かれたのであった

と指摘している。

『義経記』の成立時期については、『太平記』以後と言われており、義経の活躍した時期からは相当に時間が経っている。その間に岡見氏の言う室町時代的な性格が付与されていったのであろう。『義経記』は全八巻から成るが、上述の如く、源平合戦における華々しい活躍は殆ど描かれず、その生い立ち（巻一）、藤原秀衡及び、伊勢三郎との出会いを描くと共に、鬼一法眼のことが描かれる（巻二）。鬼一法眼は、兵法の書を持った陰陽師法師で、この箇所は、

別の資料や伝承から付加されたものと言われる。弁慶との出会い（巻三）も詳細に描かれるが、弁慶に纏わる伝承は、『弁慶物語』『橋弁慶』『自剃弁慶』などの御伽草子、中世小説群にも伝えられる。兄頼朝との対面は巻四に描かれるが、それ以後の華々しい活躍は省筆され、一転兄の疑いを受けて追われる立場となる。その間に吉野逃避行、静御前との別れ、佐藤忠信の活躍が描かれる（巻五）。忠信はなお義経守護のために奔走し、遂に討たれ、一方鎌倉では囚われの身となった静が出産、ついで頼朝の前で舞う（巻六）。義経一行は、平泉を目差し北陸路を辿る（巻七）。平泉に到着するも、間もなく秀衡が死に、後盾を失った義経主従は、衣川で滅亡する（巻八）。こういった筋立ての中に、鬼一法眼、弁慶、また、吉野の有様、山伏の儀礼などを取り込み、岡見氏言う所の「室町ごころ」が付加されていったと考えられる。また、源氏の御曹子が、孤児同様になって鞍馬山で育ち、一旦奥州へ下り、やがて都で華々しい活躍をするという展開には、古来物語の型として様々の作品に見られる貴種流離譚が反映している。このような様々な要素を取り込んで成長したのが『義経記』であり、そこには民俗学的な考察が有効な要素も随所に認められることが、従来指摘されている。

これらの要素を取り込んだ『義経記』は、ある時期一人の人物によって纏められたのではないかとの見方もあり、それまでの時期は、所謂口承文学として、女性により語られていたのではないかと考えられている。次の『曾我物語』と共に、『平家物語』との対比が興味深いが、その間の詳細な状況に関しては、なお推測の域を出ない点もあり、今後の研究に委ねられている。諸本には、『判官物語』と呼ばれる古本があるが、章立てを欠く以外、流布本と余り違いがない。

義経は「判官贔屓」の言葉がある如く、日本人に極めて愛好された人物であり、伝承も多い。以下に引用する『義経記』巻三の「如意の渡にて義経を弁慶打ち奉る事」は、後に、能『安宅』や歌舞伎『勧進帳』の元となった話である。なお、芭蕉が『奥の細道』の旅で平泉、衣川を訪れていることも注意すべきである。

◆例文57『義経記』巻七「如意の渡にて義経を弁慶打ち奉る事」

如意の渡にて義経を弁慶打ち奉る事

夜も明けければ、[1]如意の城を船に召して、渡をせんとし給ふに、渡守をば平権守とぞ申ける。彼が申けるは、「暫く申べき事候。是は越中の守護近きところにて候へば、予て仰せ蒙りて候ひし間、山伏五人三人は言ふに及ばず、十人にならば、[2]所へ仔細を申さで、わたしたらんは僻事ぞと仰つけられて候。すでに[3]十七八人御わたり候へば、あやしく思ひ参らせ候。守護へその様を申候ひてわたし参らせん」と申ければ、武蔵坊これを聞きて、[4]妬げに思ひて、「や殿、さりとも此北陸道に羽黒の讃岐見知らぬ者やあるべき」と申ければ、[5]中乗に乗つたる男、弁慶をつく〴〵と見て、「実に〳〵見参らせたる様に候。一昨年も一昨々年も、上下向毎に[6]御幣とて申下し賜はりし御坊や」と申ければ、弁慶嬉しさに、「あ、よく見られたり〳〵」とぞ申ける。権守申けるは、「小賢しき男の言ひ様かな。見知り奉りたらば、[7]和男が計らひにわたし奉れ」と申ければ、弁慶これを聞て、「そも〳〵この中にこそ九郎判官よと、名を指しての給へ」と申しければ、「あの舳に村千鳥の摺の衣召したるこそあやしく思ひ奉れ」と申ければ、弁慶「あれは加賀の白山より連れたりし御坊なり。あの御坊故にところ〴〵にて人々にあやしめらるゝこそ詮なけれ」と言ひけれども、返事もせで打俯きて居給ひたり。弁慶腹立ちたる姿になりて、走り寄りて舟端を踏まへて、御腕を摑んで肩に引懸けて、浜へ走上り、砂の上にがはと投げ棄てて、腰なる扇抜き出し、[8]労はしげもなく、続け打ちに散々にぞ打たりける。見る人目もあてられざりけり。北の方は余りの御こゝろ憂さに声を立てても悲しむばかりに思召しけれども、流石人目の繁ければ、[9]さらぬ様にておはしけり。平権守これを見て、「すべて羽黒山伏程、情なき者はなかりけり。「判官にてはなし」と仰せらるれば、[10]さてこそ候はんずるに、あれ程、痛はしく情なく打ち給へるこそこゝろ憂けれ。詮ずる所、これは某が打ち参らせたる杖にてこそ候へ。かゝる御労はしき事こそ候はね。これに召し候へ」とて、船を差し寄する。檝取《かんどり》乗せ奉りて申けるは、

「さらばはや船賃なして越し給へ」と言へば、「[11]何時の習に羽黒山伏の船賃なしけるぞ」と言ひければ、「日比取たる事はなけれども、御坊の余りに[12]放逸におはすれば、取りてこそわたさんずれ。疾く船賃なし給へ」とて船をわたさず。弁慶、「和殿斯様にわれ等に当らば、出羽国へ一年二年のうちに来らぬ事はよもあらじ。酒田の湊は此[13]少人の父、酒田次郎殿の領なり。只今当り返さんずるものを」とぞ威しけり。されども権守、「何とも宣へ、船賃取らで、えこそ渡すまじけれ」とてわたさず。弁慶、「古へ取られたる例はなけれ共、此僻事したるによって取らるゝなり」とて、「さらばそれ賜び候へ」とて、北の方の著給へる帷の尋常なるを脱がせ奉りて、渡守に取らせけり。権守これを取りて申けるは、「法に任せて取りては候へども、[14]あの御坊のいとおしければ参らせん」とて、判官殿にこそ奉りける。武蔵坊是を見て、片岡が袖を控へて、「痴がましや、たゞあれもそれもおなじ事ぞ」と囁きける。かくて[15]六動寺を越えて、[16]奈呉の林をさして歩み給ひける。武蔵忘れんとすれ共忘られず。走り寄りて判官の御袂に取付て、声を立てて泣く〳〵申けるは「何時まで君を庇い参らせんとて、現在の主を打ち奉るぞ。[17]冥顕の恐もおそろしや。八幡大菩薩も許し給へ。浅ましき世の中かな」とて、さしも猛き弁慶が伏転び泣きければ、侍ども一つところに顔をならべて、消えいる様に泣き居たり。判官「これも人の為ならず。斯程まで[18]果報拙き義経に、斯様に心ざし深き面々の、行末までも如何と思へば、涙の零るゝぞ」とて、御袖を濡らし給ふ。各々この御ことばを聞きて、猶も袂を絞りけり。かくする程に日も暮れければ、泣く〳〵[19]辿り給ひけり。やゝありて北の方、「三途の河をわたるこそ著たる物を剥がるゝなれ。少しも違わぬ風情かな」とて、岩瀬の森に著き給ふ。その日はこゝに泊り給ひけり

【語注】

1未詳。この箇所、「五位の荘」の意かとの説また、「二位の渡」とする伝本もある。**2**役所。**3**（規則を超えて）最早。**4**忌ま忌ましげに。**5**船の中程に。**6**祭礼に用いる祭具。ここでは羽黒山の祭礼の御幣であろう。**7**お前。**8**容赦する様もなく。**9**何でもない様子。**10**それでいいのに。**11**いつの習慣で。**12**残忍であること。**13**若い山伏。**14**あの山伏、義経のこと。

15現在の富山県新湊市伏木町か。16新湊市の海岸、放生津の辺りで、歌枕としても著名。17冥界と顕界即ち、死後の世界とこの世の人々全ての。18前世での行いが因となり現世で受ける報い。19富山市内にある。歌枕。

iv　『曾我物語』

『曾我物語』は、鎌倉武士団における敵討譚である。曾我兄弟の十郎祐成と五郎時致の父河津三郎が、祖父の代からの所領争いの犠牲となって死ぬが、兄弟二人は苦難の末、富士の裾野の牧狩りで、仇敵伊東祐経を討つ。十郎はその折討死し、五郎は捕えられて死罪となる。その後、兄弟の類縁の後日譚を以て終わっている。

この物語は、東国を舞台とし、所領を廻る武士達の熾烈な争いを背景に成立したものであるが、中世の軍記の例に漏れず、多数の説話や縁起を取り込み成立している。成立の事情については、民俗学の側から、既に折口信夫が、箱根、伊豆を本拠とする瞽巫女の口語りによって拡がったことを指摘しているし、荒木良雄氏は箱根山の僧、次いで唱導説経師が成立に関わっているとした（後述「曾我物語三遷論」。現在では否定されている）。いずれにしても、東国の唱導者たちがこの作品の成立に関わっていることは動かないであろう。また、十郎の愛人であった「大磯の虎」と言う女性が、兄弟の死後出家して諸国の霊山霊地を行脚したと記され、この箇所が直ちに物語の伝播に関わるとは言えないにしても、曾我兄弟を廻る女性達が、何らかの働きをしたであろうとの推測は可能である。

伝本は大きく、真名本と仮名本の二種に分かれる。真名本は変体漢文で書かれており、これを仮名交じり文に改めたものがある（大石寺本）。かつて荒木良雄氏が「曾我物語三遷論」を唱えたが、今日の諸本研究は更に進み、そのままでは認められない（村上学氏『曾我物語の基礎的研究』〈風間書房、昭和58年〉が目下の到達点を示す）。真名本は副題として「本朝報恩合戦謝徳闘諍集」と記しており、本書が合戦譚と認識されていたこと、また、四部合戦状本『平家物語』との関連などを物語っている。

仏教思想は、主として、仇討ち完了後の兄弟を廻る人々の動きを描いた部分（巻十二）に見られる。巻十二は最終巻であり、『平家物語』の灌頂巻に相当する鎮魂、救済の巻であるとの説があり、『平家物語』灌頂巻との関係が留意される。巻十二の成立を考えさせる異本が、加賀市立図書館聖藩文庫蔵巻十二零本である。この巻には殊に仏教思想が濃厚であるが、しかし、引用されているものの多くは法語などであって、経典がそのまま引かれている訳ではない。

本書は『平家物語』や『義経記』同様、語り物と呼ばれる作品に属し、口承による伝播が、書承による伝播以前に相当なされていたと考えられる。特に仮名本においては、引用資料が直接原典に拠らず、中世の類書や注釈書などに拠ったと見られる箇所が多い。真名本は、東国という在地性を濃厚に持っていると共に、『神道集』などの縁起とも深い関わりを有し、中世における東国文学の意味を考えさせるが、仮名本ではその性格も薄れている。

『曾我物語』は『義経記』と共に、英雄物語として多くの享受者を得た。その影響は幸若、能、歌舞伎など様々な分野、更に時代を超えて、近世にまで及ぶ。

以下に引用するのは、仮名本における、仇討ち完了後の女性達の動向を描いた箇所である。

◆例文58　『曾我物語』巻十二「虎いであひ、呼び入し事」

やゝひさしくたちめぐり、こなたかなたを見ければ、内にかすかなる声にて、[1]日中の礼讃もはてぬとおぼしくて、念仏しのび〳〵に、心ぼそく申けるをきゝ、たつとくおぼえ、戸をたゝき、「物申さん」といへば、[2]虎たち出て、「誰そ」とこたふるを見れば、いまだ二十にもならざるが、ことのほかにやせおとろへ、いつしかおひの姿にうち見えて、こき墨染の衣に、同じ色の袈裟をかけ、青なる数珠に、紫の蓮華とり具して、香の煙にしみかへり、かしこくも[3]思ひ入たる其姿、[4]竹林の七賢、[5]商山に入し四皓も、是にはいかでまさるべきと、うらやましくぞおぼえける。この人々をたゞ一目見て、夢の心ちして、「あらめづらしと、御わたり候や。さらに現共おぼえず候。

先内へいらせ給へ」とて、二間なる道場をうちはらひ、「これへ」と請じ入っゝなき人の母や姉ぞと見るよりも、ながるゝ涙おさへがたし。母も姉も、なく〳〵庵室の体を見まわせば、三間に作たるを、二間をば道場にこしらへ、阿弥陀の三尊を東むきにかけたてまつり、浄土の三部経、往生要集、八軸の一乗妙典も、机の上におかれたり。また、傍に、古今、万葉、伊勢物語、狂言綺語の草子共、とりちらされたり。仏の御前に、六時に花香あざやかにそなへ、二人の位牌の前にも、花香おなじくそなへたり。二宮の姉いひけるは、「あらありがたの御心ざしの程や。是をわするまじき事とおもひ給ひて、二人の位牌を安置し、とぶらいたまふ事よ。偕老の契あさからずと申も、今こそ思ひしられて候へ。たゞし、これに十郎殿ばかりをこそとぶらひたまふべきに、五郎殿までとぶらひたまふ事のありがたさよ。わらはゝ、現在の兄弟にて候へども、これほどまでは思ひよらず、いづれも前世の宿執にて、善知識となり給ひぬ」といひもはてず、涙をながしければ、母も少将も、声たつる計にぞかなしみける。やゝ有て、母いひけるは、「十郎がこと、わすれる事も候はねば、常にもまいり見奉たく候しかども、心にもまかせぬ女の身なれば、人の心をもはゞかるなどゝせし程に、今までかゝる御すまひをも見まいらせず候。かの者どもが七年の追善、曾我にてとりいとなみ、また、御有様をも見まいらせたく候て、是なる女房をさそひ、これまできたりて候ぞや。又、親子恩愛のいたつて切なる事、人の中ならはすをも、我身の上かと思はれ候。年月やう〳〵すぐれども、わするゝ事も候はず。されば、様をかゐんとおもふも、おさなひ者どもすてがたくて、思ひもきらず候。これと申も、心ざしのいたつて切ならざるかと、我身ながらも、うたてくおぼえ候。御身も、さしてひさしきちぎりにてもましまさず。其上、所領もちて、たより有事ならねば、おもひ出がましき事もなし。たゞひとへに前世の宿執にひかれて、たがひに善知識になりたまひぬと、あまりにたつとく、あわれにおぼえて、われらまでも、一蓮の縁をむすばばや思ひ候也。およそ、人間の八苦、天上の五衰、今にはじめぬ事にて候へ共、前業のつたなき身なれば、無常の理にもおどろかず、つれなくうき世にながらへ候。我身ながらも、あさましく候。しかるに、五障三従[16]の身ながらも、さひわひに仏法流布の世にむまれて、出離生死[17]の道をもとむべく候へども、女人のおろかさは、それもかなはず候。面々は、この程おもひとりたまふ事なれば、後生のたすかるべき事をもしらせ給ひて候らん。あはれ、かたらせ給へかし。かなはぬまでも、心にかけて見候はん」といひければ、虎、涙をとゞめて申けるは、「誠にこれまで御いり[18]、夢の心ちして、御心ざし、在難おもひまゐらせ候。かゝる身となりはてぬるも、しかしながら、十郎殿故とおもひたてまつれば、時の間も、わするゝ事もはんべらず。此世は不定[19]の境、それは愛別離苦[20]のかなしみをひるがへして、菩提[21]の彼岸にいたる事もやと、聖教の要文共、少々たづねもとめ、しかるべき善知識にもあひたてまつるかと、諸国を修行し、都にのぼり、法然上人にあひたてまつり、念仏一行[22]をうけ、一筋に浄土をねがひ候なり。あの尼御前[23]は、我姉にてまし〳〵候。みづからをうらやみて、おなじともに様をかへ、一庵にとぢこもり、おこなひ[24]候なり。今おもひ候へば、此人[25]は、発心のたよりなりけりと、嬉敷おぼえ候。其上、われら、不思議に釈尊の遺弟につらなりて、比丘尼[26]の名をけがす、かたじけなくも、本願[27]の勝妙をたのみ、三時に六根をきよめ、一心に生死をはなれん事をねがひ候。本願いかでかあやまりたまふべきと、うたがひの心も候はず。五郎殿も、おなじ煙ときえたまひしかば、二人共に、成仏得脱[28]とぶらひたてまつらんために、二人の位牌を安置して候なり。諸法従縁起[29]とて、何事も縁にひかれ候なれば、二人共に、順縁逆縁[30]に、得道の縁とならん事、うたがひあるべからず。をよそ、分段輪廻[31]の郷にむまれて、かならず死滅のうらみをゐ、妄想如幻[32]の家にきては、つに別離のかなしみあり。いづる息[33]の、いる息をまたぬ世の中にむまれ、あまつさへ、あひがたき仏教にあひながら、此度、むなしくすぐる事、宝の山に入て、手をむなしくするなるべし。急べし〳〵、頭燃[34]はらふごとくと見えて候へば、あひかまへ〳〵、仏道に御心をかけ、浄土へまいらんとおぼしめすべきなり」と申ければ、母も、二宮の姉も、渇仰肝[35]に銘じて、随喜の涙をながして、申けるは、「世路[36]にまじはるならひ、世の中のいとなみに心をかけ、二度三途の故郷にかへり、いかなる苦患をかうけ候はんず覧と、かねてかなしく候。されば、たつときにもあひたてまつり、女人の得道すべき法門[37]、きかまほしく候へ共、しかるべき縁なければ、とかくすぎゆき候所に、今の法門をうけたまはり候へば、たつとくおもひたてまつり候。念仏申すとて、人なみ〳〵にとなへ申せども、何と心をもち、いかやうなる趣にて、往生すべく候や、かつておもひわけたる事も候はず。おなじくは、ついでに、くわしく承候はゞ、いかばかり嬉敷候ひなん」といひけれ

【語注】

1一日六時の内の日中の礼讃。**2**十郎祐成の愛人。**3**一つの事をじっと思っている様。**4**中国晋の時代に俗塵を避けて竹林に集まった七人の隠者。**5**中国漢の時代に、出仕を嫌って商山に隠れた四人。**6**するや否や。**7**『法華経』八巻。**8**一日六時。**9**偕老同穴とも。夫婦の契り。**10**曾我兄弟の母は、夫の死後再嫁して、幼い子がいる。**11**情けない。**12**曾我十郎は所領を持たなかった。**13**前世からの因果で、執念として心を離れない思い。**14**人間のこの世での苦しみ。四苦の生、老、病、死に加えて、愛別離苦、怨憎会苦、求不得苦、五盛陰苦をいう。**15**天人五衰。**16**女人には五つの障りがあり往生出来ないとされた。三従は幼にして親に従い、嫁しては夫に従い、老いては子に従うこと。『儀礼』に出る言葉。五障三従と熟して使う。**17**六道を生死輪廻する世界から離れ、解脱すること。**18**来て下さったこと。**19**定めない世界。**20**愛する者と別れる苦しみ。**21**煩悩を断ち、常住の彼岸に至ること。**22**法然から念仏を一件り受け、**23**虎御前と共に出家した手越の少将と言われる女性。**24**仏道修行する。**25**曾我十郎。**26**比丘尼の末席に連なっている。**27**阿弥陀如来の衆生済度の願いが優れていること。**28**煩悩から脱して悟りを開き成仏すること。**29**この世のあらゆる現象は縁起に依ること。**30**因縁には順縁と逆縁がある。善因と悪因いずれも出離の縁となること。**31**娑婆世界のこと。**32**これも娑婆世界で、全てが幻であるような世界。**33**「いづる息の入るをもまたぬ我なれやかへらぬ道におもひいりぬる」（『拾玉集』682）など慣用的に用いられる。**34**頭髪が燃えること。火急の様を表す。**35**帰依の念が心に深く刻まれるようで。**36**俗世間。**37**仏の教え。

第四章　中世の仏教文学　二

1　歌　謡

i　仏教歌謡概説

仏教歌謡は、漢文脈のものと和文脈のものとに大きく分けることが出来る。また、これらは法会詞章として発展してきた。元来讃と言われるものは、梵讃、漢讃と称する如く和文脈にあらざるものであり、これを和文化したものが和讃である。また、伽陀は漢訳仏典中の偈の部分を頌するものであるが、これは後に和文脈の訓伽陀を生んだ。訓伽陀の現れる以前には、教化が盛んに行われたが、これは和文の法会詞章とでも言うべきもので、即興性があり、個別の法会参会者を意識して作られたものである。これに先立ち、讃歎という和文脈の讃歌もあるが、現在伝わるものは数少なく、歌詞も固定的である。この他、五章で述べる願文や、表白、講式も歌謡的要素を持つ。以下にそれぞれの一例を示す。

（讃歎）

百石《モモサカ》ニ八十《ヤソ》石《サカ》ソヘテ給ヒテシ　乳房ノ報《ムク》イ今日ゾワガスルヤ　今ゾワガスルヤ
今日セデハ何《イツ》カハスベキ　年モ経ヌベシ　サ代《ヨ》モ経ヌベシ　（叡山所伝『百石讃歎』）

（訓伽陀）

過去ノ宿善モヨヲシテ　今度カヽル身ヲエタリ

教ノゴトクニ修行セバ　仏ヲミンコトカタカラズ
過去無数ノ諸仏ノ　六道三有ニヘダテナキ
大慈大悲利益ニモ　モレケンコトコソカナシケレ
多クノ仏世ニイデ、　普ク衆生ヲ救シニ
イカナルカタニ流浪シテ　今日マデ生死ニ廻ルラン
流来生死ノ罪業ハ　恒沙モタトヘニアラネドモ
三世ノ仏ヲ礼スレハ　須臾ノ程ニソ消ヌラン
流転生死ヲイタヅラニ　六道三有ニメグル身ノ
イカナル宿縁モヨヲシテ　三世ノ仏ヲ礼スラン
五濁悪生ニウマレキテ　出離ノ縁ナキ身ナレドモ
宿縁クチヌ故ニコソ　三世ノ仏ヲ礼シケン
三世ノ仏ノ出世ニハ　遇フコトハナハダアリガタシ
マレニ遇フコト得タリトモ　敬ヒヲガマンコトカタシ
我ラ罪業ヲモクシテ　生死ノヤミニ迷フトモ
三世ノ仏願ハクハ　済度普クタレ給へ
我ラガコノ身ノタノシミハ　仏ノ誓ニスクワレテ
来世ハ蓮ノ上ニシテ　三世ノ仏ヲトモトセシ
三千如来ネガワクハ　善巧方便メグラシテ
生死ユメヲヲドロカシ　大覚尊トナシタマヘ

オヨソ我等ガ真城ノ　常住妙法蓮台ニ
三身万徳具足セル　三十七尊スミタマフ
流来生死ノ罪業ハ　仏ノ名号トナフレバ
須臾ノホドニゾ滅シケル
流転生死イタヅラニ　六道生死ニメグル身ノ
イカナル宿縁モヨヲシテ　コノ仏名ニアヒヌラン
恵日ハルカニテラスニハ　罪障シモトキヱハテヌ
讃歎如来ノ功徳ニハ　往生浄土ノノゾミアリ
人身フタタビウケガタシ　仏教アフコトマレラナリ
ミナ人心ヲヒトツニテ　仏ノミナヲトナフベシ
イカナル業ノイカニシテ　妄想顚倒雲アツク
心ノ月ノハレズシテ　イマヽデ長夜ニマヨフラム
一称南無ノコヱスミテ　十方浄土ニヘダテナシ
懺愧懺悔ノタビゴトニ　六情根ノツミ滅ス
罪障モトヨリアルジナシ　妄想顚倒ヨリヲコル
心性モトヨリキヨケレバ　衆生スナワチホトケナリ
運像末ニ居シテ　コノ真文ヲ見ル
昔妙因ヲ殖タルニ非ヨリハ　実ニ値難シトス
普賢大士願ハクハ　善巧方便廻シテ

生死ノ夢ヲ驚カシ　大覚尊トナシ給ヘ
一心敬礼声スミテ　十方世界ニヘダテナシ
第二第三タビゴトニ　六情根ノツミキエヌ
妄想モトヨリ所ナシ　煩悩イカデカアルベキヤ
心性源キヨケレバ　仏ノ道ハヘダテナシ
罪障海深ケレド　懺悔ノ力ツヨケレバ
一念須臾ノ間ニゾ　恵日ノ光ニテラサレヌ
如中道ノハナハ　二辺ノ氷ヲ離シ
出纏池ノツキハ　法性ノ空ニカカヤク
ホノホノトアカシノウラノアサギリニ
シマガクレユクフネヲシゾヲモフ

（教化）

後誓

上ハ有頂ヨリ　下ハ無熱ニ至ルマデ
天人竜神悉ク　御願ノ庭ニヤ集リヌラン
鷲ノ山ノ風ヲ扇テハ　鶴ノ齢ヲ授ケ奉ラント思フラン
竹ノ林ノ露ニ沾フテハ　長キ世持チ奉レトゾ悦ラン

勧請

百年ノ室ノ内ニハ　夕ノ暗ミ集マラン

（『魚山伽陀集』）

一ッ灯ビ来ヌレハ　往ク方ヘダニ不ㇾ知者也ケリ
長夜ニ身中ニ　罪業ノ暗集レリトモ
懺悔ノ灯挑ゲ給ヘバ　無ㇾ遺ク失セニケルモノナリ
　六種
諸仏ハ一万余　功徳ハ六種ニ備ハレリ
利生ハ百界ニ普ク　宝寿ハ万歳持チ給マフベク有ケレ
（康平六年皇太后宮御仏名）

ii　今様と宴曲

仏教歌謡は、和歌などの韻文作品と密接な関係を持って推移しており、例えば現在伝わる讃歎の「法華讃歎」は「法華経を我が得しことは、薪こり菜つみ、水汲み、仕へてぞ得し」であるが、これは『拾遺和歌集』にそのままの詞章で入集している。院政期に最盛期を迎える今様は、後白河院により集成された。これを『梁塵秘抄』と言うが、『本朝書籍目録』に「梁塵秘抄二十巻」とあるから、二十巻から成るものと思われる。但し、その殆どは失われ、現存するのは

　梁塵秘抄巻第一　梁塵秘抄口伝集巻第一
　梁塵秘抄巻第二
　梁塵秘抄口伝集巻第十

の三種類であるから、おそらく『梁塵秘抄』十巻と『梁塵秘抄口伝集』十巻から成る二十巻であったろう。巻一及び、『口伝集』巻一はいずれも抄出本であり、纏まって残るのは、巻二と『口伝集』巻十であるが、巻二は法文歌、神歌の部である。

今様は、既に『枕草子』や『紫式部日記』に今様即ち、新しい型の歌謡という意味で見えている。ここで新しい型と言うのは、それまでの神楽歌、催馬楽、風俗などに対して新しいという意味なのであり、詞章、曲調の両面において古様に対するものと考えられる。その範囲はかなり広く、沙羅林、片歌、早歌などを含み、和讃や訓伽陀、或いは、神楽歌、また、風俗歌を淵源とするものが、それぞれ新たな型を作り出していたのである。これらを普通、広義の今様と呼ぶが、狭義の今様は、その中でも特定の型を持ったものを指すようになる。従って今様の語が、狭義の今様という意味で意識的に使用されるのは、院政期に至ってからであろう。

狭義の今様の管理者について、志田延義氏は、遊女群、傀儡子群、巫女群を想定しているが（日本古典文学大系『和漢朗詠集　梁塵秘抄』解題）、今様は、狭義の今様の段階で一旦貴族階級から下降し、そこから再度貴族階級に戻るという経路を辿っていることに注意しなければならない。今様を貴族階級に定着させた代表的人物は、『梁塵秘抄』を編んだ後白河法皇である。『梁塵秘抄』編纂の意図や、法皇が如何にして今様を習得したか、また、今様への愛着はどれ程のものであったかということは、その巻十に詳説されている。それに拠れば、『梁塵秘抄』は、和歌における『俊頼髄脳』の位置を目差して、これを今様史に位置付けようとした意図があったこと、また、今様を「声技」と捉え、それ故に保存の困難なことを悲しみ、せめて詞章なりとも残そうとしたのであった。

後白河法皇は、今様を遊女に習い、更に院近臣の中に同調して学ぶ者が多かったことを記す。今様は口伝として直接的な授受によって伝えられたが、その継承の系譜的な具体相は、『口伝集』に拠れば、

宮姫―小三―なびき―四三―目井―乙前―院

という伝承経路であったことが分かる。四三以前は美濃の国青墓宿の傀儡女の伝承経路であることが明らかになっており、その他、江口神崎の遊女からも習ったことが記されているから、後白河法皇の今様における人脈は、貴賤を問わぬ芸能本位のものであったのである。

現存する『梁塵秘抄』巻二は法文歌、神歌の箇所であるが、法文歌はさらに、仏歌、経文歌、僧歌、雑歌、即ち、「仏、法、僧、雑」に下位分類されている。その中から、以下に若干を引用する。

ア、仏は常にいませども　現ならぬぞあはれなる　人の音せぬ暁に　ほのかに　夢に見えたまふ　（仏歌）

イ、弥陀の御顔は秋の月　青蓮の眼は　夏の池　四十の歯ぐきは冬の雪　三十二相　春の花　（同）

ウ、阿弥陀仏の誓願ぞ　返す返すも頼もしき　一度御名を称ふれば　仏になるとぞ説いたまふ　（同）

エ、弥陀の誓ひぞ頼もしき　十悪五逆の人なれど　一度御名を称ふれば　来迎引接疑はず　（同）

オ、像法転じては　薬師の誓ひぞ頼もしき　一度御名を聞く人は　万の病も無しとぞいふ　（同）

カ、氷を叩きて水掬び　霜を払ひて薪採り　千歳の春秋を過ぐしてぞ　一乗妙法聞き初めし　（法、提婆品）

キ、女人五つの障りあり　無垢の浄土は疎けれど　蓮花し濁りに開くれば　竜女も仏になりにけり　（法、提婆品）

ク、狂言綺語の誤ちは　仏を讃むる種として　あらき言葉も如何なるも　第一義とかにぞ帰るなる　（雑法文歌）

ケ、仏も昔は人なりき　我らも終には仏なり　三身仏性具せる身と　知らざりけるこそあはれなれ　（同）

コ、暁静かに寝覚めして　思へば涙ぞおさへあへぬ　儚くこの世を過ぐしては　何時かは浄土へ参るべき　（同）

アは、仏の常住不滅を言い、『法華経』如来寿量品等に基づき、イは、『大般若経』の「諸仏面輪　修㆓広得㆒㆑所　皓潔光浄　如㆓秋満月㆒」等に基づく。ウ、エは、四十八願の第十八願を言うものだが、その詞章は、阿弥陀和讃の類に同類のものが多く見られる。例えば『阿弥陀如来和讃』には、「五逆謗法の悪人も、五障三従の女人まで、名号不思議の御謂を、聞いて一度疑はず、信ずる帰命の端的に、無量生死の罪きえて、その時命おはりなば、其儘迎へ給ふべし」などとあり、その交流が確認される。オは、『薬師経』に基づくが、末法思想（第三章1参照）を反映したものである。カは、『法華経』提婆達多品に基づく。同品には「求㆓法華経㆒……即随㆓仙人㆒、供㆓給所㆒㆑須、採㆑果汲㆑水、拾㆑薪設㆑食……経㆓於千歳㆒、為㆓於法故㆒」とあり、釈尊が阿私仙人に『法華経』を説き聞かせて貰うために苦行したことを述べる。この話は『拾遺和歌集』に行基の歌として入る、「法華経をわが得しことは薪こり菜つみ水くみつかへてぞ得し」の典拠でもあり、『和漢朗詠集』下雑、仏事、慶滋保胤の「叩レ凍負来寒谷月、払レ霜拾尽暮山雲」「已終二未レ習千年役一、儻得二難レ逢一乗文一」にも詠まれ、また、法華八講五巻の日に行われる「薪の行道」では、先の行基歌が詠まれたのである。キは、同じく提婆達多品に見える女人往生の話に拠る。クは、第二章5に述べた狂言綺語の思想を受けるものである。ケは、『涅槃経』の「一切衆生、悉有二仏性一」などに基づく思想を表すが、『平家物語』の祇王説話で著名である（第三章4参照）。同話は、清盛が、新たに推参した「仏」と言う白拍子に心を奪われ、愛妾祇王を追放しようとした時、祇王が「仏も昔は凡夫なり、我らもつひには仏なり、いづれも仏性具せる身を、隔つるのみこそ悲しけれ」という今様を口にしたという話で、『平家物語』諸本により若干の異同はあるが、おそらくは当時流行の今様を謡い変えたものとされている。コは、同種の内容を有する和讃や今様或いは、講式が多い。例えば『空也和讃』には、「長夜の眠りひとり醒め、五更の夢に驚きて、静かにこの世を観ずれば、わずかに刹那のほどぞかし」と見える。無明長夜の夢から覚めた暁、現世の儚さを観じ、詠嘆する様を表現しており、共感を得る内容であったのだろう。

以下に引用するのは、『梁塵秘抄口伝集』の、その撰集意図、今様の伝承経路などを記した箇所である。

◆例文59 『梁塵秘抄口伝集』巻十

神楽、催馬楽、風俗、今様の事の起りより始めて、[1]娑羅林、只の今様、片下《かたおろし》、早歌謡ふべきやう、初積、[2]大曲、[3]足柄、長歌を初めとして、様々の声変はる様の歌、[4]田歌に至るまで、記し了はりぬ。かやうの事、一様ならねば、後にぞ知る事多からむが、それを知らず。故事を記し了はりて、九巻は撰び畢はりぬ。[5]詠む歌には、[6]髄脳、打聞など云ふ多くありげなり。今様にはいまださる事無ければ、俊頼が髄脳を倣びて、是を撰ところ也。そのかみ十余歳の時より今に至るまで、今様を好みて怠る事無し。遅々たる春の日は、枝に開け庭に散る花を見、鶯の啼き郭公の語らふ声にもその心を得、蕭々たる秋夜、月を翫び、虫の声々にあはれを添へ、夏は暑く冬は寒きを顧みず、四季につけて折を嫌はず、昼は終日に謡ひ暮らし、夜は終夜謡ひ明かさぬ夜は無かりき。夜は明くれど戸部を上げずして、日出づるを忘れ、日高くなるを知らず、その声を止まず。大方夜昼を分かず、日を過し月を送りき。その間、人数多集めて、舞ひ遊びて謡ふ時もありき。四五人、七八人、男女ありて、今様ばかりなる時もあり、常に在りし者を[7]番におりて、我は夜昼相具して謡ひし時もあり、又我独り[8]雑芸集をひろげて、四季の今様、法文、早歌に至るまで、書きたる次第を謡ひ尽くす折もありき。声を破る事三箇度なり。二度は[9]法の如く謡ひ交はして、声の出づるまで謡ひ出だしたりき。あまり責めしかば、喉腫れて、湯水通ひしも術無かりしかど、構へて謡ひ出だしにき。或いは、七、八、五十日、もしは、百日の歌など始めて後、千日の歌も謡ひ通してき。昼は謡はぬ時もありしかど、夜は歌を謡ひ明かさぬ夜は無かりき。[10]資賢、[11]季兼など語らひ寄せても聞き、[12]鏡の山のあこ丸、主殿寮にてありしかば、常に喚びて聞き、[13]神崎のかね、女院に候しかば、参りたるには申て、謡はせて聞きしを、「あまりにては。時々は[14]これにても如何で聞かではあらむずるぞ」とて、[15]夜交ぜに給ばむとて給しかば、あの御方へ参夜は、人を付けて暁帰るを喚び、我賜はる夜は、未だ明かきより取り籠めて謡はせて、聞き習ひて謡ふ歌もありき。明け方に返し遣りても猶謡ひしを、かねが局対へなりしかば、明けて後も猶鼓の音の絶えぬさまに、「何時の暇にか休むらん」[16]とあさみ申き。斯くの如く好みて、六十の春秋を過しにき。

我が身五十余年を過し、夢の如し幻の如し。既に半ばは過にたり。今は万を抛げ棄てて、往生極楽を望まむと思ふ。仮令又今様を謡ふとも、などか[17]蓮台の迎へに与からざらむ。其の故は、遊女の類、舟に乗りて波の上に泛かび、流れに棹をさし、着物を飾り、色を好みて、人の愛念を好み、歌を謡ひても、よく聞かれんと思ふにより、外に他念無くて、罪に沈みて、菩提の岸に到らむ事を知らず。それだに一念の心発しつれば、往生しにけり。まして我等はとこそ覚ゆれ。法文の歌、聖教の文に離れたる事無し。法花経八巻が軸々、光を放ち放ち、廿八品の一々の文字、金色の仏にまします。世俗文字の業、翻して讃仏乗の因、などか転法輪にならざらむ。大方詩を作り和歌を詠み手を書く輩は、書き留めつれば、末の世までも朽つる事無し。声技[18]の悲しきことは、我が身崩れぬる後、留まる事の無きなり。其の故に、亡からむ後に人見よとて、未だ世に無き今様の口伝を作り置くところなり

【語注】
1これらすべて郢曲、この内「只の今様」が狭義の今様を言う。2大曲の反対語か。とすれば初心者向けの曲。3曲名、大曲。4大嘗祭に行う田舞の歌。5和歌。6『俊頼髄脳』。『俊秘抄』とも。院政期の歌人源俊頼の歌学書。7「番に織る」は謡う者の順番を決める。8散逸。今様歌集であろう。9声が出なくなった時の方法通り。10今様の名手の源資賢。11今様の名手藤原敦家の孫。12鏡山は、近江。近江出身の今様の名手であろう。13神崎は、淀川河口の地名。遊女が多いことで著名。14こちら。女院方。15一晩おきに。16呆れる。17来迎に預り極楽往生すること。18声を使う芸。

宴曲は、早歌とも言われる。宴曲の称について、『歌舞品目』（小川守中著）は、「其義は宴遊に供する歌曲の義」と述べ、早歌の称は、これらの曲が前代の催馬楽や今様に比べて、歌うテンポが速いためとされる。『申楽談義』に拠れば、宴曲は能にも影響を与えたことが分かり、新興の歌謡として一時期隆盛を誇ったのである。宴曲の盛んであった時期は、ほぼ鎌倉時代の後半からの半世紀程である。現存する宴曲は、曲数にして百七十三曲で、この内、仏教を主題とするものはその一割程である。作者は殆ど明空という僧侶であるが、明空は鎌倉極楽寺関係の僧侶であったらしく、宴曲の特色の一には、東国文化圏を成立地盤としていることが上げられよう。明空以外の作者は、冷泉為相など京の貴族、金沢氏などの幕臣、その他僧侶が上げられる。明空は作曲のみでなく、『宴曲集』、『宴曲抄』などを編

纂すると共に、『撰要目録』（最終的成立は、文保三〈一三一九〉年二月）を著した。同書は四次に渡って成立しており、三次、四次の撰集は、明空と同様、多数の曲を作詞、作曲した月江による可能性が高い。宴曲の撰集名、各曲の曲名、作者を一覧すると共に、第一次、二次分には序がある。そこに上げられた撰集名は、

『宴曲集』『宴曲抄』『真曲抄』『究百集』（以上一次）
『拾果集』（二次）
『拾果抄』（三次）
別紙追加曲『玉林苑』（四次）

である。

仏教そのものを主題とした曲以外にも、詞章の一部に仏教思想を反映させた曲は全体の半数以上に昇り、作品の成立時期が下る程、この傾向が強くなる。宴曲のこれらの性格は世阿弥に受け継がれ、宴曲はほぼ半世紀で生命を終えた。宴曲を歌謡として受け継いだ小歌は、恋歌が中心となってゆき、仏教的な色彩は希薄である。

以下に引用するのは、『宴曲集』巻四の「無常」、巻五の「閑居釈教」である。

◆例文60　『宴曲集』巻四「無常」

無常

眠は五更[1]に覚ぬれば　倩《つらつら》[2]有為の理を　思えば夢のあだし世に　見し面影の百の媚　千々の貌ばせも　刹那の生滅早く到り　幻夢影焰　[3]乾闥婆城の変化は　所執の終も無し　流水帰らぬ老の波　越行末の松山の　松に齢をなぞらへても　終ひには朽ぬる埋木の　苔の下には　唯其名をや残すらん　若きを送る老の恨み　老てはさらぬ別の　千世もと祈る人の子の　歎きは憑む陰も無く　枯葉の浅茅生今幾日は　結べば霜に弱る虫　後れ先立夕煙

雲とやなり　雨とや涙の時雨けん　哀れは何れも切なれど　取り敢へざりし[4]夕顔の　寝くたれ髪の其まゝに　短き契のはてし無く　散にし花の[5]玉鬘　掛てもさやは頼みしに　育み立てけん情までも　憂かりし昔の形見とや[6]柏木の燃ゆる思ひのはて　はかなき跡にや残けむ　岩根の松の若緑　花に戯るゝ春の園　月に語らふ秋の閨身に染む風に脆く散る　木の葉に変らぬ命もても　何かは露の頼み有らん　凡[7]三世の諸仏の御ことのり　無常を発心の始とし　花は萌せり菩提の樹　菓は結ぶ涅槃の山　さればにや証果の羅漢も　しばらく[8]化城に留まりて漸宝所に到らしむ　釈尊[9]八相の成道も　先其姿を顕す　帰去来[10]六の道に　休らひ終ぬ身と成りて

【語注】

1一夜を五分し、その全体を言う場合と、第五番目の時間帯を言う場合がある。第五更は、現在の午前四時頃。**2**無為の対。**3**八部衆の一で、帝釈天に使える飛行神である乾闥婆の城。**4**光源氏の愛人の一人。六条御息所の生霊に取り殺される。**5**夕顔の娘。**6**光源氏の正妻女三宮と密通し、煩悶の末命を落とす。**7**三世は前世、現世、来世。**8**『法華経』化城喩品に説く教え。**9**釈迦が一代に示した八種類の相。数え方には諸説あるが、出家、成道、入滅などは共通する。このうち成道が最重要とされ、八相成道と熟して使用する。**10**六道。

◆例文61　『宴曲集』巻五「閑居釈教」

閑居釈教

狂言綺語の誤をも　漏さぬ御法は有明の　月待程の手すさみに　掬ぶ清水の浅より　深をいかでか汲て知らむ　[1]寂莫の　苔の岩戸の静けきに　倩思続くれば　衲衣の袂を浸す露の　たまたまかゝる身を受て　誰かは心をみがかざらむ　[2]縄床正にうけぬとも　空しく眠こと勿れ　とにかくに何かは歎何か思ふ　この　真如外に在らざれば身を捨て何を尋ねん　[3]空仮の二の中なる道　円頓円融の花の色　初縁実相の匂を施す　春風心源　空寂の空晴て　残れる雲の跡も無く　煩悩眠早覚めて　[4]後夜の上堂に異ならず　暁深き振鈴の　音澄み増さる嶺の嵐　窓打

雨のさめざめと　老の涙を催すは　僧年旧ぬる念誦の声　[5]巴峡の哀猿の三叫　住ば住まるゝ心なれば　山陰深く結ぶ庵に　谷の岩かど踏ならし　閼伽汲水の絶ずのみ　流れの末も濁無き　水上清き法の水に　光を浮べて曇り無き　秋八月の月影　霧を挑《かかげ》し古へや　猶昨日の夢の迷ならん　抑さてもあらまほしく　うら山敷《やましき》類は[6]須陀洹斯陀含　阿那含道阿羅漢果　菩薩の位を証すとも　この　[7]独処仙林[8]阿練若　[9]樹下石上の棲なり

【語注】
1寂しくひっそりした様。**2**腰掛け。背当てや座席に縄を用いる。**3**空仮中三諦の二者。**4**堂に上ること。**5**中国三峡の一。猿の鳴き声で有名。**6**声聞の悟りの四段階の称。**7**一人静かに林に住むこと。**8**寺院。梵語の音釈で、閑寂の意。**9**修行のために山野や路傍に宿ること。釈迦が菩提樹の下の金剛座に座って正覚を得たことから言う。

iii　和　讃

和讃は梵讃、漢讃に対するものである。いずれも法会に用いられたものであるが、元漢讃が中心であった。その後日本人の手で漢讃も作られたが、平安中期頃から、和文脈の讃が作られるようになり、これが盛行した。今日真作であるとされる最も古い和讃は、千観（九一八―九八三）の『極楽国弥陀和讃』、源信作と言われる『極楽六時讃』である。和讃は浄土教系の人々によって作られ、維持されてきたと言われる。井上光貞氏は、和讃の成立に、浄土教の流行と、国風文化の成熟を前提とし、更に漢讃を中心とした法会に対して、和讃は念仏結社において誦されたものと見ている（『新訂日本浄土教成立史の研究』第三章、山川出版社、昭和52年）。教化が貴族社会における法会で誦され、院政期にほぼ終息するのに対して、和讃は、平安中期浄土教の中から生まれ、以後仏教歌謡の中心をなすものとして、鎌倉新仏教に引き継がれてゆく。殊に時宗においては、平安中期の和讃を基とする「本作」と、新たに作成された「新作」とがあるが、それらは『浄業和讃』として集成されている。

和讃は、詞章のあり方に限っても、一様ではない。原則的には、七五調を中心とするが、詞章そのものが変化するものと、固定化したものとがある。殊に『三帖和讃』として集成された親鸞の和讃などは、殆ど詞章の変更なく維持されてきたが、時宗和讃は、踊り念仏と共に誦されたらしく、芸能的性格を有すると同時に、詞章も相当に変動している。殊に一遍の後を受けた他阿上人は、歌人でもあり、『他阿上人歌集』を残し、当時の歌学者、二条派の頓阿とも親しいなど、念仏聖であると同時に、歌僧としての性格も有している。その特徴が「軟質」「流動的」であると言う指摘がある如く（武石彰夫氏「仏教歌謡」、『日本文学と仏教』第五巻所収、岩波書店、平成6年）、時宗の和讃は、芸能や文学と影響し合いながら展開した。しかし、蓮如による本願寺教団の隆盛化と、逆に時宗の衰退は、時宗和讃の終焉を齎し、『三帖和讃』の浸透を促進した。

以下に引用するのは、源信作と伝えられる『極楽六時讃』の「晨朝和讃」、『三帖和讃』の「浄土和讃」、『浄業和讃』の「往生讃」（他阿作）である。

◆例文62　『極楽六時讃』「晨朝和讃」

晨朝和讃

往生極楽ことばには　云へども心は留らず
自から心地に願はしき　ことに思ひをかくべし
臨命終の時いたり　西方界の虚空を
はるかに見れば大光雲　山の如くして起るらむ
弥陀如来諸化仏　観音勢至諸薩埵
無数の賢聖天人衆　光りの中に充満てり
ゆふべの影の東に　漸く覆ふが如くなり

光雲漸く近づきて　声々我を讃め給はむ
つひに引接し給ひて　金蓮台に坐せしめて
則ち仏後に随従《したが》ひて　安養浄土に往生せむ
一日一夜に花ひらけ　一七日にほとけを見
三七日に了々に　見仏聞法具足せむ
則ち本誓願により　六時に仏事を勤修せむ
三小劫を経てのちに　百法明門悟るべし
薬師瑠璃光仏の　浄瑠璃浄土に到りては
まづは日光月光の　二人の大士に値遇せむ
善徳尊の国土には　宝月童子に値遇せむ
普賢尊の国土には　無尽意に値遇せむ
蓮華尊の国土には　止蓋大士に値遇せむ
満月尊の国土には　瑠璃光に値遇せむ
須弥妙音無量声　浄花宿王宝威徳
須弥灯王不動智　吉祥普光妙蔵仏
是等の十万億土にも　阿閦《あしゆく》仏土の如くせむ
第二日には東南方　乃至十日上方界
光明国には持法炬　衆香国には無垢称
梵音樹王広衆徳　十万億仏また同じ

浄光界には師子吼　照明界には師子意
衆蓮花には善住恵　雲雷音には常啼等
金剛堅固歓喜仏　乃至賢徳如来等
世界塵数の国土にも　普賢行願修習せむ

◆**例文63『三帖和讃』「浄土和讃」**

浄土和讃　　愚禿親鸞作

大経意　二十二首

一　尊者阿難座よりたち　世尊の威光を瞻仰し
生希有心とおどろかし　未曾見とぞあやしみし

二　如来の光瑞希有にして　阿難はなはだこゝろよく
如是之義ととえりしに　出世の本意あらはせり

三　大寂定にいりたまひ　如来の光顔たえにして
阿難の慧見をみそなはし　問斯慧義とほめたまふ

四　如来興世の本意には　本願真実ひらきてぞ
難値難見ととききたまひ　猶霊瑞華としめしける

五　弥陀成仏のこのかたは　いまに十劫とときたれど
塵点久遠劫よりも　ひさしき仏とみえたまふ

六　南無不可思議光仏　饒王仏のみもとにて

七　十方浄土のなかよりぞ　本願選択摂取する
無碍光仏のひかりには　清浄歓喜智恵光

八　その徳不可思議にして　十方の諸有をすゝめてぞ
至心信楽欲生と　十方諸有を利益せり

九　不思議の誓願あらわして　真実報土の因とする
真実信心うるひとは　すなわち定聚のかずにいる

十　不退のくらゐに住すれば　かならず滅度にいたらしむ
諸仏の大悲ふかければ　仏智の不思議をあらわして

十一　変成男子の願をたて　女人成仏ちかひたり
至心発願欲生と　十方衆生を方便し

十二　衆善の仮門ひらきてぞ　現其人前と願じける
臨終現前の願により　釈迦は諸善をことごとく

十三　観経一部にあらわして　定散諸機をすゝめけり
諸善万行ことごとく　至心発願せるゆへに

十四　往生浄土の方便の　善とならぬはなかりけり
至心回向欲生と　十方衆生を方便し

十五　名号の真門ひらきてぞ　不果遂者と願じける
果遂の願によりてこそ　釈迦は善本徳本を
弥陀経にあらわして　一乗の機をすゝめける

十六　定散自力の称名は　果遂のちかひに帰してこそ
おしえざれども自然に　真如の門に転入する

十七　安楽浄土をねがひつゝ　他力の信をえぬひとは
仏智不思議をうたがひて　辺地懈慢にとまるなり

十八　如来の興世あひがたし　諸仏の経道きゝがたし
菩薩の勝法きくことも　無量劫にもまれらなり

十九　善知識にあふことも　おしふることもまたかたし
よくきくこともかたければ　行ずることもなほかたし

二十　一代諸教の信よりも　弘願の信楽なほかたし
難中之難とときたまひ　無過此難とのべたまふ

二十一　念仏成仏これ真宗　万行諸善これ要門
権実真仮をわかずして　自然の浄土をえぞしらぬ

二十二　聖道権仮の方便に　衆生ひさしくとゞまりて
諸有に流転のみとぞなる　悲願の一乗帰命せよ

已上大経意

◆例文64　『浄業和讃』「往生讃」

往生讃　具二云往生浄土一　十二日

廿七日

他阿上人撰

吾等ガコノミノハカナサヲ　オモヒトクコソウカリケレ　カレユククサニオクツユノ　アダナルヨリモタノミナシ　イノチヲモノニタグフレハ　アキノスヱノニヨワルナル　ムシノウラミノコヱマデモ　ヨソノウレヒトオモハレズ　ツキヒノツモルカズゴトニ　イノチノトモニキエユクヲ　シラデスギニシムカシトハ　ムナシキアトノナナリケリ　カヽルハカナキミノウヘヲ　オモフココロニトモナヒテ　アサユフモノニツナガレテ　輪廻ノ業ヲゾムスビケル　ヨルヒルツモルツミハミナ　アリハテヌミヲタスケムト　ハシリハシリテイトナミヲ　ナセルココロニハタシケル　過去無数ノ生死ノ因　イマ現在ノ果トナレリ　未来無窮ノマヨヒノ　イツカハツクル期ナルベキ　生ヲ濁世ニウケナガラ　ココロノスマヌコトワリハ　ニゴレルミヅニツキカゲノ　ヤドルマジキガゴトクナリ　マヨフココロヲシラズシテ　ホトケヲエムトモトムハ　スナヲアツメテアブラヲ　シボラムトスルニコトナラズ　ホトケハ三達ノ長者ニテ　衆生本来生死ナキ　モトノ仏性サトリエテ　正覚ヲ成ジタマヒシヲ　菩薩ハ十地已満ノ　法体マドカニ具足シテ　悲智ナラベテカケザレハ　不退ノクラヰニ居シタマヒ　戒定智慧ノ三学ト　コトババカリニサヘヅリテ　ソノ理ニマヨヘルワレラガ　未来ノ生処ゾオソロシキ　コノタビ出離ノ縁モナキ　衆生ノタメニ法蔵ノ　チカヒテホトケニナリタマフ　御名ヲトナヘバ六方ノ　諸仏ノ加被ヲカウブリテ　カナラズ浄土ニ生ズベシ　シカルヲ念仏スルヒトモ　自力ノ徳ニホダサレテ　他力ニ帰セザルユヱニコソ　往生ノ期モナカリケレ　有心ハ平生ナリケレバ　称念ノウチニ臨終アリ　シカレバ臨終平生ハ　フタツナシトゾシラレケル　南無トトナフルヒトコヱハ　帰命ノ一念ナリケレバ　阿弥陀仏ト称スルニ　六字ノウチニ往生ス　カネテ最後ヲシラザレバ　念念スナハチ臨終ト　サトレル智者ハオノヅカラ　念仏相続オコタラズ　善導和尚ノ解釈ニハ　機ヲバ出離ノ縁モナキ　凡夫トシメシテ本願ニ　帰セシムルコソタクミナレ　謗法無信八難ノ　罪根フカキトモガラニ　吾等ガココロヲヒトシメテ　ウルホヒモナキ身トシレバ　一心信楽弘願ノ　往生ノ機トゾナリニケ

ル　マヨヘルココロノ煩悩ハ　ウテドモサラヌイヘノイヌト　シラバ和尚ノ内証ヲ　ワヅカニモナドエザルベキ
菩提ヲエムトモトムレバ　山ノカセギノマネクテニ　トホザカリユクココロヲバ　ツナギトドメムタヨリナシ
三業所修ノ行ヒトリ　報土ニウマレガタケレバ　発願行ヲタスケテゾ　サダメテ仏意ニカナフベキ　凡夫発起ノ
願ヒトツ　浄土ニウマレガタケレバ　行マタ願ヲタスケッツ　願行所謂ヲ剋スナリ　臨終平生フタツナキ　機法
相応ノ本願ニ　南無阿弥陀仏ト帰セムヒト　イカデカ往生トゲザラム　他力不思議ノ名号ハ　五逆闡提破戒マデ
十声一声トナフレバ　カナラズ往生ウタガハズ　スデニヲハリニノゾミナバ　タヾヒトスヂニ阿弥陀仏ト　トナ
ヘテイノチツキムトキ　ウテナノウヘニ乗ズベシ　スナハチ浄土ニウマレテハ　ホトケノ説法聴聞シ　ココロノ
ハナノヒラクレバ　御法ハヤスクサトラレヌ　マサニ諸法ヲサトリテハ　娑婆ノ恩所ニタチムカヒ　親ヨリ疎ニ
オヨブマデ　利益広大無辺ナリ

2　法　語

法語というジャンルに関する研究史は比較的新しい。坂井衡平氏がその重要性を指摘し（『今昔物語集の新研究』誠之堂書店、大正12年）、筑土鈴寛氏が、更に詳細な検討を加えて法語を文学史に位置づけた（「法語の本質」、筑土鈴寛著作集第三巻『中世宗教芸文の研究一』所収、せりか書房、昭和51年。初出『国語と国文学』4・4、昭和2年4月）。筑土氏は主として、

(1)　法語という用語
(2)　法語の定義
(3)　法語の内容と特色

(4)　法語の文体

(5)　法語と文学

について考察した。まず法語という語の用例は、『和語灯録』にあるとする。『和語灯録』は、法然の文章を了恵が編纂したもので、その中に、「示禅勝房法語」「答明遍法語」「示或女房法語」の三例があり、「法語」と言う用語が、法然の名付けたものではないにしても、了恵がそのように称したと見て良いだろうとしている。今その指摘に従い、「示或女房法語」の箇所を引用する。

示或女房法語

念仏行者ノゾンシ候ベキヤウハ、後世ヲヲソレ往生ヲネガヒテ念仏スレバ、ヲハルトキカナラズ来迎セサセ給ヨシヲゾンシテ、念仏申ヨリ外ノコトハ候ハズ。三心ト申候モ、フサネテ申トキハ、タダ一ノ願心ニテ候ナリ。ソノネガフ心ノイツハラズカザラヌ方ヲバ至誠心ト申候。コノ心ノ実ニテ念仏スレバ、臨終ニライガウストイフコトヲ、一念モウタガハヌ方ヲ、深心トハ申候。コノウヘワガ身モカノ土ヘムマレントオモヒ、行業ヲモ往生ノタメト向ルヲ、廻向心トハ申候ナリ。コノユヘニネガフ心イツハラズシテ、ゲニ往生セムトオモヒ候ヘバ、ヲノヅカラ三心ハグソクスルコトニテ候也。抑中品下生ニ来迎ノ候ハヌコトハアルマジケレバ、トカレヌニテハ候ハズ。九品往生ニヲノヲノミナアルベキコトノ略セラレテナキ事モ候。善導ノ御心ハ、三心モ品々ニワタリテアルベシトミエテ候。品々ゴトニオホクノコト候ヘドモ、三心ト来迎トハカナラズアルベキニテ候ナリ。往生ヲネガハン行者ハ、カナラズ三心ヲヲコスベキニテ候ヘバ、上品上生ニコレヲトキテ、余ノ品々ヲモ、是ニナズラヘテシルベシトミエテ候。又ワレラ戒品ノフネイカダモヤブレタレバ、生死ノ大海ヲワタルベキ縁モ候ハズ、智慧ノヒカリモクモリテ、生死ノヤミヲテラシガタケレバ、聖道ノ得道ニモモレタルワレラガタメニ、ホドコシ給他力ト申候ハ、第十九ノ来迎ノ願ニテ候ヘバ、文ニミエズ候トテモ、カナラズ来仰ハアルベキニテ候也。ユメユメ御ウタ

ガヒ候ベカラズ、アナカシコアナカシコ。　　　　　　　　　　　　源空

筑土氏は、法語と名付けられたこれらの文章を、御書、御文、御詞等と比較して、「その目的とするところは法門の義理を説き示し勧信するので、この点全く御書等と同一であるから、何の理由で法語と名づけ、何の根拠あつて法語と名づけなかつたかといふ分別は充分でない」とし、「法語・御書・御文・御詞等の間に明瞭な区画があつたと考へられない」と結論付けている。従って、法語とは、法語と称されるもの以外にも、上記の諸書及び、消息文等も含むものとする。

法語の定義に関しては、「法門の要義を説くもの」であるが、「論理的追求からなる教義書」ではなく、「情的所産」であるとする。また、天台教学と比較するならば、内容的には、経律論の内の経に対応している。経は元々三蔵の中で最も具体的なものである。内容的には、例えば天台教学と比較して、全く質の異なるものではなく、法語の特色は、内容よりも、その文体及び、対象に探らねばならないことになろう。法語の文体は、時に非論理的であり、情的である。漢文の法語もあるが、多くは和文脈を用いており、また、問答体から成るものもある。これは法語がそもそも対他的な動機、信者に対して信仰を維持すべく鼓吹するため、或いは、入信を促すための説法という性格を持っているからである。

法語は、その用例が法然の『和語灯録』までしか溯れないように、鎌倉期以降の仏教において作られた。この点について、筑土氏は、南都六宗や天台等の教団が、「学的集団であり、純然たる宗教的集団ではなかつた」からであり、一方鎌倉期以降成立の宗教集団が、旧教団否定の上に布教活動を行い、その対象が主として一般庶民と言われる人々であったことが、法語成立の大きなきっかけとなっているとしている。

法語は宗教的動機から作られたものであるが、対象の理解を得るために、時には具体例即ち因縁譚を取り入れ、時には感情的な高まりを表現する。そのため、そこに文学性を看取することが可能であり、殊に因縁譚が大量に含まれ

ている点は、五章で論じる、唱導文学とも深く関わっている。

次に、具体的にどのような作品を法語と見るかに関して、諸家の間に若干の違いはあるが、主なものを以下に上げる。

まず始めに、源信作とされる『横川法語』については、真作か否か疑問であるので措く。法然関係の法語としては、先に引用した『和語灯録』五巻及び、『和語灯録拾遺』二巻にほぼ尽きている。『一言芳談』は編者、成立時期共に不明だが、浄土宗系のものと考えられている。親鸞の法語は、門弟に与えた消息に特色があるが、最も重要なものは弟子の唯円による『歎異抄』である。一遍は、臨終の際、著作を焼却したと言われるが（『一遍聖絵』）、相当の著作類は門弟の手元に残ったであろう。『播州法語集』『一遍念仏法語』等が伝わっている。時宗の法語としては、他に、二世他阿の『他阿上人法語集』、向阿の『三部仮名鈔』等もある。日蓮の法語は、『身延山御書』等がある外、消息文に文学性を認める立場が多い。禅宗では、道元の『正法眼蔵』があるが難解を以て鳴る。弟子の孤雲懐奘が編んだ『正法眼蔵随聞記』がより理解し易いであろう。

以下に引用するのは、法然の書簡、唯円の『歎異抄』、懐奘の『正法眼蔵随聞記』、『一遍上人語録』、日蓮の『御書』である。

◆例文65　「法然書簡」

おんふみよろこびてうけたまはり候ぬ。まことに、そのゝちおぼつかなく候つるに、うれしくおほせられて候。[1]たんねんぶつのもん、かきてまいらせ候、御らん候べし。ねんぶつのぎようは、かの仏のほんがんの行にて候。[2]じかい、じゆきよう、じゆじゆ、りかん等の行は、かの仏の本願にあらぬをこなひにて候へば、ごくらくをねがはむ人は、まづかならず本願の念仏の行をつとめてのうへに、もしおこなひをも念仏にし、くはへ候はむとおもひ候はゞ、さもつかまつり候。又たゞ本願の念仏ばかりにても候べし。念仏をつかまつり候はで、たゞ[3]ことおこなひばかりをして、極楽をねがひ候人は、極楽へもえむまれ候はぬことにて候よし、ぜんどうかしようのおほせられて候へば、たん念仏がけつじようおうじようのごうにては候也。善導和尚は、あみだのけしんにておはしまし候へば、それこそはいちじようにて候へともうし候に候。又、によぼんと候は、[4]ふいんかいのことにこそ候なれ。又、[5]御きうたちどもの[6]かんだうと候は、[7]ふしんかいのことにこそ候なれ。されば持戒の行は、仏の本願にあらぬ行なれば、たへたらんにしたがひて、たもたせたまふべく候。[8]けうやうの行も仏の本願にあらず。たへんにしたがひて、つとめさせおはしますべく候。又、[9]あかゞねの阿字のことも、おなじことに候。又、[10]さくぢやうのことも仏の本願にあらぬつとめにて候。とてもかくても候なん。又、[11]かうせうのまんだらは、たいせちにおはしまし候。かたじけなくもつぎのことに候。たゞ念仏を三万、もしは五万、もしは六万、一心にまうさせおはしまし候はむぞ、決定往生のおこなひにては候、ことぜんごんは念仏のいとまあらばのことに候。六万へんをだに一心にもうさせたまはば、そのほかにはなにごとをかは、せさせおはしますべき。まめやかに一心に三万、五万、念仏をつとめさせたまはゞ、せう〳〵かいぎようやぶれさせおはしまし候とも、往生はそれにはより候まじきことに候。たゞし、このなかに、けうやうの行は仏の本願にてはそうらわねども、[12]八十九にておはしまし候なり。あひかまへて、ことしなんどをばまちまいらせさせ、おはしませかしとおぼへ候。あなかしく、こと〳〵はいりても、おはしまし候はむにくるしく候はず。たゞひとりたのみまいらせて、おはしまし候なるに、かならず〳〵まちまいらせさせ、おはしますべく候。かしく

五月二日　　　　　　　　　　　　　　　　　[13]源空拝

武蔵[14]国熊谷入道殿御返事

【語注】

1但念仏。念仏だけで往生をすること。但諸行往生、助念仏往生の対。2持戒、誦経、誦呪、理観。3他の行。4不邪淫戒。夫婦以外の者と通じること。5御君達。直実の息子達。6勘当。7瞋恚を禁ずる戒。8孝養。9銅製の阿字を用いて、阿字観を修行すること。阿字は一切言語の根本であり、その理を観じる理法を阿字観と言う。10錫杖。僧が遊行の際に持つ杖。ここでは手錫杖を用いて読経、頌文の時に用いることを言うか。11迎接の曼荼羅。来迎引接の様を描く。12直実の母の年齢か。13法然の諱。14一一七八―一二五九。宇都宮氏。北条時政の後妻牧氏の娘を妻とした。元久二（一二〇五）年牧氏の事件に遭い、嫌疑を受けたため出家。法名蓮生。娘が御子左家の為家に嫁いだため、定家と縁戚になり京都の歌壇とも関係が深い。宇都宮に一大文化圏を築いた。『百人一首』のもととなった『百人秀歌』は彼の依頼により成立したといわれる。自身も歌人。

◆例文66『歎異抄』

一　[1]オノ〳〵十余ケ国ノサカヒヲコエテ、身命ヲカヘリミズシテ、[2]タヅネキタラシメタマフ御コヽロザシ、ヒトヘニ往生極楽ノミチヲ、トヒキカンガタメナリ。シカルニ、念仏ヨリホカニ往生ノミチヲモ存知シ、マタ、法文等ヲモシリタルラント、[3]コヽロニクヽオボシメシテオハシマシテハンベランハ、オホキナルアヤマリナリ。モシシカラバ、南都、北嶺ニモ[4]ユヽシキ学生タチ、オホク座セラレテサフラウナレバ、カノヒトニモアヒタテマツリテ、往生ノ要ヨク〳〵キカルベキナリ。親鸞ニオキテハ、タヾ念仏シテ、弥陀ニタスケラレマヒラスベシト、[5]ヨキヒトノオホセヲカフリテ信ズルホカニ、別ノ子細ナキナリ。念仏ハ、マコトニ浄土ニムマル、タネニテヤハンベラン、マタ、地獄ニオツベキ[6]業ニテヤハンベルラン。惣ジテモテ存知セザルナリ。タトヒ法然聖人ニ[7]スカサレマヒラセテ、念仏シテ地獄ニオチタリトモ、サラニ後悔スベカラズサフラウ。ソノユヘハ、[8]自余ノ行モハゲミテ仏ニナルベカリケル身ガ、念仏ヲマフシテ地獄ニモオチテサフラハヾコソ、スカサレタテマツリテトイフ後悔モサフラハメ。[9]イヅレノ行モオヨビガタキ身ナレバ、[10]トテモ地獄ハ一定スミカゾカシ。弥陀ノ本願マコトニオハシマサバ、釈尊ノ説教、虚言ナルベカラズ。仏説マコトニオハシマサバ、善導ノ御釈、虚言シタマフベカラズ。善導ノ御釈[11]マコトナラバ、法然ノオホセソラゴトナランヤ。法然ノオホセマコトナラバ、親鸞ガマフスムネ、マタ、モテムナシカルベカラズサフラウ歟。詮ズルトコロ、愚身[12]ノ信心ニオキテハカクノゴトシ。コノウヘハ、念仏ヲトリテ信ジタテマツラントモ、マタステントモ、面々ノ御[13]ハカラヒナリト云々。

一　善人ナヲモテ往生ヲトグ、イハンヤ悪人ヲヤ。シカルヲ、世ノヒトツネニイハク、悪人ナヲ往生ス、イカニイハンヤ善人ヲヤ。コノ条[14]、一旦ソノイハレアルニニタレドモ、本願他力ノ意趣ニソムケリ。ソノユヘハ、自力[15]作善ノヒトハ、ヒトヘニ他力ヲタノムコヽロカケタルアヒダ、弥陀ノ本願ニアラズ。シカレドモ、自力ノコヽロ[16]ヲヒルガヘシテ、他力ヲタノミタテマツレバ、真実[18]報土ノ往生ヲトグルナリ。煩悩具足ノワレラハ、イヅレノ行[17]ニテモ生死ヲハナルヽコト、アルベカラザルヲアハレミタマヒテ、願ヲオコシタマフ本意、悪人成仏ノタメナレバ、他力ヲタノミタテマツル悪人、モトモ往生ノ正因[19]ナリ。ヨテ、善人ダニコソ往生スレ、マシテ悪人ハト、オホセサフラヒキ。

一　慈悲ニ聖道[20]、浄土ノカハリメアリ。聖道ノ慈悲トイフハ、モノヲアハレミ、カナシミ、ハグヽムナリ。シカレドモ、オモフガゴトクタスケトグルコト、キハメテアリガタシ。浄土ノ慈悲トイフハ、念仏シテ、イソギ仏ニナリテ、大慈大悲心[21]ヲモテ、オモフガゴトク衆生ヲ利益スルヲイフベキナリ。今生ニイカニイトヲシ、不便トオモフトモ、存知[22]ノゴトクタスケガタケレバ、コノ慈悲始終[23]ナシ。シカレバ、念仏マフスノミゾ、スエトヲリタル[24]大慈悲心ニテサフラウベキト云々

【語注】

1各々方。2（遠国から苦労して親鸞を）尋ねて。3真相を知りたいと。4立派な。5素晴らしい師匠。法然を指す。6業因。7瞞されて。8それ以外の行。9念仏以外のどのような行も。10どのようにしても。11釈は、経典や論を解釈したもの。ここでは善導が『観経』を釈した『観経疏』を言う。12愚かな私。13思慮。14教条。15往生のために自分の力で善を行うこと。16欠ける。17変更する。18報土は弥陀の本願と修行の結果として成立する国土、即ち極楽浄土のこと。親鸞はこれに真と仮があるとし、念仏往生によってのみ、真実報土に往生出来るとした。19最も正当な理由（因）。20聖道門と浄土門。21大いなる仏の慈悲。22自分が思うように。23終わりがなく、徹底しない。24貫徹する。

◆例文67　『正法眼蔵随聞記』

夜話に云く、昔、[1]魯仲連と云ふ将軍ありき。[2]平原君が国に在て能く朝敵をたひらぐ。平原君賞して、数多の金銀等を与へしかば、魯仲連辞して云く、只だ将軍のみちなれば敵を能く討のみなり、賞を得て物をとらん為に非ずと云て、敢て取らずと云ふ。魯仲連が廉直とて名誉のことなり。俗猶を賢なるは、我れ其の人として其の道の能をなすばかりなり。[3]かはりを得んと思はず。学人の用心もかくの如くなるべし。仏道に入り、仏法の為に諸事を行じて、代に所得あらんと思ふべからず。内外の諸教に皆無所得なれとのみ勧むるなり。（巻二）

雑話の次でに云く、世間の男女老少、多く交会婬色等の事を談ず。是を以心を慰むるとし、[4]興言とすることあり。一旦意をも遊戯し、徒然も慰むるに似たりと云ふとも、僧はもっとも禁断すべきことなり。俗猶よき人、まことしき人の礼儀をも存じ、[5]げにげにしき談の時、出来らざることなり。只乱酔放逸なる時の談なり。況や僧は専ら仏道を思ふべし。雑語は[6]希有異体の乱僧の云ふことなり。宋土の寺院なんどには、都て雑談をせざれば、其やうなることをも云はざるなり。吾が国も、近ごろ[7]建仁寺の僧正存生の時は、[8]一向あからさまにも此の如きの言語出来らず。滅後にも、在世の時の門弟子等少々残りとゞまりたりし時は、一切に云はざりき。近ごろ此の七八年より以来、[9]今ま出の若き人たち時々談ずるなり。存外の次第なり。聖教の中にも、[10]麁強悪業、令人覚悟、無利言説、能障正道とありて、[11]只うち出して云処の言ばすら、無利の言説は障道の因縁なり。況やかくの如きの言語は、ことばに引れて即ち、心も起りつべし。最も用心すべきなり。故さらにかくなん云はじとせずとも、悪きことゝ知りなば漸々に[12]対治すべきなり。（巻二）

夜話に云く、学道の人は、人情を棄べきなり。人情をすつると云は、仏法に随がひ行くなり。世人をほく[13]小乗根性にて、善悪をわきまへ、是非を分ちて是をとり非をすつるは、みな是れ小乗根性なり。只先づ[14]世情をすてゝ、仏道に入るべし。仏道に入には、我こゝろに善悪を分けて、よしと思ひあしゝと思ふことをすてゝ、我が身よからん我が意ろなにとあらんと思ふ心をわすれて、善くもあれ悪くもあれ、仏祖の[15]言語行履に随がひゆくなり。吾が心に善しと思ひ亦、世人のよしと思ふこと、必らずしも善からず。然あれば、人めもわすれ吾が意ろをもすてゝ、仏教に随がひゆくなり。身もくるしく心も愁ふるとも、我が身心をば一向にすてたるものなればと思ふて、苦るしくうれへつべきことなりとも、仏祖先徳の行履ならば、なすべきなり。此の事はよきこと、仏道にかなひたらめと思ふて、なしたく行じたくとも、もし仏祖の行履に無からん事はなすべからず。是れ必らず法門をもよくこゝろへたるにてあるなり。吾が心にも亦、本より習ひ来たる法門の思量をば棄てゝ、只今見る所ろの祖師の言語行履に、次第に心ろを移しもてゆくなり。かくのごとくすれば智慧もすゝみ、悟りも開くるなり。本より学せし処ろの[16]教家文字の功も、すつべき道理あらば棄てゝ、今まの義につきて見るべきなり。法門を学する事は、本より出離得道のためなり。我が所学多年の功つめり、なんぞたやすく捨てんと、猶を心ろ深く思ふ、即ち、此の心を[17]生死繫縛の心と云ふなり。能々思量すべし。（巻三）

一旦示して云く、吾れ在宋の時禅院にして古人の語録を見し時、ある[18]西川の僧、[19]道者にて有しが、我に問て云く、語録を見て何の用ぞ。答て云く、古人の行李を知ん。僧の云く、何の用ぞ。云く、郷里にかへりて人を化せん。

僧の云く、なにの用ぞ。云く、利生のためなり。僧の云く、畢竟じて何の用ぞと。予後に此の理を案ずるに、語録公案等を見て古人の行履をも知り、あるひは、迷者のために説き聴かしめん、皆な是れ自行化他のために畢竟じて無用なり。[20]只管打坐して大事をあきらめなば、後には一字を知らずとも、他に開示せんに用ひつくすべからず。故に、彼の僧、畢竟じてなにの用ぞとは云ひける。是れ真実の道理なりと思ひて、其の後語録等を見ることをやめて、一向に打坐して大事を明らめ得たり。（巻三）

夜話の次に、[21]奘問て云く、父母の報恩等の事は作すべきや。示して云く、孝順は最用なる所なり。然あれども、其の孝順に在家出家の別あり。在家は[22]孝経等の説を守て、生につかへ死につかふること、世人みな知れり。出家は恩をすてゝ無為に入る故に、出家の作法は、恩を報ずるに一人にかぎらず、一切衆生をひとしく父母のごとく恩深しと思ふて、なす処の善根を法界にめぐらす。[23]別して今生一世の父母にかぎらば、無為の道にそむかん。日日の行道、時時の参学、只仏道に随順しもてゆかば、其れを真実の孝道とするなり。忌日の追善、中陰の作善なんどは、皆在家に用ふる所ろなり。[24]衲子は父母の恩の深きことをば実の如くしるべし。余の一切も亦、かくの如しと知るべし。別して一日を占てことに善を修し、別して一人を分て廻向するは、仏意にあらざるか。[25]戒経の父母兄弟、死亡之日の文は、且く在家に蒙むらしむるか。大宋叢林の衆僧、師匠の忌日には其儀式あれども、父母の忌日は是を修したりとも見へざるなり。（巻三）

夜話に云く、今時世人を見る中に、[26]果報もよく家をも起す人は、皆心の正直に人の為によき人なり。故に、家をも保ち子孫までも昌ゆるなり。心に曲節ありて人の為に悪き人は、設ひ一旦は果報もよく家を保てる様なれども、終にはあしきなり。設ひ亦一期は無事にして過す様なれども、子孫必ず衰微するなり。亦、人のために善きことをして、其の人によしと思はれ喜びられんと思ふてするは、あしきに比すれば、勝ぐれたるに似たれども、猶を是は自身を思ふて、人のために真によきにはあらざるなり。其の人には知られざれども、人のために好き事をなし、乃至、未来までも誰れが為と思はざれども、人の為によからん事をしをきなんどするを、誠との善人とは云ふなり。況や衲僧は是にこへたる心をもつべきなり。衆生を思ふ事、親疎を分かたず、平等に済度の心を存じ、世出世間の利益、すべて自利を思はず、人にも知られず、喜こびられずとも、只人の為によきことを心の中に作して、我れはかくの如くの心もちたると、人に知られざるなり。此の故、実はまづ世を捨て、身を捨つべきなり。我が身をだにも真実に捨てぬれば、人によく思はれんと謂ふ心は無きなり。然あればとて亦、人はなにとも思はゞ思へとて、悪しきことを行じ放逸ならんは亦、仏意に背くなり。只よき事を行じ、人の為に善事をなして、代りを得んと思ひ、我が名を顕はさんと思はずして、真実無所得にして利生の事をなす。即ち、吾我を離るゝ、第一の用心なり。此の心を存ぜんと思はゞ、まづ無常を思ふべし。一期は夢の如し。光陰は早く移る。露の命ちは消へ易し。時は人を待ざるならひなれば、只しばらく存じたるほど、聊かのことにつけても、人の為によく仏意に順はんと思ふべきなり。（巻四）

示して云く、衣食の事は、兼[27]てより思ひあてがふことなかれ。若し失[28]食絶烟せば、其の時に臨で乞食せん。その人に用事いはんなど思ひ設けたるも、即ち、物を貯る邪[29]命食にて有なり。衲子は雲の如く定れる住所もなく、水の如くに流れゆきて、よる処もなきをこそ僧とは云ふなり。縦ひ衣鉢の外に一物も持たずとも、一人の檀那をも頼み、一類の親族をも頼むは、即ち、自他ともに縛住せられて、不浄食にてあるなり。かくのごとくの不浄食等を以て、やしなひもちたる身心にて、諸仏清浄の大法を悟らんと思ふとも、とても契ふまじきなり。たとへば藍にそめたる物は青く、檗にそめたる物は黄なるが如く、邪命食を以てそめたる身心は即ち、邪命身なるべし。此の身心を以て、仏法をのぞまば、沙を圧して油を求るが如し。只時にのぞみて、兎も角も道理に契ふやうにはからふべきなり。かねてとかく思ひたくはふるは、皆たがふことなり。能々思量すべきなり（巻六）

【語注】

1『史記』巻八十三「魯仲連列伝」に見える話。2中国戦国時代の趙の霊王の子。平原に封ぜられた。3代価。4面白い言葉。5実のある。6滅多にない、異様な風体の。7栄西。8ほんの一寸でも。9新参の。10出典未詳。11ほんの一寸口に出す言葉。12退治と同意。13自分だけ悟りを得ようとする心。14現世的な気持。15行為。16天台真言の経典。17輪廻に縛られた。18四川省。19仏道に至った人。20ひたすら坐する。只管はひたすら、打は接頭語、坐は座禅をする。曹洞禅は、只管打坐を中心とし、臨済禅は公案を中心とした。21奘は、孤雲懐奘（一一九八―一二八〇）。道元の弟子で本書の筆者。22一巻。曾子門流の手に成り、十三経の一。23特別に。24衲衣をまとった者で、僧。25『梵網経』軽戒第二十五に見える言葉。26前世からの善い報いを受けて。27あらかじめ。28食料がなく、煮炊きの煙も絶えること。29仏道修行者が乞食などの正道によらずに得た食料によって命を養うこと。方口食、維口食、仰口食、下口食の四種があるとされる。

◆例文68　『一遍上人語録』巻下

又云、世の人おもへらく、「自力、他力を分別して、わが体を有せて、われ他力にすがりて往生すべし」と云云。此義[1]しからず。自力他力は初門の事なり。自他の位を打捨て、唯一念、仏になるを他力とはいふなり。熊野権現の、「信不信をいはず、有罪無罪を論ぜず、南無阿弥陀仏が往生するぞ」と示現[2]し給ひし時より、法師[3]は領解して、自力の我執を打捨たりと。これは常の仰なり。（十八）

又云、自力の時、我執憍慢の心はおこるなり。其ゆへは、わがよく意得、わがよく行じて生死を離るべしとおもふ故に、智恵もすゝみ行もすゝめば、我ほどの智者、われ程の行者はあるまじとおもひて、身をあげ人をくだすなり。他力称名に帰しぬれば、憍慢なし、卑下なし。其故は、身心を放下[4]して、無我無人の法に帰しぬれば、自他彼此の人我なし。田夫野人[5]、尼入道、愚痴、無智までも平等に往生する法なれば、他力の行といふなり。般舟讃[6]に、「三業起行多憍慢[7]」といふは、自力の行なり。「単発無上菩提心、廻心念々生安楽」といふは、三心[8]をすゝむるなり。自力の行は憍慢おほければ、三心をおこせとすゝむるなり。（二十一）

又云、決定往生の信たらずとて、人ごとに歎くは、いはれなき事なり。凡夫のこゝろには決定なし。決定は名号なり。しかれば、決定往生の信たらずとも、口にまかせて称せば往生すべし。是故に往生は心によらず、名号によりて往生するなり。決定の信をたてゝ往生すべしといはゞ、猶心品にかへるなり。わがこゝろを打すてゝ、一向に名号によりて往生すと意得れば、をのづから又、決定の心はおこるなり。（二十五）

又云、決定といふは名号なり。わが身わがこゝろは不定なり。身は[9]無常遷流の形なれば、念々に生滅す。心は妄心なれば虚妄なり。たのむべからず。（二十六）

又云、（[10]餝万津[11]別時の結願の仰なり）名号は、信ずるも信ぜざるも、となふれば他力不思議の力にて往生す。自力我執の心をもて、兎角もてあつかふべからず。極楽は無我の土なるが故に、我執をもては往生せず、名号をもて往生すべきなり。（二十七）

又云、念仏の機に三品あり。上根は、妻子を帯し家に在ながら、著せずして往生す。中根は、妻子をすつるといへども、住処と衣食とを帯して、著せずして往生す。下根は、万事を捨離して、往生す。我等は下根のものなれば、一切を捨ずば、定て臨終に諸事に著して往生をし損ずべきなりと思ふ故に、かくのごとく行ずるなり。よく〳〵心に思量すべし。こゝに、ある人問て曰く、「大経の三輩は、上輩を捨家棄欲ととけり。今の御義には相違せり、如何」。答てのたまはく、「一切の仏法は[12]心品を沙汰す。[13]外相をいはず。心品の捨家棄欲して無著なる事を上輩と説り。」（四十四）

又云、罪といひ功徳といふこと、凡夫浅智のものまたく分別すべからず。[14]空也の釈に云、「[15]智者の逆罪は変じて成仏の直道となり、愚者の勤行はあやまれば三途の因業となる」と云々。しかれば、愚者は功徳とおもへども、智者の前には罪なり。愚者は罪とおもへども、智者の前には功徳なり。微々細々なり。我等愚痴の身、いかでか分別すべきや。なに況や善悪の二道は、ともに出離の要道にあらず。たゞ罪をつくれば重苦をうけ、功徳を作れば善所に生ずる故に、止悪修善をしゆるばかりなり。しかれば、善導は、「[16]罪福の多少をとはず」と釈し給へり。所詮、罪と功徳との沙汰をせず、[17]なまざかしき智慧を捨て、身命おしまず、偏に称名するより外には、余の沙汰有べからず　（五十八）

【語注】

1そうではない。**2**神仏が霊験を現し示した。お告げ。**3**私は。**4**打ち捨てる。**5**教養のない粗野な人。**6**善導の著作。**7**三業は身、口、意の作る業。**8**至誠心、深心、回向発願心。**9**常住することなく流れのままに移り変わるもの。**10**播磨国飾磨の津。**11**別時念仏。**12**心の種類。**13**外面に現れる姿、形、さらには職業などもいう。**14**平安時代の僧。第二章3参照。**15**出典未詳。**16**罪悪と福徳。**17**生半可な知識。

◆例文69『御書』「刑部左衛門尉女房御返事」

夫[1]目連尊者の父をば[2]吉占師子、母をば[3]青提女と申せしなり。母死して後餓鬼道に堕ちたり。しかれども、凡夫の間は知る事なし。[4]証果の二乗となりて、[5]天眼を開きて見しかば、母、餓鬼道に堕ちたりき。あらあさましやといふ計りもなし。餓鬼道に行きて飯をまいらせしかば、纔に口に入るかと見えしが、飯変じて炎となり、口はかなへの如く、飯は炭をおこせるが如し。身は灯炬の如くもえあがりしかば、神通を現じて水を出だして消す処に、水変じて炎となり、弥火炎のごとくもゑあがる。目連自力には協はざる間、仏の御前に走り参り申してありしかば、十方の聖僧を供養し其の生飯を取りて、纔に母の餓鬼道の苦をば救い給へる計りなり。釈迦仏は[6]御誕生の後、七日と申せしに、母の摩耶夫人にをくれまいらせましましき。凡夫にてわたらせ給へば、母の生処を知しめすことなし。三十の御年に仏にならせ給いて、父[7]浄飯王を現身に教化して、[8]証果の羅漢となし給ふ。母の御ためには忉利天に昇り給いて、[9]摩耶経を説き給いて、父母を阿羅漢となしまいらせ給いぬ。此れ等をば爾前の経経の人人は孝養の二乗、孝養の仏とこそ思い候へども、立ち還って見候へば、不孝の声聞、不孝の仏なり。目連尊者程の聖人が母を成仏の道に入れ給はず、釈迦仏程の大聖の父母を二乗の道に入れ奉りて、永不成仏の歎きを深くなさせまいらせ給いしをば、孝養とや申すべき、不孝とや云うべき。而るに、浄名居士[10]、目連を毀て云く、六師外道[11]が弟子なり等云云。仏自身を責めて云く、我則ち、慳[12]貪に堕ちなん、此の事は為《さだ》めて不可なり等云云。然らば、目連は知らざれば科浅くもやあるらん、仏は法華経を知ろしめしながら、生てをはする父に惜み、死してまします母に再び値い奉りて、説かせ給はざりしかば、大慳貪の人をば、これより外に尋ぬべからず

【語注】

1日犍連のこと。仏十大弟子の一人。舎利弗に続き、仏の弟子となった。2未詳。父は、拘離陀（目連変）、傅相（目連経）などと言う。氏は、大採菽氏。3青提女が餓鬼道に落ちた話は、『今昔物語集』などの説話集、また、敦煌の目連変、『盂蘭盆経』にも見える。4修行の結果悟りの境地に達すること。二乗は声聞と縁覚。いずれも小乗の聖者。その上の菩薩を加えて三乗と言う。5天眼通のこと。神通の一。色界、欲界の六道の中は見通すことが出来る。6生所。死後生まれ変わった場所。7迦毗羅衛国の王。死後、忉利天に生まれた。8羅漢は阿羅漢の略。小乗の聖者。修行の結果羅漢果を得た。9『摩訶摩耶経』、或いは、『仏昇忉利天為母説法経』。10維摩詰。11外道は苦行者の意。仏教以外の宗教や哲学を信仰する者、転じて、仏徒に障害をなす者の意。内道の対。六師外道は、六人の外道のこと。富蘭那、末伽梨拘瞿梨子など。12けちで欲が深いこと。六悪心の一。

3　中世小説

i　草　子

鎌倉期には、平安期の物語文学の後を受けて、多数の物語が書かれた。その殆どは散逸したが、このことは、鎌倉期に至っても文学の面ではなお貴族が創作力を維持し、これを享受していたことを物語る。しかし、南北朝期に入る

とこれらの創作活動も次第に衰退してゆき、作者、読者層が交代すると共に、内容も前代までの物語とは異なる作品が現れる。それらを一括して、室町物語、中世小説、御伽草子などと称する。江戸時代中期には、南北朝期から室町期に書かれた物語の中から二十三篇を選び、『御伽文庫』として版行された。この読者層は主として婦女子であったが、中世の物語が近世に至って迎え入れられたことは、これらの作品がやがて近世の様々な小説類に影響を与えたことを意味しよう。その二十三篇は、「文正草子」「鉢かづき」「小町草子」「御曹司島渡」「唐糸草子」「木幡狐」「七草草子」「猿源氏草子」「物くさ太郎」「さざれいし」「蛤の草子」「小敦盛」「二十四孝」「梵天国」「のせ猿草子」「猫の草子」「浜出草子」「和泉式部」「一寸法師」「さいき」「浦島太郎」「横笛草子」「酒呑童子」となっている。

これらは室町期の代表的な物語を集めたものだが、内容は多種多様である。類型を示せば、平安期物語の流れを汲むもの、民間説話に基づくもの、伝記的なもの、或いは、軍記物語中の挿話に基づくものなどである。市古貞次氏は、これらのうち仏教と関わる作品を「僧侶・宗教物」とし、さらに児物語、破戒僧の失敗譚、発心遁世物、本地物、高僧伝記小説、縁起物、説経法談物に下位分類している（『中世小説の研究』、東京大学出版会、昭和30年）。作品の主題はこれらの分類にほぼ従うとしても、内容的には仏教の影響は多くの作品に濃厚に表れており、この時代の作品が多かれ少なかれ仏教思想の影響を受けていたことは言うまでもない。

作者について見ると、鎌倉期の物語が主として貴族の手に成るものであったのに対し、室町期の作品は、貴族以外に、僧侶も加わっていると考えられる。上記の児物語は、明らかに僧侶の世界に取材したものであるし、発心遁世物は、『発心集』『沙石集』などの説話世界と素材が重なり、且つ、僧侶、遁世者によって書かれたものであった。本地物は、次節で述べる如く、釈迦の本生譚、寺社の縁起など、唱導の世界で盛んに説かれたものである。室町期物語の多くに唱導との関わりが想定されるのであり、それぞれが短編で、絵を伴っていたらしいこと、詞章が簡単であることなどは、唱導における口頭詞章の性格を受け継ぐものであろう。平安期物語と比較すると、これらの作品は読むことに限定されているのではなく、口承的な要素を持っているのである。

主題の面で仏教に関わる主な作品は、児物語の系列では『秋夜長物語』『あしびき』など、破戒僧の失敗譚は滑稽譚であり、近世に至り成長を遂げる『ささやき竹』『おようのあま』など、発心遁世譚には『西行』『為世の草子』『高野物語』『三人法師』など、本地物には、『熊野の本地』『諏訪の本地』など、外国物には天竺、震旦を舞台とした『阿弥陀の本地』など、伝記物としては『恵心僧都物語』などがある。いずれもその背後に、仏教説話、説草が想定される点が注意される。

以下に引用する『高野物語』は作者不明の作品である。高野山萱堂《かやどう》は不断念仏の道場であり、堂主はもと伯耆の国の豪族で、ここに止宿する僧は三百人余りであったが、ある夜、堂主の提案で、それぞれの遁世の理由を語ることになる。五人の僧がそれぞれの出家の由来を語り、最後に堂主が自らの発心譚を語る。一種の巡り物語でもあり、この形式は『源氏物語』の「雨夜の品定め」以来のものである。この内の第三話は、室町物語中の傑作と言われる『三人法師』に影響を与えたとも言われている。舞台が高野山であり、冒頭に置かれた高野山に関する記事は『平家物語』に拠ると考えられ、高野聖の間から生まれた話であろうとの指摘もある。

◆例文70　『高野物語』

そも〳〵高野山と申は、帝城[1]を去って二百里、郷里を離れて無人声《むにんしやう》[2]、晴嵐[3]梢を鳴らさずして、夕日の影閑也。霊地ことにすぐれたるにや、大師[4]この地に居をしめ、入定[5]ありし時は、承和二年の春とかや。まづ壇上[6]より奥の院[7]へは三十七町の道、それは兜率[8]の三十七品を表せり。その暁を松風に、うき世の夢をさまし、されば心ある人は、世を捨て後生を助からんと、大師の業をまなび、金剛[9]、胎蔵の両部の道を積むもあり、或は坐禅の床に坐し、工夫をする人もあり、念仏三昧の道場をしつらい、窓の前には聖衆の来迎を待つ輩もあり。其心ざしまち〳〵なりといへども、源は同じくして、有縁無縁の亡者、[10]一仏浄土の縁とぞ祈られける。こゝに[11]萱堂と申すは、不断念仏の道場にて、[12]六時の勤め怠らず。かの坊主は本国伯耆の国、[13]南条の総領にて、三千町の主たる上、其ほか国々に拝領の所領多かりければ、家門の繁昌申に及ばず。しかりといへども、前生の縁にや、三十三と申に此萱堂にて出家して、六十二と申に往生の素懐をぞ遂げられける。此聖存生の時、比は長月十日あまりの事成に、[14]八葉の峰高しといへども、[15]五障の雲かゝる事なく、明月の影清々としてたとへん方もなく、うき世の月もかくやあるらんと、さすが昔も思ひ出、涙のかゝる墨染の、何故残る[16]あらましぞと、おぼつかなくも[17]かこたれて、心もあくがるゝばかり也。同宿の人々、三百余人に及べり。其中に聖にも劣らぬ人々には、伯耆守の嫡子しゅん阿弥陀仏、[18]宇都宮の一阿弥陀仏、[19]結城のかう阿弥陀仏、[20]佐々木のせい阿弥陀仏、公家には深草のさい阿弥陀仏、月輪のみやう阿弥陀仏、此人々をはじめとして、[21]初夜の念仏も過ぎしかば、聖に申されけるは、「いかゞ此月をばむなしく明かし候べき。はかなき言の葉をも申慰み候はゞや」と申あひて、心ある御坊たち、南面の[22]蔀をあげて、短冊或は、懐紙にとりむかひ、一句を請ふ人もありけるところに、聖申されけるは、「和歌よ、連歌などもさる事にて候へども、狂言綺語の誤りは皆罪たるべし。面々の御有様を見奉るに、いやしき人々とは見申さず。国々所々の[23]われ人のかやうに一所に寄りあひ奉る事、[24]一世ならぬ契なり。一樹の陰、一河の流れをだにも[25]多生曠劫《たしやうくはうこう》の縁と承る。いかにいはんや、多年の故郷においてをや。いかでかその[26]馨香芝蘭《けいかうしらん》にも劣るべき。なかんづくに、懺悔に罪滅ぶると申事の候へば、いざさせ給へ。何故に遁世して候をも、われ〳〵の[27]因位を心中残さず懺悔して、互の罪障をもうかゞひ候はん」と申されたりければ、「もっとも然るべし」とて、末座に候ける伯耆のしゅん阿弥陀仏、懺悔の物語を始めける。

それぞれが自らの懺悔譚を語り、三番目には結城のかう阿弥陀仏が語り始める。

三番に結城のかう阿弥陀仏、「申につけても恥ぢ入存候へども、それがし十八の年より、[28]本領《ほんりやう》相違の事にて、その訴訟のために在鎌倉《さいかまくら》仕り候程に、塔[29]の辻の遊君《ゆうくん》を二三年が程取[30]り置きて、わび〳〵年月をふる程に、すでに年の際に成て候へ共、いかにして年を越ゆべきやうも候はず。なまじいに一人ならぬ子どもをさへまうけ、寒さと申、ひ[31]だるさと申、悲しむ程に、思ひ分きたる方もなし。「男のならひには、いかなる夜討、山[32]立をもして、妻子の命を養ふは、御身ひとりによも限り候はじ。あの子どもをかつ[33]わかし殺さん事のかわゆさよ」とかきくどき、さめ〴〵と泣きし程に、げにもと思ひ、ある所に徳人《とくにん》候しを聞き、強盗にはいり、女多く慌て騒ぐを追いふせ〳〵剥ぎ取る。さて、屏風の陰を見れば、年十七八とおぼしき女房、宿直物を引きかづきて候を、取ってがはと引く。この女房、「さ[34]りとては許し給へ」とて、取り付きたりしを、持ちたる太刀にてうちのけて、取りて帰りて候へば、女《め》にて候者、まことにうれしげにて、「この小袖をば売り候はん。これをば置きて着候はん」とて、さて宿直物を見るに、先に取り付きたりし手を、太[35]刀の平にてうちのけ候と思ひ候へば、腕首よりうち落して、いまだその手をしかと握りて候。あら浅ましき事、思はざりつる物をと、いたはしくて候つる。嫁にて候者、「あらゆ[36]ふかひなや。これ程の事をあはれげに思ひ給ふか。死にたる物の手を強く握りたるはするやうの候」とて、艾《もぐさ》を取り出し、指の節ごとにひねりすゑ〳〵焼きければ、指はら〳〵とひらきて、その手は下へ落ちにけり。しすましたりとうち笑ひ候し有様、ひとへに女とは見えず。あまりに〳〵恐ろしく浅ましくて、かくてはかなはじと存候て、わが宿を忍び出で、正月八日にこの山に参り、ことし十八年に成候」と申

【語注】

1都。2人の声がしない。「寂莫無人声、読誦此経典」（『法華経』法師品）。3晴れた日の爽やかな風。4弘法大師。5禅定に入ること。弘法大師は入定を続けているだけだという信仰がある。6金剛峰寺の中央付近。7蓮花谷の東。空海の廟がある場所。8兜率天は、欲界の六欲天の第四天。三十七品は、三十七尊を誤ったもの。9金剛界と胎蔵界。金剛界は、大日如来の智恵を現し、理法を示す。胎蔵界は、慈悲を現す。10一仏の支配する地域。釈迦仏の支配する世界は、娑婆世界。阿弥陀仏の支配する世界は、極楽世界。ここでは後者。11五来重氏によれば、往生院谷にある安養寺成仏院。12六時は、晨朝、

日中、日没、初夜、中夜、後夜。13鳥取県東伯郡の豪族。14高野山は八峰九谷から成るが、それを八葉九尊に喩える。八葉は、蓮花の花弁。15修行上の五の障害。煩悩障、業障、生障、法障、所知障。『大日経疏』に説かれる。16将来の計画。ここでは出家のため果たせなかった計画。17愚痴を言う。18下野国宇都宮出身。19下総国結城出身。20近江国蒲生郡の佐々木氏。21一日六時の一。午後八時から九時。勤行を勤め、初夜の鐘が鳴る時刻。22格子戸。23自分も皆さんも。24現世。以下は、『説法明眼論』応身品十五の、「宿㆓一樹下㆒、汲㆓一河流……皆是先世結縁」に基づく。25多生は、幾度も生まれ変わること、曠劫は非常に長い時間。26馨香は、良い香り。芝蘭は、良い香りのする植物。共に友情の喩え。27修行中でまだ悟りを得ていない。菩薩の位。果位の対語。28本領は、私的に開発して代々領有権のある土地。29鎌倉市小町にある地名。30手元に置いて、縁を結ぶこと。31空腹。32山中などで強盗すること。33かつわかすは、飢えさせること。34そうではあっても。35平は、平らな面で、刀の側面。36言い様もない。ここでは、不甲斐ないの意味。

ii　縁起絵巻

本節で扱う縁起という語は、本来は寺社縁起、釈教縁起などとして使用される際の意味ではなく、元来仏教語で、現象世界を構成する要素が、それぞれどのような理由、条件、環境で成立しているか、という意味の言葉である。仏教の基本的な考え方は、例えばプラトンの思想のように、現象世界はイデアの影であるというものではなく、イデアに相当するものは実在せず、それぞれが関係性において存在するという捉え方をしている。そのため、縁起を追究するとは、あるものが存在するに至った理由を問うことになる。その際、「縁」に注目するか「起」に注目するかは、論の分かれる所であるが、日本においては、「起」に即しての理解が主流となった。物事が如何にして「起」きたかを問う場合、これが通時的な興味になることは、諸家の指摘される所である。物事が、どのような経過を辿って現在ある様態になったか、この問題を寺院に関して説いたのが寺院縁起であり、一人の人物、例えば、一遍について説いたものが、『一遍聖絵』となる。

まず縁起の歴史を辿っておく。我が国の最も古い縁起は、『元興寺伽藍縁起』とされ、その成立は現在の姿のものが奈良時代末期、原型は『日本書紀』成立以前であろうと言われる。他に『大安寺伽藍縁起』『法隆寺伽藍縁起』があるが、これらについては、国家の宗教政策により、寺院の資材帳と共に提出されたものとの見方があり、縁起そのものは主ではない。この類の縁起は多数あったと推測されているが、資料の残存するものは稀である。

中世の縁起は、このような国家との関係において作成されたものではなく、専ら庶民の信仰を背景に作成されたものである。例えば、『諸寺縁起集』と称するものがある。これは鎌倉時代初期に作成された醍醐寺のものが著名であるが、南都七大寺や清水寺、粉川寺などの著名寺院の縁起を集めたものであり、同種のものが数種作られている。しかし、これらの縁起は内容が簡略である。寺院縁起が豊かな内容を有するのは、特定の寺院の縁起が書かれるようになってからであろう。これらの縁起は、寺院のある地域、その寺の信者との密接な関係に基づいて書かれており、荒唐無稽な内容を含む場合が多いものの、文学として見た場合、極めて精彩に富んでいる。また、これらの縁起は、多くの場合、絵を伴った。聴衆に絵を示しながら、寺院の由来や霊異を説くのであり、これを絵解きと呼ぶ。絵解きは、その寺院の縁日に行われることが殆どで、参詣の信者を前に、霊験を語るのである。個別の寺院にとって、縁起は信者、檀越の獲得維持のためには、欠くことの出来ないものであり、信者から見た場合、信仰が齎す霊験がその興味のある所であったから、内容も霊験譚、霊異譚に重きが置かれるようになる。

これらの縁起は、現存する数も厖大であり、資料の全てが公刊されている訳ではない。代表的なものを列挙すれば、『清水寺縁起』『信貴山縁起』『醍醐寺縁起』などがある。

これらの縁起は、この時期突然現れる訳ではない。例えば『今昔物語集』の中には、地蔵菩薩の霊験を集めた巻があるが、こういった記事を、個別の寺院縁起が取り込むこともある。信者の霊異譚が、説話から採られることもある。寺院縁起の裾野は広く、その意味では、唱導などと通ずる性格が認められるのである。

法然や親鸞など、一宗の祖師の生涯を語る縁起もある。縁起の性格上、一代記の形を取ることが多く、これもまた絵を伴った。或いは、西行のように、歌人として著名な人物の絵巻も残されている。西行に関しては、仏教の側からの興味は甚大なものがあり、西行仮託の『撰集抄』を始めとして、『西行物語絵詞』『西行一生涯草子』『西行物語』など、多数に上り、実像を超えた西行像が形成されていった。特定の人物の縁起は、聖徳太子に関するものが早くから絵解きとして行われており、四天王寺がその中心となっていた。

また、経典に関する縁起もある。これは経典を分かり易く説明するためのもので、やはりその経典を護持することによる霊験が前面に出ている。古くは『法華経』護持者の霊異を集めた『法華験記』などがあり、その流れを受けたものと言えよう。

また日本天台の総本山、比叡山延暦寺に纏わる比叡縁起の一と目すべきものに、『聖記』（『諸国一見聖物語』『山門聖之記』などとも）と名付けられた掌品がある。本書は至徳四（一三八七）年亮海作とする（奥書）問答体の比叡縁起で、山王の由来を物語ることを目的とするが、その内容は、中古天台における本学思想に伴い興隆した「記家」による文献たる『山家要略記』等と密接な関わりを持っている（記家については、硲慈弘氏『日本仏教の開展とその基調（下）—中古日本天台の研究—』六・二「中世比叡山に於ける記家と一実神道の発展」参照、三省堂、昭和23年）。

なお、中世文学と関わる記家文献として注目すべきものに、鎌倉後期から南北朝期にかけての記家僧、光宗（一二七六—一三五〇）による『渓嵐拾葉集』百十三巻がある（田中貴子氏『『渓嵐拾葉集』の世界』参照、名古屋大学出版会、平成15年）。『渓嵐拾葉集』巻六には、唐の楊貴妃が我が国の熱田に渡り、明神となったという話（草子『楊貴妃物語』等参照）や、巻五十七には、五大院安然の貧窮譚（『宝物集』巻三、『三国伝記』巻四、二十四話等参照）などが載る。

中世に入ると、各寺院の垂迹縁起が次々と書かれる。代表的なものに、『三輪大明神縁起』『熊野権現垂迹縁起』などが著名であり、それらはまた、文学作品に広く反映している。

さて、これらの縁起は多くが絵を伴うものであるが、絵画史の観点からも、鎌倉時代以後、それまでの大和絵とは異なり、写実的、動的な絵画の時代が到来したことが見逃せない。このような絵の齎す視覚的効果、また、唱導の発達が、効果的な語り、換言すれば聴覚に訴える効果を持っていることも無視出来ない。

以下に引用するのは、『信貴山縁起』『法然上人絵伝』（『法然上人行状絵図』。「四十八巻伝」「勅修御伝」とも。中世の法然伝は、他に九巻本を始めとする十五種が数えられる）のそれぞれ詞章部分である。いずれも絵を伴って享受された点に注意したい。

◆例文71　『信貴山縁起』

（第二巻第一段）[1]

この鉢に、米を一俵のせて飛ばするに、雁などの続きたるやうに、残りの米ども、続き立ちたり。また、むら雀などのやうに続きて、たしかに主の家にみな落ちゐにけり。かやうに行ひて過ぐるほどに、そのころ、延喜の帝[2]、御悩重く煩はせたまひてさま〴〵の御祈りども、御修法、御読経など、よろづにせらるれど、さらに[3]えをこたらせたまはず。ある人の申すやう、「大和に信貴といふところに、行ひて、里へ出づることもなき聖さぶらふなり。それこそ、いみじく尊く、験ありて、鉢を飛ばせて、ゐながらよろづのありがたきことゞもをしさぶらふなれ。それを召して祈らせさせたまはゞ、をこたらせたまひなむものを」と申しければ、「さは」とて、蔵人を使にて、召しに遣はす。行きて見るに、聖のさま、いと尊くてあり。「かう〳〵宣旨[4]にて召すなり。参るべき」よしいへば、聖、「なにごとに召すぞ」とて、さらに動き気もなし。「かう〳〵御悩大事におはします。祈りまいらさせたまふべき」よしをいへば、「それはた、参らずとも、こゝながら祈りまいらせ候はむ」といへば、「さては、もしをこたらせたまひたりとも、いかでかこの聖の験知るべき」といへば、「もし祈りやめまいらせたらば、剣の護法といふ護法[5]をまいらせむ。おのづから、夢にも幻にも、きと御覧ぜば、さらば知らせたまへ。剣を編み続けて衣

に着たる護法なり」といふ。「さて京へはさらに出でじ」といへば、帰りまいりて、「かう〳〵」と申すほどに、

〔絵〕

（第二巻第二段）

さて三日ばかりありて昼つかた、きとまどろませたまふともなきに、きら〳〵とあるものゝ見えさせたまへば、「いかなる人にか」とて御覧ずれば、「その聖のいひけむ剣の護法なめり」と思し召すより、御心地[6]さは〳〵とならせたまひて、いさゝか苦しきこともおはしまさで、例さまにならせたまひにたれば、人々も喜び、また、聖をも尊がり、賞であひたり。帝の御心地にも、めでたく尊くおぼえさせたまへば、人遣はす。「僧都、僧正にやなるべき。また、その寺に[7]庄などをも寄せむ」といひ遣はす。聖うけたまはりて、まづ、「僧都、僧正、さらに〳〵さぶらふまじきこと」ゝて、聞かず。「又、かゝるところに、庄などあまた寄りなどしぬれば、別当なにくれなど出で来て、なか〳〵むつかしう、罪得がましきこと出で来。たゞかくてさぶらはむ」とてやみにけり。

〔絵〕

（第三巻第一段）

かゝるほどに、信濃には姉ぞ一人ありける。かくて、年ごろは見えねば「あはれ、この[8]小院《こゐ》の、東大寺に受戒せむとて上りしまゝに見えぬが、いかなるならん。おぼつかきに、尋ねみむ」とて、上りにけり。[9]山階寺、東大寺のわたりを尋ねければ、「いさ知らず」とのみいふ。「命蓮小院といふやある」と、人ごとに問へど、さすがに廿余年になりにければ、そのかみのことを知りたる人はなくて、「知らず」とのみいへば、尋ねわびて、「いかにせむ。これが有様聞てこそ、帰りも下らめ」思ひて、その夜、東大寺の大仏の御前に候て、夜ひとよ行ふ。「命蓮がありところ、夢にも教へさせたまへ」と申しけり。夜ひとよ申して、うちまどろみたる夢に、この仏の仰らるゝやう、「この尋ぬる僧のあるところは、これより西のかたに、南によりて、[10]未申のかたに山あり。その山に

紫雲たなびきたるところを行きて尋ねよ」と仰せらるゝと見て、さめたれば、あか月になりにけり。「いつしか疾く夜の明けよかし」と思ひて、見ゐたれば、ほの〴〵と明けたるに、未申のかたを見やりたれば、山かすかに見ゆるに、紫の雲たなびきたり。嬉しくて行く。

〔絵〕

（第三巻第二段）

そこをさして行きたれば、まことに堂などあり。人の気色見ゆるところに寄りて、「命蓮小院やいますする」といへば、「誰そ」とて、さし出でゝ見れば、信濃なりしわが姉の尼君なり。「こはいかにか尋ねおはしたる。思ひかけず」といへば、ありつることのさまを語る。「さて、いかに寒くておはしつらん。これを着せたてまつらんとて、持たりつるものなり」とて、懐より引き出でたるものを見れば、[11]衲《たい》といふものを、なべてのにも似ず太き糸などして、厚々とこまかに強げにしたれば、喜びて取りて着たり。もとは紙衣[12]をたゞ一つ着たりければ、まことにいと寒かりつるに、これを下に着たれば、寒くもなくて、多くの年ごろ行ひけり。このいもうとの尼君も、本の国へも帰らざりけり。そこにぞ行ひてありける。さて、多くの年ごろ、それをのみ着てありければ、果てにはやれ〳〵と着なしてぞありける。鉢に乗りて来たりし倉をば、飛倉とぞいひける。その倉にぞ、ゝの衲の破れは納めてありける。その破れの端を露ばかりなど、おのづから縁にふれて得ては、守りにしけり。その倉も今に朽ち破れて、その木の端をも露ばかり得たる人は、守りにし、[13]毘沙門つくりたてまつりて、持したてまつる人は、かならず徳つかぬ人はなかりけり。されば、人はその縁を尋ねて、その倉の木の折れたる端などは請ひけり。さて信貴とて、えもいはず験じたまふ所に、今に人々明け暮れ参る。この毘沙門は、命蓮聖の行ひ出でたてまつりたるところなり

〔絵〕

【語注】

1第一巻には詞書がなく、絵のみである。話の内容は、『宇治拾遺物語』『古本説話集』の「信濃国聖事」と同じである。2醍醐天皇。3病気が快方に向かう。ここでは、「え…ず（打消）」なので、否定形。4天皇の勅旨を記した文書。5護法童子のこと。仏教擁護の使者。童子の姿で現れる天人。ここでは命蓮に従っている。6爽やかに。快癒した様。7荘園。8年少の僧侶。9興福寺。10南西。11衲衣の事。五種、或いは、多数の布切を集めて作った僧衣。粗末な衣服を身につけることは、頭陀行の一とされた。12紙子とも言う。紙で作った衣服。13毘沙門天の略。信貴山寺の本尊である。

◆例文72　『法然上人絵伝』巻六

上人、聖道[1]諸宗の教門にあきらかなりしかば、法相、三論の碩徳、面々にその義解[2]を感じ、天台、花厳の明匠、一々にかの宏才をほむ。しかれども、なを出離の道にわづらひて、身心やすからず、順次[3]解脱の要路をしらんために、一切経[4]をひらき見給ふこと五遍なり。一代の教跡につきて、つら〳〵思惟し給にかれもかたくこれもかたし。しかるに、恵心の往生要集、もはら善導和尚の釈義をもて指南とせり。これにつきてひらき見給に、かの釈には、乱想[5]の凡夫、称名の行によりて順次に浄土に生ずべきむねを判じて、凡夫の出離をたやすくすゝめられたり。蔵経披覧のたびに、これをうかゞふといへども、とりわき見給こと三遍、つゐに「一心専念弥陀名号、行住坐臥、不問時節久近、念々不捨者、是名正定之業、順彼仏願故」の文にいたりて、末世の凡夫弥陀の名号を称せば、かの仏の願に乗じて、たしかに往生をうべかりけりといふことはりをおもひさだめ給ぬ。これによりて承安五年の春、生年四十三、たちどころに余行[6]をすてゝ一向に念仏に帰し給にけり

【語注】

1聖道門。2経文、釈文の意味。3順次は順次生受業の略。或る生において行う業果を次の生で受けること。従って、現世を終えたらすぐに解脱して往生出来ること。4仏教経典の総称。経、律、論とその釈。五千巻余とされる。5あれこれ思いが乱れること。6念仏以外の行。

◆例文73『法然上人絵伝』巻十

高倉院御在位のとき、[1]承安五年の春、勅請ありしかば、主上に一乗円戒を[2]さづけたてまつらる。卿相頂戴し宮人稽首す。[3]清和御門、貞観年中に慈覚大師を紫宸に請じたてまつられ、天皇、々后ともに円戒をうけましく〳〵き。上人、[4]かの九代の嫡嗣として、法流たゞ一器につたはりき。はるかにいにしへのあとをこしたまひぬるこそいみじく侍れ。〔絵〕後白河法皇、勅請ありければ、上人[5]法住寺の御所に参じたまひて、一乗円戒をさづけ申されけり。山門、園城の碩徳をめされて、番々に往生要集を講じ、おの〳〵所存の義をのべさせられけるに、上人おほせにしたがひて、[6]披講し給けるに、「往生極楽の教行は濁世末代の目足なり、道俗貴賤たれか帰せざらむもの」と、よみあげ給より、はじめてきこしめさるゝやうに、御きもにそみてたうとく、御感涙はなはだしかりけり。御信仰のあまり、右京権大夫隆信朝臣におほせて、上人の[7]真影を図して、[8]蓮華王院の宝蔵におさめらる。先代にも、その例まれなる事とぞ申あへりける。〔絵〕後白河の法皇、ひとへに上人の勧化に帰しましく〳〵、御信仰他[9]にことなりしかば、[10]百万遍の御苦行、二百余ケ度まで功をつみ、比類なき御事にてぞましく〳〵ける。建久三年正月五日より御[11]悩ありけるに、日にしたがひておもらせをはしましければ、御善知識に参ぜらるべきよし、仰下さるゝによりて、二月廿六日に上人参じたまひて、御戒を授たてまつられ、御往生の儀式をさだめ申さる。念仏往生の道は、日ごろきこしめしをかれけるうへ、かさねて申入らるゝむね、ゝむごろなりしかば、いよ〳〵御信心ふかくして、御念仏をこたらせ給はず、御臨終ちかづかせ給ければ、同三月十二日戌刻に、御仏を渡たてまつられ、十三日寅刻、御臨終正念して、称名相続し、御端坐ねふるがごとくして、往生の素懐をとげさせ給き。御年六十六なり、誠御宿縁のいたりあはれにぞおぼへ侍。〔絵〕法皇崩御の後、かの御菩提の御ために、建久三年秋のころ、大和前司親盛入道〈法名見仏〉[12]八坂の引導寺にして、心阿弥陀仏調声し、住蓮、安楽、見仏等のたぐひ助音して、[13]六時礼讃を修し、七日念仏す。結願の時、種々の捧物をとりいでけるを、上人不受の気をはしまして、

「念仏は身づからのためのつとめなり。法皇の御菩提に廻向したてまつるとも、布施以外の事なり。ゆめ〳〵あるべからず」とて、いましめ給ける。これ六時礼讃[14]共行のはじめなり

【語注】
1第八十代天皇。**2**一乗は、成仏する唯一の教え。円戒は、円頓戒。**3**第五十六代天皇。**4**慈覚大師以下、長意、慈忍、源信、禅仁、良忍、叡空、源空。**5**後白河法皇が法住寺堂を改築してその南堂を院政の本拠地とした。現在はその堂舎の一、蓮花王院三十三間堂が残る。**6**声に出して、読み上げること。**7**肖像。**8**現在の三十三間堂。**9**異なり。特別である。**10**阿弥陀仏の名を百万回唱えること。**11**御病気。**12**現在の高台寺の南にあったが焼失。**13**一日六時に、仏を讃歎する勤め。**14**人と一緒に行う。

◆例文74『法然上人絵伝』巻三十

治承四年十二月廿八日、本三位中将[1]重衡卿、[2]父平相国の命によりて、南都をせめしとき、東大寺に火かゝりしかば、大伽藍忽に灰燼と成にき。其後、元暦元年二月七日、一谷の合戦に、彼中将いけどられて、都へのぼりて大路をわたされ、さま〴〵のことありき。[3]後生菩提の事を申あはせむために、其請ありければ、上人おはして対面し給て、戒などさづけ申されて、念仏のことくはしく教導ありけり。「このたび生ながらとられたりけるは、いま一度、上人の見参に入べきゆへにて侍りける」とて、かぎりなくよろこび申されけり。受戒の布施とおぼしくて[4]双紙筥をとり出て、上人のまへにさしをきて申されけるは、「御要たるべき物には侍らねども、御目ちかき所にをかせ給て、かつは、重衡が余波《なごり》とも御覧し、且は、思食出候はんたびには、とりわき御[5]廻向あるべき」よしを申さるゝ、上人そのこゝろざしを感じて、うけとりて出給にけり。〔絵〕東大寺造営のために、[6]大勧進のひじりの沙汰侍けるに、上人其撰にあたり給にければ、右大弁行隆朝臣を御使にて大勧進職たるべきよし、法皇〈後白川〉の御気色ありけるに、上人申されけるは、「山門の交衆をのがれて、林泉の幽栖をしめ侍ことは、しづか

に仏道を修し、ひとへに念仏を行ぜんがためなり。もし勧進の職に居せば、劇務万端にして素意もはらそむくべき」よしを、かたく辞申されけり。行隆朝臣その心ざしの堅固なるをみて、ことのよしを奏しければ、もし門徒の中に、器量の仁あらば、挙申べきよし、かさねて仰下されけるによりて、醍醐の[7]俊乗房重源を挙申さる、つゐに大勧進の職に補せられにけり。俊乗房、伊勢大神宮にまいりて、「この願もし成就すべくば、その[8]端相をしめし給へ」と祈請しけるに、三七日のあかつきうちまどろめるに、[9]唐装束したる貴女、方寸の玉をさづけ給ふとおもひて、さめてみれば、彼玉うつゝに袖のうへにあり。重源これをえておほきによろこび珍秘す。其後、天下響のごとくに応じて、財宝こゝろにまかせければ、ほどなく金銅の本尊、もとのごとくみがきあらはしたてまつりにけり。重衡卿の上人に進ずるところの鏡を、結縁のためとて送つかはしければ、仏を鋳たてまつる炉のなかに入るに、飛出てつゐに[10]わきあはざりけり。不思議の事とぞ申あひける。大仏殿の正面の柱にうちつけて侍は、彼の鏡にてなむ侍なる

【語注】
1平清盛の子。第三章4参照。**2**平清盛。相国は太政大臣の唐名。**3**死後の極楽往生のこと。**4**手箱。**5**地獄などで苦しむ亡者のために、読経や念仏を行い、功徳を積むこと。**6**寺院や仏像の建立のために浄財を募ること。ここではそのための責任者。**7**俗名刑部左衛門尉重定。醍醐寺で真言を、法然に浄土教を学ぶ。**8**目出たい前兆。**9**中国製の布で作った装束。**10**金属に溶け合わなかった。

◆例文75　『法然上人絵伝』巻三十七

十一日の辰時に、[1]上人をき居給て、高声念仏し給。きく人みな涙をながす。弟子等につげてのたまはく、「高声に念仏すべし、弥陀仏のきたり給へるなり。[2]このみなをとなふれば、一人としても往生せずといふ事なし」とて、念仏の功徳をほめ給事、あたかもむかしのごとし。「観音、勢至菩薩、[3]聖衆現じてまします、おがみたてまつる

や」との給へば、弟子等「おがみたてまつらず」と申。これをきゝ給て、「いよ〳〵念仏すべし」とすゝめ給。〔絵〕同日の巳時に、弟子等三尺の弥陀の像をむかへたてまつりて、病床のみぎにたてたてまつりて、「この仏おがみましますや」と申に、上人ゆびにてそらをさして、「このほとけのほかにまた仏まします、おがむやいなや」とおほせられて、すなはち、かたりての給はく、「おほよそこの十余年よりこのかた、念仏功つもりて、極楽の荘厳をよび、仏、菩薩の真身をおがみたてまつる事、つねの事なり。しかれども、としごろは秘していはず。いま最後にのぞめり、かるがゆへにしめすところなり」と。また弟子等、仏の御手に五色のいとをつけて、「とりましませ」とすゝめ申せば、上人の給はく、「かやうの事は、これつねの人の儀式なり。わが身にをきては、いまだかならずしもしからず」とて、ついにとり給はず。〔絵〕廿日の巳時に、坊のうへに紫雲そびく。中に円形の雲あり。その色五色にして、[4]図絵の仏の円光のごとし。路次往反の人、処々にしてこれをみる。弟子等申さく、「このうへに紫雲あり、御往生のちかづき給へるか」と。上人の給はく、「あはれなるかなや、わが往生は、一切衆生のためなり。念仏の信をとらしめむがために、瑞相現ずるなり」と。又、おなじき日の未の時にいたりて、空を見あげて、目しばらくもまじろぎたまはざる事、五六反ばかりなり。看病の人々あやしみて、「仏の来給へるか」とたづね申せば、「然なり」とこたえ給。又、廿四日の午時に、紫雲おほきにたなびく。西山の水の尾の峰に、すみやくともがら十余人、これをみて、来てつげ申。広隆寺より下向しける禅尼も、途中にしてこれを見て、たづねきたりて、このよしを申す、見聞の諸人、随喜せずといふ事なし。廿三日よりは、上人の御念仏あるひは、半時、あるひは、一時、高声念仏不退なり。廿四日の酉刻より廿五日の巳時にいたるまでは、高声体をせめて[5]無間なり。弟子五六人、かはるが〳〵[6]助音するに、助音は[7]窮崛すといへども、老邁病悩の身[8]をこたり給はず。未曾有の事なり。群集の道俗、感涙をもよをさずといふ事なし。廿五日の午刻よりは、念仏の御こゑやうやくかすかにして、高声はとき〴〵まじはる。まさしく臨終にのぞみ給とき、[9]慈覚大師の九条の袈裟をかけ、[10]頭北面西にして、「光明遍照十方世界、念仏衆生摂取不捨」[11]の文をとなへて、ねぶるがごとくして息たへたまひぬ。音声とゞまりてのち、なを唇舌をうごかし給事、十余反ばかりなり。面色ことにあざやかに、形容ゑめるに似たり。建暦二年正月廿五日、午の正中なり。春秋八十にみち給。釈尊の入滅におなじ。寿算のひとしきのみにあらず、支干又ともに壬申なり。豈奇特にあらずや。恵灯すでにきへ、仏日また没しぬ。貴賤の哀膓する事、考妣を喪するがごとし

【語注】
1起き上り座る。2御名。3仏弟子達。4聖衆来迎図などに見える。5止むことがない。6声を合わせること。7疲れて止まること。8休むことがない。9袈裟の一種。元粗末なものとされたが、後には金襴などで作られるに至った。五条、七条、九条の種類がある。10頭を北に、顔を西に向けて。11『観無量寿経』に拠る。仏の慈悲の光は十方世界を照らし、念仏を唱える衆生は、迎え入れ見捨てることがない。

4　能

平安時代末期に社寺で行われていた物真似や滑稽な問答演技、雑芸などに、民間の田楽、外来の舞楽などが結びつき、室町時代初期には、大和、近江、丹波、摂津などの寺社に付属する座が出来上がっていた。始め猿楽、猿楽の能、と呼ばれていたが、これは奈良時代に中国から伝わった雑芸、散楽が訛ったものと言われる。奈良時代の末期までは散楽戸と言うものがあり、雑芸が国家に保護されていたが、これが廃止され、散楽は民間に委ねられ、活動の場を寺社に求めて発展したのである。演劇としての能に対し、台本としてのそれを、「謡曲」と呼んでいる。

能の大成者は世阿弥だが、その父観阿弥（一三三三―一三八四）は、大和春日社に属する結崎座の棟梁であった。永和元（一三七五）年頃、当時の将軍足利義満が、今熊野神社で彼の演能を見て以後、その保護を受けるようになった。

観阿弥が得意とする芸は物真似であり、彼の作品には未だ仏教的な要素が希薄である。

能に仏教的思想を取り入れ、それを作曲の重要な機縁としたのは世阿弥（一三六三—一四四三？）である。能には当時の興行形態（五番立て）から五種類が数えられ、それが曲の分類としても使用されている。脇能（神事物）、二番目（修羅物）、三番目（鬘物）、四番目（現在能）、五番目（鬼畜物）という分類である。また、シテが生者であるか死者、精霊、幽霊等であるかによって、現在能と夢幻能という分け方もある。世阿弥は夢幻能を大成したと言って良いが、夢幻能のシテは、前半（中入り前）では、前半に通盛と小宰相は、漁翁と姥の姿で登場するが、中入り後は、本来の姿で登場する。例えば、『通盛』では、前半（中入り前）では、里の老人とか、里女の姿で現れ、ワキと語り合い、後半では本来の姿で登場し、合戦で戦死した通盛と、これを追って入水自殺を遂げた小宰相の身の上が語られ、現在修羅道で受けている苦患を訴える。ワキの僧が読経することで救済されて、「成就得脱」の身となって去るという内容構成になっている。現在能では、普通中入りがなく、シテは生者である。このような型を単式能と言うならば、夢幻能は複式能と言って良く、複式夢幻能という用語も時に使用される。但し、夢幻能の中でも、『経正』『羽衣』などは単式能である。

夢幻能においては、シテは死者であり、何らかの執心の結果、仮の姿で登場する。この執心が、地獄道での苦患となったり、修羅道での責め苦となったりしており、それを訴える、つまり救いを求める目的で、シテは登場する。ワキが諸国一見の僧であることが多いのは、ワキが救済の役割を負っているからである。救済の様は一様ではなく、シテ自身が成仏したかどうか分からないまま終局する『野宮』や、苦患の因を語るのみで、成仏のことに及ばない『実盛』など様々である。

夢幻能において、中入り後にシテが本来の姿で登場し、自らの罪業を告白、再現し、救済を願い、ワキがそれに応じる場面では、様々な経典が引かれたり、罪業の因を仏教的に解して、解脱への道筋を示すことが多い。世阿弥の仏教思想については、先学により禅、殊に曹洞禅、また、天台本覚論（第三章1参照）の影響が強いことが指摘されており、能楽論においてはそれが顕著に表れているが、能作自体においては、より一般的な仏教思想が用いられているように思われる。世阿弥以外の手に成る能も含めて、仏教思想の現れた箇所を見れば、例えば『清経』では、長門で入水し、修羅道に堕ちた清経が、廻向の末救われる様を、

　さて修羅道に　をちこちの　さて修羅道に遠近の　立つ木は敵　雨は箭先　月は精剣　山は鉄城　雲のはたてを突いて　驕慢の剣を揃へ　邪見の眼の光　愛欲貪恚痴通玄道場　無明も法性も乱るる敵　打つは波　引くは潮西海四海の因果を見せて　これまでなれや　まことは最期の　十念乱れぬ御法の船に　頼みしままに疑ひもなくげにも心はきよつねが　げにも心は清経が　仏果を得しこそありがたけれ

と描いている。清経が名号を十返唱えたことが、成仏の因となっている。また、『実盛』は、白髪を染めて篠原の合戦に出陣し、そこで討たれるが、執心が残ってワキ僧の前に現れる。そこでワキ僧に「それ一念弥陀仏即滅無量罪、すなはち廻向発願心、心に残すことなかれ」と言われ、自らの最期の有様を語った後、

　老武者の悲しさは　戦には為疲れたり　風に縮める　枯木の力も折れて　手塚が下になるところを　郎等は落ち合ひて　終に首をば掻き落とされて　篠原の土となつて　影も形もなき跡の　影も形もなむあみだぶつ　弔ひて賜び給へ　跡弔ひて賜び給へ

と言って消えていく。「一念弥陀仏」は『孝養集』に見える言葉、「廻向発願心」は、『観経』に見える言葉である。また、一遍が登場する『誓願寺』は、『洛陽誓願寺縁起』を素材として作られた能であり、全体に時宗の思想が反映している。本覚論の影響もまた、作品中に認められる。『卒塔婆小町』では、卒塔婆に腰を下ろす小町の霊と、それを非難するワキ僧の問答が展開される。

（シテ）仏体と知ればこそ卒塔婆には近づきたれ。
（ワキ）さらばなど礼をばなさで敷きたるぞ。

（シテ）とても臥したるこの卒塔婆　われも休むは苦しいか。
（ワキ）それは順縁にはづれたり。
（シテ）逆縁なりと浮かむべし。

ここまで問答が展開した後、

提婆が悪も　観音の慈悲　槃特が愚痴も　文殊の知恵　悪といふも　善なり　煩悩といふも　菩提なり　菩提もと　樹にあらず　明鏡また　台になし　げに本来一物なき時は　仏も衆生も隔てなし　もとより愚痴の凡夫を
救はんための方便の　深き誓ひの願なれば　逆縁なりと浮かむべしと　懇に申せば

と、遂にワキは納得するに至る。本覚論の影響は、能に頻出する「草木国土悉皆成仏」の句に顕著である。

このように能には、室町期の仏教思想が実に多様な形で反映している。そもそも能自体が、仏教思想に限らず、詞章、所作、音曲などに、同時代の芸術の影響が総合的に現れていることを考慮すれば、当然の結果ではあるものの、そのために詞章の解釈も未だ完全ではない点があることも注意しておきたい。

以下に引用するのは、『平家物語』に取材した『通盛』、『源氏物語』に取材した『夕顔』である。

◆例文76『通盛』

前シテ　漁翁（通盛の化身）　後シテ　平通盛の霊　前ツレ　女（小宰相の化身）　後ツレ　小宰相の霊
ワキ　僧　ワキツレ　従僧　狂言　鳴門の浦人

僧詞「是は阿波の鳴門に一夏を送る僧にて候。さても此うらは平家の一門あまた果て給ひたる所にて候程に、御経を読み弔ひ申し候。上[1]（歌）〽磯山に、しばし岩ねのまつ程に、〱、たが夜舟とはしら浪に、揖音ばかりなるとの、浦静なるこよひかな、浦しづかなる今宵かな。（一声）女[2]〽すは遠山寺の鐘のこゑ、此磯ちかく聞え候。

シテ〽昨日すぎ、女〽けふとくれ、シテ〽あす又かくこそ有るべけれ。女〽されども老に憑まぬは、シテ〽身のゆく末の日数なり。[3]一声〽いつまで世をばわだづみの、あまりに隙も、浪を舟、女〽何を便に、老が身の、[4]シテ下〽命の為に、つかふらん。同上（歌）〽憂きながら、心のすこしなぐさむは、〳〵、勝海辺の業、さも面白き、浦の秋のけしきかな。所は夕浪の、なるとの沖に雲つづく、淡路の嶋や離江の、うき世のわざぞくるしき、憂きよの業ぞくるしき。シテ〽暗濤月をうづんで清光なし。ツレ〽舟にたく海士のかがり火ふけ過ぎて、[5]二人〽苫よりくぐるよるの雨の、あしまにかよふ風ならでは、音する物も波枕に、夢かうつつかお経の声の、嵐にたぐへて聞ゆるぞや。梶音を静めから櫓を押さへて、聴聞申し候はん。[6]ワキ〽たそやこの鳴門のおきに音するは。二人〽とまりさだめぬ海士の釣舟候よ。ワキ〽さもあらば思ふ子細あり。此磯ちかくよせ給へ。二人〽仰にしたがひ漕ぎよせみれば、ワキ〽二人の僧は巌のうへに、二人〽いさりの舟は岸のかげ、ワキ〽蘆火の影をかり初に、お経を開き読誦する。二人〽有がたやいさりする、業はあし火と思ひしに、ワキ〽よき灯になるとの海の、三人下〽[7]弘誓深如海歴劫不思議の機縁によりて、[8]五十展転の随喜功徳品。同下（歌）〽げに有がたや此経の、おもてぞ暗き浦かぜの、あし火の影を吹きたてて、聴聞するぞ有がたき。上（歌）〽[9]竜女変成ときく時は、〳〵、祖母もたのもしや、おほぢは云ふに及ばず。ねがひもみつの車の、あし火は清くあかすべし、猶々お経あそばせ、猶々お経あそばせ。

ワキ「いかに船中へ申すべき事の候。此浦は、平家の一門あまた果て給ひたる由、承り及びて候。御物語り候へ。

シテ「仰のごとく、此沖にて平家の一門、果て給ひたる所也。中にも小宰相の局こそ。や。其時の有様、お申しあれ。上〽去程に平家の一門、馬上をあらため、女〽あまのを舟に乗移り、二人〽月に棹さす、時もあり。シテさ[10]しこゑ〽爰だにも都の遠きすまの浦、二人下〽おもはぬかたきにおとされて、げに名を惜しむもののふの、おのころ嶋や淡路がた、あはの鳴門に着きにけり。シテ〽去程に小宰相の局めのとを近づけ、いかに何とかおもふ。我たのもしき人々は都にとどまり通盛は討たれぬ。誰をたのみてながらふべき。此海にしづまんとて、主従なく

〳〵手を取りくみ舟ばたに臨み、女下〽去にてもあの海にこそしづまうずらめ。同下（歌）〽沈むべき身の心にや、涙の兼ねてうかふらん。上（歌）〽西はとゝへば月のいる、〳〵、そなたも見えず大方の、春の夜やかすむらん。涙もともにくもるなり。めのとなく〳〵取付きて、此度の物おもひ、君一人にかぎらず、おぼしめしとまり給へと、御きぬの袖に取りつくを、振りきり海にいるとみて、老人もおなじ満塩の、底の、みくづと成りにけり、底のみくづと成りにけり。

（[11]中入。[12]狂言、通盛と小宰相の局との艶事、小宰相の局の入水の様など語る）

僧二人[13]（待謡）〽此八軸[14]のちかひにて、〳〵、一人も洩らさじの、方便品を読誦する。下〽如我昔所願。[15]（出端）（僧〽如我昔所願、後シテ上〽今者已満足、僧〽化、一切衆生、シテ〽皆令、入仏道の、同〽通盛ふうふは、お経に引かれて、立ちかへる波の、あら有難の、御法やな。ワキ〽ふしぎやなさもなまめきたる御姿の、浪にたぐへて見え給ふは、いかなる人にてましますぞ。女[16]〽名斗はまだ消えのこるあだ浪の、阿波のなるとに沈果てし、小宰相の局の幽霊なり。ワキ〽さて、今一人甲冑をたいし、兵具いみじく見えたまふは。シテ[17]〽是はいく田の森の合戦に於いて、名を天下にかけ、武将たつし誉れを越前の三位通盛、むかしをかたらん其為に、是まで顕れ出でたるなり。同（クリ）〽抑この一の谷と申すにまへは海、うへはけはしきひよどりごえ、まことに鳥ならでは翔りがたくけだものも、足をたつべき地にあらず。シテサシ声〽只いく度も大手の陣の心もとなきぞとて、同下〽宗徒の一門差しつかはさる。通盛も其随一たりしが、忍んで我陣に帰り、こざいしやうの局にむかひ、（クセ）下〽すでに軍、明日に極まりぬ。痛はしや御身は、みちもりならで此内に、憑むべき人なし。我ともかくも成るならば、都に帰り忘れずは、なき跡とひてたび給へ。名残惜しみのおさかづき、通盛酌をとり、さすさかづきの宵のまの、うたたねなりし昵言は、たとへばもろこしの、項羽高祖のせめをうけ、[18]数行虞氏が涙も、是にはいかでまさるべき。ともし火くらうして、月の光にさしむかひ、かたり慰む処に、シテ上〽舎弟の[19]のとのかみ、同〽早甲冑をよろひつつ、通盛はいづくにぞ、などおそなはりたまふぞと、よばはりし其声の、あら恥かしや教経、わが弟と云ひながら、他人より猶恥かしや。暇申してさらばとて、ゆくもゆかれぬ一の谷の、所から須磨の山の、うしろ髪ぞ引かるる。（カケリ）[20] シテ〽かくて軍半とおぼしかりしに、「なに、但馬[21]のかみ経正も早討たれぬと聞ゆ。ワキ〽さてさつま[22]の守忠度の果は。シテ〽岡部[23]の六彌太ただずみとくんで「討たれぬと聞えしかば、あつぱれ通盛も名ある侍もがな。討死せんと待つ処に、〽すはあれを見よきかたきに、同上〽あふみの国の住人に〱、木村[24]の源五しげあきらが、鞭をあげて馳せきたる。みちもり、すこしもさはがず、抜きまうけたる太刀なれば、甲の、真向ちやうどうち、返す太刀にて差しちがへ、ともに修羅道の苦をうくる。あはれみを垂れたまひ、よくとふらひてたび給へ。下（キリ）〽読誦の声を聞く時は、〱、悪鬼[25]こころをやはらげ、忍辱[26]慈悲のすがたにて、菩薩もここに来現す。成仏得脱[27]の、身となりゆくぞ有がたき、身と成りゆくぞ有がたき

【語注】
1地歌。**2**前ツレ。**3**シテが登場直後に歌う謡。**4**前シテ。**5**前シテと前ツレ。**6**僧。**7**『法華経』普門品の句。**8**『法華経』随喜功徳品の句。**9**『法華経』提婆達多品に見える話。娑竭羅竜王の娘が文殊の教えにより、悟りを開いた。女性であるため、男子に変わって菩薩となった変成男子。**10**言葉に節を付け、拍子に合わせず読む謡い方。**11**複式能で、前シテが退場して、前半が終了すること。**12**間狂言のこと。全段と後段の間に登場して、由緒や伝説を語る。狂言師が担当。**13**シテが中入りして再度登場する前に、ワキが座ったまま謡う上歌。**14**『法華経』八巻。**15**後段が始まり、シテが登場する時の囃子。**16**後ワキ。**17**後シテ。**18**漢楚合戦において、項羽が敗北を覚悟した時に、項羽の愛妾虞美人が涙した故事。**19**能登守教経。**20**修羅道の苦患などを表す緩急に富んだ所作。大小鼓で囃し、笛であしらう。**21**但馬守経正。清盛の弟経盛の長男で通盛の従兄弟。一谷で戦死。**22**薩摩守忠度。清盛の弟で通盛の叔父。一谷で戦死。**23**岡部六弥太忠純。**24**平家諸本により、人名が異なる。**25**悪神。**26**忍辱は、忍辱波羅蜜の略。忍耐の心。慈悲は、慈しみの心。**27**得脱は解脱すること。

◆例文77『夕顔』

前シテ　女（夕顔の化身）　後シテ　夕顔の霊　ワキ　豊後の僧　ワキツレ　従僧

間狂言　五条辺の者

僧詞「是は九州豊後の国より出でたる僧にて候。松浦はこざきの誓ひもすぐれたりとは申せども、猶も名たかき男山に参らんと思ひ、この程は都にのぼり、洛陽の名所旧跡拝みめぐりて候。けふも立出で仏閣を拝まばやと思ひ候。」サシ声〽尋ねみる都に近き名どころは、先名もたかく聞えたる、雲[1]の林の夕日影、うつろふ方は秋草の、花むらさきの野を分けて、上（歌）〽かものみやしろふし拝み、〱、ただすの森も打過ぎて、かへるやどりは[2]在原の、月やあらぬとかこちける、五条あたりのあばらやの、あるじもしらぬ所まで、尋ねとひてぞ暮しける、たづね問ひてぞくらしける。詞「ふしぎやな是なるあづまやより、女の歌を吟ずる声の聞え候。暫やすらひ候ひて尋ねばやと存じ候。（アシラヒ出シ）シテ下[3]〽山のはの、心もしらでゆく月は、うはの空にて影やたえなん。上〽巫山の雲はたちまちに、陽台のもとに消えやすく、湘江の雨はしば〱も、楚畔の竹をそむるとかや。サシ声〽爰は又、元より所も名をえたる、ふるき軒ばの忍ぶ草、しのぶかた〱おほきやどを、むらさき式部が筆の跡に、只なにがしの院とばかり、書置きし世はへだたれど、見しも聞きしも執心の、色をも香をも捨てざりし、かかる（下歌）〽涙の雨は後の世の、さはりとなれば今も猶、上（歌）〽つれなくも、かよふこころの浮雲を、〱、はらふあらしの風のまに、真[4]如の月も晴れよとぞ、むなしき空にあふぐなる、むなしき空にあふぐなる。ワキ「いかに是なる女性に尋ね申すべき事の候。シテ「何事にて候ぞ。ワキ「此所をばいづくと申し候ぞ。シテ「さん候此所をばなにがしの院と申し候。ワキ「ふしぎやななにがしの山なにがしの寺は名の上の、ただかり初のことばやらん。又、それを其名に定めしやらん承り度くこそ候へ。シテ「さればこそ始めより、六かしげなる旅人と見えたれ。紫[5]式部が筆の跡に、只なにがしの院とかきて、其名をさだかに顕はさず。然れども、ここは古りにし

[6]融のおとどの、住み給ひにし所なるを、其世をへだててひかる君、〽又、夕顔の露の世に、うへなき思ひを見たまひし、名もおそろしき鬼のかたち、それもさながら苔むせる、かはらの院と御覧ぜよ。ワキ〽うれしやさてはむかしより、名におふ所をみることよ。「我等も豊後の国の者、其[7]玉かづらのゆかりとも、〽なして今又、ゆふがほの、露消えたまひし世がたりを、語り給へや御あとを、及びなき身もとふらはん。シテ（クリ）上〽抑ひかる源氏の物がたり、こと葉幽艶をもととして、りあさきに似たりといへども、同〽こころ菩提心をすすめて義ことに深し。たれかばかりにも語り伝へん。シテさしこゑ〽中にも此夕顔の巻は、ことに勝れて哀なる、同〽情のみちも浅からず、契りたまひし[8]六条の、みやす所にかよひ給ふ、よすがによりし中宿に、シテ下〽只やすらひの玉鉾の、同〽たよりにたてし御車なり。（クセ）下〽もののあやめも見ぬあたりの、小家がちなる軒のつまに、咲きかかりたる花の名も、えならず見えし夕顔の、折すごさじとあだ人の、こころの色はしら露の、情置きける言のはの、するをあはれと尋ねみし、閨の、あふぎの色ことに、たがひに秋の契りとは、なさざりしののめの、みちの迷ひのことのはも、この世はかくばかり、はかなかりける[9]ひをむしの、命かけたる程もなく、秋の日やすく暮れはてて、宵のますぐる古さとの、松のひびきもおそろしく、シテ上〽風に、またたく灯の、同〽きゆるとおもふここちして、あたりをみれば烏羽玉の、闇の、うつつの人もなく、いかにせんとかおもひ河、うたかた人は[10]いきえて、帰らぬ、水の泡とのみ、散り果てし夕顔の、花はふたたびさかめやと、夢にきたりて申すとて、有りつる女も、かきけす様にうせにけり、かきけすやうに失せにけり。

（中入。狂言、光源氏と夕顔との故事を語る）

ワキ（待謡）〽いざさらば夜もすがら、〱、月みがてらにあかしつつ、法華読誦のこゑたえず、弔ふ法ぞまことなる、とふらふ法ぞまことなる。（一声）後シテ下〽あら有難の御経やな、あら有難の御きやうやな。サシ声〽さなきだに[11]女は五障の罪深きに、聞くもけうときもののけの、人うしなひし有様を、顕はす今の夢人の、跡よくとふらひ給へとよ。ワキ〽ふしぎやさては宵のまの、山のは出でし月影の、ほの見え初めし夕顔の、末葉の露の消えやすき、もとのしづくの世がたりを、かけて顕はし給へるか。シテ[12]〽見たまへ爰もおのづから、けうとき秋の野らと成りて、ワキ〽池は水草にうづもれて、古りたる松の陰くらく、シテ〽又啼きさはぐ鳥のからこゑ身にしみわたる折からを、ワキ〽さも物すごく思ひ給ひし、シテ〽こころの水はにごり江に、引かれてかかる身となれども、うばそくが、行ふ道をしるべにて、同〽こむ世もふかき、ちぎりたえすな契りたえすな。（序之舞）シテ下〽お僧の今の、とふらひを請けて、同〽お僧のいまの、弔ひを受けて、かず〳〵うれしやと、シテ下〽夕顔のゑみのまゆ、同〽開くる法華の、シテ〽はなぶさも、同〽変成男子[13]の、ねがひのままに、解脱のころもの、袖ながら今宵は、何をつつまんと、云ふかとおもへば、音羽山、峰の松かぜ、かよひきて、明けわたる横雲の、まよひもなしや、しののめのみちより、法に出づるぞと、明暗の空かけて、雲のまぎれに、うせにけり

【語注】
1紫野の雲林院。**2**『伊勢物語』四段を踏まえた表現。**3**前シテ。**4**真如は真実如常の意。真理。仏自身、すなわち仏性。真如の月は、清浄な悟りの境地。**5**『源氏物語』。**6**源融。『源氏物語』「夕顔」の「なにがしの院」は融の河原院をモデルにしたと言われる。**7**玉鬘は夕顔と頭中将との間に生まれた子。夕顔の死後、乳母と共に一時豊後国に住んだ。**8**六条御息所。源氏の愛人。生霊となって夕顔を殺す。**9**蜉蝣。ウスバカゲロウ科の昆虫。**10**息消えてで、息絶える。**11**女性にある五つの障り。これにより成仏できないとされた。**12**後シテ。**13**「通盛」注9参照。

5　五山文学

以下、禅を背景とする文学、つまり五山文学について述べなければならないが、禅と文学の関係を論じる際に、大きな問題がある。それは、禅宗が、基本的に「不立文字、教外別伝」（文字や言語による教えの外に、別に以心伝心により

悟りを得る）という達磨の教えによる仏教であり、そのことは取りも直さず、言葉を否定し、言葉による文学を否定する性格を有しているということである。にも拘わらず、五山文学という、日本における第二の漢詩文全盛期を創出した禅とはどのようなものなのであろうか。

禅と文学について考える場合の問題点を、西村惠信氏は以下のように指摘する（『禅と日本文学』、『日本文学と仏教』五、岩波書店、平成6年）。

(1) ことば以前の地平に於けるできごととしての実存的体験（真実の自己の自覚）と、それの伝達としてのことばや文字とのあいだにある矛盾的相即関係の問題

(2) 具体的実存体験の事実の標榜としての禅の文字表現、特に「禅の語録」というものが、文学の本質である創作性とか虚構性というものと、根本のところで相容れないものを含んでいるという問題

(3) 禅を「日本文学」という特殊なジャンルとの関係のなかで考える場合、そういう禅は中国いらいの禅の本質を貫きつつ、同時に日本という特殊性を負荷された歴史・風土的制約をもった禅としてでなければならないという問題

ここで特に問題としたいのは(1)である。禅における悟りへの到達は、徹底した自己追究の場であるから、そこにおいて、伝達手段としての言葉が不要であるのは当然である。のみならず、浄土教において、「南無阿弥陀仏」と称えることが往生への唯一の道であるとすることは、称名即ち、弥陀の名を称えること、弥陀を表す言葉に、全幅の信仰を寄せることに他ならなかったことを想起するならば、同じ鎌倉新仏教ながら、浄土教と禅とが如何に隔絶したものであったかが分かるであろう。

禅における悟りへの行程は、「自己とは何か」を求めることである。それを得ることを大悟する、或いは、頓悟するなどと言うが、その段階における自己は、最早個別的な自己を超えた普遍性を獲得しており、ここで始めて対他的

な言葉が必要になってくる。優れた禅者の言葉は禅語録として多く残されているが、しかし、これらは、普遍性を獲得した個人の、特定の場における言葉であることに注意しなければならない。そういった意味から、禅語録は、経典のように普遍的聖典とすることは禁じられた。

五山文学の隆盛は、積極的に理解するならば、悟りに至った禅者の、自己表現の産物と言うことが出来るだろう。しかし、以下に述べる五山文学は、必ずしもそういった動機のみから成り立つものではない。一休宗純がいみじくも体現したように、五山の僧達の言葉における堕落は、不立文字の思想を実践した上で、悟りにより、これを超克した結果のみではなかったことを証する。既に道元は、五山の僧達が、こうした文筆活動に傾きがちであることに関して、以下のような批判をしている。

近代の禅僧、頌をつくり法語を書かんがために文筆等をこのむ。是れ便ち、非なり。頌につくらずとも心に思はんことを書出し、文筆とゝのはずとも法門をかくべきなり。是をわるしとて見ざらんほどの無道心の人は、よく文筆を調へていみじき秀句なりとも、只言語ばかりを弄んで、理を得べからず。我れ本と幼少の時より好み学せしことなれば、今もややもすれば外典等の美言案ぜられ、文選等も見らるるを、詮なき事と存ずれば、一向にすつべき由を思ふなり（『正法眼蔵随聞記』）

道元が自ら戒めた外典、それはおそらく道元が幼時に学んだ『文選』のような美麗な詩文であろうが、これを敢えて「すつべき」と心懸けたように、文筆への耽溺は、言葉における禅の厳格を逸脱する可能性があった。五山の詩僧による文学活動即ち、五山文学を、宗教の見地から見た時、西村惠信氏は「言ってしまえば、かれらの禅は、「文化禅」であったのである」と喝破している。引用する五山僧の詩文に明らかな如く、彼らの詩文に、内典よりはむしろ外典の類、殊に中国の歴史的事象や、故実或いは、漢詩の表現また、詩人の境涯そのものへの広い関心と摂取が認められることも、五山文学が純然たる宗教活動からは相当逸脱していることを示している。そういったことを課題とした上で、五山文学というものを概観すれば、以下の如くである。

五山文学とは、京都五山、鎌倉五山を基盤として生まれた文学の謂いであるが、五山というもの自体は、印度の五精舎に倣い、中国南宋末期に禅宗の保護と統制のために五つの寺を定めたことに由来する。日本における五山文学成立のきっかけは、鎌倉時代末期に中国から来た一山一寧（一二四七―一三一七）にあった。一寧は北条貞時の帰依を受け、後宇多上皇に乞われ南禅寺三祖となるが、禅のみならず、儒家、道家、諸子百家、詩文など、極めて広い教養を有しており、彼の下から、雪村友梅（一二九〇―一三四六）、虎関師錬（一二七八―一三四六）が出る。その後次第に五山僧による文学活動は盛んになり、遂にはこれが余技であるに留まらぬ状態に入る。彼らは、禅の法語や偈のみならず、詩文、随筆等をも書くようになった。東山時代と言われる時期の義堂周信（一三二五―一三八八）、絶海中津（一三三六―一四〇五）の頃になると、明代の禅思想を取り入れ、五山文学は一気に最盛期に向かう。中でも絶海中津は殊に文人的な禅僧であった。

文学ではないが、五山はまた、五山文化とでも捉えるべき活動をしている。一山一寧は、儒学における宋版の朱子の新注を齎したと言われる。かつて栄西も宋判大蔵経の将来に努めたが、こういった動きは、五山による出版文化を促した。五山版と呼ばれるのがそれである。これらは内典に限定されるものではなく、漢詩文集、医書などの外典も多く、現在判明するだけで百点ほどに上る。この中には新たに日本人の書き下ろしたものもあるが、その代表的なものは、虎関師錬の『元亨釈書』である。この書は日本で初めての仏教通史であり、仏教伝来から鎌倉末期に至る仏教史を叙したものである。その他、五山文化は、書、絵画、建築、庭園、彫刻、工芸、更には食事などあらゆる分野に及んだ。禅がこうした文化を生んだ背景には、生活そのものを修行の場とする考えがあるためであり、修行の場として北陸の地を選んだ道元も、食事及び、その作法について『赴粥飯法』を残している。

五山文学における異色の存在は、今日にその名を知られる一休宗純（一三九四―一四八一）であろう。一休については、没後間もなく弟子によって作成された『一休和尚年譜』がある。同書は、一休が後小松天皇の皇子であり、周囲の讒言により、母が宮中を退出して一休を生んだなどの誕生秘話などから起筆し、一休の生涯を辿っている。皇胤説の真偽は措き、一休は京都安国寺の象外集鑑の下で童子となり、その後天竜寺地蔵院、建仁寺知足院と遍歴し、大徳寺四十七世となった。一休はその奇矯な行動で知られるが、その詩は腐敗した五山に対する痛烈な批判に満ちていると同時に、漢詩や偈との関わりが注目されるものとなっている。

以下に引用するのは、五山僧の詩と、一休の『狂雲集』に収められた詩である。

◆例文78　『済北集』（虎関師錬）巻二「春」

春

和風と暖日と山隈[1]に満ちたれども
庭宇[2]は蕭条として緑苔に鎖されたり
花は相看る毎に笑を含んで向ひ
鶯は問はずと雖も声を寄せて来る
春愁[3]の薄き処に蘆管を吹き
午夢の残る時に茗盃[4]を啜る
燕子[5]は韶景[6]の困しみ無きが如く
泥を銜んで幾度か去りては還《また》廻る

春

和風暖日満㆓山隈㆒　庭宇蕭条鎖㆓緑苔㆒

花毎㆓相看㆒含㆑笑向　鶯雛㆑不㆑問寄㆑声来
春愁薄処吹㆓蘆管㆒　午夢残時啜㆓茗盃㆒
燕子如㆑無㆓韶景困㆒　銜㆑泥幾度去還廻

【語注】

1山の隅々。2庭や屋舎。3春の愁いの少ない所、即ち寺のこと。4茶。5燕。「子」は助辞。6春景。「韶」はうららかな様。

◆例文79　『済北集』巻二十二「春望」

春望

暖風と遅日とに百昌[1]蘇れば
独り韶光に対して故吾[2]を恥づ
水は天[3]を界せずして倶に碧緑に
花は木を弁じ難くして只に紅朱のみ
游車[4]も征馬[5]も争つて馳逐し
舞燕も遷鶯も恣に戯娯[6]す
愛するに堪へたり遠村の遥靄[7]の裏に
烟に鎖されたる行柳[8]の幾千株は

春望

暖風遅日百昌蘇　独対㆓韶光㆒恥㆓故吾㆒

水不㆑界㆑天倶碧緑　花難㆑弁㆑木只紅朱
游車征馬争馳逐　舞燕遷鶯恣戯娯
堪㆑愛遠村遥靄裏　鎖㆑烟行柳幾千株

【語注】

1昌は、「物」と同義。2古い吾。3水と天との境界がない状態。4遊びに行く人の乗る車。5征は、「行」と同義。6戯れ楽しむ。7遥か彼方の霞。8並木道に植えられた柳。

◆例文80『岷峨集』（雪村友梅）巻下「宿鹿苑寺」

[1]鹿苑寺に宿して　王維の旧第なり

索莫たり唐朝よりの寺は
昔人も今は已に[2]非なり
[3]短綃は千畳の[4]嶂たり
浮世も幾くの残暉なるぞ
塔影は揺嵐に側ち
鐘声も[5]咽吹に微なり
客窓に自ら恨むことを休めて
[6]華表より仙の帰らば会はなん

宿㆓鹿苑寺㆒　王維旧第
索莫唐朝寺　昔人今已非

短綃千畳嶂　浮世幾残暉
塔影揺嵐側　鐘声咽吹微
客窓休㆓自恨㆒　華表会㆓仙帰㆒

【語注】

1詩人王維の旧宅。2非在である。生きていない意。3綃は、生絹で、薄絹。4嶂は、屏風のように連なる峰。5咽び泣くような夕風。6華表は、柱の上に十字形の横木を付けたもの。城や墓所、役所の前に立てられた。

◆例文81『岷峨集』巻下「秋夜懐友」

秋夜に友を懐ひて
我は[1]本東南の人なれば
常に[2]東南の客を思へり
此の良夜を奈何《いかん》せん
蕭蕭たり[3]城東の陌は
菊に泛びて露は[4]溥々《ほほ》たり
柯を鳴して風は[5]摵々《さくさく》たり
微吟すれども君は来らず
明月のみ転た空しく白し

秋夜懐㆑友
我本東南人　常思㆓東南客㆒

奈此良夜何　蕭蕭城東陌
泛レ菊露溥々　鳴レ柯風摵々
微吟君不レ来　明月転空白

【語注】

1中国から見た時、日本は東南に当たる。日本の住人であるからの意。2東南からやって来る客人。3雪村が長安の東部の街に住んでいた時のことか。4溥々は、遍き様。5摵々は、葉の散る様を表す擬音語。

◆**例文82『寂室録』（寂室元光）「示僧」**

僧に示す
参禅は実に大丈夫[1]の事にして
一片の身心をば鉄のごとく打じ成す
爾看よや従前の諸仏祖[2]は
阿那個《いづれ》か是れ閑情を弄せし

示レ僧
参禅実大丈夫事　一片身心鉄打成
爾看従前諸仏祖　阿那個是弄二閑情一

【語注】
1ここでは、宗教心の強い、立派な人物の意。2仏祖とは、各宗の祖師を言う。

◆**例文83**『**寂室録**』「**山居**」

山居にて

名利を求めず貧をも憂へず
隠処の山は深くして俗塵[1]を遠ざかる
歳晩[2]は天寒くして誰か是れ友なる[3]
梅花は月を帯びて一枝新なり

山居

不レ求二名利一不レ憂レ貧　隠処山深遠二俗塵一
歳晩天寒誰是友　梅花帯レ月一枝新

【語注】
1世間の煩わしさ、卑俗さ。2年の暮れ。3誰一人尋ねる人もないことを言う。

◆**例文84**『**東海一漚集**』（**中巌円月**）巻一「**擬古**」

擬古[1]

浩々[2]たる劫末[3]の風に
塵土は飛んで蓬蓬[4]たり
天上に日色は薄く[5]
人間に是非《しひ》は隆んなり
螻蟻[6]は臭穢を逐へども

[7]凰鳳は梧桐に棲めり
独り[8]方外の士有りて
[9]俛仰せり白雲の中にて

擬古
浩々劫末風　塵土飛蓬蓬
天上日色薄　人間是非隆
螻蟻逐㆓臭穢㆒　凰鳳棲㆓梧桐㆒
独有㆓方外士㆒　俛仰白雲中

【語注】

1古詩に擬た詩の意。2広大無辺な様。3劫の終わり。壊劫の末のこと。この世の壊滅する時。劫初の対。4風の吹く様。5王法を喩するか。6螻《けら》と蟻。小人を喩するか。7聖王の世に現れる、想像上の瑞鳥。8世事に関わらないこと。俗人に対する存在を言う。9俯いたり、仰向いたりしている。

◆例文85『空華集』（義堂周信）巻三「歳朝謝客而作」

歳朝に　客を謝して　作る
新年も日月は只尋常なるを
俗習は風を成して歳を賀するに忙し
垂老は春に逢ふとも偏に睡を愛せば
来つて我が[1]黒甜の床を撼すこと莫れ

歳朝謝レ客而作

新年日月只尋常　俗習成レ風賀レ歳忙

垂老逢レ春偏愛レ睡　莫三来撼二我黒甜床一

【語注】

1熟睡、また、昼寝。

◆例文86　『空華集』巻五「退去辞南禅口占」

退居[1]せんとして南禅を辞するの口占

茫茫たる苦海[2]は浪天に粘し

八面[3]の風は撐《さをさ》す百漏[4]の舡を

人を度する[5]を未だ了らぬに先づ棹を回《かへ》さんとす

旧[6]に依って蘆花浅水の辺に

退居辞南禅口占

茫茫苦海浪粘天　八面風撐百漏舡

度人未了先回棹　依旧蘆花浅水辺

【語注】

1周信は南禅寺寺務を辞して、同寺内に隠居した。口占は口遊みのこと。2『法華経』にある語で、苦しみの多い人間世界を言う。3八方から吹く風。八の煩悩（利、哀、毀、誉、称、譏、苦、楽）の喩え。4百八煩悩。5衆生を済度すること。6以前の有様で、自分の旧態を指す。

◆**例文87**　『蕉堅稿』（絶海中津）「応制賦三山」

[1]制に応じて　三山を賦す
熊野峰前に[2]徐福の祠ありて
満山の薬草は雨余に肥えたり
只今海上は波濤も穏かなれば
万里の好風に須く早く帰るべきなり

応レ制賦二三山一
熊野峰前徐福祠　満山薬草雨余肥
只今海上波濤穏　万里好風須レ早レ帰

【語注】
1応制詩。絶海中津は明の太祖の求めに応じて作詩した。**2**徐福は、秦代の方士。徐市《じょふつ》とも言い、始皇の命により、不老不死の薬を探し（『史記』六）、日本にもやってきたとの伝説があり、その祠が熊野にあるとされた。

◆**例文88**　『蕉堅稿』「読杜牧集」

[1]杜牧集を読む
[2]赤壁の英雄は[3]折戟を遺し
[4]阿房の宮殿に後人は悲む
風流には独り[5]樊川子を愛す
[6]禅榻にて茶烟に鬢糸を吹かせたれば

読㆓杜牧集㆒

赤壁英雄遺㆓折戟㆒　阿房宮殿後人悲
風流独愛㆓樊川子㆒　禅榻茶烟吹㆓鬢糸㆒

【語注】
1杜牧は晩唐の詩人。**2**赤壁の戦いの英雄、曹操のこと。**3**折れた戟。杜牧の詩「赤壁」には、「折戟沈㆑沙鉄半銷」と言う。**4**始皇帝が建てた宮殿の名。項羽によって焼かれた。**5**樊川は、杜牧の号。子は敬称。**6**禅牀と同義。以下、杜牧の詩「題㆓禅院㆒」に拠る。

◆例文89　『碧雲稿』（中恕如心）「送絶海津蔵主帰日本」

絶海[1]津蔵主[2]の日本に帰るを送りて　唐に在りて作れり
君の故国に帰るを送りてより
病に臥したれば楚山[3]幽なりけり
只相随ひて去る可きのみなりしを
如何ぞ独り自ら留れりや
天は遥にして孤雁遠く
海は闊《ひろ》くして百川収る
離思[4]と春恨[5]とにて
人生は白頭ならんとか欲《す》らん

送㆔絶海津蔵主帰㆓日本㆒　在唐作
送㆔君帰㆓故国㆒　臥㆑病楚山幽

只可二相随去一　如何独自留
天遥孤雁遠　海闊百川收
離思与二春恨一　人生欲二白頭一

【語注】

1絶海中津が日本に帰国するに際して詠んだ詩。恕心はこの時未だ明に居た。2経蔵を管理する役職。3楚の国の山。4別離の思い。5春愁。

◆例文90　『雲壑猿吟』（惟忠通恕）「寄遠友」

遠友に寄す

江蓮に香気は浮び
夕雨は清秋に響く
白鳥は[1]双宿に寧《やすん》ずれども
[2]却て飛んで別洲をも過る
一別して遽《にはか》に千里なれば
[3]音書は杳《よう》として来らず
[4]無心なる江上の水は
日に日に潮を送りて来れども

寄二遠友一
江蓮香気浮　夕雨響二清秋一

白鳥寧㆓双宿㆒　却飛過㆓別洲㆒
一別遽千里　音書杳不㆑来
無心江上水　日日送㆑潮来

【語注】

1白鳥が二羽一緒に一つの宿（巣）に宿る。白鳥は、鵠《くぐい》のこと。2或いは又、逆に、離ればなれに飛んで。3消息、手紙。4心なき。

◆**例文91　『真愚稿』（西胤俊承）「寒江釣雪図」**

[1]寒江にて雪に釣るの図
雪は席《むしろ》の大なるが如く浪は山の如く
独り釣せるの漁翁は[2]晩来に還る
[3]是れ心を苦しめつつ世乱を憂へざるも
江風に鬢を吹かせて自ら[4]班を添へたるならん

寒江釣雪図
雪如㆓席大㆒浪如㆑山　独釣漁翁晩来還
不㆔是苦㆑心憂㆓世乱㆒　江風吹㆑鬢自添㆑班

【語注】

1寒い川で釣りをしている様を描いた図に寄せて作った詩。2晩と同義。来は、助辞。3この翁は。4白髪混じりになったのだ。

◆**例文92**　『**狂雲集**』（一休宗純）「**元正**」

元正[1]

現成[2]の公案天真に任す
鳳暦[3]元[4]を開く世界の春
今日山僧眼を換却[5]す
堂中の古仏面門新たなり

元正

現成公案任㆓天真㆒　鳳暦開ㇾ元世界春
今日山僧換㆓却眼㆒　堂中古仏面門新

【語注】

1元旦。　2眼前の事象全てが公案である。　3暦。　4一年を始めた。　5一新する。

◆**例文93**　『**狂雲集**』「**端午**」

端午

千古[1]の屈平[2]情あに休せんや
衆人[3]この日酔つて悠々たり
忠言[4]耳に逆らふ誰[5]かよく会せん
ただ湘江の順流を解するあり

端午

千古屈平情豈休　衆人此日酔悠々
忠言逆レ耳誰能会　只有湘江解二順流一

【語注】

1千年の昔、遥かな昔。2屈原。平は、名、字が原。中国の戦国時代楚国の大臣。清廉の政治家であったが、讒言により国を追われ、「離騒」を残し、汨羅に身を投げた。3この一節、屈原の「離騒」に拠り、端午の今日、人々は皆酔っていると皮肉っている。4忠告の言葉。5誰が忠言を理解しようか。

◆例文94『狂雲集』「冬至示衆」

冬至示衆
独り門関を閉ぢて方[1]を省みず
這の中誰か是れ法中[2]の王ぞ
諸人[3]もし冬来の句を問はば
日は今朝より一線長し

冬至示衆
独閉二門関一不レ省レ方　這中誰是法中王
諸人若問二冬来句一　日自二今朝一一線長

【語注】

1四方。2法の中の王。即ち真実の悟りを得た人。3人々がもし冬至の意味を尋ねたならば。これが公案。

◆例文95『狂雲集』「陋居」

陋居
目前の境界吾が瘦《や》せたるに似たり
地老い天荒れて百草枯れたり
三月の[1]春風春意没《な》く
寒雲深く鎖せり一茆廬を

陋居
目前境界似㆓吾瘦㆒　地老天荒百草枯
三月春風没㆓春意㆒　寒雲深鎖一茆廬

【語注】
1自然界では春の風が吹いているが、そこには春の趣はない。自らの失意を言う。

◆例文96　**『狂雲集』「寄南江山居」**

[1]南江の山居に寄す
天下の禅師人を嗛過し
[2]黒山の鬼窟精神を弄ぶ
平生杜牧は風流の士にして
吟断せり[3]二喬[4]銅雀の春を

寄㆓南江山居㆒
天下禅師嗛㆓過人㆒　黒山鬼窟弄㆓精神㆒

平生杜牧風流士　吟断二喬銅雀春

【語注】

1南江宗沅（一三八七―一四六三）のこと。一休に参じて親交を結んだ禅僧で、後、還俗した。2暗黒の禅窟。3喬公の二人の娘。呉の英雄周瑜が皖城を攻めて、喬公の二女を得た故事に基づく。4銅雀台のこと。魏の曹操が築いた宮殿。三句、四句は、杜牧の「赤壁」を下敷きにした表現。

◆例文97『狂雲集』「偶作」

偶作

昨日は俗人今日は僧
生涯胡乱[1]これわが能
黄衣[2]の下に名利多し
我れは要す児孫[3]の大灯を滅せんことを

偶作

昨日俗人今日僧　生涯胡乱是吾能
黄衣之下多㆓名利㆒　我要児孫滅㆓大灯㆒

【語注】

1胡乱は、うろん。「烏乱」とも表記する。怪しげで筋が通らないこと。胡説乱道とも言う。禅家で使用され、後一般にも使われるようになった。2五山の長老が着る衣服の色。3仏法を受け継ぐ子孫。法嗣、法孫のこと。

◆**例文98**　『**狂雲集**』「**自賛**」

自賛

風狂の狂客狂風を起す
来往す淫坊[1]酒肆の中
具眼の衲僧[2]誰か一拶[3]せん
南[4]を画し北を画し西東を画するのみ

自賛

風狂々客起㆓狂風㆒　来往淫坊酒肆中
具眼衲僧誰一拶　画㆑南画㆑北画㆓西東㆒

【語注】

1淫房と酒肆。女色を売る店と、酒を飲ませる店。2僧侶。衲は、僧或いは、僧衣を言う。3拶は、迫る、責めるの意。4『碧巌録』九「趙州四門」に拠るか。

◆**例文99**　『**狂雲集**』「**題養叟大用庵**」

養叟の大用庵に題す

山林[1]は富貴五山は衰ふ
ただ邪師のみあつて正師なし
一竿[2]を把つて漁客と作らんと欲す
江湖[3]近代逆風吹く

題㆓養叟大用庵㆒

山林富貴五山衰　唯有㆓邪師㆒無㆓正師㆒

欲把㆓一竿㆒作㆓漁客㆒　江湖近代逆風吹

【語注】

1大徳寺のこと。一休の師華叟から養叟へ引き継がれていたが、一休と養叟は不和であった。**2**釣り竿一本持ち、隠棲して漁客になろう。**3**世捨て人のいる場所或いは、民間。ここは禅界を指すのであろう。

◆例文100『狂雲集』「病中」

病中

錯来《あやま》つて衆[1]を領ず十年余

実悟[2]を知らず多くはこれ虚

すなはち邪法の輩を破除せんと欲て

夜来背に発す范増[3]が疽《そ》

病中

錯来領㆑衆十年余　実悟不㆑知多是虚

乃欲㆑破㆓除邪法輩㆒　夜来背発范増疽

【語注】

1衆生、大衆。**2**真実の悟り。**3**范増は、項羽の臣。沛公を伐つよう項羽に進言した所、逆に疑われ、ために背中に疽（はれもの）が出来て死んだ故事に拠る。

第五章　唱導文学

1　唱導文学の定義

唱導文学の語を始めて使用したのは、諸家の指摘されるように折口信夫である（『折口信夫全集』第七巻）。唱導に関する本格的な通史を試みたのは永井義憲氏であり、そこで唱導の基本的な重要性は殆ど構築されたと言って良い（「唱導文芸史稿」、『日本仏教文学』所収、塙書房、昭和38年）。また、岡見正雄氏の一連の研究は、常に唱導の概念を念頭に置いてなされたものである。これに加え、近時、従来殆ど未解明であった平安期の資料が発見、検討され、安居院《あぐい》を頂点とする唱導の実態が解明されつつある。一方説話文学研究の側においても、出典研究を通じて、経典や関連資料との比較検討が進み、現在ではかなりの部分が解明されるに至っている。唱導文学こそは、文学と仏教が最も接近した分野であり、そこから軍記、能、説話などのジャンルへ、豊かな流れが形作られることになる。

唱導は従来、表白、正釈、施主段の三段形式から成るものとされ、また、経典の講釈（講経）は、来意（その経典の主旨）、釈名（題名の説明）、入文判尺（本文の解釈）の形を採るのが、通則となっている。目下、その具体的な姿をモデルとして再建することが、文学史における急務の課題であり、徐々にその復元が試みられつつある。

仏教流布のために、内と外、それぞれにおける方法がある。教団内部では、師資相承の学問として、また、修行を通じて、仏教は体得され伝えられた。一方、外部へは、布教という形が取られまた、仏教が社会にある程度根付くと、法会が、俗人の社会に具体化して仏教の浸透を図ることになった。法会は、詞章だけのものではなく、音や動き、或いは、荘厳といった、人間の五感に訴える総合的な行為であるが、そこにおいては、言葉もまた、大きな役割を担った。

安居院流の『法則集』は、法会の次第に関する心得を、説経者の側から説いたものである。その内容は、永井義憲氏の簡明な説明を引用すれば、以下の如くである。

導師の上堂、着座からはじまって、香炉の持ち方、磬の打ち方、その法会の種類（追善、造仏など）に応じた語句の使い方、発声の方法などを述べ、その儀式の進行とともに、神分（神に対する供養、心経一巻など）、表白、願文、発願、四弘誓願、諷誦文、教化（歌謡）の次に説法があり、終わって別願、廻向、総廻向、降座、終わりに布教などと微細にわたって導師以下の僧衆の進退作法が書きしるされている

唱導とは、広義にはこれら法会の次第全てを含むものと考えて良いが、中心となるのは、表白《ひょうびゃく》、願文、諷誦《ふじゅ》、説法である。安居院の『言泉集』（殆どが散逸した『転法輪抄』の一部）は、この内の表白、願文等の文例を集めたものであって、早く平安期には、『江都督納言願文集』があり、『本朝文粋』にも願文、表白の項がある。表白や願文は、導師が担当し、その文例集が集められた。『江都督納言願文集』には、文人であった大江匡房が依頼されて作成した願文が多く収められているのである。

安居院流の『法則集』では、願文については、「微音ニ之ヲ読ム。其ノ中ノ要句ヲバ、少シ物読ム音ニ引ツクロフテ、之ヲ読ム。説経音ニハアラズ」と述べており、説経とは区別している。また、「因縁法門等ヲバスル時、大筋ダニタガワザレバ、語何ニ替テモ苦シカラズ」と言い、表白や願文が、予め用意された詞章を、抑揚等の配慮を以て読み上げる点が肝要とされたのに対して、因縁譚を語る場合は、必ずしもテキストに忠実でなくとも良いとされていること、つまり当座の聴衆に合わせる配慮が求められていることは注意すべきであろう。

永井氏が、

故筑土鈴寛先生は唱導を考える時に表白詞章と口頭詞章とにわけて考うるべき事をすでに言われているが、この

> 表白詞章が蒐集せられて多くの唱導文集となり、口頭詞章が類従整理せられて仏教説話集の系列を形づくったのであって、両者共に成立においては密接な関係があったことを知らねばならない

と指摘されているように（「安居院流唱導資料考」、『安居院唱導集』上巻所収、貴重古典籍叢刊6、角川書店、昭和47年）、唱導は表白詞章と口頭詞章に二分出来るが、『言泉集』に収められた文例は、表白詞章に相当する。表白詞章は、さらに講会表白と法会表白に分類され、法会表白は、普通法会表白、論議表白、竪義表白に分けられるが、実際上は、講会表白と普通法会表白はよく似ており且つ、俗人の接することの多いものである。これに対して、例えば教義と関わる竪義表白は、研究もそれ程進んでいない状態にある。

願文は、『江都督納言願文集』のように、文人或いは、文章博士など学者が草することが多かったが、表白は学侶が作成した。その結果、表白文例集は僧侶の世界で作成、維持されていったのであり、『言泉集』以外にも多くの文例が残っている。神奈川県にある金沢文庫は、表白を含む多くの唱導資料が保存されていることで有名である。

『法則集』に言う因縁法門は、説法の内容を指していると考えられる。これは口頭詞章に相当するから、本文は流動的である。「大筋ダニタガワザレバ」と言うように、一つの話柄が表現を変え、また、登場人物の名前を変え、国を変えて語られたのであり、話のヴァリエーションが生ずる契機がここに認められる。語られる内容は、ほぼ因縁譚と縁起である。法会は、俗人を交えて行われるのが普通であるから、俗人に理解し易く、宗教的感動を与えるためには、荘厳でなければならない。この二つの要求は、口頭詞章と表白詞章にそれぞれ対応しつつ、文学と仏教の両分野に足場を置くものであった。説法は教理を浸透させるために、因縁譚や縁起を以て具体的に語るものである。経典においても譬喩は重要な要素であったが、俗人に対する説経においては、特に効果的であった。そのため、僧侶は出来る限り多くの具体例を保持している必要があった。『今昔物語集』などの説話集が、仏教に関する説話を大量に収め

ているのは、こうした説経の種本としての性格を持っていたためであろうとされている。この点について、永井義憲氏は「仏教説話集とよばれるもののおよそは、この説経の素材集としての性格をもつものとかんがえてよいものである」と述べている（『日本仏教文学研究第三集』第4編、新典社、昭和60年）。

また、説話集の形にまで至っていない、説話を単体として記録したものがある。「説草」或いは、「小さな説話本」と称されるもので、形態から見て、僧が懐中して説経の場に持ち込んだものと考えられる。「説草」について、岡見正雄氏は、「まことに説経僧の手控えこそが実は説話文学を産む有力な地盤であった。そういう手控えが更に集成され、大成されると説話文学集を産んできたわけである」（『室町文学の世界　面白の花の都や』第二章第2節、岩波書店、平成8年）と述べており、説話集と唱導の関係は、大筋においてこの指摘に従うべきであろう。「説草」はその実用書としての性格上、それ程多くが残存している訳ではないが、その中には、「説草」から説話集へという流れを確認出来るものがある。

『三国伝記』巻十二第三に、「恵心院源信僧都事」と題する説話があるが、この説話は源信について語る「説草」に拠ったものと考えられる。以下に引用するのは、「説草」の源信の父の臨終の場面と、源信が十二年籠山を遂げた話に付随する母との交流を描いた部分である。

少児已七歳成給ケル春暮、父病床臥、今限見ヘシカハ、彼小児ヲ呼寄テ、枕辺居ヘツヽ手ニ手ヲ取クミ、皃皃合テ、最後ノ別ヲ惜、遺言シケル有様コソ、哀ニハ覚候ヘ。汝幼無ト云ヘ共、我今詞忘ルナヨ。是ハ最後遺言、長世思出成ルヘシ。我カ身一人ノ男子無ク、汝ヲハ高尾寺観音ニ三个年カ間、参テ申タリシ乞子也。セメテハ十歳成ルマテ、我身モナカラヘテ、和児体ノ見ホシサ無レ限思ヘ共、心ニ任セサル生死界ノ習ナレハ、幼子咲出花ノ荘ヒヲ見捨テツヽ、只今北邙之露ト消ヘナム事ノ悲。相構テ高尾寺ノ観音参テ、我後ノ世ヲ訪ヘヨ。何カ成ム僧房ニモ近付テ、学問シテ僧ニ成、必我菩提ヲ訪ヘヨトテ、翠髪ヲ攬摩テヽ、気絶ヘ神ヒ去ニキ。爰ニ、小児母ト共ニ別レヲ悲フ無レ限。泣々一片ノ煙ト成テ、彼小児ハ父ノ遺言ヲ不レ忘、毎日高尾寺詣テ、道スカラ、我父ノ三个年ノ間、此道参下向シ給ケム哀サヨ。御堂ヲ見廻セハ、彼間此間ニモ父之礼拝シ、通夜シ給ヒケル所ナレハ、昵名残有。同本尊ト云へ共、我父ノ馮深シテ、申乞ケル其ノ知ルシ有侍レハ、馴シフシテ、又参シ、可レ然者観音我ヲ僧ニ成シ、父ノ後生ヲ訪フ身成シ給ヘトテ、幼ナ心ニ苦恭敬礼拝シケレハ、見人涙ヲ流シ、哀ヲ催サスト云事無シ。

僧都、難行ノ隙ニ、一代ノ聖教ヲ勘文シテ、母ノ恩ノ深キ要文ヲ撰テ、悲母勧進云一巻文造、御消息カキソヘ、母御前へ送給フ。其状云、夫一代聖教ノ肝要、父母恩極レリ。恩山徳高シテ、詞窮マテ難レ述。徳海唯深クシテ、一劫尽テ難レ酬。故、釈尊難行ノ昔ヲ思ヒ遣リ、十二年ノ苦行ヲ勤、二人ノ父母ノ菩提ヲ祈ル。加レ之、一代聖教五千余巻ノ肝要集テ、母ノ徳ノ深キ旨ヲ明シテ、九品ノ往生ヲ勧メ奉ル者也。十二年ノ苦行ヲ随喜シ給者ナラハ、早御ユルサレヲ蒙、片時ノ間ノ対面ヲ仕ラムト書給リ。此度ハ、母御前苦成ル御返事有レ之。実限二十二年一、難行苦行シテ、父母ノ菩提ヲ訪給ル、御返事争カ随喜セサルヘキ。父遺言ヲモ思知給ト、難レ有覚ヘテ侍リ。中ニモ、悲母勧進ト云一巻ノ文給ル事、往生極楽之亀鏡ト深憑侍リ。常ニ此ノ聖教ヲ開キ見テ、御恋サヲハナクサムヘシ。御年モ今ハ卅ニ及ヒ給ヘリ。七歳ニシテ竹馬ムチ打給ヒシ面モ影ケ計、常思出奉リ侍リ。台嶺程近キ所ナレトモ、態是ヨリ申候ハム時、御下リ候へヨ。思子細侍リトテ、更御ユルサレ無カリケリ。此御返事ヲ開キ御覧シテ、僧都、母御前恨テ、声ヲ上テ泣給フ。サレトモ、身ヲ苦メ心ヲクタキ、十二年ノ月日ヲ待暮テモ、母ヲ奉見思ツルニ、心強御ユルサレノ無キ事ノ悲サヨトテ、歎々送二歳月一程

さらに、近時注目されているのは、直談とか釈、見聞と言われる類である。代表的なものに、一連の「法華経直談」がある。これは『法華経』の章句を注釈したあと、具体的な説話をもって、経の意図を分かり易く説明するもの

である。直談であるから背後には師資相承の関係があり、師の説いたことを弟子が書き留めた体裁になっている。これらには、説話ばかりでなく和歌なども含まれる。こうした直談の類まで含め、さらに注意されるのは、一見仏教とは関わらない、『伊勢物語』『古今和歌集』『和漢朗詠集』等の注釈書に収められる説話が、実は『法華経』注釈の世界と共通していることである。本文の意図を説明するための説話は、仏教、和歌、物語、漢詩文といったジャンルを超えて、根底の部分で共通していることが近時判明しつつある。

このように見てくると、唱導という行為が、如何に広い世界に立脚したものであるかが明らかになってくるし、仏教と文学の関わりも、成立基盤から見る必要があることが知られよう。

2　唱導文学の流れ

中国に発する唱導は、既に奈良時代に日本でも行われていたと推測される。本章4に述べる如く、行基はその早い段階における唱導師的な性格を持っていたであろう。しかし、具体的に唱導に関わる資料は、現在殆ど残存せず、二次的な資料からその様を想定するに留まる。例えば、『万葉集』に収められた山上憶良の「日本挽歌」漢文序（第一章2参照）について、上野英二氏は「唱導の文章の影響が著しい」と述べている（「和歌」、『日本文学と仏教』第九巻所収、岩波書店、平成7年）。文学に残る唱導の痕跡の問題は、なお今後の検討に俟たねばならない。

日本における唱導史を今、安居院以前と以後という見取り図の下に、これを辿ることにする。安居院以前の唱導は、上述の如く資料が僅少であり、推測によらざるを得ない部分が多い。とは言うものの、唱導を通じて、仏教は最も密接に文学と関わったのであり、唱導という場を、多数の人の前に可能にしたのは、浄土教に代表される、院政期以降の仏教のあり方であった。そして、中世の文学は、そのような場を通じて、地方の伝承や語りを繰り返し取り込む同時代性、地域性をも獲得していったのである。安居院以前においては、このような広がりが希薄であり、殊に、貴族社会の法会に限定された唱導は、文学を根底から左右する程の力は持ち得なかったのではないかと考えられる。

唱導は、文学と仏教が往還する場として、文字言語のみならず、口頭言語の実際をも窺わせ、また、絵画、音楽の要素も持つ世界である。能が唱導と密接な関係を有し、文字言語のみを表現手段とするのではなく、人間の五感全てに訴える要素を含み持つことは、唱導のそもそものあり方と関わっている。仏教が机上の論理に終わらず、社会的、歴史的な性格を有することを物語る研究分野として、なお継続的な検討を要する。

3　中国の唱導との関連

中国の唱導については、道端良秀氏の『唐代仏教史の研究』（法藏館、昭和32年）二章二節、沢田瑞穂氏の「支那仏教唱導文学の生成」（『仏教と中国文学』所収、国書刊行会、昭和50年。初出昭和14年）などに詳しく、必見の先行研究となっている。それらによれば、「唱導」という語は早く、梁、慧皎の『高僧伝』巻十三に見え、そこに唱導の定義、由来、方法などが述べられている。この資料は、唱導を論じる際、基本的なものとなる。

論に曰く、唱導は、蓋し以て法理を宣唱し、衆心を開導するなり。昔仏法の初めて伝はるや、時に斎集して、止《た》だ仏名を宣唱し、文に依りて礼を致すのみ。中宵に至り疲極まり、事啓悟に資す。乃ち別に宿徳を請じ、座に昇りて説法せしむ。或いは因縁を雑序し、或いは譬喩を傍引す。其の後廬山の釈慧遠、道業貞華にして、風才秀発す。斉集に至る毎に、輒ち自ら高座に昇り、躬ら導首と為り、先づ三世の因果を明らかにして、却て一斎の大意を弁ず。後代伝授して、遂に永則を成す。故に道照曇穎等十有余人、並びに駢次し相師として、名を当世に擅《ほしいまま》にす。夫れ唱導の貴ぶ所は、其の事四なり。謂く、声弁才博なり。声に非ずば則ち以て衆に警する無く、弁に非ずば則ち以て時に適する無く、才に非ずば則ち言の採るべき無く、博に非ずば則ち語の依拠する無し。響韻鍾鼓の若《ごと》きに至りては、則ち四衆心を驚かす、声の用と為すなり。辞吐俊発し、適会の差無きは、弁の用と為すなり。綺製彫華し、文藻の横逸するは、才の用と為すなり。経論を商搉《しょうかく》し、書史を採撮するは、博の用と為すなり。若し能く茲《こ》の四事を善くせば、而《すなわ》ち適するに人事を以てす。如《も》し出家五衆の為にせば、則ち須く切に無常を語り苦《ねんごろ》に懺悔を陳ぶべし。若し君王長者の為にせば、則ち俗典を兼ね引き綺綜して辞を成すべし。若し悠悠たる凡庶の為にせば、則ち須く事を指し形を造りて聞見を直談すべし。若し山民野処の為にせば、則ち須く言辞を近局して罪目を陳べ斥《さ》すべし。凡そ此の変態は事を与《とも》にして興る。時を知り衆を知り又能く善説すと謂ふべし。然りと雖も故《ことさらに》懇切を以て人を感ぜしめ、誠を傾けて物を動かすは、此れ其の上なり。

論曰、唱導者、蓋以宣二唱法理一、開二導衆心一也。昔仏法初伝、于レ時斎集、止宣二唱仏名一、依レ文致レ礼。至二中宵一疲極、事資二啓悟一。乃別請二宿徳一、昇レ座説法。或雑二序因縁一、或傍二引譬喩一。其後盧山釈慧遠、道業貞華、風才秀発。毎レ至二斎集一、輒自昇二高座一、躬為二導首一、先明二三世因果一、却弁二一斎大意一。後代伝授、遂成二永則一。故道照曇穎等十有余人、並騈次相師、各擅二名当世一。夫唱導所レ貴、其事四焉。謂、声弁才博。非レ声則無二以警レ衆、非レ弁則無二以適レ時、非レ才則言無レ可レ採、非レ博則語無二依拠一。至レ若二響韻鍾鼓一、則四衆驚レ心、声之為レ用也。辞吐俊発、適会無レ差、弁之為レ用也。綺製彫華、文藻横逸、才之為レ用也。商二搉経論一、採二撮書史一、博之為レ用也。若能善二茲四事一、而適以二人事一。如為二出家五衆一、則須下切語二無常一苦陳中懺悔上。若為二君王長者一、則須下兼二引俗典一綺綜成上レ辞。若為二悠悠凡庶一、則須下指レ事造レ形直中談聞見上。若為二山民野処一、則須下近二局言辞一陳中斥罪目上。凡此変態与レ事而興。可レ謂下知レ時知レ衆又能善説上。雖レ然故以二懇切一感レ人、傾レ誠動レ物、此其上也

唱導とは、「宣二唱法理一」して「開二導衆心一」するものである。深夜の法会で聴衆が疲労を起こした時に、「宿徳」が

座に上り、「因縁」「譬喩」を以て覚醒させるというものである。その際、「声弁才博」が肝要であり、対象者によって話の内容を変えねばならないと説く。これに当たる僧は講師（後述『入唐求法巡礼行記』）、唱導師（説法師〈『続高僧伝』三十〉、化俗法師〈『入唐求法巡礼行記』開成三年十一月二十四日〉などとも）であり、前者は経典の講述をし（講経）、後者はより自由な、譬喩因縁譚を説いた。

実際に中国唱導の具体的な内容はどのようなものであったか、また、日本文学との関係はどうであったのだろうか。以下に具体的な例を上げて理解の一助としよう。

中国における唱導の実態を伝える資料として、有名な慈覚大師円仁の『入唐求法巡礼行記』がある。円仁は承和五（八三八）年六月に日本を出発し、十年間の留学生活を送ったが、その間の見聞をつぶさに書き残している。その中に、講経儀式について書き記した箇所が幾つか見える。その内、唐の開成四（八三九）年十一月、赤山院で行われた講経儀式の様は、以下の通りである。

辰の時、講経の鐘を打つ。打ちて衆を驚かす。鐘訖《おは》り、良久しき会《あひだ》、大衆上堂す。定衆の鐘に方り、講師上堂す。高座に登る間、大衆同音に、仏名を称嘆す。音曲は一に新羅に依り、唐音に似ず。講師座に登れば、仏名を称すること便ち停む。時に下座の一僧あり、梵を作《な》す。一に唐風に拠る。即ち「云何於此経」等の一行の偈なり。「願仏開微密」の句に至り、大衆は同音に唱え、「戒香定香解脱香」等と云ふ。梵唄を頌し訖り、講師経の題目を唱す。便ち開題し、三門を分別す。題目を釈し訖れば、維那《いなし》師出で来て、高座の前に於いて、会興の由及び施主の別名施す所の物色を読み申す。申し訖り、便ち其の状を以て転じて講師に与ふ。講師麈尾《しゅび》を把り、一々申して施主の名を挙げ、独自に誓願す。誓願訖り、論議者論端して問を挙ぐ。問を挙ぐるの間、講師麈尾を挙げ、問者の語を聞く。問を挙げ了り、便ちを麈尾を傾け、即ち還《また》之を挙げ、問を謝すれば便ち答ふ。帖問帖答、本国と同じ。但し難の儀式は稍別なり。手を側だて三下の後、解白を申す前、率爾として難を指し申す。声大いに瞋れる人の如く、音を尽して呼び諍ふ。講師難を蒙れば、但《ただ》答へて難を返さず。論議了れば、文に入り経を談じ、講訖る。大衆は同音に、長音に讃歎す。讃歎の語中、廻向の詞あり。講師座を下り、一僧「処世界如虚空」の偈を唱ふ。音勢頗る本国に似る。講師礼盤に昇り、一僧三礼を唱し了る。講師大衆同音す。堂を出で房に帰る。更に覆講師一人あり。高座の南の下座に在り。便ち講師の昨《きのふ》講ずる所の文を読む。含義の句の如きに至りては、講師文を牒し義を釈し了る。覆講も亦読む。尽く昨講ずる所の文を読み了れば、講師即ち次の文を読む。毎日斯《か》くの如し

辰時、打㆓講経鍾㆒。打驚㆑衆。鍾訖、良久之会、大衆上堂。方㆓定衆鍾㆒、講師上堂。登㆓高座㆒間、大衆同音、称㆓嘆仏名㆒。音曲一依㆓新羅㆒、不㆑似㆓唐音㆒。講師登㆑座訖、称㆓仏名㆒便停。時有㆓下座一僧㆒、作㆑梵。一拠㆓唐風㆒。即云何於此経等一行偈矣。至㆓願仏開微密句㆒大衆同音唱、云㆓戒香定香解脱香等㆒。頌㆓梵唄㆒訖、講師唱㆓経題目㆒。便開題、分㆓別三門㆒。釈㆓題目㆒訖、維那師出来、於㆓高座前㆒、読㆓申会興之由及施主別名所㆑施物色㆒。申訖、便以㆓其状㆒、転与㆓講師㆒。講師把㆓麈尾㆒、一一申挙㆓施主名㆒、独自誓願。誓願訖、論義者論端挙㆑問。挙㆑問之間、講師挙㆑麈尾、聞㆓問者語㆒。挙㆑問了、便傾㆓麈尾㆒、即還挙㆑之、謝㆑問便答。帖問帖答、与㆓本国㆒同。但難儀式稍別。側手㆑三下後、申㆓解白㆒前、卒爾指㆓申難㆒。声如㆓大瞋人㆒、尽㆑音呼諍。講師蒙㆑難、但答不㆑返㆑難。論義了、入㆑文談㆑経、講訖。大衆同音、長音讃嘆。讃嘆語中、有㆓廻向詞㆒。講師下㆑座、一僧唱㆓処世界如虚空偈㆒。音勢頗似㆓本国㆒。講師昇㆓礼盤㆒、一僧唱㆓三礼㆒了。講師大衆同音。出㆑堂帰㆑房。更有㆓覆講師一人㆒。在㆓高座南下座㆒。便読㆓講師昨所㆑講文㆒。至㆑如㆓含義句㆒、講師牒㆑文釈㆑義了。覆講亦読。読㆓尽昨所㆑講文㆒了、講師即読㆓次文㆒。毎日如㆑斯

円仁は講経の次第を、日本におけるそれと比較しつつ書き留めているが、では実際どのような内容が講じられたのであろうか。それに関する具体的な資料に敦煌出土の講経資料がある。

二十世紀初頭、中国西方の敦煌から貴重な資料が大量に発見された。敦煌は周知の如く中国大陸の深奥部、中央アジアに位置する辺境の都市である。敦煌という都市の性格について、金岡照光氏は、

第一は仏教都市ということであり、第二は辺境の植民地的な都市という性格であり、第三は中原文化の反映した地方都市という性格である

としている（『敦煌の民衆─その生活と思想─』、評論社、昭和47年）。敦煌は第一に、中国に仏教が伝来する際の起点となる都市であった。その敦煌に存在した様々の文書資料は、十一世紀に西夏の攻撃を避けて、莫高窟の一窟（十六窟〈研究所番号〉）に封じ込められたため、長くその存在が知られず、千年近くもの間、全盛期の文化遺産が温存されることになった。

仏教都市敦煌には、様々の仏教資料が残されていたが、その中に、唱導資料も存在する。円仁の記録する講経の方法は、敦煌においても同じような方法で行われていたらしいことが判明するし、それらが具体的な資料として残存している。俗講のテキストに「講経文」と呼ばれるものがある。これは、まず経典を引用して読み上げる、その次に経の説明をする、次いで同じ内容を歌唱するという構成になっている。つまり「経、白、唱」という構成で、「白」の部分は散文で、語られるものであり、「唱」の部分は韻文で、歌われるものである。また、これと類似したものに「変文」と呼ばれるものがある。これも韻文と散文が交互に出てくるが、講経文にある経典の引用がなく、「白、唱」を繰り返す構成になっている。また、「変文」の「変」という語義に注目して、その性格を検討すると、それが「変相図」と関わることも判明している。「変文」に関する捉え方には諸説があって、一様ではないが、以下に、金岡氏の大変理解し易い説明を掲げよう（前掲書）。

変文が、その体例としては、「経」の引用がなく、「白」「唱」の二段形式によるものであること、そしてその韻文の部分を中心として、絵画（変相図）が軸となっていたこと、そのような講唱演出の実態を反映したのが現在

の変文のテキストであること等が判明した。つまり講経文が「経」「白」「唱」の三段の形式をとっているのは、「経」の句を講ずるという講唱を反映したものであった。それに対して、変文はそうした「経」の束縛をはなれて、それにかわって絵画が中心となり、より自由で、通俗的な講唱になったものだったといえよう

日本の説話の中には、これらの変文と極めてよく似た話がある。例えば『三宝絵』『三国伝記』『宝物集』『私聚百因縁集』に見られ、『目連の草子』という御伽草子、さらには説経の『目連記』という広がりをもつ目連救母説話と、敦煌の『目連変』の場合である。両者については早くからその類似性が指摘されてきたが、二十世紀初頭まで莫高窟に封印されていた『目連変』と目連救母説話との直接的な関係は考えられず、両者は、何らかの資料を親とする、兄弟関係にあると見る他ない。目連救母説話の場合、『目連経』という偽経がその親である。このような例は他にもあり、敦煌に残された唱導資料が、日本のそれとパラレルな関係を示していることは興味深いものがある。円仁が「本国と同じ」「本国に似る」と記しているように、日本の唱導は中国の俗講と深く関わったものであったらしい。両者共、民衆教化のために、分かり易く興味を引く話を、音楽性を加味して講じたものであり、変文の場合は、「変相図」という視覚的な要素も伴っていた。目連救母説話に関して言えば、盂蘭盆の仏事の際に、それが講じられたことが想像される。「講経文」の場合も事情は殆ど同じである。やはり『三国伝記』に、父母の恩徳を説く「父母恩徳深重事」という説話がある。これと敦煌出土の『父母恩重経講経文』は、『大報父母恩重経』という偽経を親とする兄弟関係にある。『大報父母恩重経』は唐以前に作成され、中国から朝鮮を経て日本に伝えられたものであろう。三者を比較しておく。偽経を介し、「変文」（「講経文」）と説話の関わりが、一目瞭然となっている。

受㆓如㆑是苦㆒、生㆓得此身㆒。咽㆑苦吐㆑甘、抱持養育。洗㆓濯不浄㆒、無㆑憚㆓劬労㆒、忍㆑熱忍㆑寒、不㆑辞㆓辛苦㆒。乾所児臥、湿処母眠。三年之中、飲㆓母白血㆒

（『大報父母恩重経』）

受㆓如㆑是苦㆒、生㆓我此身㆒。咽㆑苦咁㆑吐、抱持養育。洗㆓濯不浄㆒、无㆑憚㆓劬労㆒、忍㆑熱受㆑寒、不㆑辞㆓辛苦㆒。乾処児臥、

湿処母眠。三年之中、飲二母白血一　（講経文）

仏云、十月重擔慈恩、三年飲乳劬労□。又乾処児臥。洗二濯不浄一不レ憚。湿処母眠リ、忍二得熱寒一不レ辞

（『三国伝記』）

4　日本の唱導

i　安居院以前

日本における唱導の歴史は、資料が殆ど残っていないため、判然としない部分が多い。この分野において早くにその重要性を指摘したのは、折口信夫、筑土鈴寛、永井義憲氏等の先学であり、近時この分野の研究は、主として資料の面で飛躍的に進んだ。しかし対象は中世に集中しており、揺籃期の唱導文学については、資料が残っていないため、不明の部分が多い。永井氏は、日本における唱導の始まりに、行基が関わっているであろうとの見通しを示している。

例えば『続日本紀』に（書き下して示す）、

方今、小僧行基幷弟子等、街衢を零畳し、妄りに罪福を説き、朋党を合構へ、指臂を焚剝し、仮説を歴門す。強ちに余物を乞ひ、聖道を詐称して百姓を妖惑す。道俗擾乱し、四民業を棄つ。進みては釈教に違ひ、退きては法令を犯すの二なり

（『続日本紀』養老元年四月壬辰条）

と言う、行基が説いた「罪福」を、永井氏は、『日本霊異記』に見られるような説話であったろうとされるが、どのような話を、どのように説いたのかについては分かっていない。ただ、これらの講説によって、「百姓」が「妖惑」され、「業を棄」てたりしたこと、また、その行為が法に触れることのみならず、「釈教に違ひ」とあるから、仏教の

教えとは異なると判断されたことを示している。従って、経典に忠実な講経ではなく、平易な詞章による、感情の高まりを誘うようなものであったと推測されるのである。

また、『日本霊異記』は、このような場で語られた説話を収集したものではないかとされるが、語りの場面そのものを描いたと思われる箇所もある。一例を書き下して上げる。

行基大徳の、天眼を放ち、女人の頭に猪の油を塗れるを視て、呵嘖せし縁

故き京の元興寺の村に、法会を厳り備《まう》けて、行基大徳を請け奉り、七日法を説きき。是に道俗皆集ひて法を聞く。聴衆の中に、一の女人ありき。髪に猪の油を塗り、中に居て法を聞きき。大徳見て、嘖《さきな》みて言はく、「我甚だ臭きかな。彼の頭に血を蒙れる女は、遠く引き棄てよ」といふ。女大きに恥ぢ出で罷りき。凡夫の肉眼には是れ油の色なりといへども、聖人の明眼には、見に宍の血と視たまふ。日本の国に於ては、是れ化身の聖なり、隠身の聖なり

（中巻二十九話）

『日本霊異記』については第二章2に述べた通りであるが、編者景戒が行基の説法の様を説話として取り込んでいることは、唱導と説話集が既にこの時期に関係付けられているという点から興味深いものがある。

平安時代中期までの唱導の面影を伝える重要な資料は、『東大寺諷誦文稿』である。この資料は、平安初期写の経文の紙背に書かれていたものである（戦災により原本は焼失し、複製本が残るのみ）。本書に関しては山田孝雄、中田祝夫氏を始めとする諸氏により、主に国語学の資料として、詳細な検討がなされた。中田氏は、本書の成立を天長年間（八二四―八三四）以前と推定しており（『東大寺諷誦文稿の国語学的研究』、風間書房、昭和44年。また、『東大寺諷誦文稿』、勉誠社、昭和51年）、唱導資料として現存するものとしては、極めて古いものと言える。内容は主として表白文、願文作成のために例文を集めたもので、これが雑然と並べられている。但し、いずれも断片に留まっており、完全な形で残る箇所はない。また、口頭詞章に関してはメモ程度の言葉が書かれているだけで、具体的な話は書かれていない。

これ以外に、中世以後作成された表白集の中に、平安期のものが多少みえている。

『東大寺諷誦文稿』は平安時代初期の唱導資料であるが、その後の具体的な資料は極めて少ない。しかし、『枕草子』『栄華物語』、或いは、『源氏物語』の中に、説経師について言及する箇所があり、それらが当時の説経師の様を知る参考になる。『枕草子』がやや戯画化して描くように、説経僧は容貌や声までもが問われるものであり、仏教的な観点から見れば逸脱の感は否めないが、経典をそのまま音読しても、理解できる者は多くない。元々漢訳された仏典をそのまま取り入れた日本では、これを和文脈に和らげたり、分かり易い譬喩譚で聴衆の理解を得ることは必須であった。『枕草子』は説経師や法会について以下のように述べている。

説経の講師は顔よき。講師の顔を①つとまもらへたるこそ、その説くことの尊さもおぼゆれ。②ひが目しつればふと忘るるに、③にくげなるは罪や得らんとおぼゆ。④このことはとどむべし。少し年⑤などのよろしきほどは、かやうの⑥罪えがたのことは書きいでけめ、⑦今は罪いとおそろし。（中略）⑧その事する聖と物語し、車たつることなどをさへぞ見入れ、⑨ことについたるけしきなる。ひさしうあはざりつる人もまうであひたる、めづらしがりて、ちかう居より、物いひうなづき、をかしき事など語り出て、扇ひろうひろげて、口にあててわらひ、よく装束したる数珠かいまさぐり、手まさぐりにして、こなたかなたうち見やりなどして、車のあしよしほめそしり、なにがしにてその人のせし八講、⑩経供養せしこと、とありし事かかりし事、いひくらべゐたる程に、この説経のことはききも入れず。⑪何かは、つねに聞くことなれば、耳なれてめづらしうもあらぬにこそは。さはあらで、講師ゐてしばしあるほどに、前駆すこしおはする車とどめて降るる人、蟬の羽よりもかるげなる直衣、指貫、生絹のひとへなどきたるも、狩衣のすがたなるも、さやうにてわかうほそやかなる三四人ばかり、さぶらひのもの、またさばかりして入れば、はじめゐたる人々も少しうち身じろぎ、くつろい、高座のもと近き柱もとにすゑつれば、かすかに数珠おしもみなどして聞きゐたるを、⑫講師もはえばえしくおぼゆるなるべし。いかで語りつたふばかりと説き出でたなり。聴聞すなどたふれさわぎ、額つくほどにもならで、よきほどに立ち出づとて、車⑬のかたなど見おこせて、我どちいふことも、何事ならむとおぼゆ。見知りたる人はをかしとおもふ、見知らぬは、誰ならん、それにやなど思ひやり、目をつけて見おくらるるこそをかしけれ。「そこに説経しつ、八講しけり」など人のいひつたふるに、「その人はありつや」「いかがは⑭」など、さだまりていはれたる、あまりなり。などかはむげにさしのぞかではあらん。あやしからん女だに、いみじう聞くなるものを。さればとて、はじめつかたは⑮、徒歩ありきする人はなかりき。たまさかには、壺装束などして、なまめき化粧じてこそはあめりしか。それも物詣でなどをぞせし。説経などにはことにおほく聞えざりき。この頃、そのをりさしいでけむ人⑯、命長くて見ましかば、いかばかりそしり誹謗せまし

①じっと。②脇見。③醜い講師だと、聴衆が罪を得るのではないかと。④こういう事を言うのは止めよう。⑤妙齢。⑥罰当たり。⑦年老いた今は。⑧説経する講師。⑨慣れた様子である。⑩経を書写して、その功徳のために仏事を修すること。⑪何のことはない。⑫講師も光栄に思うのであろう。⑬牛車の方を見る。牛車には女性が乗っている。⑭どうして（聴聞に）来ていないことがあろうか。⑮常連のように言われる。⑯以前は。

さて、口頭詞章は、表白詞章の文例に比べると甚だ残りにくいものである。先の『東大寺諷誦文稿』でも、テーマが列挙されるのみで、具体的な話は書かれていない箇所がある。また、『枕草子』の筆致は、説経師を俳優などのようにその顔や声などに価値を求めているが、俗人の教化にはそういった要素も必要であったのである。そのことが逆に、仏教を文学的、文化的たらしめたのである。いずれにせよ、この時期の口頭詞章の資料は僅少である。その中で、数少ない貴重な資料として、今日に伝わる『百座法談聞書抄』と呼ばれるものがある。『百座法談聞書抄』は、天仁二（一一〇九）年二月二十八日から三百日にわたって『法華経』『阿弥陀経』『般若心経』が講ぜられたが、その時の説経を書き留めたものである。発願の人物については、「今内親王天下、信心ヲコラシオハシマシテ、年来ノアヒタ、

御テッカラモ□キタテマツラセタマヒ、人シテモカ、セタマヘル法華経ノ文字」「コレヲ以テオモフ給フルニ、内親王天下の百座の御講ヲ始メオハシマシマシテ又重テ二百日ヲコナハセタマフ御功徳ハ」などとあるのみで、具体的な名が書かれていない。この人物については、統子内親王、暲子内親王、禛子内親王などの説があったが、現在は後三条天皇皇女俊子内親王との説が有力である。さて、本書は、原本からのまた写しであり、しかも一部分の二十日分しか残存していない。残存するのは二月二十八日（序品）、二十九日（方便品）、三月一日（譬喩品）、二日（信解品）、三日（薬草喩品）、四日（授記品）、五日（化城喩品）、七日（人記品）、八日（法師品）、九日（宝塔品）、十二日（安楽行品）、二十四日（陀羅尼品）、二十六日（勧発品）、二十七日（嘱累品）、六月五日（薬草喩品）、十九日（法師功徳品）、二十六日（陀羅尼品）、閏七月八日（受記品）、九日（人記品）、十一日（宝塔品）の分である。全体は漢字片仮名で書かれているが、一部平仮名の箇所もあり、この点から、佐藤亮雄氏は、「もとは平仮名本と推定され、はじめは内親王家の女房たちによって作善記録の一部として筆記されたものではないかと想像される」としている（『百座法談聞書抄』解説、桜楓社、昭和38年）。

ここに登場する僧は、合計九名で、人物の特定には諸説あるが、佐藤氏の説によれば、以下の通りである。

開白講師（永縁）　香雲房阿闍梨（僧名不明、三井寺僧）　実教房（僧名不明、三井寺僧）　大補得業（大輔得業の誤りか。興福寺の覚誉。歌人でもある）　香象房（興福寺の信永か）　善法房已講（不明）　教釈房（不明）　新成房（天台あるいは華厳の僧か）　覚厳得業〈尊勝院〉（東大寺尊勝院の僧）

この内、永縁は歌人としても著名な人物で、『堀河百首』の作者の一人であり、「きくたびにめづらしければ郭公いつも初音の心地こそすれ」という自詠を、「琵琶法師どもを語らひて、さまざまの物取らせなどして」「ここかしこにて歌はせ」たという逸話（『無名抄』）の持ち主でもあった。

本書に収められた話を見ると、『法華伝記』『法苑珠林』『三宝感応要略録』などに基づく話が多いが、それらの幾つかは、『今昔物語集』『私聚百因縁集』『三国伝記』などの説話集所載の説話と共通している。『今昔物語集』等が説経の種本であったとの説は、先学の多く説く所であるが、本書のような唱導資料と説話集とが共通の話柄を有することは、唱導殊に永井氏の言う口頭詞章が、説話世界と極めて近いことを裏付けている。

以下に引用するのは、『百座法談聞書抄』三月四日分である。

◆**例文101　『百座法談聞書抄』**

四日[1]　同人[2]

昔し、ずいの世に、れうしの侍けるが、鹿をいころして侍ける。はらのうちよりはらみて侍ける子の、やにあたりてをちて侍けるを、母の鹿しなむ事をわすれてたちかへり、ねぶり侍けるを見て、道心をおこして、居て侍ける家を寺になして、しゝのために、法花経をなむよませ侍ける。其の寺の名を、法花寺となむなづけて侍ける。この事を聞もの、ちかきもとほきも、随喜してあつまりて、経をよみ侍ければ、二三千人とのゝしりあひて、其の事ともきこえざりければ、願主ひじりの思やう、ひとたびにのゝしりあひたるよりは、十二時に番をりて、不断によませむとおもひて、よむほどに、わかき沙弥一人きたりて、「此不断経にいらむ」[3]といひければ「経はよみたりや」とゝふに、あやしき事は、「経もまだよまず」といひければ、「さらば経をこそならはめ」とて、経をおしへけれど、更にえたもたずして、たゞ首題[4]の名字ばかりをなむ、よみえて侍ける。この願主のひじりのいふやう、「人しげからむ時には、えまじらじ。あかつきの時ぞ人すくなき。其時に、たゞ首題の名字ばかりにても、となへたてまつれ」といひけるにしたがひて、月ごろ、あかつきのかねつくほどより、夜のあくるまで、南無一乗妙法蓮花経とのみ、となへたてまつりてなむねたりける。此僧の思やう、「我いかなる先の生の罪によりて、人のおほくよみたてまつる経をえ憶たずして、人にもまじらずして、あかつきにのみかくいひゐたらむ、はづかしきことなり」と思て、高きいはほのうへにいたりて、身をなげてけり。地獄にゐていかされて、獄卒、此僧をかなへ[5]にうちいれつ。馬頭、牛頭、なを此法師よくつきいれむとて、鉄のつゐをさゝぐる[6]ほどに、かなへのはたにあたりぬ。かなへのひゞきを聞て、此僧の思やう、此は法花寺のあかつきのかねの声と思て、我懈怠しにけりとおどろきて「南無妙法蓮花経」と声あげていひつ。地獄のかなへにはかにわれて、鉄の湯かへりて清涼の池となりぬ。我も人も、皆はちすの花のうへにゐたり。時に獄卒、あきれあやしみて、此の事をとふて、閻魔王に奏す。閻魔王、此僧しか〳〵とこたふるを聞て、閻魔王、大きによろこびて、ふしおがみて云、「更にかへりて弥よ法花の首題の名字をとなへよ」と云とみるに、いきかへりぬ。身は、たかきところよりおちてふせり。此事をうれしく、たうとく思えて、はひのぼりて、人々にかみのくだりの事をかたるに、人のこれを聞てわらひあざけりて「はづかしきまゝには、そらゆめをこそ□□[7]みれ」とわらひければ、此法師のいふやう「そこたちのこの事もちゐ給はぬ、無極ことはりなり。但し、ちかひをおこさむに、そのしるしを見て、もちゐらるべきなり。我、年し来ろ、此の経の一偈一句をえよみたてまつらず。ねがはくは、此事実ならば、仏を三度めぐりたてまつらむに、此経、皆併らそらにおぼえたてまつらむ」とちかひて廻るに、即ち皆、経をよみたてまつりける。然者、法花経は、たゞ首題の名字をよみたてまつるに、不可思議の徳に御す経なり。何況や

【語注】
1三月四日。**2**香雲房阿闍梨。**3**不断経を読む仲間に入ろう。**4**経の題目。**5**青銅で作った器。方形、半球形があり、物を煮る。地獄の釜。**6**高く持ち上げる。**7**底本欠字。

ii　安居院以後

安居院とは、安居院流唱導の家を言う。日本の唱導については、『元亨釈書』巻二十九が以下のような、通史的な

記述を残している。

唱導者、演説也。昔満慈子鳴㆓于応真之間㆒焉。自㆓従吾法東伝㆒。諸師皆切㆓於諭導㆒矣。而廬山遠公独擅㆓其美㆒。及㆓大法瓜裂㆒。斯道亦分。故梁伝立為㆑科矣。吾国向方之初尚若㆑彼。又無㆓剖判㆒焉。故慶意受㆓先泣之誉㆒。縁賀有㆓後讃之議㆒。而未㆑有㆓閥閲㆒矣。治承養和之間、澄憲法師挟㆓給事之家学㆒。拠㆓智者之宗綱㆒、台芒射㆓儒林㆒而花鮮。性具出㆓舌端㆒而泉湧。一昇㆓高座㆒四衆清㆑耳。晩年不㆑慎㆓戒法㆒。屢生㆓数子㆒。長嗣聖覚克㆓家業㆒課㆓唱演㆒。自㆑此数世系嗣瓞瓞。覚生㆓隆承㆒。承生㆓憲実㆒。実生㆓憲基㆒。朝廷蹕㆓其諭導㆒綏㆓于閫房㆒。以㆑故氏族益繁。寛元之間、有㆓定円㆒者。園城之徒也。善㆓唱説㆒。又立㆓一家㆒。猶如㆓憲苗種㆒。方今天下言㆓唱演㆒者、皆効㆓一家㆒。夫諭㆓揚至理㆒啓㆓迪庶品㆒。鼓㆓千百之衆㆒、布㆓聞思之道㆒。其利慱如也、其徳偉如也。演説之益、何術如㆑焉。争奈何。利路纔闢。真源即塞。数㆓它死期㆒寄㆓吾活業㆒。諂譎交生、変態百出。揺㆓身首㆒、婉㆓音韻㆒。言貴㆓偶儷㆒理主㆓哀讃㆒。毎㆑言㆓檀主㆒。常加㆓仏徳㆒。欲㆑感㆓人心㆒先或自泣。痛哉無上正真之道。流為㆓詐偽俳優之伎㆒。願従㆓事于此㆒者。三復㆓予言㆒焉

澄憲の子聖覚について、「長嗣聖覚克㆓家業㆒課㆓唱演㆒。自㆑此数世系嗣瓞瓞」と記しており、聖覚以後、唱導の家が確立したことが分かる。その祖は澄憲（一一二六―一二〇三）で、彼の父は平治の乱で敗死した藤原通憲（信西）であった。通憲の父は藤原実兼である。実兼は、『江談抄』の筆録者で、大江匡房にその英明を讃えられた人物であるが、夭折している。通憲の博識は言うまでもないが、主な著書を列記すれば、『法曹類林』『本朝世紀』『信西古楽図』などがある。澄憲は通憲の七男に当たり、通憲には多数の男子がいた。平治の乱後、その多くは流罪に処せられているが、澄憲も信濃に配流になっている。叡山で檀那流を学び、東塔竹林院里坊安居院に住んだため、彼の流を安居院流と呼ぶ。澄憲の子には海恵（一一七二―一二〇七）、聖覚（一一六七―一二三五）などがいる。海恵は守覚法親王から受法し、聖覚は父の跡を継いだ。

澄憲が説経の名手と言われるようになった時期は、不明である。山崎誠氏の詳細な年譜によれば（「唱導と学問・注

釈—澄憲の晩年と『雑念集』、『仏教文学講座』八所収、勉誠社、平成7年）、すでに保元三（一一五八）年には法勝寺八講の問者を勤めており、信濃から帰京した年に、後白河院の逆修のための表白を作成している。著名な最勝講結願祈雨説法は承安四（一一七四）年五月二十八日のことで、これにより権大僧都に任じられたが、この時の話は『源平盛衰記』にも収められている。この際の面目は勿論、祈雨の説法であるから、実際雨が降ったことが大きいが、澄憲の説法は、弁舌の面やその内容からも、高い評価を得たらしい。その間の事情は、九条兼実の日記『玉葉』が詳細に記している。

澄憲は、唱導において必要な要素とされた、『高僧伝』に言う所の、「声弁才博」を備えた人物であり、且つ、唱導を以て一流を立てる能力も持っていたのであろう。澄憲の編んだものに、『釈門秘鑰』四十六帖がある。子の聖覚に至って安居院流は完成するが、聖覚は父の草した表白や願文を整理した。まず『言泉集』は、『転法輪抄』の一部らしく、父澄憲の作品を、聖覚が編纂したもので、自作、また、澄憲以前の平安時代の作も含まれている。それが大江匡房、藤原敦光、大江朝綱、慶滋保胤などのものである。これによって、『本朝文粋』等の詩文集には収められなかった作品の存在も確認できる。聖覚は父の文藻を整理することで、唱導の家としての基礎を固めていったと考えられる。安居院流唱導書というのは、ほぼ聖覚の頃から徐々に纏められたものであるが、主なものを以下に上げておく。

『転法輪抄』は、金沢文庫、東大寺図書館等にあるが、それらを合わせても極一部しか残存していないことが、目録との対照で判明する（永井義憲氏は全体の三パーセントしか残っていないとしている〈前掲「安居院流唱導資料考」〉）。目録は『転法輪抄』が七百六十帖あったことを示し、それによれば内典、外典を網羅した「蔵書目録の感じがする」ものである。おそらくは、唱導のための参考図書であろう。この中には、経典は勿論、縁起、表白、願文、釈文の他に、『論語抄』『毛詩抄』などの漢籍の注、また『明文抄』のような類書、『文選要句』など、興味深い資料があったらしいことが分かる。これらが唱導資料に反映しているとすれば、唱導の世界が如何に豊かなものであったかが想像されると共に、安居院流が唱導の家として隆盛を誇った理由も納得出来る。その他、『鳳光抄』（『法華経』部分のみ現存）、

『讃仏乗抄』『澄憲作文集』『澄憲作文大体』『表白集』『竪義表白集』などがある。

さて、澄憲は通憲の子であり、安居院流の祖といわれるが、通憲には男子が十数人いた。長男の俊憲は二条天皇の東宮学士を勤めた俊才である。その他の男子も非常に優秀であったらしいが、その内貞憲の子は貞慶であり、静賢（法勝寺執行）、明遍（東大寺、後に遁世して空阿弥陀仏と称す）、勝賢（醍醐寺）など宗教界で活躍した人物が多い。唱導に関して言えば、貞慶も表白の作者としては著名である。こうしたことから、安居院の唱導が、広範囲に影響を及ぼしたことは容易に想像出来る。但し、澄憲は唱導によってのみ時の権力者、後白河院、守覚法親王、或いは、九条家と結び付いていたのではないようだ。澄憲自身が檀那流の流れを受ける学僧であり、教学の面でも高い評価を得ていた。それ故に、仁和寺の守覚法親王は、澄憲をしばしば導師に招いたのである。この間の事情は、近時公刊された『紺表紙小双紙』と呼ばれる仁和寺における仏事法会を記録した文書によって明らかになった。

さて、安居院流に代表される唱導資料の内、先に紹介したのは表白詞章と言われるものだが、文学とどのように関わったかという問題に関して触れておく。

表白は、基本的に導師、講師の立場から、三宝、聴衆に対してなされるものであり、願文は願主の立場から、三宝、聴衆に対してなされるものである。いずれも音読に堪える韻文であり、多く対偶句が用いられ、四六文の場合もある。両者の表現は非常に似通っており、時には語句の入れ替えによって、表白から願文へ変更することも可能な定型性を持っている。経文からの引用は当然のこととして、漢籍から故事を短く引用することも多く、それらが対句構成の詞章となっている。『澄憲作文集』から一例を引用する（東京大学国語研究室本に拠る）。

第四十八　老苦相

夫尋㆓老苦㆒者、病《ハ》追《テ》㆑年《ヲ》加《ハリ》、粧《ハ》随㆑日衰《コト》、貴《モ》賤《モ》此《ノ》苦《ハ》無《シ》㆑替《コト》。賢《モ》ハカナキモ誰免《カル、》㆑之《ヲ》。所以《ニ》紅《ノ》顔《ニ》畳《ミ》㆓鶏《ノ》皺《ヲ》㆒、緑《ノ》首《ニ》戴《キ》㆓鶴髪《ヲ》㆒、雲《ノ》鬢《ノ》雪膚、衰《タレハ》有㆓何《ノ》美《カ》㆒。革《ノ》体《ノ》月粧、臨《ハ》㆑老《ニ》成《ヌ》㆓非《アラヌ》事《ニ》㆒。歯《ハ》毀《チ》㆓口間㆒、交㆑衆《ニ》多㆑憚《リ》。聾《ミ、シイ》腰鈎《カ、ミヌレハ》、出仕《ニ》有《リ》㆑煩《ヒ》。彼《ノ》大

公望之遇《リシ》二周文《ニ》一、渭浜《ノ》波畳《ミ》レ面《ニ》、綺里季之輔《タスケシ》二漢恵《ヲ》一、商山之月垂レ眉《ニ》一。凡道《ニ》向《テハ》憑二杖《ノ》力《ヲ》一、床《ヨリ》起《テハ》待《ツ》二人《ノ》助《ヲ》一。眠《ハ》残《シ》二夏《ノ》夜《ヲ》一、力嘲《ル》二春《ノ》柳《ヲ》一。是則老苦也矣

表白は訓読されたので、付訓を参考に読み下してみる。

それ老苦を尋ぬれば、病は年をおって加はり、粧《すがた》は日に随ひて衰ふること、貴きも賤しきもこの苦は替はることなし。賢きもはかなきも誰かこれを免がるる。所以《おもへらく》、紅の顔に鶏の皺を畳み、緑の首《かうべ》に鶴の髪を戴き、雲の鬢雪の膚《はだ》へ、衰ふれば何の美かある。革の体月の粧《よそほ》ひ、老に臨めば、あらぬ事に成る。歯口の間に毀ちて、衆に交はるに憚り多し。聾《みみし》い腰鈎《かが》みぬれば、出仕に煩ひあり。彼の大公望の周文に遇へりし、渭浜の波面に畳み、綺里季の漢恵を輔《たす》けし、商山の月眉に垂る。凡そ道に向かひては杖の力を憑み、床より起つに人の助けを待つ。眠りは夏の夜を残し、力は春の柳を嘲る、是れ則ち老苦なり

人間八苦のうちの老苦について述べた文である。例えば同時代の『宝物集』に、老苦を次のように描いた部分がある

（第二種七巻本に拠る）。

人つひに老おとろふる事有。貴賤賢愚を嫌ず。黒き髪は白くかはり、赤きくちびるは色を失ひ、額には渭浜の波をたたみ、眉には商山の月をたれて、骨こはく腰くぐまり、眼くらく、耳朧也。甘き味ひにがくかはり、やはらかなる水こはく成て、万事心にかなはずして、一切の人すずろに恨し。若は頼み有、老たる人のあるをみれば、老はたのしみなし。老て久しき人なきがゆゑに、是を老苦と云。心ある人は、誰かなげかざるはある　（巻一）

老いの様を描く常套句、「渭浜の波面に畳み」「商山の月眉に垂る」などは、『宝物集』だけでなく、この時代の文学作品に頻出する。同文関係というレベルではなく、老苦を描く型というものが、表白と文学に共通しているのである。また、太公望、綺里季はいずれも中国の故事に拠っており、これもまた、中世の文学作品に散見する。表白を仏教の中においてのみ見た時、その裾野が見えにくくなることに注意すべきである。

唱導文学を表白詞章、口頭詞章に分けた時、文学との関連について、永井義憲氏は、「前者（表白詞章）は和漢混合体の戦記文学に影響を与え、後者（口頭詞章）は仏教説話集とよばれる一系列の作品を今日にのこしている」として いる（『日本仏教文学研究第三集』第四編、新典社、昭和60年）。この見通しは、表白詞章の資料が、相当数残っているのに対して、口頭詞章の資料が、それ自体としては「説草」の形でしか残存せず、その至り着いた形態が説話集であることを述べている。説話集に至るまでに、個々の説話がどのような経路を辿り、今日何処にそれを見出すことが出来るかという一例を、源信説話の例によって示した。しかし、口頭詞章の流伝については多くが未解明である。これについては、唱導資料のみならず、1に述べたような注釈世界との関わりも考慮しつつ、検討しなければならないであろう。唱導文学の裾野は広く、なお多くの検討課題を残しているのである。

以下に引用するのは、『澄憲作文集』の「生死無常」の項である。

◆例文102　『澄憲作文集』「無常」

第四十生死無常

夫尋二生死無常《ヲ》一者、法華経云、[1]世皆不二牢固一、如二水沫泡焔一。汝等感応三当悉生二厭離心一云云。実《トニ》 生死界許《リ》、把《アタカ》無レ墓所《カ》ヤハ有《ル》。槐楼風《ニ》忽《サハカシク》、桐葉露《ニ》消《ルヲ》 見《ルニモ》、知《テ》二世間《ノ》無常《ヲ》一、可《ナリ》レ解《ル》二身《ノ》如幻《ヲ》一。春《ノ》花《ノ》薫香宛《ヲキ》レ薗《ニ》、秋《ノ》月《ノ》雲《ノ》梭散《ル》レ光《ヲ》、当時《ノ》興宴《エン》、眼前《ノ》栄花《ヲ》、苦《ニ》思《フ》時《ハ》為《シ》レ何《ニカ》。サレハ、花喩《ニ》風ヨソヱテモ、可レ知二生死《ノ》無常《ヲハ》一者哉。所以《ニ》留《ルニ》レ春《ヲ》々不レ駐《ト丶マラ》、春帰人寂寞《タリ》。厭《ヲ》レ風々不《ラ》レ定、風起《テ》花蕭索《タリ》。生界《ノ》春已帰《ニ》、門前成《レハ》レ 市《セトモ》、寂寞《ヲ》 人皆去《トシテ》《ヌ》。無常《ノ》風忽扇《ニ》、到《ケハ》商折《レトモ》レ 花《ヲ》、蕭索《トシテ》即又散《リヌ》。故以《ニ》二舟車《ヲ》一不《レトモ》レ 送、往易《キハレ》是浮生《ノ》春、関城《ノ》カタメキヒシケレトモ、難《キハ》レ留《メ》又如幻《ノ》身也。爰以唐大宗《ノ》[2]開《ノシ》二栄花於一生之春林《ニ》一、忽随《ニ》二無常之風《ニ》一、漢明帝《ノ》[3]期《ノシ》二寿福於千年《ノ》秋月《ノ》一、虚《クキ》隠二必滅之雲《ニ》一矣。夫東閣《ニ》嵐サヒシキ暁《ハ》、流二涙於千行《ニ》一、愁《ヘ》二一生之早終《クルコト》一、西楼《ニ》月静《ナル》 暮《ハ》、砕《テ》二肝於万端《ニ》一、悲《フ》二一世《ノ》速《ニ》虚《キコトヲ》一。[4]四大《ノ》構《ヘタル》 体《タ》難《ミ》レ憑、風前《ノ》灯《ノ》 危《ヨリモク》、[5]五陰《ノ》成《セル》身易《ハシ》レ破《レ》。波上《ノ》月《ノ》ヨリモ墓《ハカナシ》。[6]輪王之払《ヒ》二怨敵於四域《ニ》一、国王之酬《タル》二果報於十善《ニ》一、静《ニ》思《ヒ》能《ク》案《レハ》、実《ニ》如二水沫泡焔《ノ》一。沈檀蘭麝《ノ》薫《スルニ》交《ヘ》レ身《ヲ》、宮殿楼閣《ノ》楼トレ居《ニシムルモキトコロヲ》、取レ喩《ヲ》寄《レハ》レ物《ニ》、実《トニ》似二電光朝露《ニ》一。故《ニ》高官大位《ハ》、著《ル》二手足《ニ》一塵、栄花重職《ハ》、置《ケル》二木草《クサニ》一露《ユ》、厳粧金屋《ハ》、夢内《ノノ》モテナシ、翠帳紅閨《ハ》、眼間《ノノ》シツラヒナリ。妻子珍宝、無《ク》二相具《ノ》行人一、朋友知識《ハ》、留置《テリ》独去リヌ矣

【語注】

1『法華経』随喜功徳品「世皆不二牢固一、如二水沫泡焔一。汝等咸応三当疾生二厭離心一二」に拠る。2唐の李世民。3後漢二世皇帝。光武帝の子。4万物を構成する四つの元素、地、水、火、風からなる身体。5五陰は、五蘊に同じく、人間の心身を形成する五つの要素で、色、受、想、行、識を言う。6転輪聖王。

あとがき

日本文学における仏教の影響は極めて広く、深い。殊に古典文学においては、仏教の影響を受けていない作品は皆無であると言って過言ではないであろう。また、文学以外の分野でも、仏教は日本の文化に深く関わっている。本書は、仏教伝来以後、仏教が文学に如何なる影響を与えたか、さらに、文学が逆に仏教をどのように規制していったか、そのような問題を、上代から中世に至る一般的、通史的な形をとって概説したものである。

本書は、縁あって、佛教大学通信教育課程の仏教文学概論のテキストとして企画されたものの市販版である。ここでは長年に渡り、高橋貞一博士の書かれた教科書を使用していた。しかし、仏教文学研究は近時長足の進歩を遂げ、それに即応しない記述内容が目立つようになった。学問の進展がある以上は、止むを得ないことである。そこで、新たにテキストを書き下ろさねばならなくなったが、時間的な問題もあり、一年間は暫く永井義憲博士の名著『日本仏教文学』(塙選書35)を特に増刷して貰ってこれに充てた。仏教文学研究における、永井博士また、筑土鈴寛、岡見正雄博士の業績は、極めて大きく、総ての研究はここから出発せねばならないと言えよう。

こうして新たにテキストを書き下ろしたが、テキストとして、出来るだけ分かり易く且つ、最新の研究成果を取り入れるという作業は、簡単なことではなかった。近年最も研究の進んだ唱導の概念は、文字で表記されたものばかりでなく、法会という総合的な場を基盤とするものであり、文学的と言うよりは、文化的と言って良い様相を呈している。一方、仏教文学もまた、中国文学、文化の影響下にあることについては、贅言するまでもない。中国との長い交流の歴史を踏まえた記述は、著者の手に余るものであり、なお不十分の誹りは免れないものと思う。テキストとして学生諸君に分かり易く述べるために、敢えて記述を簡略化した箇所も多い。本書を読み、仏教文学の豊かな世界に興味を持った人は、是非とも、より精細な研究成果を踏まえ、自らの論を立て或いは、研究を展開されることを願う。類書の余り見当たらない現在、ゆくゆくさらに堅固な学問的基礎の上に建つ、優れた仏教文学概説の出現まで、拙い小著が一般諸者の関心に、聊かなりと応え得ればと思う。

本書執筆の機会を与えて下さった佛教大学通信教育部教材課の野口恒雄課長、並びに、出版を快諾下さった和泉書院に対し、心から御礼申し上げたい。

平成十六年三月

黒田　彰
黒田　彰子

〈著者略歴〉
黒田　彰（くろだ　あきら）
昭和25年（1950）三重県生まれ
昭和51年（1976）愛知県立大学文学部国文学科卒業
昭和56年（1981）関西大学大学院文学研究科国文学専攻博士課程後期課程単位取得退学
現在：愛知県立大学教授を歴て、平成12年より佛教大学教授、文学博士（関西大学）
主要著書：『中世説話の文学史的環境』（正、続）、和泉書院
『孝子伝の研究』、思文閣出版

黒田彰子（くろだ　あきこ）
昭和26年（1951）愛知県生まれ
愛知文教大学教授　文学博士
主要著書：『中世和歌論攷和歌と説話と』『俊成論のために』、和泉書院

仏教文学概説

［いずみ 昴《すばる》 そうしょ　3］

2004年 4 月15日　初版第 1 刷発行
2017年 3 月25日　初版第 2 刷発行

著　者——黒 田　彰
　　　　　黒 田 彰 子

発行者——廣 橋 研 三

発行所——和 泉 書 院

〒543-0037　大阪市天王寺区上之宮町7-6
電話　06-6771-1467
振替　00970-8-15043

印刷・製本——亜細亜印刷
装訂——倉本　修

ISBN978-4-7576-0253-3　C1391
定価はカバーに表示